中央苏区梅州革命历史故事

庆祝中国共产党成立100周年
The 100th Anniversary of the Founding of The Communist Party of China

长篇小说

九龙嶂英雄

黄河文◎著

SPM
南方出版传媒
广东人民出版社
·广州·

图书在版编目（CIP）数据

九龙嶂英雄 / 黄河文著 . —广州：广东人民出版社，2021.5（2023.1 重印）
ISBN 978-7-218-15007-9

Ⅰ . ①九…　Ⅱ . ①黄…　Ⅲ . ①长篇小说—中国—当代　Ⅳ . ① I247.5

中国版本图书馆 CIP 数据核字（2021）第 086795 号

JIULONGZHANG YINGXIONG
九　龙　嶂　英　雄

黄河文　著

出 版 人：肖风华

出版策划：钟　菱
责任编辑：沈海龙
封面设计：宋君平
责任技编：吴彦斌　周星奎
装帧设计：奔流文化

出版发行：广东人民出版社
地　　址：广州市越秀区大沙头四马路 10 号（邮政编码：510199）
电　　话：（020）85716809（总编室）
传　　真：（020）83289585
网　　址：http://www. gdpph. com
印　　刷：北京一鑫印务有限责任公司
开　　本：787 毫米 ×1092 毫米　1/16
印　　张：22.25　　　字数：325 千
版　　次：2021 年 5 月第 1 版
印　　次：2023 年 1 月第 2 次印刷
定　　价：68.00 元

如发现印装质量问题，影响阅读，请与出版社（020-85716849）联系调换。
售书热线：（020）85716826

谨以此书

献礼中国共产党成立一百周年！

序一

广东梅州市作家黄河文为纪念中国共产党成立一百周年，以土地革命战争时期九龙嶂革命根据地的创建和发展为题材，写了一部长篇小说《九龙嶂英雄》。友人找我，希望我能为这本书作序。我是一个老党史工作者、研究者，对于用红色题材创作文学作品是大力支持的，因此，也就欣然同意。

梅州市是著名革命老区，也是老一辈无产阶级革命家、军事家叶剑英元帅的故乡。早在大革命时期，东征军、国民革命军两次讨伐反动军阀陈炯明，推动了梅州工农群众运动的迅猛发展，梅县、五华、大埔等县率先建立共产党组织和工农群众组织。此后，梅州成为大革命时期工农群众运动轰轰烈烈开展的地区。大革命失败后，在党组织的发动和领导下，梅州工农群众积极进行武装起义，反抗国民党的反动统治，开展打土豪、分田地，建立红军、苏维埃政权和革命根据地的斗争。

1930年10月下旬，中共中央决定设立中央革命根据地后，梅州属于中央苏区的范围。在中央苏区的反"围剿"战争中，梅州成长起来的红军不断加入到中央红军的主力部队。由于革命斗争的需要，原在梅州苏区战斗的一批干部如李坚真、萧向荣等陆续进入中央苏区的福建省、江西省工作。梅州苏区还向中央苏区腹地输入了大批技术人才，如五华先后有六批两百余名打铁的工匠到了江西、福建，分别在兴国官田兵工厂、闽粤赣兵工厂、赣南兵工厂发挥了骨干作用。梅州还是中央苏区与外界连接的重要通道。中共中央在设立中央苏区时，建立了一条从上海至中央苏区的秘密交通线，其中，梅州苏区是这条秘密交通线的极其重要一段。中共中央通过这条秘密交通线，将周恩来等两百多名党的重要领导干部和技术人才护送到中央苏区，并向中央苏区输送无线电器材、药品等紧缺物资，传递中共中央和中央苏区的文件、出版物、宣传品，从中央苏区提款送至中共中央。此外，在中央苏区第五次反“围剿”中，丰顺、梅县苏区建立了一条从梅县松口、松源通往江西的运输线；五华、兴宁、龙川苏区，则建立了从兴宁到寻乌、从五华经龙川和从五华经兴宁、寻乌，进入中央苏区腹地的秘密交通线。通过这些秘密交通线，梅州向中央苏区腹地输送了大批的医药、食盐、布匹、粮食等紧缺的物资，缓解了中央苏区腹地的严重经济困难。可以说，梅州各县党组织、苏维埃政府、红军和游击队，为中央苏区的巩固、发展和反“围剿”战争做出了重要贡献，在中国革命史上写下了光辉的一页！

我因工作关系，曾数次到梅州考察、调研和参加学术活动，梅州的红色遗址、遗迹和纪念场馆如梅县叶剑英纪念园、陈毅向红四军前委传达中共中央九月来信的同怀别墅、大埔的三河坝战役旧址和纪念馆、丰顺八乡山镇东江苏维埃政府旧址和红十一军诞生地、1929年10月红四军挺进东江马图军部旧址等，我都去过。由于九龙嶂革命根据地地处大山深处，交通不便，我去得比较晚。但是，一去就接连去了三次。

第一次是在2015年4月底，路况比较差，车子在弯弯曲曲的狭窄山路中左右盘旋，颠簸了差不多约一个小时，才算到达了目的地。

第二次是在2017年12月，与北京的几位专家一起去，这次的路已经修得比较好些了，狭窄的地方作了扩展。我们一行参观了九龙嶂革命纪念馆、广东工农革命军东路军第十团旧址和东江工农红军总指挥部旧址等。

第三次是在2018年6月下旬，参加梅县区举行的“原中央苏区粤东北（九龙嶂）革命根据地创建90周年”纪念活动。我向大会提交了《试论九龙嶂根据地的创建及历史作用》的文章，对九龙嶂根据地进行了高度评价，认为：九龙嶂根据地是党最早在山区创建的革命根据地之一，是梅州武装斗争的一面旗帜，系梅州乃至潮梅的革命中心；集结在九龙嶂根据地的工农革命武装，为成立红四十六团打下了基础；九龙嶂根据地采取的措施和进行的各项建设，充分体现了探索和开拓精神，为潮梅其他根据地的建设提供了经验，起了示范作用；历史不能忘记，九龙嶂根据地为中国革命发展做出了不可磨灭的贡献。

梅州有非常丰富的红色资源，这是宝贵的财富。如何利用这些红色资源，讲好梅州故事，为未来发展、建设美好的家园服务，这是摆在广大干部、党员面前的重要任务。我认为，在这方面，黄河文带了一个好头。他在《九龙嶂英雄》中，以九龙嶂根据地创建、巩固和发展为脉络，详细叙述了土地革命战争时期梅州人民革命斗争的光辉历史，真实反映了在中国革命那段峥嵘岁月中梅州党组织领导人民进行的艰苦卓绝的斗争。黄河文以鲜明、形象、生动、细腻的笔法，再现了当时一个个英雄人物为了人民解放事业视死如归的革命豪情。书中除了讴歌了古大存、胡一声、郑天保、黎凤翔、李明光、刘光夏、罗屏汉、古宜权、李斌等革命前辈、革命先烈外，还展示了女红军战士吕进娣、侯昭新、徐妙娇、张剑珍等坚贞不屈的英雄气概。

阅读这部长篇小说，你不能不被其中的内容所震撼、所感染。读罢之后，你不能不回味深思。应该说，这是一本反映革命历史题材不错的文学作品。

希望黄河文再接再厉，写成更好的革命历史题材文学作品。也希望梅州的其他文艺工作者，写出同类作品，传承革命精神，将梅州建设得更加美好。

王新生

2021年1月16日

（本序作者原为中央党史研究室研究员、第一研究部原副巡视员、享受国务院政府特殊津贴专家）

序二

河文擅文。

我同河文建立联系不过五六年时间，这已经是读到他的第四部长篇小说了，差不多一年多就有一部。他的长篇都还不短，三十万字、四十万字，读起来很过瘾。这种写作速度，于年轻人而言，不算很快；但对一个年逾六旬的老作家来说，就真是很不容易了。看看当今世事，在网络上、微信上，常常可以看到对老人进言的段子。一些人凭借自己大半辈子的经历和感悟，总结出一套套的文字，劝诫渐入老年的老人们如何开心舒坦地过好人生后半段的每一天。河文却反其道而行，把时间都用在了写作上，展现出比之前任何一个年龄段都更为沉稳的坚执和活力。这种勤奋和拼搏，令人钦敬。

之前读过的河文三部长篇，表现的都是当代生活，这部《九龙嶂英雄》则把时间往前推了，写的是土地革命时期的斗争生活，即通常所说的革命历史题材。据资料介绍，早在大革命时期，梅州就属于中央苏区的范围，那里的九龙嶂根据地是中国共产党最早在山区创建的革命根据地之一，革命运动开展得如火如荼，有声有色，无数的共产党人和革命群众为了共产主义事业抛头颅，洒热血，殊死奋斗，为中国革命的发展做出了巨大的贡献。那段期间，发生了无数惊天地泣鬼神的故事，涌现了多少可歌可泣的英雄。我想那应该是梅州历史长河中最为辉煌的一段时期，这也为文人们提供了非常丰富的写作资源。

《九龙嶂英雄》写的是小说，但写得非常真实。书中描写的人物，如胡一声、古大存、古宜权、郑天保、黎凤翔、李明光……都是真实的历史人物；一些历史事件，如朱德等率领红四军进军粤东北，攻占梅县城，成立由朱德、毛泽东、古大存等二十一人组成的革命委员会；如建立九龙嶂革命根据地，如建立秘密交通线，向中央苏区运送药品、电讯器材、食盐以及护送中共中央领导干部；如在九龙嶂根据地建立兵工厂，如反“围剿”战斗……都是有史料可据，有迹可寻的。《九龙嶂英雄》最大的特点是：真实。它真实地描述了九龙嶂根据地发展壮大的斗争历程。

但我却还是饶有兴味地将它作为了小说来读。无他，只因书中刻画了一众鲜活生动的人物形象。写小说，也即是写人。小说需要运用各种手段，从各个侧面把人物写活。这是小说和其他文学门类写作的不同之处。既要尊重史传，又要写得引人入胜，把人物写活，难度是极大的，因为这种资源不可能来自作家直接的生活体验。这方面的典范是《三国演义》。《三国演义》中的故事和人物，大多都可在《三国志》以及《汉晋春秋》《资治通鉴》等史学著作中看到原型。然而它又是史实的基础上，经过虚构和铺排、敷衍成书的。书中的一个个历史人物，刘备、关羽、张飞、诸葛亮、赵云、黄忠老将、曹操、周瑜……虽然都是历史上的真实人物，但经过作者的虚构和加工，已成为脱离历史上的真人而独立存在的艺术典型，脍炙人口，震烁古今。我丝毫没有将《九龙嶂英雄》同《三国演义》作类比的意思，但《九龙嶂英雄》的努力是显而易见的。梅州既为革命老区，有关的故事、传说、谣谚无疑十分繁多，一些让乡朋引以为傲的先驱也经常会在人们口中传诵，河文有心，必欲通过自己的努力，让这些革命前辈们升华为文学形象。他创作的来源有的是来自史料，更多的是一个作家合理的想象与虚构。

河文是梅州人。他在梅州生，梅州长，在梅州生活了几十年，丰富的阅历让他对脚下的土地心怀一种深情。他对这块土地十分熟悉，对那里的人情风俗、文化历史都很了解。熟悉那里的一草一木，了解那里的人。一方水土养一方人，每块土地上生长起来的人，都会带着他们固有的、独特的禀性。他了解他们的思维方式、行为方式、语言方式和性格特征。正是有了对人的了解和把握，他才敢于放胆去抒写自己并不熟悉的革命斗争生活。人的爱恨情仇，生老病死，七情六欲，天良道义，古今相通。时代不同，情境不同，但人性人心大致无异。

河文在掌握了足够丰富的历史资料基础上，对笔下的人物也是琢磨研究得颇为透彻的。他非常熟悉了那批革命先辈的思想动态，他们的行动轨迹，了解了他们的成长过程中所经历的各种艰难险阻，然后，尽可能地去理解他们。古大存、胡一声、古宜权、郑天保、黎凤翔、李明光、刘光夏、罗屏汉、李斌……他们的理想一致，成长经历和斗争生活大致相同，但他们的性格表现却各不一样。书中也写到了朱德、陈毅、林彪、朱云卿，虽然场景不多，着墨很少，几番对话，几个细节，就把他们的气质和个性刻摹了出来。既为小说，书中难免会有虚构的人物。这些人物多是村里老乡，普通士兵，是敲边鼓，跑龙套的角色。对这些人物，作者亦是格外用力，努力写出他们的个性特点。如“张飞”的粗中有细，少年赤卫队员的细中有粗；如女战士张剑珍演唱客家山歌《十劝郎》，妇女救护队员黄芳同女伴的悄悄话，等等。这些起着绿叶作用的人物和情节，散发着浓郁的乡间气息，流露出作者对民俗风情的热情，对艰苦斗争中人生的关注，从而把故事情节讲得既跌宕起伏又不乏余味，使小说变得更丰满丰富。

《九龙嶂英雄》写的是大革命时期的斗争生活，斗争是激烈复杂残酷的，一些常见的战斗方式都有呈现。武装暴动，反“围剿”，端炮楼，送情报，摸岗哨，锄奸细，打伏击，做军鞋，筹粮食……都在一些表现革命历史题材的文艺作品中见得多矣。常有雷同，鲜见新意。仔细想想，大概这也是在所难免，无可非议。在我们这块广袤的土地上，任何时期的生活同质化现象都是很厉害的，人们都把自己给框在了相似近似的生活模式里。这种生活状态，对文艺创作无疑是极大的挑战。艺术创作最可贵之处是与众不同。河文聪明，他明白既然不能绕过人们理解中的斗争模式，只能另辟蹊径，将剧烈的斗争生活消融在日常中。他不去正面描写战争场面（他似乎也明白那是很难写好的），只将那些人们见多见惯的场面作为背景映衬。一场激烈的狙击战后，红军牺牲了二十多位战士。救护队将牺牲的战士抬回到根据地的练兵场，准备就地掩埋。中午时分，来了一位中年妇女，她拉开掩盖在烈士们身上的白布，仔细找了两个来回才认出了自己的儿子。儿子血肉模糊，一条腿也打断了。母亲跟部队要了一条布带，要将儿子的尸体背回老家安葬。母亲痛心哭泣："儿呀，你是好样的，妈今天带你回家去！"儿子牺牲了，母亲自然十分痛心，但她明白，儿子是为了推翻这个万恶的社会，为穷人翻身解放而牺牲的。要革命就会有牺牲，她想得通。她只是要按照客家人的风俗，把儿子背回家去，好好安葬。书中对这位母亲没有具体描写，不知道高矮胖瘦，是健壮还是羸弱。她只是平静地对红军领导说了自己的诉求，"你帮我找一条长长的布带好吗？"但红军领导考虑周到，还是安排两个战士，帮助她把英雄儿子抬回几十里的家。没有多余的描述，一句形容词都没有，几句对话，平平常常，简简单单却把一个母亲伟大的情怀和坚毅品质表现了出来。非常朴素，也非常真实。从这些表达，也可看出作者对人性的理解，对写作的追求。

我总认为创作革命历史题材的作品不容易。它需要情怀，需要胆略，需要学识，需要阅历，更需要丰沛的想象力。我的老家是湖南最南的一个偏僻县城，大革命时期属于红色根据地的边缘地区。我们老家最早成立中国共产党的特别支部，有两位老乡是经由毛泽东介绍加入共产党的。老家最著名的革命家是儒将萧克。在几十年的革命斗争生活中，涌现了很多传奇人物，留下了无数惊天地泣鬼神的传奇故事，至今为人们口口相传，津津乐道。前几年中央电视台播放电视连续剧《绝命后卫师》，剧中的不少人物就是以家乡的人物为原型的，那段日子，每天晚上，人们就早早吃了饭，守候在了电视机前。那段时间，九老峰上散步的人少了，棋牌室打牌的人少了，真是万人空巷，都去看电视了。茶余饭后，人们聚在一起，无不谈论的是电视剧中的故事和人物，顺便把坊间流传的传奇故事和传奇人物带发出来，进行还原。借助电视剧的影响，在老百姓中对革命历史和革命传统作了一次大普及。这让我深深地感受到了文艺作品的巨大感染力。

我曾经读过梅州籍著名作家程贤章先生的大部分作品，亦给他的长篇小说《仙人洞》写过评论，受他所托，给其《程贤章中短篇小说选》和《开路先锋》分别写过序。在我的印象中，贤章先生小说中的时间跨度很长，但也只写到了中华人民共和国成立初期的土地改革，再没往前。以他的阅历和功力，以及他对客家历史的透彻了解，他应该也是对这段红色资源非常有兴趣，写出小说来的。因为在与他生前的交谈中，先生多次谈到梅州土地上的这段红色历史，言下常流露出创作的愿望。可惜老先生生年有限，未能如愿。现在，河文写出了《九龙嶂英雄》。我不知道这是不是表现梅州革命历史的第一部小说；但我认为这是一个非常好的开端。期望一花引来百花香，有更多的好作品纷至沓来。

肖建国

2021年3月1日

（本序作者为著名作家、花城出版社原社长）

目　录

第一章

热血男儿立信念　铲除恶霸张二狗

这个发生在粤东北九龙嶂革命根据地的英雄故事，先从一座百年老房子说起。这座老房子位于梅城北门凤尾阁巷，面积不足一百平方米，是一字形单排五室一厅外加一个天井围成的小院落，屋名叫安定书室。它是梅县梅南镇罗田上村坡角南非华侨胡锦华和毛里求斯华侨胡锦熙在清朝末年集侨资购置的胡姓公产，专门为梅南山区胡家子弟在嘉应州读书寻求上进提供生活食宿的住所。之所以取名为安定书室，是因为“安定”两字是胡氏古代的郡望名称，也是胡氏家族祈盼子弟在安定书室安安定定读书，平安祥和。

1925年4月，广东革命政府发起的第一次东征攻克梅县时，黄埔军校学生军第一营由党代表李之龙率领进驻梅城，营部设在西门内的省立第五中学（梅州中学）毕业同学会内，共产党员黄锦辉、罗振声、罗琼、麻直等政工人员多次向学生宣传革命道理，掀起了梅县学生反帝反封建运动热潮。

当时，安定书室作为东征军张民达师长的临时接头机关。由于机缘巧合，在这里住了将近六年、再过两个月就要从省立第五中学毕业的胡一声，认识了李之龙、麻直等共产党员，还接触了《共产党宣言》等红色进步书籍。

一天晚上，胡一声看到李之龙来到安定书室办完事，便把他接进自己的住房，从床头取出一个布包，打开，露出了两个染红的鸡蛋。胡一声抓起鸡蛋，递到李之龙面前，说：“党代表，给你。”

李之龙接过鸡蛋，看了看，问：“一声，你是从哪里弄来的？”

“我妈从梅南老家托人捎来的，煮熟了，你快吃吧。”

李之龙把鸡蛋递回给胡一声，说：“我不能占你的母爱，你还是留着自己吃吧。”

胡一声接过一个鸡蛋，说：“一人吃一个，吃完我求你一件事。”

“好，恭敬不如从命，我吃。”

胡一声一边剥鸡蛋壳，一边向门外眺望，看见门外没人，说：“党代表，我想从军，还想入党，跟着中国共产党闹革命。”

李之龙咽下鸡蛋，说：“一声老弟，你的精神可嘉，中国共产党十分需要像你这样的热血青年。但是，我觉得你不能放弃学业，要继续深造。部队明天就要离开梅城了，将来有机会我们在广州见面。”

胡一声依依不舍地把李之龙送出大门，握别时，说：“党代表，请代我问候麻直兄。”

安定书室大门石匾两旁贴着一副对联：安得大同新世界，定将热血洒乾坤。

李之龙指着对联问：“一声，这副对联是谁写的？”

“我！”

“有气魄！”李之龙赞许地说，“一声，我从这副对联中看到你的远大抱负和革命志向，相信你将来是一位有担当、有作为的栋梁之才。”

“党代表，你过奖了！”

胡一声不舍地望着李之龙魁梧的背影消失在小巷拐弯处，然后回到自己房间，在笔记中写道：

填海愿衔精卫石，回天难觅鲁阳戈；
锄奸报国知何日，悄依栏杆涕泪沱。

胡一声挑着被褥和书箱踏出安定书室大门，回眸看了一眼让自己度过中学难忘岁月的老房子，说：“再见了，我钟爱的书室！”

离开梅城，胡一声收起磨破了嘴的灰色布鞋，赤脚挑着行李走上回家的山间小道。大约走了两个半钟头，他终于来到了梅县梅南镇滂溪村的龙文公学。看到校门锁着，他便坐在书箱上休息。

龙文公学是梅南先贤古直先生于1914年创办的高等小学。它坐落于一个小山坡上，四周植被茂盛，一带山脉从东北角上直牵下来，三面环绕，好似一把稳稳当当的交椅一般，龙文公学便坐落在这交椅上。学校三面环山一面环水，又如母亲伸出强壮的双手，把孩子拥在怀里。古直青年时加入中国同盟会，投身辛亥革命和讨袁护法等一系列活动。他的爱国主义思想和民族精神，从龙文公学创办开始就一直激励着在这里读书的孩子们。

胡一声小时候在龙文公学度过了六年清贫而快乐的时光，也锻炼了他奋发向上的高尚品格。他抬头望了一眼正午的太阳，心想放暑假学校没有人在，再等下去也见不到在这里教书的好朋友吕君伟、熊光、古九成他们了，还是走吧。于是，他又忍着饥饿翻山越岭走了两个多小时，疲惫地回到罗田上村老家，撞见母亲朱氏握着一根扁担准备出门。他有气无力地喊了一句：“阿妈。”然后丢下行李，倒在床上闭上了眼睛。

朱氏看到儿子的状态，知道他走累了，连忙走进厨房煮了两个荷包蛋端进儿子房间，心疼地说：“儿子，起来吃点东西。”

胡一声伸了一下懒腰，勉强坐了起来，接过母亲手里的饭碗，说：“多谢阿妈！”

看到儿子吃得津津有味，朱氏又回到厨房把留着自己晚上吃的一碗稀饭端到儿子面前，说：“儿子，这里还有一碗粥，一起吃了。”说完，她将这碗粥放在旁边的书桌上，坐在床沿看着儿子吃。

胡一声三岁丧父，哥哥夭折，靠母亲朱氏辛苦耕田、打柴和挑炭来维持母子俩的日常生活。到了上学年龄，幸好宗叔胡秀文资助他上完龙文公学，后又读省立第五中学。胡一声寒暑假回来，胡秀文都与他谈论《三字经》和

《明圣经》等，启发他长大后要做一个有益于社会的人。喝完粥，在母亲拿碗筷转身时，他瞅见母亲左耳后一条长长的伤痕，禁不住问："阿妈，你左耳后一条长长伤痕，是怎么伤到的？"

朱氏边走边说："这是两天前到山上砍柴，被一根松树枝划破了。"

胡一声感觉精神好多了，连忙下床跟进厨房，对洗碗的母亲说："阿妈，你刚才要去哪里干活？"

"我和几个姐妹约好，去南坑挑木炭。"

"来回多长时间？"

"至少也要四个小时。"朱氏平静地说。她把洗好的碗筷放进碗橱，叮嘱道："我走了以后，你好好睡一觉，等我回来给你做饭。"

"阿妈，我跟你去。"

"你不累吗？"

"不累。"

"那好，我们走！"

站在一座山岗上，胡一声望着连绵起伏的群山，疑惑地对身边的母亲说："阿妈，我在龙文公学读书时有一个同学叫黄狗，他家住在九龙嶂下九里另。你告诉我，九龙嶂在什么方向？"

"你往右边远眺，那座直插天空的最高山峰就是九龙嶂。我曾经听你外公朱佐源说，那里人迹罕至，官兵从来不敢到，村民全靠烧炭、种茶过日子。"

在胡一声房间里，亮着一盏昏暗的洋油灯。吕君伟、黎学仁、熊光、古九成、胡志文、郑德云、郑国安等龙文公学的教员，团坐在书桌周围，倾听胡一声讲述粤东各地振奋人心的故事。

"我在省立第五中学参加读书会时，多次听老师说，五华有一个德才兼备的古大存，早年就读于广东公立法政专门学校回到家乡，积极组织农民运动，还拉起了一支几百人的农民自卫军，击溃了陈炯明部叛军，还击毙了叛军参谋长，赢得了人民群众的拥护和称赞。”

黎学仁说：“古大存真了不起！”

“你们不知道，古大存出身于富裕家庭，但他的生母是一位出身贫苦、勤劳善良的妇女。在其母亲的影响下，每当见到衣衫褴褛、面容憔悴的乞丐站在家门口讨饭时，他就想办法送米饭给他们吃。有一次，古大存从学堂回家时，路上遇到一个穷苦少年，身上只穿一件单衣，在寒风中冻得瑟瑟发抖。他马上脱下自己身上的寒衣，送给这位可怜少年御寒。”

熊光说：“古大存真是好样的！”

“古大存不但心地善良，而且胸有鸿鹄之志。他对当时社会上的贪官污吏、土豪劣绅鱼肉人民的种种罪恶行径，常常义愤填膺。他疾恶如仇，曾对经常在一起的同学说：‘我长大了要杀尽那些欺压穷人的恶鬼！’”

古九成说：“古大存是个很有抱负的人！”

“我告诉你们，丰顺也有这样一个人。这个人叫黎凤翔，曾经在省立第五中学读书，因不满足于老师所授课程，没毕业又去厦门的集美学校求学。后来，他回到家乡以教书为掩护，领导农民运动，写下了一首诗：‘蠢尔工农真可怜，挨饥耐荒总抵然；珍陶也得劳相助，事到功成只就亨。’”

吕君伟说：“真是首好诗，他好有才华啊！”

“还有大埔的李明光、兴宁的刘光夏，他们俩……”

朱氏走进来，给每个人分了一个冒着热气的番薯，然后对胡一声说：“儿子，时间不早了，故事下次再讲吧！你们吃了差不多就散了，明天一早你还要出远门呢。”

“阿妈，我知道，你去睡吧。”

看着朱氏走出房间，吕君伟问：“一声，你明天要去哪里？”

“我要去荷印（今印尼）爪哇找舅舅朱君鹄，请他帮我介绍一个教书的职位，听说那里的工资高。”

熊光吃惊地问：“你不读大学了？”

胡一声微笑着说：“不读了。”

“为什么？”

“你们都知道，读大学要花好多钱。我家经济拮据，不想让阿妈再去挑柴卖炭，为我累白了头。所以我没有参加高考，想先谋求一份职业，以后有机会再去实现心中的理想，这样就可以减轻阿妈的负担了。”

吕君伟说：“一声，你阿妈为你付出了那么多，目的就是要你读书出身，光宗耀祖。你这样放弃学业，岂不是伤了你阿妈的心？”

“君伟，你说对了，我确实伤了阿妈的心！她刚开始知道我的想法，竟然骂了我一通，还两天不理睬我。后来，也不知道哪根神经触动了她的思维，一天晚上，她把下蛋的母鸡杀了，命令我把两个鸡腿吃了。看着我把两个鸡腿吃完，她流着眼泪说：‘儿子，你日子很长，路也很长。我不干涉你做事，希望你把未来的路走好，别让阿妈失望！’”

“一声，你阿妈对你语重心长，对我们也是莫大的启发教育啊！”

熊光伤感地说：“一声，你这一走也不知牛年马月才能回来，希望你多给兄弟们写信。”

“放心吧，我会给兄弟们鸿雁传书。”

吕君伟说：“一声，你给我们留几句临别赠言吧。”

胡一声抱拳向各位兄弟作揖，说：“兄弟们，我给大家作个揖，希望你们把龙文公学当作自己的家，办得红红火火，不辜负梅南乡亲的厚望！”

大家纷纷点头，说：“好！”

胡一声走到床后，从书箱里取出一本书，递到吕君伟面前，说：“这个是东征军党代表李之龙送给我的，我现在转送给你们，让兄弟们传阅一下。”

吕君伟接过书，靠近洋油灯看了一眼书面，惊喜地说：“《共产党宣言》！”

“这本书是无价之宝，看了能使人眼界大开，明确方向。”

胡一声跟着水客来到了荷印爪哇，见到了舅舅朱君鹄，转达了外祖父朱佐源的叮咛。没想到朱君鹄此时失业了，人际关系戛然终断，导致胡一声几个月无法找到教职的位子，令他苦闷不堪。一天，胡一声闲逛来到海岸，向着太阳升起的地方，凝神张望。

“年轻人，你站在这里干什么？”

胡一声回头看了一眼这个说中国话的老人，然后又注视着茫茫大海。

“看你神不守舍的样子，难道你想寻短见吗？”

“不，我有远大理想还没实现，怎么会寻短见呢？”

“那你就去实现吧。”

胡一声转过身来目送着老人消失在路的尽头，然后回到舅舅身边，说：“舅舅，我在这里找不到事做，想明天离开荷印（印尼）了。”

“一声，你再等等吧，说不定明天就能找到工作了。”

“我去意已决，你不要劝了。”

“那你想去什么地方？”

“我想回广州，报考黄埔军校。”

“听说当兵很辛苦，你能吃得消吗？”

“我是农村长大的孩子，不怕辛苦。”

第二天早上，胡一声兜里藏着舅舅兑换来的几个银圆，提着书箱坐船经过新加坡、中国香港到达了广州，住在一个宗叔家中。

此时，广州发生了“中山舰事件”，蒋介石开始背叛革命，第一次国共合作宣告破裂。从此，一大批共产党员被迫离开了黄埔军校。

胡一声通过多种途径找到了麻直同志，得悉李之龙被国民党扣留，生死未卜。他难过地说：“麻直兄，我原本是来报考黄埔军校，跟着你和党代表李之龙闹革命的，想不到形势发生了急剧变化，看来我从军这条路走不通了。你说我下来怎么办？”

“一声，我们的革命事业一定会继续下去，目标不会改变，但任重道远。我希望你去报考国立广东大学（中山大学），继续深造，将来更好地为国家出力。”

“麻直兄，我听你的。”

这时，国立广东大学春季招生还没有结束。

宗叔听到胡一声的愿望，问：“一声侄，你荒废了半年多时间，那些文化知识你还记得清吗？”

“我没有忘记。”

“你有这个决心，阿叔全力支持你！”

“多谢阿叔！”

“一声侄，我们梅南龙文公学创始人古直在国立广东大学当国文教授，要不要我领你去拜见他一下，求他帮忙。”

胡一声思考了一下，说：“阿叔，古直教授现在很忙。我回国前曾收到他的来信，他说他现在很忙，除担任文学院教授外，广东通志馆馆长郭沫若院长还聘他专管通志。另外，他资助五百大洋赴法留学的得意门生熊锐，最近因受周恩来指令回到广州。他还推荐熊锐担任国立广东大学社会学系副主任、国立广东大学附属中学校长等职务。我想凭自己实力考进去，以后再去拜访古直教授和熊锐学长。”

宗叔赞许道：“有志气！”

果然，胡一声以优异成绩考入了国立广东大学。无独有偶，他的同乡郑天保也从省立第五中学考进了国立广东大学。相隔半年多，两人又成了国立广东大学同学，一见面就像热恋中的情人一样拥抱了很久。

“我想死你了！”

“我也想死你了！”

郑天保是梅县梅南罗田耕郑村人，在省立第五中学读书时与胡一声关系密切，俨然像一对亲兄弟。他对胡一声说：“半个月前，我回家见到了吕君伟老师，不，他现在是校长了。他说不知道你近况如何，非常想念你。”

“他们还好吗？”

“具体我说不清楚，但有一点是记得的，他和几个老师办的读书会有声有色。”

“好哇，听了真让人高兴！”

在五华安流东灵寺召开的全县农民代表大会上，古大存当选为五华县农民协会副会长兼军事部长。

会长宋青握着古大存的手说：“大存同志，祝贺你！”

“多谢！”

“你给大家说几句吧。”

“好！”古大存激动地说，“同志们，农友们，多谢大家对我的信任！我一定不负众望，与会长宋青、委员廖玉如一道，整顿健全各区、乡农会，发展壮大农民自卫军，与剥削阶级进行坚决的斗争！”

从此，一场声势浩大的农民运动在五华城乡蓬勃开展，猛烈打击了土豪劣绅的阶级利益，大长人民群众的志气。一天，宋青对古大存说：“我们的革命形势一片大好！”

“是啊，出现了前所未有的局面。但我们不可掉以轻心，随时注意土豪劣绅的新动向。”

披着孙文主义学会外衣的反动派张谷山气急败坏，立即派人通知大财主李寿眉、张二狗他们来家里密谋。望着这些愁眉紧锁的拜把子兄弟，张谷山说：“各位兄弟，看你们一个个垂头丧气的样子，是不是都被可恶的共产党欺负了？”

李寿眉说：“这还用说吗，我们都抬不起头来了！张大哥，你要给我们做主呀！”

“各位兄弟，我的日子也不比你们好过。我今天匆忙叫你们来，就是要和你们商量如何对付共产党的办法。”

张二狗说：“大哥，你这一步棋行得太及时了！你说，下来我们怎么办？”

“我先给你们通报一点信息，全县百分之九十以上的‘泥腿子’都加入了农会，会员达到六万多人，农民自卫军也有几千人。如果再假以时日，我们都要被共产党摁落水底了。鉴于这么严峻的形势，我决定组织资本团，大家出钱，由李寿眉老弟任团长。然后，我们把流散在大田的陈炯明残部张伯洲旅五六百人召集起来，成立五华县警卫基干大队，张二狗老弟为大队长。以大田为据点，对农民进行武装收租，镇压‘泥腿子’，消灭共产党！”

李寿眉说：“我愿意出钱！”

张二狗说：“我愿意当这个大队长！”

张谷山看到其他人一言不发，生气地说：“你们几个都哑巴了！”

“同意！”

“没意见！”

一个星期后，新成立的五华县警卫基干大队一千多人，窜到农村抢掠勒索、焚烧民房，甚至捉拿小孩，要农民出钱去赎。同时围攻农会，打伤、抓捕农会干部和自卫军。连续几天，闹得二十多个乡鸡犬不宁。

县农民协会得知情况，马上召开紧急会议商量对策。宋青担忧地说：“这么好的革命形势，转眼遭到惨重破坏，令人痛心。大存同志，你说怎么办？”

古大存斩钉截铁地说：“消灭张二狗！”

缪玉如说：“对，擒贼先擒王！”

宋青说：“大存同志，你现在组织农民自卫军，马上刹住国民党反动派的嚣张气焰！”

“不，我们还要等待时机。”

“不能等了，再等黄花菜就凉了！”

“会长，心急吃不了热豆腐。不出三天，我就能要了张二狗的性命！”

第二天早饭后，派出去的侦察员回来向古大存报告：“张二狗带着一队国民党兵和县警卫基干大队去双头了。”

机会终于来了！

古大存亲自率领整装待发的五百多个农民自卫军火速赶到双头，向正在烧杀抢掠的国民党反动派发起突然袭击，逼使张二狗带着残兵败将退守当地一户土豪的道安楼，凭借坚固的围墙作最后的抵抗。

经过几轮激战，农民自卫军还是没有取得成效。警卫连长小古跑到古大存面前，说："古部长，敌人的火力非常猛烈，我们一时难于攻进去，怎么办？"

古大存察看了一下周边地势，然后对古连长说："你去通知防守道安楼后门的李斌队长，叫他不要进攻后门了，带着队伍退后五十米埋伏好，看到敌人从后门逃出来时迎头痛击，活捉张二狗。"

李斌是黄埔军校毕业生，受党的委派来到了五华开展农民运动。

古大存指挥农民自卫军在正面发起更加猛烈的进攻，并向围墙内抛去大量熊熊燃烧的稻草。一时间，浓烈刺鼻的火烟弥漫在道安楼内，熏得敌人鬼哭狼嚎，减弱了抵抗的火力。

张二狗看到态势已去，又看到屋后没有了枪声，觉得逃走的机会来了，便带着人马窜出了后门，一个劲往后山跑去。正当他庆幸脱离了危险时，面前又响起了激烈的枪声，来不及抵抗，张二狗便乖乖地做了农民自卫军的俘虏。

为了振奋军威，提升农民对共产党的信赖，五华县农民协会在县城召开万人大会，将民愤极大、罪大恶极的恶霸头子张二狗斩首示众。

一位六十多岁的老伯走到古大存面前，向古大存竖起大拇指，高兴地说："你们共产党为我们农民铲除了祸害，太了不起！"

事后，古大存将这次战斗胜利情况向海丰农民运动领导人彭湃报告。彭湃回信说："大存同志，你们大长了共产党人的威风和志气，灭了国民党反动派的嚣张气焰，干得好！"

第二章

成立梅南党支部　惩办劣绅张谷山

胡一声入读国立广东大学不久，便加入了共产主义青年团。在暑假期间，广东区委举办党员秘密训练班，国立广东大学党组织选送他去参加培训，被选为培训班班长。在培训期间，他多次到广州农民运动讲习所上党课，认真学习毛泽东讲解的阶级分析，认识到中国农民占总人口的80%以上，农民受压迫最重，解放农民是中国革命的主要任务，即农民是革命力量的主力军。工人阶级一定要和农民联合起来，才能取得革命的胜利。在此同时，国立广东大学党组织又派他参加华侨工作培训班等学习。培训结束后，他被党组织从共青团员转为中共党员。

郑天保得知胡一声光荣地加入了中国共产党，在一个星期六晚上，请胡一声吃饭。他高兴地说："一声，祝贺你！"

"多谢！"

"我也想成为中国共产党的一分子，请你给予帮助好吗？"

"天保，这也是我的想法。最近，我将你在省立第五中学的积极表现和国立广东大学这段时间的思想行为向党组织作了汇报。我想作为你的入党介绍人，让我们共同为共产主义事业奋斗终生！"

"我愿意！"

一个月后，郑天保也在党旗下庄严宣誓了。他在日记中写道："我把一切献给党，为革命鞠躬尽瘁，死而后已。”

与此同时，胡一声还介绍家在梅南水车的国立广东大学同学廖祝华、吴锡彝加入了中国共产党。从此，他们四个从梅南出来的志同道合的老同学、新战友就经常见面，经常找偏僻地方学习马列著作、党的文件，交流思想体会。

一天，胡一声又和郑天保、廖祝华等一道组织进步学生到工厂去宣传革命道理，号召工人团结起来争取合法权利。谁知刚走到学校门口，胡一声就被两个校警截住，扭送到国立广东大学反动校长戴季陶办公室。

戴季陶叫校警出去，把门关上，挺温和地问：“你叫胡一声？”

“是，你找我来什么事？”

“听说你多次牵头召集同学聚会，煽动他们和政府闹事。今天又想去工厂蛊惑人心，你的胆子也太大了！”

“戴校长，你不是经常教导我们要爱国家爱大众吗？我这样做并没有违反学校宗旨，纯粹是一种爱国家爱大众的表现，难道有错吗？”

戴季陶一反常态，恼怒地说：“胡一声，你这是替共产党说话，为共产党做事！”

“戴校长，你太高看我了，让我受宠若惊，不知道怎么感谢你。”

戴季陶感觉到这个学生不一般，给他打打预防针就好了，于是又换了一副脸孔，和气地说：“一声啊，你还是一个学生，听说学习成绩非常优秀，将来一定前途无量。你听我一句箴言，闹事者是不会有好结果的！我希望你从今以后专心读书，其他无益的事就不要去做了。”

胡一声不想纠缠下去，应承道：“戴校长，我会记住你的话，做一个名副其实的好学生。”

“这就对了！”

郑天保和廖祝华他们在行政办公大楼旁边的草坪里候着。看到胡一声从大门里出来，连忙迎上去。郑天保问：“一声，戴校长叫你去说什么？”

胡一声平静地说：“他把我训了一通。”

廖祝华问："训你什么？"

胡一声抬头望了一眼行政办公大楼八楼的窗户，看见有人在向下张望，连忙说："这里不方便，我们回宿舍去说。"

回到宿舍，胡一声请大家坐下，然后又机警地到窗前观察一番后也坐下来，语重心长地说："同志们，我今天想和你们商量点大事。"

郑天保说："一声，你说吧，我们认真听。"

"我自从参加了党组织开办的几个学习班后，考虑了很多问题，常常睡不着觉。因此，我几次去找麻直同志、熊锐学长求教，总的来说，他们一致认为中山先生逝世以后，蒋介石掌控的国民党明目张胆地背叛了中山先生的三民主义，国共合作已岌岌可危，到了破裂边缘。"

廖祝华急切地说："熊锐学长接触党的上层人物多，他有什么高见吗？"

"熊锐学长说，我党高层常在他家开会，概括起来，有两种意见。第一种意见是：共产党人扯起革命大旗，组织武装暴动，和蒋介石右派作针锋相对的斗争。另一种意见是，仍然按照陈独秀、汪精卫的联合声明，与国民党真诚相见，即使挨打，也得忍让，千万别动摇国共合作的根基。熊锐学长说他是坚持第一种意见的。"

郑天保听到这个分析，连声说："共产党不能当书呆子啊！不能屠刀架在脖子上了还不知道反抗啊！"

"是的，共产党不应当书呆子，现在到了生死存亡关头，是觉醒的时候了。"

吴锡彝问："一声兄，麻直同志也与党内高层接触多，他有什么高见？"

"我觉得他也是主张与国民党针锋相对作斗争的，不过他比较讲斗争策略，他推崇毛泽东同志的观点和做法。到农村去发动农民群众搞农会，搞农民武装，建根据地，发展壮大革命势力。"

郑天保说："我也是这样想的，我们广东的彭湃同志，他1924年在广州办农民运动讲习所，训练了一批农运干部，然后回海陆丰搞农民运动去了。经过他培训的人回到丰顺、梅县也搞起了农运，现在我们粤东农民运动如火如荼，革命力量发展壮大有了根基，我相信这是共产党生存发展壮大取得最后胜利之路。”

廖祝华说：“对，我们都愿意走这条路，一声你就带着我们一起走吧！”

胡一声说：“我已下定决心走这条路，但这条路必然会非常艰难，而且长路慢慢，没有坚定的决心和持久的耐性是走不下来的；但它却是一条前途光明的路，大家既然下定了决心，就一定要坚持心中的信念，坚决走下去，直到胜利。”

郑天保说：“我们有决心，已经做好思想准备了。”

“那好，我有个初步的实施计划。先建立一个培训革命干部的基地，把龙文公学升格为梅南中学。我准备这个寒假就回梅县办这件事。”

廖祝华说：“寒假时间很短，创办一所中学可不是一件简单的事，能办成吗？”

“我有十分把握，我在古直老师去庐山之前就和他提过这个想法，他说他早就想办这件事，会给梅县教育局写信，提前吹吹风。”

郑天保说：“一声，那我也和你一起回去，好帮帮忙。”

“好哇，我早有这个想法。”

一天上午，胡一声提着一捆书回到宿舍，看到郑天保坐在自己床上，问：“天保，明天回家的东西你准备好了吗？”

“我还没有收拾。你这书是哪里来的？”

“古直教授托我带回去，赠送给母校龙文公学。我离开他家的时候，他再三叮嘱我们回到老家，一定要谨慎行事，免得惹出麻烦。你看这还准备了一包材料，是我参加学习班读过的，也要带回去。”

“我还可以去黄埔军校找我那些武友，向他们要黄埔的教材。”

“那好，你今天就快去，能要多少要多少。”

“组织上有什么交代？”

“九个字，发展党员，建立党组织。”

郑天保高兴地说：“这好办，我们的老同学许多都够预备党员条件。”说完，他从裤袋里搜出一封信，递到胡一声面前，说：“这是我阿爸从马来亚（马来西亚）寄来的，今天刚收到，给你看一下。”

胡一声接过信展开，浏览一遍后说：“你阿爸叫你去马来亚度寒假，帮他做一个月生意。你心里是怎么想的？”

“当时看了信，我打算不跟你回家了，去马来亚帮阿爸。现在听到组织给我们分配了任务，我又改变主意了，回老家去。”

胡一声把信还给郑天保，问：“你不后悔？”

“我怎么会后悔呢！现在，我就去电报大楼给阿爸发电报，告诉他我要回家看望阿婆、阿妈和兄弟姐妹。”

“好啊，那你抓紧去发电报。事情办好后，你把行李带到我这里来，晚上一起住，有些事情我们要商量一下。”

第五天傍晚，胡一声和郑天保回到了梅南龙文公学，看到吕君伟、熊光他们几个好朋友都在，胡一声高兴地说：“兄弟们，大家好！”

郑天保问：“我们都饿了，有吃的吗？”

“你先忍耐一下，”吕君伟说，“我们去河里钓了几条鱼，国安你和学仁、九成抓紧去做一顿鱼宴，今晚我们要为国立广东大学才子一声和天保接风洗尘。”

吃过饭，大家来到吕君伟校长办公室。胡一声问：“君伟兄，这一年多来，你们除了教书还做了什么？”

“我们主要做了三方面工作：一是借读书会为名，每个星期六下午把五、六年级部分学生组织起来，向他们灌输进步思想；二是利用家访时间到农村了解农民心声，编好《龙文》校刊，散发给学生们阅读；三是我和熊光几位教师每半个月在我家集中一次，学习《共产党宣言》。”

胡一声从心里感到满意，微笑着说："君伟兄，你们做了这么多事情，值得肯定和赞扬。"

郑天保说："我想提醒大家，现在是非常时期，你们虽然抱有崇高的革命精神和坚定意志，但还需要进一步做好保密工作，才有利于我们追求和实现远大目标。"

吕君伟走到窗户边往楼下大门外的操场四周瞧了瞧，返回座位上说："一声，你给我们讲一讲当前的革命形势。"

"1926年3月20日，广州发生了'中山舰事件'，蒋介石开始背叛革命，导致国共合作破裂，给中国共产党带来了不小损失。根据党中央的指示精神和党组织的安排，我和天保这次回乡准备发展一批党员，建立地方党组织，更好地开展革命斗争。"

几位老师倏地站起来，纷纷表示要加入中国共产党，为中国的革命事业贡献力量。

"你们的精神可嘉！"胡一声向他们摆手说，"坐下。这事急不得，我和天保会慎重考虑，还要向梅县党组织汇报。"

郑天保问："吕校长，刚才你说利用家访时间到农村了解农民心声，请问到过我们梅南最边远的九龙嶂九里屰吗？"

"那里崇山峻岭，只有一个叫黄牛的四年级学生，我们没有去过。但我们到过九龙嶂水尾，还在一个学生家里住了一晚上。"

郑国安说："黄牛的成绩很好，我是他的班主任。今年寒假结束时，他对我说春节后不来上学了。"

胡一声问："是什么原因呢？"

"我再三问了黄牛，但他只是流泪，不肯说出事情的真相。"

"你应该去了解清楚，争取让黄牛回来继续读书。"

"太远了！"

郑天保说："黄牛小小年纪都敢出来求学，难道你一个二十多岁的大人没有胆量进山去找他？"

胡一声说："我在龙文公学读书时有一个和我要好的同学黄狗，他家就是九里屶的。这么多年没见了，我多次做梦都能梦到他。国安老师，要不我和天保明天陪你去九里屶走一趟，你见黄牛，我见黄狗，怎么样？"

"明天我有事，后天去。"郑国安反对道，"再说，你和天保刚回来，也要先回家去见见亲人，是不是？"

郑天保说："我迟几天回去，阿婆也不会怪我的。"

胡一声说："我阿妈也是通情达理的女人，不会生我气的。"

"我提议，你们在座的几位，明天也和我们一起去九龙嶂。君伟校长，你的意见如何？"

吕君伟迟疑了一下，说："说实话，明天我也要去看望生病的岳母。但既然天保提议了，那我不反对，大家都去。"

"去！"黎学仁、熊光、古九成、郑德云、胡志文也表示同意。但郑国安还是说："我真的去不了。"

郑天保说："国安老师，你说一说不去的理由。"

郑国安沉默一会儿，不得不说："我阿妈托人给我介绍了龙岗一位女孩子，名叫吕进娣，听说长得很漂亮，约好明天去她家提亲。"

古九成说："吕进娣我见过，确实长得漂亮，而且聪明能干。"

熊光说："提亲又不是结婚，你可以改天嘛。"

"说不定我阿妈现在正盼着我回家，我得回去了。"

胡志文看到郑国安向门外走去，大声地说："国安老师，你对得起我们吗？"

郑国安头也不回地走了。大家都感到有点失落，但还是决定明天一早向九龙嶂出发。没想到，半个小时后，郑国安又回来了，说："一声，我明天跟你们去九里屶。"

胡一声惊喜地问："你阿妈没有阻拦你？"

"我没有回到家，当走到家门口时，心里想，我不能因为私事失去重要的兄弟情谊，觉得还是和大家在一起好，便掉头回来了。"

古九成笑着说："你这一失约，说不定吕进娣就不要你了。"

郑国安无所谓地说："她不要我，那我找另一个女孩子。"

第二天凌晨五点，胡一声他们每人握着一根扁担，从龙文公学出门了，冒着寒风走了将近五小时山路，在上午十时左右来到了九龙嶂下的九里岃。

一个村民提着钹镰、扛着砍刀从一座老房子出来，刚好撞见胡一声他们，禁不住问："你们是来挑炭的？"

胡一声说："我们是来找黄狗的。请问他住哪？"

"呵，你们是来他家奔丧的。"

胡一声吃了一惊，问："他家发生什么事了？"

"他爸昨天下午被豹子咬断了喉管，命根子也被豹子吃掉了，真惨啊！"

郑天保惊骇地说："哇，怎么会发生这么严重的事件？"

"你们是黄狗什么人？"

胡一声说："我是黄狗小学的同学，他们几个是龙文公学的老师。今天我们专程来看他，并不知道他家发生了不幸的事。"

"你们来得巧，赶快去帮他吧。"村民往上一指，"上面那座大房子就是他家。"说完转身就走。

郑国安上前一步，把村民拉住，说："阿叔，我还想向你打听一个人。"

"谁？"村民转过身来。

"黄牛。"

"他呀，就是黄狗的弟弟。"

黄狗住的房屋好大，坐东南向西北，兴建于清末民初，为二堂一横屋，有二十多间房子，住着几家黄姓人。建筑面积约五千多平方米，高台基，夯筑，合瓦屋面，土木结构。下堂呈凹式，夯土墙，木直棂窗，装饰简朴。屋檻下面是一字儿排开的单屋杂房，有十多间。屋后是九龙嶂，地处莲花山脉，海拔高度一千多米。

第二天上午，胡一声他们抬起用简易木板钉制的装着黄狗父亲的棺材，走了一个多小时，爬上了九龙嶂侧面的一个山窝井头凹。这个山窝像一只茶盆，非常平整，起码有五十多亩，没有树木，只生长着用来制作笤帚的黄草。

大家帮忙安葬了黄狗的父亲，原本阴沉沉的天突然开朗起来，太阳跳出了云层，让人感到身上暖洋洋的。

胡一声说："黄狗，你们兄弟俩先回去，我们想留下来观察一下这特殊的地方。"

"这里常有凶猛的野兽出没，我阿爸就是在这里采集黄草时遭难的。我们一走，你们万一碰到野兽怎么办？"

黄牛说："阿哥，我们留下来陪老师。"

"一声，那你们不要走远。"

大家沉痛的心都被眼前的景色淡忘了，他们分散开来，有的在软绵绵的草地上打滚，有的弯腰采橘黄草穗子，有的拾起小石头向远处掷去。

不一会儿，郑国安从草地上起来，喊："黄牛！"

拿着草穗子的熊光说："黄牛走了。"

胡一声对陪着自己的黄狗说："你弟弟一个人敢回家？"

"他呀，胆量很大，几次徒手捉蛇，有一次还抱回一头野猪崽。我估计他不是回家，可能去逮野兔了。"

半个小时后，大家围坐在一起。

胡一声扭头问："黄狗，你家出了这么大的事，为什么没有一个村民主动来帮忙？"

黄狗伤感地说："我阿爸今年死时才四十多岁，村里人都说不上六十岁还没有上寿，又是不正常死亡。他们担心沾上爸爸的衰运，所以一个个都躲开，不愿意来帮忙。"

黎学仁说："愚昧！"

胡一声问："黄狗，你怪怨他们吗？"

黄狗无奈地说："怪怨是怪怨的，心里觉得他们太不近人情了。但仔细一想，他们心里都有苦衷，不帮我也没什么不对，何必去计较呢！”

“以后，万一他们谁家出了这样那样的事，你会袖手旁观吗？”

“我不会，绝对不会这样做！”

郑天保说：“黄狗，你这种境界值得称赞。我想问你，九龙嶂崇山峻岭，人迹罕至，有没有土匪？”

“我们这里民风淳朴，从来没有受到外来因素的干扰。”

郑国安突然说：“你们看！”

黄牛捧着一束鲜艳的山花，走到他父亲坟前，鞠了一躬，然后把山花插在坟头上。

胡一声赞扬道：“黄牛真懂事！”

郑国安问：“黄狗，你弟弟黄牛放寒假时对我说，过年后他不读书了。你能否告诉我，黄牛不读书的原因吗？”

“妈妈一直身体不好，需要经常吃药，阿爸和我用烧炭、种茶挣来的钱都花在妈妈身上了。爸爸说，穷人家的孩子读再多书也无济于事，当不了饭吃。现在阿爸又离开了我们，千斤重担压在了我肩上，更需要弟弟帮忙了。”

郑天保问：“黄狗，你弟弟说过还想去学校读书吗？”

“想，怎么不想。我也想让他继续求学，将来光宗耀祖。但想也不能实现，只能是白日做梦！”

胡一声望着吕君伟，问：“君伟兄，你们龙文公学能否筹集一笔经费，资助有困难的学生？”

“我也有这个想法，但觉得困难重重，难于实现。”

“办法总比困难多！我们要有足够的自信心，坚信没有克服不了的困难。”

郑天保说：“一声，你这个动议好。我们可以发动海内外乡亲捐款，都来献出一份爱心。”

胡一声点头说：“对，集腋成裘！另外，我还有一个大胆想法，争取古直教授和我堂叔胡秀文这些名人、乡绅的支持，把我们龙文公学升格为初级中学，招收那些想继续读书但又没有考上县城中学的学生。”

熊光高兴地说：“我举双手赞成！”

郑天保说：“这么好的事情，谁不支持就是笨蛋！”

胡一声看到黄牛走到他们中间坐下，问：“黄牛，你还想读书吗？”

“想。”

“那你明年开学后，继续到龙文公学读书，所需费用由学校承担。君伟兄，你看行吗？”

“行！”

胡一声他们挑着黄狗烧的木炭，走了两个多小时，来到了九里岃相邻的水尾中心地带时，看到路旁有一个茶寮，突然感到有点口渴，他连忙对郑天保说：“天保，我们去喝点水。”

他们刚走进敞开式茶寮，从旁边建房工地上便走过来一位中年人，他笑容可掬地问：“你们想喝水还是喝茶？”

黎学仁问：“怎么收费？”

“不要一分钱，随便喝。”

“那就给我们泡壶茶，多谢！”

胡一声问：“阿叔，我们怎么称呼您？”

“我叫冯清泉，是水尾乡绅。”

“冯叔，你家做屋呢，看上去好大型。”

冯清泉边泡茶边说：“也不算大型，是我爸爸过番（旧时人们称到南洋谋生为过番）做生意寄回一点钱。你们看上去白白净净的，不像是耕田的后生仔，怎么也去山里挑木炭？”

郑天保说：“冯叔，你的眼力真好。”他指着胡一声，“我和他还在广州读大学，他们几个是龙文公学的老师，你没见过他们吗？”

“不好意思，我没见过。”冯清泉把一杯茶端在胡一声面前，转头说，

“国华，国华，你到这里来。”

转眼间，一个八岁多的男孩子跑了过来，问：“爸爸，你叫我什么事？”

“你在龙文公学读书，认识这些老师吗？”

冯国华向老师们扫了一眼，指着吕君伟说：“我见过这个吕校长。”

吕君伟问：“你读几年级了？”

“一年级。”冯国华睁着乌溜溜的眼睛，有点胆怯地说，“开学时，同学们集中在操场上，你在台上给我们讲话。”

“你记得我讲什么话吗？”

“这个……”冯国华搔了一下头，想了想说，“我记得你讲过，同学们，要好好读书，长大了要回报自己的父母，还要回报社会。”

“小同学，你记性很好！”吕君伟说完扭过头去，对冯清泉说，“冯叔，孺子可教呀！”

冯清泉心里乐了，但嘴里却说：“吕校长，你抬举了！我还有两个儿子，小儿子过两年也要进龙文公学读书。大儿子菊华在南洋他爷爷那里学做生意，五年前我给他买了一个童养媳叫钟祝英。这座房子盖好后，菊华就会回家和祝英完婚，到时请你们全体老师都来喝喜酒。”

“好哇，只要你冯叔发出邀请，我们一定会来捧场祝贺！”

钟祝英扎着两个小辫子轻盈地走来，看到这么多生疏的人，羞答答地说：“阿爸，师傅有事叫你进去。”

“你回去告诉师傅，我马上就来。”

胡一声站了起来，说：“冯叔，我们喝足了茶，也该走了。”

“那好，我也不留你们了。我在官塘圩开了一间福兴茶行，你们有事随时可到那里找我，我会帮助你们的。”

胡一声拱手道：“多谢了！”

胡一声回家住了两个晚上，第三天又和母亲朱氏作别了。

“儿子，你这一走还回来吗？”

“我还没吃你煎的油锥、蒸甜粄，怎么不回来？”

“那你出门要注意安全，走吧。”

胡一声顶着呼啸的北风，只身来到梅城安定书室，见到了梅县县委领导杨雪如、陈启昌、李仁华和古柏，汇报了龙文公学吕君伟等六人的工作情况。

杨雪如肯定地说：“一声同志，你们的工作做得很到位，我同意这些同志加入党组织。在农村学校发展党组织，你们开了一个好头，经验值得推广。”

陈启昌说：“按照党的组织原则，龙文公学要成立一个党支部，你心目中觉得他们中谁是书记、副书记的合适人选？”

“我和天保同志商量了一下，觉得梅南这个支部是梅县第一个农村支部，要带好头，做好榜样，支部书记很关键，我想国立广东大学快要毕业的廖祝华是合适人选。他是梅南水车人，品学兼优，我回来前和他商量过，他表示只要党需要，干什么都愿意，文凭并不重要。这个书记由廖祝华同志担任，他的经验比较丰富，可在春节后把他从广州调回龙文公学教书。至于副书记的人选，我觉得熊光同志合适，他的组织能力相对强一些。这是我们的初步想法，还需你们县委最后把关。”

杨雪如问：“陈部长，你们三位的意见如何？”

“同意！”三人都点了头。

“那好，通过了。”

陈启昌嘱咐道：“一声同志，你回去之后，代表组织分别找他们谈话。”

胡一声首先来到郑国安家门口，听到郑国安在屋里和他母亲吵架，连忙停下脚步。

“阿妈，我跟你说过多次了，你为什么还要迫我上门认错呢？”

“这又不是羞人的事情，你今天不去也得去，无价钱可讲！”

“我一个堂堂的老师，拉不下这个脸！”

胡一声推门走了进去，问：“国安，你拉不下什么脸？”

郑国安没有回答。

郑国安的母亲像抓到一根救命稻草，一把拉住胡一声的手，说：“一声，你来得正好。那天我叫国安去龙岗提亲，他竟然不去。媒人告诉我，那个姑娘的爸爸对此很生气，说我们还要他女儿的话，国安就必须登门道歉。这么好的姑娘，打着灯笼也难找。我再三求国安放下身份走一趟，可他就是死活不肯去。你帮我劝劝国安，叫他不要那么固执了。”

“好，我试一试。”

郑国安的母亲挑着水桶走了。

郑国安问：“一声，你怎么来了？”

“我想找你谈点事。”

“什么事？”

“等会儿再跟你说，你现在先告诉我，为什么要伤你阿妈的心？”

郑国安不自觉地笑了一下，说：“其实，我也不想伤阿妈的心。我心里觉得，如果我把心思花在结婚这件事情上，那么我就不能全心全意跟着你们闹革命。你说，我能三心二意吗？”

“国安，结婚与闹革命并不矛盾。那天古九成说，吕进娣聪明能干、人又漂亮，说不定你们的结合会成就一对革命夫妻呢！”

郑国安沉思了一下，说：“那好，我明天就去见见未来的岳父大人。”

“这就对了！”

“一声，我现在很想知道，你找我谈什么事？”

“好事！”

在大年三十的晚上，胡一声和郑天保在龙文公学带领吕君伟、黎学仁、熊光、古九成、郑德云和郑国安宣誓加入中国共产党。接着，胡一声又带领大家高唱《国际歌》：

起来，饥寒交迫的奴隶！起来，全世界受苦的人！满腔的热血已经沸腾，要为真理而斗争……这是最后的斗争，团结起来到明天，英特纳雄耐尔就一定要实现！

五华恶霸张二狗被农民自卫军斩首示众后，孙文主义学会的张谷山十分恼怒，扬言道："共产党是我们的眼中钉、肉中刺，不消灭他们，誓不罢休！"

国民党县长胡谆也放出风声："谁杀掉一个共产党，政府奖励十块大洋！"

随之而来的是在五华县广大农村，国民党反动派和土豪劣绅变本加厉地骚扰老百姓，还屠杀了好几个农民自卫军。

针对目前的严峻形势，中共五华县特别支部专门召开会议，研究应对的办法。在会议进行中，宋青突然埋怨道："当初在杀与不杀张二狗的问题上，我就提出放他一马，避免遭到国民党反动派疯狂的报复。但没有一个人支持我的意见，甚至还有人指责我。现在大家也看见了，情形是不是和我的担忧差不多吗？"

古大存说："杀张二狗是平民愤，我指责你是因为你觉悟不高！"

"现在是国共合作时期，为了缓解双方对峙的状况，我还想提一点建议，派人去跟张谷山和县长胡谆谈判，归还原先截获他们的四百多船米谷，让他们收起挥向农民头上的鞭子。"

缪玉如说："你这是对反动派妥协，我坚决不同意！"

也有两位支部委员不支持这种做法。

但古大存却说："我认为宋会长的建议可以采纳！"

缪玉如问："为什么？"

"宋会长说现在是国共合作时期，没错，我们应该考虑这个因素。如果他们同意双方停止对峙，那对我们党的发展、老百姓安居乐业却是一件好事。"

"万一他们不答应呢？"

"他们不答应也不要紧，我们可以借机除掉张谷山这个恶人，达到我们想要的目的。”

“古部长，经你这么一分析，我也不持反对意见了。但是，派谁去跟他们谈判呢？”

“我古大存去！”

三天后，胡谆和张谷山如约来到华城一间酒店和古大存谈判。为了使谈判顺利进行，古大存还邀请了社会名流列席。看到人员到齐后，古大存说：“胡县长，孙会长，各位代表，今天我们县农民协会邀请你们同坐一室，就是商量推进平安五华之事。多余的话我也不说了，首先提出我方的条件。”

张谷山问：“你方什么条件？”

“陈炯明残兵的存在是非法的，但你们却把他们收罗起来成立县警卫基干大队，四处烧杀抢掠，搞得民不聊生。为此，我方建议你们解除这支武装，还老百姓安宁的生活。”

胡谆说：“这是不可能的！你们农会目无法纪，非法行动多，妨碍了国民政府的工作！”

张谷山说：“我更不同意了！你们收缴乡绅的粮食、枪支，还杀害了我的拜把兄弟张二狗！”

古大存义正词严地说：“我们农会是替老百姓办事，让大家都过上好日子。你们却违反民意，纵贼残民！”

胡谆说：“古大存，你强词夺理！”

孙谷山站了起来，说：“我们之间没有共同信仰，不谈了！”说完转身就走。

古大存顿足一呼：“李教官！”

古大存的话音刚落，门外的农民自卫军李斌、张权和古连长马上冲了进来，当场生擒了张谷山，随即把他押送到百安农民自卫军指挥部，经过审讯，掌握了张谷山大量的犯罪证据，几天后便把他处决了。

广大农民看到县农民协会贴出处决张谷山的布告，异常兴奋，奔走相告。

第三章

秘密成立别动队　播撒革命新理念

1927年4月12日，以蒋介石为首的国民党反动派在上海发动反革命政变，随即于4月15日又在广州实行清党反共，疯狂地屠杀共产党人和革命群众。

一刹那间，白色恐怖笼罩华夏大地。

在国立广东大学，以戴季陶为首的国民党反动势力遵照其主子蒋介石的意图，也毫不留情地对学校共产党员开刀。此时，胡一声和郑天保等几位同志正在赶往共产党员熊锐家，通知熊锐撤离。谁知快到熊锐家门口时，看见熊锐家的厨师严师傅从大门出来，左顾右盼，向着胡一声使了一个眼色，然后向一个僻静的角落走去。胡一声慢慢地跟了过去。严师傅小声说："出大事了！"说完眼泪都流了出来。

胡一声惊恐地问："严师傅，出什么事了？"

"熊锐先生被军警抓走了！"

"什么时候发生的事？"

"今天凌晨，十多名军警冲入院门，进了客厅就说'抓熊锐'。临时在客厅过夜的熊锐的学生余植生站了起来说：'你们想干什么？'军警二话不说铐起了余植生的双手，把他带走了。可出去不多久，又带了回来。军警大声喊'熊锐快出来'。熊锐从卧室挺身而出，临危不惧地说：'我是熊锐，我可以跟你们走，但你们必须放了余植生，他是个学生！'"

胡一声安慰了严师傅一番，然后和郑天保等几位同志告别了。他辗转了十多条大街小巷，敲开了一栋两层楼的朱漆大门，见到了麻直、黄玉兰、韩文静。这里是秘密联络站，胡一声把熊锐被捕的消息告诉他们。

麻直说："现在我们和党组织失去联系，大家要想办法尽快找到党组织，才能确定我们下一步的路怎么走！"

胡一声说："为了安全，你们都不要出门，明天我去寻找广东区委领导。"

"我去。"联络站的张古笑着说，"我长了一副女人相，稍微装扮一下就是一个韵味十足的妓女。纵使碰上了特务，他们也不会怀疑我是共产党员。"

麻直说："好，你去，明天一早出发。"

"麻直同志，我求你一件事。"

"你说，什么事？"

"把你的手枪借给我，以备急用。"

"你会使用吗？"

"我会，去年玩过堂哥的左轮。"

麻直从皮箱里取出手枪交给张古，说："这是我的至爱，请你保管好。"

"你放心，我会完璧归赵！"

第二天傍晚时分，张古还没有回来。在客厅里，胡一声对麻直说："一天了，也不知道张古有没有找到组织。"

"也许找到了。"

黄玉兰说："万一没有呢？"

韩文静说："我眼皮老是跳，心里有点慌，担心张古出什么意外。"

麻直乐观地说："你们女同志别多愁善感，要往好处去想。说不定张古转眼间就回来了，给我们带来了好消息。"

笃、笃、笃。

麻直轻声地问："谁？"

“我，张古。”

麻直回头说：“真是张古。”

“麻直同志，你赶快给我开门呀！”

麻直听到张古说话的声音有点颤抖，觉得不大对劲，又问：“张古，你怎么说话结巴了？”

“我感冒了。”

麻直不再有顾忌了，连忙拉开门栓，打开门。只见张古后面站着几个便衣特务，他马上把门关上，喊道：“张古叛变了，你们赶快逃出去！”

“走！”胡一声站了起来，拉上韩文静跑上了二楼。看到黄玉兰还在那里待着，他着急地说：“玉兰同志，你赶快上来！”

麻直感到顶不住了，心焦火燎地喊：“玉兰同志，你再不跑就迟了！”

黄玉兰抬头对胡一声说：“你们俩不要管我了，赶快逃出去，向组织汇报！”

麻直说：“对，你们俩快跑！”

“走！”胡一声怀着无比痛苦的心情，牵起韩文静的手翻越了天台，终于逃出去了。

麻直和黄玉兰两位同志被便衣特务反剪双手，押出了大门。躲在旁边草丛中的胡一声和韩文静看到这情景，都流下了难过的泪水。

看到亲密战友的背影消失了，韩文静问：“一声同志，我们去哪里？”

“我们要尽快找到党组织，才能避免更多同志遭到叛徒出卖。”

“现在党组织都转移了，恐怕短时间不容易找到。我们不能在广州久留，还是去香港再作打算吧。”

“好吧，我们马上走。”

他们到了香港，终于找到了广东区委领导王逸常，汇报了有关情况。王逸常是北伐军总政治部广州留守处主任，也是韩文静的爱人，他是在国民党反动派清党时，设法转移到香港的。他对胡一声说：“三天前，麻直同志被敌人杀害了，黄玉兰同志还在国民党监狱里坐牢，党组织正在积极开展营救工作。请你化悲痛为力量，更好地投入到革命斗争中去。”

“麻直同志在国民革命军第一次东征时，我就和他认识了，当时他向我宣传了许多进步思想。领导，你们要尽快除掉叛徒张古，为麻直同志报仇。”

“你放心，我们会安排好，不会让他危害更多的同志。”

胡一声稍作休整了两天，就出去找韩文静，请她告诉王逸常，他有满肚子想法要向省委汇报。王逸常很快便来找他谈话，胡一声主动向王逸常请缨说：“领导，请你分配我的工作吧。”

“一声同志，我先告诉你一个好消息，叛徒张古被郑天保他们除掉了。”

“简直太好了！”

“一声同志，你想留在香港还是回内地去？”

“我想尽快回梅县去，不过我会服从组织安排。”

“好样的！”王逸常拍着胡一声的肩膀说，“广东区委决定组织总暴动，你赶快回到梅县去准备武装，组织力量，举行起义。”

“好！”胡一声高兴地说，“自从参加农讲所学习以后，我很赞成毛泽东同志的理论和策略，觉得这才符合中国国情，才是中国革命走向胜利的正确之路。我和天保等同志多次向麻直同志请教，他也赞成毛泽东的理论和思想。我和郑天保等几位年青党员，决心走这条路，并商定了一些具体计划。去年寒假在国立广东大学党组织支持下，我们回梅县开始试行，已经在梅县创建了梅南中学，以梅南中学骨干教师为主，加上附近农村进步青年建立了梅县农村第一个党支部，现在他们白天上马列主义课，晚上去农村搞农运。”

王逸常打断胡一声的话，问：“梅县县委知道这些情况吗？”

“县委知道，我们一直在县委领导下进行的。县委杨广存同志说，这是我县农村建立的第一个党支部，支部书记很重要，谁来担此重任？我们共同商定，调国立广东大学即将毕业的廖祝华回来担任，商调函是梅县县委和国立广东大学党组织发出的。廖祝华也很爽快，立即就回去上任了。”

王逸常拍手称好，说：“这个支部标准很高啊！”

“因为我们的目标很高，干部是决定因素。”胡一声接着说，“我还要请求省委能调郑天保同志回梅南，他现在是国立广东大学临时党总支书记，我想请他先在梅南中学协助廖祝华，主持军事训练工作，培养武装斗争人才，待时机成熟，我们就拉起队伍，成立党领导的正规军队，开进崇山峻岭的九龙嶂，在那里建立武装革命根据地，保卫农村土地革命成果，保卫苏维埃政府。”

“一声同志，你想得很深远很周到，我个人完全支持你，我想省委也会支持的。”

“谢谢领导，我这次没白来香港。我什么时间走？”

“组织上已为你买好了船票，今天晚上离开香港，请你务必注意安全。”

“好！”

一天下午，国民党反动军队宋世科一个团，会同五华土豪劣绅武装千余人，突然包围正在五华县横陂召开的农民代表会议，致使会场大乱，人心惶惶。

会长宋青有些紧张，急忙对身边的副会长兼军事部长古大存说：“古部长，现在情况紧急，你说怎么办？”

古大存沉着地说：“宋青同志，你不要自身乱了阵脚，稳定下心来。”

“好，请你立即采取紧急措施。”

古大存拔出驳壳枪，一个箭步跨上桌面，威风凛凛地说：“各位会员代表，敌人还没有来到我们面前，请大家镇静，千万不要乱，听我指挥。”

会场顿时平静下来了。

“各位会员代表，我们会保证大家的安全，请横陂的会员代表和地方列席的同志站到我面前。”

一下子，古大存面前一字儿排开十三人，一个个仰头望着古大存坚毅的脸。

“你们听着，每人带领两个会员代表回家隐蔽，或到附近亲戚家躲藏，赶快行动吧！”

转眼间，会员代表有序地离开了。

古大存跳下桌子，将驳壳枪插回皮套中，对横陂的农会主席说：“你立即带着宋会长他们三个领导走，一定要保证他们安全。”

“古部长，请你放心，我用人头担保。那你呢？”

“我有一个班的自卫军，踞守这益丰当铺，牵制敌人。”

“我安顿好宋会长他们，再回来和你们一起抗击敌人。”

“这里不安全，你不要回来。”

“那我总要帮助你们做点什么。”

“我看这样吧，在你安顿好宋会长他们之后，迅速去通知附近农民武装赶来救援。”

敌我双方战斗了数小时。

班长担忧地对古大存说：“古部长，我清点了一下，弹药不多了，也有两个战士受伤，如果再这样坚持下来，恐怕要全军覆灭。我们还是突围吧！”

“不能撤！”

“为什么？”

“我们只要一撤退，横陂的群众，还有全县的农会代表可就要遭殃了！”

“可是——”

“你去告诉战士们，再坚持一下，我们的援军马上就到了！”

班长不相信地说：“怎么可能呢？”

突然，横陂四周响起了枪声。原来，远近农民听到古大存被国民党反动派包围，立即鸣锣吹号，一村传一村，数万农民从四面八方赶来救援，对敌军形成了反包围之势。敌军看到红旗满山，枪声四起，见势不妙，便狼狈逃跑了。

广东区委领导闻悉，称赞道：“这是东江人民在国民党反动派叛变革命后进行斗争的第一次胜利！”

胡一声接受了新的任务，坐船往汕头返回梅县松口时，从一个联络站交通员口中了解到，中共梅县县委组织领导的暴动虽然取得了成功，建立了人民政府委员会，但由于反动军官胡谦指挥的宋世科部队反扑过来，不得不撤离到梅县北部的石扇，停留了半天又撤到蕉岭县新铺圩一带的山区去了。

交通员看到胡一声转身向门外走去，连忙追了上来，问："一声同志，天都黑了，你要去哪里？"

"我去找梅县县委。"

"你等着，我给你拿点吃的。"交通员返身走进厨房，拿来了两条煮熟的冷番薯。

胡一声接过番薯，咬了一口，说："多谢你，我走了。"

交通员跟了上来，说："一声同志，这黑天瞎火的，道路你又不熟悉，还是我送你去。"

"那麻烦你了。"

"不麻烦，这是我的责任！"

凌晨两点，胡一声来到了新铺，在一个同志家里见到了梅县县委杨雪如、陈启昌和李仁华三位领导。胡一声禁不住问："怎么不见古柏同志，他去哪里了？"

杨雪如说："他刚出去办事，一会儿就回来。"

"杨部长，目前形势相当严峻，县委对下来的工作有什么部署？"

"梅县斗争委员会决定：陈启昌、李仁华和古柏三位同志同往武汉与党中央联系，队伍暂时分散回乡，枪支由个人保存。我随后也到武汉去，刘标彝同志回西阳，张继同志去大埔，团组织都去农村，你去梅城找李桃彝书记。"

胡一声潜回梅城北门凤尾阁安定书室，几经周折找到了新任梅县县委书记李桃彝，向他汇报了广东区委领导王逸常的有关指示精神。李桃彝高兴地说："一声同志，你回来就好了，我又多了一个好帮手。"

“请问李书记，县委分配我什么工作？”

“你回梅南中学去，以教书作掩护，准备武装，举行秋收起义。”

廖祝华见到胡一声，兴奋地说：“一声，你回来真是雪中送炭，我感觉到肩上的担子一下子就轻松了。”

胡一声严肃地说：“祝华同志，你可不能撂挑子。我会全力支持你，把梅南中学办成革命摇篮！”

吕君伟疑惑地问：“一声，天保怎么没有跟你一起回来？”

“几个月前，我和天保在广州熊锐同志家附近见了最后一面，然后就不知道他的情况了。”

“他要是能回来就好了，我们几位热血兄弟团结在一起，把梅南这块土地染红！”

“我们不但要染红这块土地，还要建立一支地方武装，举行秋收起义。现在革命形势起来越严峻了，我希望大家谨慎为上，保密第一，不要让国民党反动派有机可乘。”

廖祝华说：“我们都是宣过誓的共产党人，为中国的革命事业，宁为玉碎，不为瓦全！”

国民党反动派派遣反动分子吴惜钧、邹一鸣、吴武钧、张化明、吴聘到丰顺县组织“清党委员会”，贴出布告通缉共产党人黎凤翔、彭在璇等同志，大肆屠杀革命农民，勒索黎凤翔家属七百大洋。他们还派出保安队，四处恐吓农会会员，强迫每人交出三元五角作为罚款，否则一律处死。

黎凤翔和彭在璇等丰顺县委领导在县委办公地点丰良普善堂商量对策时，一个农会干部匆匆地赶来报告：“不好了，县农会秘书陈思永被‘清党会’的人抓走了！”

彭在璇往桌上猛击一拳，气愤地说：“这些反动派越来越猖狂了，我们得好好打击一下他们的嚣张气焰！”

黎凤翔也愤怒地说：“对！”

忽然，大门外传来嘈杂的声音。

黎凤翔对秘书说："你出去看看。"

一会儿，秘书回来了，说："黎书记，有一个自称是你弟弟的人想见你，但我们的同志不敢相信，没让他进来。"

黎凤翔走出大门，瞧见是自己弟弟黎翰翔来了，连忙走到弟弟面前，问："翰翔，你怎么到这里来了？"

"阿爸疯了，一个晚上都不睡觉，坐在客厅里大声骂人，吵得满屋子人都睡不着觉。我今天来，是想告诉你一声。"

"他骂谁？"

"他骂那些到家里勒索的坏人，全是坏蛋，不得好死。他也骂你成天在外浪荡，丢下家庭不管，是个不孝子。"

"阿爸骂得对！"

"哥，阿爸还骂你读了那么多书，只会写两个字。"

"哪两个字？"

"一个'忠'字，一个'孝'字。但忠字写得好一点，孝字写得歪歪斜斜。"

黎凤翔心里感到一丝酸楚，觉得自己确实对不起家中的亲人。他说："翰翔，你回去代我向阿爸问安。另外，你转告他，我还在认真练习书写忠字，日后再回去叫他教我写孝字。"

彭在璇看到黎凤翔回来了，问："凤翔同志，是不是你弟弟？"

"是我弟弟，他说了一点家事。"

"刚才我和同志们议了一下，有了一个解救陈思永的初步想法。"

黎凤翔听了，说："这个想法如果在之前可行，但现在已经走不通了。我想还是借助农民自卫军的力量，围攻县政府，要求释放陈思永同志。"

"你说的有道理，那我们马上着手准备。"

当黎凤翔率领附城四百多名农民自卫军把县政府围了半天时，"清党会"调集了不少反动武装向县政府涌来。为了保全革命力量，黎凤翔果断下令农民自卫军主动撤离，决定寻机再来营救陈思永同志。可没想到，几天后国民党反动派将陈思永秘密押往汕头杀害了。

听到这个噩耗，黎凤翔义愤填膺地说：“痛哉陈思永！血债血还！”

彭在璇问：“凤翔同志，现在怎么办？”

“响应广东区委号召，举行武装暴动！”

“好，我马上召集全县农民武装负责人，部署暴动的有关事宜。”

几天后，黎凤翔和彭在璇率领全县农民自卫军和农会会员五千多人，分五路攻打丰顺县城丰良。敌军惊慌失措，急调汤坑区长黄夺标带领的保安队，国民党政府也派兵赶来县城增援。战斗进行非常激烈，农民自卫军损失很大。

彭在璇焦急地对黎凤翔说：“我们死了二十多个人，这样对抗下去恐怕没有意义，留得青山在不怕没柴烧，我们还是三十六计走为上吧！”

“好吧，那我们撤！”

胡一声正在给初一学生上课，忽然学校门卫张飞来到教室门外，向胡一声招手，说：“一声老师，你出来一下。”

胡一声走出教室，低声问：“张飞，有什么事？”

“门外来了一个头戴鸭舌帽、西装革履的花花公子，他说是从广州来的，我担心这家伙不是好东西，不敢让他进来。”

“吕校长知道吗？”

“我去告诉他了，他和廖祝华老师正在开会，要我来告诉你一声。”

“好，我知道了，你回去看住他，我给学生布置作业后马上出去。”

张飞打开校门一看，那位花花公子不见了踪影。他连忙又闩好大门，向迎面而来的胡一声说：“那人不见了。”

“我在这里。”

胡一声循声望去，只见郑天保站在二楼吕君伟办公室的窗口，向胡一声挥着鸭舌帽。

张飞问："这人是谁，怎么进来的？"

"他是我大学同学郑天保，功夫非常了得。他越过我们学校的围墙，简直不费吹灰之力。"

"厉害！"

胡一声赶忙来到吕君伟办公室，握住郑天保的手，高兴地说："天保，我想死你了！"

"一声，我也想死你了！"

"现在好了，我们又可并肩战斗了！"

一天早上，县委交通员叶嘉伟来到梅南中学，通知胡一声去见县委书记李桃彝。胡一声不敢怠慢，马上跟着交通员走了。见到胡一声，李桃彝问："最近，你们都开展了哪些工作？"

"我们秘密成立了别动队，联合各乡村农会的骨干，实行'二五减租'，号召农民不交租，不纳税，不还债，打倒土豪劣绅，将缴获的枪支弹药用来扩充农民自卫军。"

"好！"李桃彝肯定地说，"一声同志，你们所做的工作符合中央精神，今后还要继续深入，但要慎之又慎，党组织不能遭受任何损失。"

"李书记，请你放心，我们每做一项工作，都是经过深思熟虑的，不会出岔子。"

"我相信你们！"李桃彝点头说。接着，他严肃地说："现在，革命形势愈发严峻了，国民党反动派肆无忌惮地镇压共产党人和革命学生。在我们梅县和兴宁等地，不少中学纷纷开除进步学生、压制学生。上级领导对此事非常重视，要求我们寻找一处可靠场所，保护这些被开除被压制的学生，继续培养他们的革命理想和造就他们的革命信念，为我们党积蓄后备力量。"

"李书记，你把这个任务交给我们梅南中学吧？"

"你们梅南中学能肩负起这个担子？"

"我们能！"

"很好！"李桃彝欣喜地说，"我今天叫你来，不为别的，就是希望你能担当这个使命！”

“多谢领导信任！”

“一声同志，我还得提醒你，这次任务非常重。接收这些学生，食宿问题非常关键，你们要想办法解决好。”

胡一声回到梅南中学，马上召开党支部会议。大家对接收学生的事情都表示同意，但郑国安说：“食的问题有办法解决，但学校住房有限，学生来了住哪呀？”

胡一声说：“我和天保与附近村民商量了，他们乐意免费借房给学生住。”

通过各地党组织的牵线搭桥，使周边县不少共青团员和革命学生纷纷转到梅南中学。不久，梅南中学又接收了兴宁二中由于闹学潮被迫离校的两个班学生。这样一来，梅南中学原来有两个初中班，现在又增加了两个，可谓盛况空前。

黎学仁担忧地说：“我们学校壮大了，但缺少骨干教师，这事怎么解决？”

胡一声说：“县委已指派了几位其他学校的优秀教师，这两天就会赶来学校支援我们。我们的压力太大了，请大家按照分工站好自己的岗位，千万不要掉链子。”

为了把梅南中学办成革命干部训练班性质的学校，胡一声和郑天保将他们在广州农讲所秘密训练班的内容，叫上几个青年教师花了三天三夜刻印出来，发送到每个中学生手中。其中有《共产主义与共产党》《马列主义浅说》《社会发展简史》《唯物史观》《联合战线》《农民运动》等。

胡一声和郑天保亲自主讲，部分党员教师也参与其中，使梅南中学洋溢着浓厚的革命气氛。

一个星期天下午，胡一声给学生讲授《共产主义与共产党》关系，看到黄牛从教室后门偷偷溜了进来，坐在靠窗的一个空位上。下课后，胡一声在走廊叫住黄牛，说：“黄牛，你到我房间去。”

黄牛以为胡一声要批评自己，心情有点紧张，走进胡一声房间，胆怯地问："一声老师，我来听课有错吗？"

"黄牛，你没有错。我只是有些好奇，你小小年纪为什么也来听课？"

"我想进步！"黄牛直白地说，"昨天下午，我也去听了天保老师讲《农民运动》，感到好有意思。以后，我还能来听你的课吗？"

"能！"

梅南的土豪劣绅了解到农会组织农民起来造反，完全是受到胡一声和郑天保的蛊惑，因此对胡一声恨之入骨，联名向国民党反动县长告状。县长连忙把教育局长叫到办公室，生气地说："梅南地区乱成一锅粥了，你这个教育局长听到了吗？"

"我没听说，事态严重吗？"

"地方乡绅叫苦连天，控告你管辖下的梅南中学老师胡一声组织了一些老师，号召农民不交租，不纳税，不还债，打倒土豪劣绅，还收缴他们的枪支弹药，令他们寝食不安！"

教育局长感到心情紊乱，摸了一下渗出冷汗的额头，惊慌地说："我回去第一时间就会过问此事，如果情况属实，马上责成梅南中学校长吕君伟开除胡一声。"

"你以为开除胡一声就行了？"

"那县长，你要我怎么做？"

"快刀斩乱麻！"

"怎么斩？"

"撤掉吕君伟的校长职务，换上乡绅朱君怀。朱君怀是纯粹的国民党员，在梅南有一些影响力。"

教育局长派人把朱君怀找来，道出了县长推荐他担任梅南中学校长一事。朱君怀受宠若惊地说："多谢县长！多谢局长！"

"县长严肃地对我说，梅南中学可能是个'共匪'窝。你上任之后，先别急着开除胡一声，要暗访找到胡一声他们的证据，到时一锅端。”

“可是局长，为了树立我的威慑力，总得让我先试一试牛刀吧？”

“朱校长，这是你的问题，可以先斩后奏。但是，你不能因小失大，辜负了县长对你的期望！”

“局长，请你转告县长，我决不会让‘共匪’在梅南中学继续滋生！”

教育局长不忘提醒道：“朱校长，说大话是没有用的。你要记住，为了肃清‘共匪’在梅南的干扰，欲速则不达，要用温水炖豆腐。”

“你放心吧，我不是吃干饭的！”

“好！”教育局长拿出委任状，“朱校长，这个你拿着，明天我派人陪你去梅南中学上任。”

第二天上午十点，门卫张飞靠近门缝，瞪着门外西装革履的朱君怀，问：“老头，你有什么事？”

“我是县教育局新任命的校长朱君怀，你马上把门打开。再迟一点开门，我明天就开除你！”

“哦？你有教育局任命文书吗，拿给我瞧瞧。”

教育局陪同人员走近大门，恼怒地说：“你一个小小把门角色，不知天高地厚，还不赶快把门打开。”

“哈哈哈。”张飞傻笑了一声，“你也是一个跟屁虫，比我还要差，给我爬远一点！”

朱君怀感到心情不畅，无奈地说：“好，给你看。”说完从怀中掏出一个信封，上前几步，从门缝中把信挤进去。

张飞接住信封，说：“我收下了，你走吧。”

“你？快看呀！”

张飞傻笑道：“我不识字。”

朱君怀气急败坏地说：“那你还愣着干什么，赶快把信送给吕君伟，叫他出来见我。”

“多谢你提醒！”

吕君伟看了教育局任免文书，马上叫副校长黎学仁去通知胡一声、郑天保和廖祝华到校长室来。大家传阅文书后，吕君伟问："一声，这事怎么办？"

胡一声踱了几步，说："君伟，我觉得他们这招太毒，表面上是撤你的职，实质上是要扑灭我们燃起的革命火焰。"

郑天保说："一声说得对，我们不能让他们的阴谋得逞，得想个两全其美的办法，保准党组织不受伤害！"

胡一声看见天上布满了乌云，再看看墙上的挂钟，忽然心生一计，说："我有办法了，可以让教育局收回成命。"

廖祝华问："什么好办法，快说。"

"现在是十点半，还差五分钟第三节就要下课了。学仁、祝华，你俩赶快去通知所有师生下课后到操场集中，学生们都要把书包背上。"

看着他俩走了，胡一声说："君伟，等一下你要对师生说，梅南将要发生强烈地震，请同学们马上撤离。"

吕君伟狐疑地问："然后呢？"

胡一声笑着说："然后，朱君怀吓跑了！"

郑天保理解了胡一声的意思，高兴地说："我懂了，这就是兵法上说的缓兵之计。我们只要解除了燃眉之急，再想出奇招，就能保证君伟继续坐稳这把校长椅子。"

胡一声点头说："对，这就是我出的办法。"

吕君伟向胡一声竖起大拇指，说："高！"

下课铃响了。顿时，人声鼎沸，师生们纷纷涌向操场。

教育局陪同人员对朱君怀说："朱校长，学生们准备欢迎你了。"

朱君怀满意地点点头。

张飞打开大门，对朱君怀说："请进！"

朱君怀瞪了张飞一眼，说："我上任后第一件事就是开除你！"

吕君伟站在窗口，看到朱君怀从大门进来了，问："一声，我要不要去和朱君怀打个招呼？”

“先别理他！”

黎学仁走进来，说：“学生们整好队了。”

吕君伟说：“好，我下去。”

胡一声说：“君伟，这一步棋很关键，你一定要走好。”

吕君伟和黎学仁走到教学大楼门口，黎学仁向同学们招了一下手，大声地说：“同学们，请大家肃静。”

同学们即刻安静下来了。

朱君怀和教育局陪同人员站在学生队伍的左侧，距离教学大楼大门只有二十多米。朱君怀心里想：只要吕君伟说出“现在请新任校长朱君怀”，他马上就走马上任。于是他把脸向右转了三十度，注视着吕君伟，心里又想：吕君伟，你抓紧请我上去呀！

教育局陪同人员碰了一下朱君怀，说：“朱校长，你中午要请我喝酒。”

朱君怀没有扭头，低声说：“我不仅要请你喝酒，还要送你贵重的礼物。”

黎学仁说：“同学们，请大家用热烈的掌声欢迎吕校长讲话。”

吕君伟瞄了一眼朱君怀，然后上前一步，声音洪亮地说：“同学们，由于时间关系，我只说四句话，县里面传来消息，我们这里即将发生强烈地震，地震是要死人的，请同学们现在马上撤离。”

黎学仁催促道：“同学们，你们赶快跑！”

同学们一个个惊慌失措，纷纷向校门外面涌去。老师们也跟在后面。胡一声和郑天保早已从后门出来，在校门口引导同学们向附近的山坡上跑去。

朱君怀被这突如其来的事情吓着了，愣着不动。

教育局陪同人员拉上他的手，紧张地说：“朱校长，我们逃命吧！”

朱君怀这才回过神来，夹在同学们中间往校门外跑。走出大门，他对教育局陪同人员说：“我们不要跟着上山了，赶快回去。”

“对，这个鬼地方，我们再也不来了。”

胡一声看到朱君怀他们离开人群，向大路上急走，连忙叫身旁候着的张飞说：“你跟上去，看这头猪跑向哪里？”

一会儿，张飞返回胡一声身边，说：“那头猪朝长沙圩方向去了。”

“你赶快去山上，通知老师和学生们回来上课。”

“遵命！”

暑假的一天晚上，在吕君伟校长室，胡一声和郑天保、吕君伟、廖祝华、黎学仁讨论了梅南中学下学期的工作。大家一致认为，梅县国民党反动当局已察觉到梅南中学正在培养革命干部，开始了“围剿”行动，我们必须反其道而行，加紧培训干部工作，决定由郑天保主抓军事训练，包括学生和周围农村农会青年，胡一声主抓思想品德教育和农运工作。散会后，各自回到自己房间，胡一声又坐在洋油灯下，修改《下学期梅南中学思想品德建设计划方案》，忽然听到有人叩门，连忙打开门，看到是张飞，问：“张飞，你有事吗？”

“门外来了一个叫曾品清的人，他说是你国立广东大学同学。”

“快，带他进来。不，我亲自去请。”

胡一声把曾品清领到自己房间，问：“品清，你还没吃饭吧？”

“我吃过了。”

胡一声给曾品清斟了一杯水，问：“你怎么有空来看望老同学？”

“广东区委决定恢复梅县共青团组织，专门派我到梅县筹划这件事，请你帮忙联系县委领导。”

“我刚好明天要向县委汇报工作，我们一起去。”

县委书记李桃弊和曾品清商定了复团计划，然后对胡一声说：“县委决定：团省委巡视员曾品清同志入住安定书室联络站，并在那里设立恢复团县委的秘密筹备机关。”

“我怎么配合？”

“你要以同学身份，介绍曾品清同志入住安定书室。”

“这个好办。”

曾品清入住之后，经常与几个秘密筹备团县委的工作人员在安定书室接头。也许来往安定书室的青年人较多，团县委筹备机关疏于做好保密工作，导致后来团县委机关被国民党反动政府破获，曾品清及工作人员温士奇、陈循昌被捕。国民党反动政府顺藤摸瓜，认为这事与胡一声有关联，而胡一声是中国共产党要员，当天下午便派出便衣队窜到梅南官塘警察所。

便衣队长对警察所长黄彰文说：“你们梅南‘共匪’活动猖獗，县长对此非常恼火，下令你们配合我们，尽快捉拿梅南中学‘共党匪首’胡一声和他的同党郑天保、熊光、吕君伟，否则撤销你所长职务。”

黄彰文惊恐地说：“队长，我会配合你们行动。我们什么时候去抓捕这些‘共匪’？”

“明天上午，趁梅南中学上课时，把他们一网打尽。”

“好！今天晚上我请你吃野味，预祝明天旗开得胜！”

“算你聪明，赶快去准备酒菜，顺便买几斤上好的绿茶，我要带回去孝敬县长。”

黄彰文叫勤务员钟胡可到冯清泉开的福兴茶行买茶。这个钟胡可，是我们党潜伏在警察所的地下党员。

第二天上午十时，梅南中学门卫张飞听到撞击大门的声音，从门缝里看见是警察，不敢贸然开门，故意开口问道：“那个烂鬼撞门？”

“我们是警察，快开门！”

“现在是上课时间，学校规定，谁都不能进。”

“你要是不开门，我们就把门炸了！”

黎学仁急急忙忙赶到门边，问：“张飞，发生了什么事？”

“门外来了好多官塘圩警察，大声吵着要进来。他们说，不开门就把大门给炸了！”

“来者不善！你问他们，有什么事？”

张飞走近大门，问：“喂，请问你们有什么事？”

“别啰唆，赶快开门！”

黎学仁说：“张飞，让他们进来。”

便衣队和警察搜遍了学校各个角落，一无所获。但他们不甘心，把老师和学生们全部赶到操场上。便衣队长恶狠狠地说：“你们听着，我们是来抓‘共匪’胡一声和他的同党郑天保、熊光、吕君伟的。他们现在虽然逃脱了，但躲得过初一躲不过十五！如果在你们中间，有谁窝藏或知情不报，也将视同‘共匪’论处，我们决不手软！当然，有谁勇敢站出来举报他们，我们将给予奖励。”

足足过了五分钟，便衣队长看到没有一个师生站出来，便走下台阶，躬下身牵起黄牛的手，问：“小同学，你读几年级？”

“五年级。”

“你知道胡一声、郑天保、熊光和吕君伟藏在什么地方吗？”

“我只管读书，其他事情一概不知。”

便衣队长突然瞪大眼睛，煞气腾腾地问：“真的不知？”

“是！”

便衣队长操起右手，照着黄牛脸上就是一巴掌，痛得黄牛流下了眼泪，但他没有哭出声来。

便衣队长又来到黎学仁身边，歪着脑袋打量了一下，问：“你是普通老师还是学校领导？”

黎学仁平静地说：“我是副校长。”

“哦，副校长，那你一定知道胡一声他们的去向了。”

“我当然知道。”

“你说出来，我会在县长那里举荐你当正校长。”

“你说话算数？”

“我是县长身边的人，肯定说话算数。你说吧！”

“他们辞职走了。”

“辞职？”

“是的。”黎学仁从口袋中取出一张纸，递到便衣队长面前，“你看看，这是他们四人的辞职书。”

便衣队长看了，说：“这份辞职书给我带回去复命。”

“那我提拔的事还有希望吗？”

“你还想爬，不把你抓去顶罪就幸运了。”

黄彰文跟着便衣队走出校门，说：“队长，现在时间不早了，是不是回我所里吃午饭？”

“吃你个头！”便衣队长斥责道，“你们还要给我们带路，去胡一声老家。”

他们窜到梅南罗田上村，团团围住胡一声居住的房屋，结果还是扑了一个空，但他们见到了躺在床上不断咳嗽的胡一声母亲朱氏。

便衣队长俯在朱氏耳边，说：“大姐，我是你儿子的好朋友，今天有事找他，请你告诉我他在哪里？”

在便衣队到来之时，朱氏刚好干活回家，看到他们的架势，觉得来者不善，怎么办？她急中生计，连忙吃下几颗辣椒，躺在床上。她故作有气无力地说：“我好久没见到一声了，心里也很想念他。你看，我已经病了半个多月，是一个将死的人了。你们要是找到一声，就告诉他回来为我收尸。拜托你们了！”说完认真咳嗽起来。

“你得了什么病？”

“肺结核。会传染的，你们快走吧，不然被我传染上就麻烦了。”

黄彰文捂着鼻子说：“队长，我们走吧。”

便衣队长本想把朱氏带走，但看到眼下情况，觉得一个快病死的人带走也没有价值了，于是无奈地说：“走。”

朱氏看到他们离开几分钟了，便翻身起床，拎着包袱快步走出大门，朝娘家的方向去了。

第四章

武装进入九龙嶂　彻底歼灭讨赤团

潜伏在官塘警察所的钟胡可及时给胡一声送来情报，致使梅南中学党组织没有遭到破坏。当时，胡一声当机立断，与郑天保、熊光、吕君伟一道，带着十多个进步学生离开了梅南中学，辗转来到龙岗一个老祠堂里。

出生于1909年的赤卫队员吕进娣，可谓是十八姑娘一枝花。自从与郑国安认识后，她便参加农会组织，光荣地加入了中国共产党。同时，还受党组织委托，保管从土豪劣伸手中收缴的枪支弹药。看到胡一声他们的到来，她禁不住问："一声哥，你们三更半夜来这里，是不是发生什么事了？"

胡一声点头说："是的，眼下形势对我们相当不利，你赶快把藏好的枪支弹药拿出来，分发给在座的每一位同志使用。另外，你把赤卫队员召集到这里，不能走漏半点风声。"

"好，我这就去办。"

第二天黎明，胡一声假扮成新郎送新媳妇回娘家，带着吕进娣离开了龙岗。当他俩走到长沙罗衣塔旁边时，撞见了几个国民党兵。吕进娣连忙拉住胡一声的手，轻声问："怎么办？"

胡一声镇静地说："别慌。"

一个国民党兵板着脸问："你们去哪里？"

"我送媳妇回娘家。"

“你媳妇包里装的是什么？”

吕进娣假装害羞的样子，说：“今天是我新婚回娘家，刚好又是我爷爷六十岁生日，专门带了一只鸡孝敬他老人家。”

“巧，我今天也过生日，这鸡先给老子吃。”说完，国民党兵上前一步，一把夺下吕进娣挽着的布包。

胡一声说：“老总，这鸡你不能拿去。”

“我就拿，你敢把我怎么样？”

“你要是敢拿，除非你不要命了！”

“哟，看你一个白面书生，说出来的话也有点吓人。你该不是‘共匪’吧？”

吕进娣说：“我老公是一个教书先生，不是‘共匪’。你以为只有‘共匪’才会要你的命吗？”

“那还有谁敢要我的命？”

“我叔叔是当今县长，管着你的人头，难道你不怕他？”

这个国民党兵吓了一跳，胆怯地说：“原来你是县长的侄女，我有眼不识泰山，今天得罪了，对不起！”说完把布包还给吕进娣。

吕进娣接过布包，说：“本姑娘念在你是初犯，脑筋懂得转弯，我就不和你计较了。”

“谢谢姑娘，你们慢走。”

中午时分，胡一声见到了县委书记李桃粦，向他汇报了梅南中学党组织面临的严峻情况。李桃粦说：“一声同志，你们及时撤出来是对的，避免了党组织遭受损失。”

“李书记，我今天冲破封锁线前来找你，是想请你批准提前实施建军、建根据地计划。我们在梅南中学培训骨干，在农村开展农运已有相当时日，可谓基本准备就绪，现在国民党已有察觉开始‘围剿’，我们不如先下手为强。我们想借此机会，组织一支属于共产党自己的游击队，旗帜鲜明地跟国民党反动派大干一场。”

"你们的想法符合中央精神，很好！"李桃彝赞许地说，"但我想知道，你们决定到哪里建立大本营？"

"我和天保同志商量好了，准备把这支武装拉上梅南九龙嶂，那里崇山峻岭，人迹罕至，毗邻丰顺、大埔、五华，有利于游击队的发展壮大。"

"我完全同意！"李桃彝肯定地说，"但是，为了加强地方党组织的领导力量，我希望熊光和吕君伟两位同志留下，县委对他俩的工作另有安排。"

"好，我把他俩留下。"

"你们上了九龙嶂，会遇到很多困难。只有得到当地老百姓的支持，你们才能站稳脚跟。"

"李书记，你放心，我们会把工作做好！"

郑天保回家向奶奶要了她压箱底的银圆，再把原来从南洋拿回来的一把手枪带上。回到老祠堂，他把十三个学生和八个赤卫队员集中起来，再次向他们讲授军事常识和宣传革命道理。他说："同志们，刚才给大家讲了打仗的要领，现在向你们问一个最简单的问题：我们手里的枪，枪口都应该对准谁？"

胡新华站了起来，说："国民党反动派的心脏！"

"对！"

"我再问一个问题：万一哪天你们谁被国民党反动派抓去，是投敌当叛徒，还是宁死不屈做英雄？"

"宁死不屈做英雄！"

吕进娣从大门走了进来。她那俊俏的形象像一块磁铁，瞬间吸引了同志们的目光。她走到郑天保面前，说："天保哥，一声哥和祝华老师、学仁校长在门坪里，叫你和吕校长、熊光老师一起出去。"

郑天保说："同志们，你们暂时不要离开，一会儿我还有话要跟大家说。"

胡一声看到郑天保他们仨来了，马上主持召开党支部会议，传达了县委书记李桃彝的指示精神。然后说："同志们，路漫漫其修远兮，吾将上下而求索。这是爱国诗人屈原在《离骚》中的名句，给大家共勉吧！"

郑天保说："一声，那些同志还在里面坐着，你回去给他们鼓鼓士气吧。"

"好，我们走。"

那些学生和赤卫队员看见领导进来了，连忙坐得端端正正。

郑天保说："同志们，请大家用热烈的掌声，欢迎一声同志讲话。"

掌声过后，胡一声说："同志们，为了一个共同的革命理想，大家聚集在一起。为了同志们的安全，根据梅县县委的指示精神，我和郑天保同志今天想带领大家进入九龙嶂，在那里安营扎寨，向国民党反动派庄严宣战。你们愿不愿意去？"

"愿意！"

胡一声看了一眼手表，说："现在是晚上十点，大家抓紧时间睡三个小时，然后起床吃饭，我们凌晨两点准时出发。"

吕进娣走到廖祝华身旁，红着脸说："祝华老师，请你代我转告国安，我进九龙嶂了。无论什么时候，我都不会给他丢脸！"

"进娣，我会把你的话带到。"

没想到，胡一声刚刚睡下，又被郑天保叫醒。郑天保说："胡新华向我报告，赤卫队员肖卫兵带枪跑了！"

"你赶快派人去找，不然要坏事！"

"我已派吕进娣领着胡新华去找了。"

"半个小时后，要是找不回肖卫兵，我们必须提前出发，还要派人去梅南中学通知祝华、学仁他们做好防范。"

"我现在就把大家叫醒，作好撤离准备。"

"去吧。"

十五分钟后，吕进娣领着肖卫兵回到胡一声面前。胡一声问："进娣，你们是在哪里找到他的？"

“在他阿妈坟前。”

胡一声看着还有泪痕的肖卫兵，心疼地问：“你阿妈是怎么死的？”

“因交不起地租，上个月被土豪劣绅逼疯了，投了河。我刚才回去，就是要告诉阿妈，我要跟着共产党走，杀尽天下的土豪劣绅，为她还有所有的劳苦大众报仇雪恨！”

“好样的！”

黄狗的父亲逝世后，母亲刘氏本想跟着老公离开这个世界，一再拒绝吃药。黄狗没有放弃对母亲的治疗，专门找到官塘圩开诊所的老中医张伯，把刚刚卖炭的钱递过去，说：“张伯，请你救救我阿妈。”

张伯戴着金边眼镜，斜着眼问：“你阿妈在哪？”

“九龙嶂。”

张伯连忙摇头，说：“不去，太远了。我一个羸弱的老头子，走半小时都艰难，怎么能经得起路途几个小时的折腾？小伙子，你把钱收走，我要做午饭了。”

黄狗不收钱，也不走，说：“张伯，你身后挂着悬壶济世牌匾，大家都说你是大善人。今天怎么就铁石心肠了？”

“我不是铁石心肠，心里也想去救你阿妈。但是，我确实走不动呀？请你能够谅解！”

“我背你！”

“你背我？”

“是！我不但背你去救我阿妈，我还会把你背回来。”

张伯看到小伙子壮得像头牛，又从他的言语中感受到了这孩子的一片孝心，心里为之感动，说：“小伙子，你若是能背，我就敢去！”

黄狗背着约八十斤左右的张伯，感觉如走平地。走到水尾村冯清泉房子旁，张伯说要小便，他只好停下来歇息一会儿。

善心的冯清泉拿出茶水招待他们。望着张伯干瘪的脸，他好奇地问：

“老哥，背你的后生身体真棒，是你孙子吗？”

“不是，他叫什么名，我还不知道呢。”

黄狗微笑着说：“我姓黄，单名狗，叫黄狗，住在九里岃。”

冯清泉问：“黄狗，这个老哥是干什么的？”

“他是官塘圩诊所的老中医张伯，我请他去家里给阿妈看病。”

冯清泉深受感动，即刻从衣兜里取出两块银圆，递到张伯手中，说：“老哥，这是我的一点心意，请你用心治好黄狗阿妈的病。”

张伯掂了掂银圆，说：“治病救人是医者的天职，我会做到的，谢谢啦！”说完把银圆交到黄狗手上，“你帮我收着。”

黄狗的母亲刘氏吃了张伯十多剂中药，羸弱的身子骨硬朗多了。一天晚上，她对黄狗说：“狗儿，阿妈积了十多个鸡蛋，还晒了一包野生红菇，明天你去卖炭时送给张伯。”

第二天，黄狗在老中医张伯那里吃了午饭才回家，当他经过官塘圩边一座废旧的房子时，听到里面传来低微的哭声。他拐了进去，发现一个大约十六七岁的女孩蜷缩在墙角，一副邋遢的模样。他蹲下去，问：“妹子，你怎么一个人在这里哭呢？”

“我很饿，你给我一点吃的好吗？”

黄狗犹豫了一下，从布袋中取出两只味酵粄递到女孩面前。这是他买回去给母亲吃的。他说：“妹子，吃吧。”

女孩一手抓住一只，看了黄狗一眼，便狼吞虎咽起来。吃完后，她问：“大哥，你成家了吗？”

黄狗笑着说：“我家很穷，哪有钱娶老婆。”

“我嫁给你，一分钱都不要。”

黄狗吃惊地说：“妹子，你在跟大哥开玩笑。我哪有这么好的福气，两个味酵粄换了一个老婆。我走了，再见！”说完站起来就走。

女孩一把抱住黄狗的双腿，恳求道：“大哥，我有家回不去，看你是个好心人，你带我走吧！”

黄狗想到同村比自己小的男孩都结婚生子了，心里也一直盼着成家立业，但苦于家庭状况差，只好把结婚当作一个梦想。没想到喜从天降，这使他感到做梦一样。他低头望着含泪的女孩，问：“妹子，你真的愿意做我老婆？”

“嗯！”女孩答应道，“我愿意！”

黄狗拉起女孩，说：“你等一下我，不要走开。”

“你去哪？”

“我给你买衣服。”

“那我要跟你去。”

黄狗带着女孩回到官塘圩成衣店，挑了两件女孩喜欢的花衣服，又来到张伯的中医诊所。张伯问：“黄狗，这女孩是谁？”

“我老婆！”黄狗高兴地说。他牵起女孩的手，走进厨房，从水缸里舀了一勺水，说：“妹子，你洗一下，把衣服换了。”

“你把门关上。”

黄狗关上门又打开，问：“你叫什么名字？”

“我叫杨柿花。”

“哪里人？”

“西阳。”

“多大了？”

“十七岁。”

黄狗回到张伯身边，高兴地道出了缘由，并开心地说：“张伯，这个女孩可以说是我捡到的宝，她比我小六岁。你给我卜一卦，看看我们合不合适？”

张伯从抽屉里取出一个银圆，嘴里念叨了几句，然后把银圆往上一抛，“当”的一声掉在地上。他捡了起来，高兴地说：“合！”

早上七时多，胡一声他们在蜿蜒曲折的小路上耗费了五个多小时，终于走到了九龙嶂九里峁。

这里每天九点多钟才能见到太阳光线，所以村民起床比较晚，到现在家家户户还没有开门。他们的出现，令村里的狗狂吠起来。

当然，也有早起的人。这个人是九里峁的村长黄伯。他扛着一支火药枪，手里提着一只野兔和一只鹧鸪，突然出现在这群陌生人面前。他扫描了这么多背枪的人一眼，充满敌意地问："你们是官兵吗？"

胡一声说："不是。"

"难道是打家劫舍的土匪？"

"也不是。"

"那你们一定是来抓黄狗老婆的了！"

胡一声惊诧地问："黄狗娶老婆了？"

"昨天下午，他从官塘圩领回一个很标致的女孩，听说是从西阳逃婚出来的。我们山里人找老婆不容易，你们不能去拆散这桩美事呀！"

"阿叔，我们是共产党领导的队伍，绝对不会去伤害你们的，请你不要对我们存有戒心。"

"这么说，你们是来保护我们的？"

"你说对了！我们就像你们的亲人一样，不但要保护你们的安全，还会给你们带来美好的生活。"

黄伯听了感到心情特别舒畅，突然放开喉咙高喊："各位兄弟叔侄，我们九里峁来亲人了，你们赶快出来迎接他们！"

转眼间，家家户户都打开大门，一下子跑来了十多个年轻人，其中一个是黄狗。黄狗走到胡一声面前，惊喜地说："一声，刚才我还以为你们是坏人，没想到错怪你们了！"

郑天保说："黄狗，让你们受惊了！"

黄狗高兴地说："说实在话，当时是有点怕，但现在不会了。"

黄伯把野兔和鹧鸪递给黄狗，说："这个你拿去，好好招待这些亲人。"

午饭后，刘氏把黄狗叫进自己房间，风趣地说：“儿子，昨晚你在柿花身上下种了吗？”

“下种了！”

“那好，我同意那两个外来妹晚上和柿花共床睡。你还要找时机和柿花多亲热，不能冷落她。”

“妈妈，这事我懂，你就别烦心了，等着明年抱孙子好了。”

刘氏看到郑天保从窗外走过去，问：“儿子，这么多人在这里吃住，嘈嘈杂杂，你阿叔大伯他们几家会不会有意见？”

“暂时没有，不过以后就难说了。”

“儿子，你要跟他们说一说，懂点规矩，才能住得安稳。”

“妈妈，他们是共产党，不是土匪，不会乱来的。”

胡一声他们走上井头凹，有的人抱着枪坐下，有的人把枪一丢躺在柔软的黄草地上。胡一声对郑天保说：“这种松散现象要不得，你向他们敲一敲警钟。”

郑天保心有同感，突地拔出手枪，高声喊道：“国民党反动派来了，大家准备战斗！”

大家急急忙忙爬了起来。他们虽然手里握着枪，但还是神情紧张，站在原地不动。

“胡新华！”

“到！”

“赶快整好队伍。”

“是！”

胡一声和郑天保走到队伍面前，郑天保说：“稍息！”

胡一声说：“同志们，国民党反动派没有来，刚才天保同志是考验大家警惕性的，希望大家时刻绷紧战斗这根弦，一切行动听指挥，千万不能随心所欲了！”

胡新华说：“我们马上改正！”

大家异口同声地说："我们马上改正！"

胡一声严肃地说："同志们，我们是共产党领导的队伍，有了毛病就要改正，才能不断进步。现在，我宣布三条纪律：第一，一切行动听指挥。第二，不拿村民一针一线。第三，对待村民要像自己的父母兄弟姐妹一样友好、和气。你们能做到吗？"

"能！"

胡一声扭头对郑天保说："天保，你组织他们训练吧！"

"好！"郑天保点头说，"立正！向右转，齐步走。"

看到他们训练去了，胡一声拿出带来的画板，望着绵延的莲花山脉，在纸上一笔一画勾勒起来。

五华县长胡谆早就对共产党恨之入骨，决定对农民运动实施高压政策。他叫来五华"资本团"团长李寿眉，说："寿眉兄，现在是你大展拳脚的时候了。"

"县长，你要我做什么？说吧！"

"我命令你成立讨赤团，垒筑巢穴，与五华刚组建不久的广东工农革命军东路第七团对抗，杀掉该团团长古大存！"

李寿眉拍着胸脯说："没问题，这事包在我身上！"

"只要你这次马到成功，杀掉古大存，就是大功一件，我把五华县保安司令的帽子戴在你头上。"

李寿眉早就想得到这顶帽子了，但因为有张谷山挡在自己面前，也就不敢明目张胆去争取。现在张谷山没了，县长又发了话，这使他感到飞黄腾达的日子就在眼前。他信誓旦旦地说："县长，我保证在一个月内消灭第七团，击毙古大存！"

"我等着你的好消息！"

古大存得知李寿眉又在重振旗鼓，卷土重来，决定彻底铲除这股祸害人民群众的反动势力。一天，打探到李寿眉的"讨赤团"巢穴设在对镜窝，古大存马上带着古连长、李斌、古宜权他们去对镜窝侦察，回来后便制订了全歼讨赤团的战斗方案。

在队伍出发前，古大存作了战斗动员。他说：“同志们，今天这一仗，是我们第七团组建以来向国民党反动派打响的第一枪，只准成功，不准失败。我希望大家同仇敌忾，保持旺盛的革命斗志，彻底、干净地歼灭讨赤团，竖起我们第七团在人民群众中的威望！大家有没有信心？”

“有！”声音铿锵有力，震动山河。

“出发！”

如皎的月光普照大地。三个小时后，静谧的对镜窝被广东工农革命军东路第七团的战士包围了。

古大存看了一下手表，对侄儿古柏贤说：“吹冲锋号！”

雄浑的号声顿时响彻对镜窝上空。

“‘共匪’来了！”

正在酣睡的李寿眉突然从梦中惊醒，草草穿上衣服走出房间，狂叫道：“弟兄们，大家不要乱，各中队坚守各自角楼，准备战斗！”

工农革命军个个英勇善战，不到一小时就攻入讨赤团总部，活捉了臭名昭著的李寿眉，缴获了大量的枪支弹药，其中有两挺歪把子机关枪。

李寿眉是古大存姨甥女的父亲。第二天，土豪劣绅企图利用亲戚关系，派人向古大存说情。

古大存连门都不让他们进，义正词严地说：“李寿眉恶贯满盈，罪不可赦！”

李寿眉的家属、亲属也向古大存苦苦哀求，说：“我们愿意出三箩光洋赎回李寿眉。”

古大存斩钉截铁地说：“百万家财也保不了李寿眉的狗命！”

在安流圩日那天，古大存命令李斌把李寿眉押到安流刑场枪决了。

人民群众无不拍手称快，说：“古大存是铁面无私的包青天！”

第五章

创建东路第十团　踊跃参加革命军

九龙嶂连续下了三天有史以来最大的雨，造成山洪暴发，不但摧毁了几间民房，压死了一个老人，还冲垮了九里屶村口一段百米长的道路，造成村民出入非常困难。

一些村民埋怨说：“一直以来，我们九龙嶂从没发生过这种事情。这些外地人一来，竟然给我们带来了灾难！”

又有一些村民说：“十天半个月要是修不好这条路，我们的木炭和茶叶就挑不出去卖，那我们就要把锅吊起来了！”

胡一声听到这些话语，感到心里沉甸甸的。他对郑天保说：“我们目前的首要任务，就是要稳定村民的情绪，协助他们把道路修好。另一方面，我们一定要想办法给他们筹点粮食，渡过这个难关。”

“是啊，这两个问题如果处理得好，那我们在村民心目中就是救星。”

“我考虑了一下，你呢，带着同志们帮村民修路。我呢，领着吕进娣、胡运香、胡新华和黄狗去找我阿叔胡秀文，向他要点粮食。”

“好，我现在就集合队伍去干。”

在黄狗引领下，胡一声他们穿越了一座座山梁，一条条布满荆棘的羊肠小道，在晌午时分回到了胡一声老家罗田上村陂角绍安庐。

绍安庐主人胡秀文，是民国初年梅县的首富。十九岁那年，他带着父亲的遗愿，从南非回到家乡创业，一生行善积德，经常帮助穷人，协助古直创办梅南龙文公学，还在梅城创办了安定书室。胡一声的父亲死后，胡秀文便把胡一声视为养子，资助胡一声读书。当地老百姓称他为“胡大善人”。

朱氏看到儿子回来了，足足端详了他一分多钟，忽然鼻子一酸，竟然流下了眼泪。

“阿妈，你怎么哭了？”

朱氏用手肘揩去泪水，笑着说：“我不是哭，是高兴。”

“这一年来，你还好吗？”

“自从去年警察来这里抓你，我就一直心神不定，生怕你出事。你说我的心情能好吗？”

“今天我回来了，你该放心了吧？”

“这下我放心了。”朱氏欣喜地说，“你们先坐一会儿，我给你们做饭去。”

“阿妈，我们确实饿了。但我先去见秀文叔，然后再回来吃饭。”

“好，你去吧。”

胡秀文戴着眼镜，在客厅里看书。听到过道上传来有力的脚步声，他不自觉地抬起眼睛来瞧，发现是一声回来了，连忙放下书，用笑脸迎接这个侄子。

“阿叔。”

胡秀文答应了一声，挥手叫胡一声坐在自己对面，然后问：“这段时间你去哪里了？”

“东跑西走。”

“东躲西藏吧？”

胡一声勉强地笑了一下，说：“阿叔，你怎么这样说？”

“我说这话是有根据的。上个月，朱君怀领着官塘圩警察所长黄彰文来找我，叫我配合他们捉拿你。我说你好久都没有回家了，一旦有了消息就去警察所报案。你说，阿叔会做出蠢事，去杀害自己亲侄子吗？”

"多谢阿叔！"

"一声，阿叔想啰唆几句。"

"你说。"

"就目前的时局来说，对你们共产党相当不利，可以说你们在水火中生存。只要你们过了危险期，相信你们的理想一定会实现。我真心地祝福你们平安无事！"

"阿叔，你说的是！"

"一声，你能否告诉我，现在你们住在什么地方吗？"

"不瞒阿叔，我们在九龙嶂。"

胡秀文担忧地说："九龙嶂环境恶劣，在那里生活一定相当艰苦，你们经受得住吗？"

"阿叔，在那里生活确实艰苦。现在，我们几十人正面临着没米下锅了，这次想向阿叔你要点粮食，以解燃眉之急。"

"你带人来了吗？"

"我们来了五个人。"

胡秀文思忖了一下，说："我看这样吧，你们能挑多少是多少，另外我再给你一些银圆。"

胡一声原以为要办好这事不是那么容易，想不到却一帆风顺，十分感激地说："阿叔，你真是村民说的胡大善人！"

"一声，你也敢笑阿叔！"

"不敢！"胡一声微笑道，"那我给你立个字据，日后好还。"

胡秀文摆手说："不，不要你们还，我这是心甘情愿的！"

"那我代表共产党，多谢你！"

九里岃这段百米长的道路，虽然损毁严重，但经过游击队和一些村民二十八天的日夜努力，终于把这段路修好了。原来是一米宽的路面，现在增加到了两米。完工那天，黄牛在修好的路面上点燃一包自制的火药，顿时火花四溅，百姓们欢呼雀跃，笑逐颜开。

游击队刚返回黄屋，黄狗的母亲刘氏马上端出一盆热气腾腾的番薯，高兴地对郑天保说："郑同志，多谢你们这些好人！来，大家吃番薯。"

胡一声边吃边回到房间，刚落座，便看见刘氏走了进来。刘氏说："胡同志，我跟你说件事儿。"

"刘妈妈，什么事？"

"我看你和郑同志同住一个小房间，做什么都不方便。我把自己的房间腾出来了，现在你就搬过去住。"

"那你住哪？"

"我和嫂子搭床去。"

胡一声感动地说："刘妈妈，让我怎么多谢你才行？"

刘氏乐呵呵地说："不用多谢，只要你们住得踏实就好。"

晚饭后，胡一声在自己房间里和郑天保商量下一步工作。忽然，村长黄伯来了，他愁眉不展地说："两位领导，我又想求你们办一件事，不知你们能不能帮？"

郑天保说："村长，我们能帮的一定帮，你说吧！"

"这一个月来，多谢你们为我们修路还送粮食，让我们渡过了难关，没有饿肚子。可眼看年关要到了，村民都有点心焦，大家担心烧好的木炭一时挑不出去。所以，我想拜托你们这几天帮我们把木炭挑到官塘圩去，方便出卖。"

胡一声说："村长，帮助你们是我们义不容辞的事情。"

郑天保说，"我们明天可以安排十五个人帮你们。"

村长高兴地说："你们有求必应，真是我们的恩人啊！"

送走了村长，胡一声说："天保，你可以利用这次挑炭的机会，想办法见到梅南区委书记廖祝华，看看梅县县委有什么指示。"

"一声，我们想到一起去了。借此机会，也好向梅县县委汇报一下我们前段时间的工作。"

“我们派去丰顺联络黎凤翔书记的同志已经走了三天，也不知道接上头了没有？”

“我回来了！”

胡新华突然出现在他们面前，令胡一声和郑天保兴奋不已。郑天保问：“新华，见到黎凤翔书记了吗？”

胡新华接过胡一声递过来的一碗水，一口气喝了下去，说：“见到了，还见到了张泰元、邹玉成两位领导。他们带着一部分农民自卫军住在丰顺县柑子窝，距离九龙嶂需要走半天多时间。黎凤翔书记说，他们会到这里与你们见面，商讨建立革命根据地的问题。”

胡一声兴奋地说：“太好了！”

“但是，我要告诉你们一个不好的消息，和我一起执行任务的肖卫兵同志牺牲了！”

郑天保吃惊地说：“怎么牺牲的？”

胡新华难过地说：“在我们回来的路上，撞见十多个国民党兵，肖卫兵为了保护战友，不幸中枪了。牺牲前，他睁开眼睛说，新华，我不行了，你要把我带回去，葬在井头凹练兵场旁边，为战士们站岗放哨。”

“你们把他背回来了吗？”

“我们把他安葬在练兵场了。”

胡一声悲痛地说：“肖卫兵同志的血一定不会白流，我们会为他报仇！”

五天后，丰顺县委书记黎凤翔和张泰元、邹玉成、邓子龙等领导来了。午饭后，他们跟着胡一声、郑天保去到井头凹，一眼望见这浑然天成的大坪，黎凤翔激动地说：“哇，天然练兵场！”

胡一声说：“没想到吧？我们发现这个地方，还得多谢一个人。”

“谁呀？”

大家走到黄狗父亲的坟茔面前，胡一声说：“就是里面这个人。”

黎凤翔问：“他是什么人？”

“他是黄狗他爸，黄狗是我小学同学。去年我和天保他们来看黄狗，没想到碰上他爸爸被豹子咬死了。我们帮黄狗把他爸爸抬到这里安葬，才晓得这里有块天然宝地。当时我就想，有朝一日我要是拉起一支武装，到九龙嶂驻扎多好哇！没想到，这个想法如今变成了现实！”

大家又来到肖卫兵坟前，黎凤翔看到木牌上写着“革命烈士肖卫兵之墓”，肃然起敬地问：“一声同志，这个肖卫兵是怎么牺牲的？”

“那天，我们派他和几位战士与你们接头，回来时遭遇国民党兵，结果牺牲了。”

黎凤翔立即向肖卫兵烈士鞠了三下躬。

突然，黄牛跑到胡一声面前，说：“一声老师，祝华老师叫我给你送一封信。”说完从书包里把信取出来。

胡一声接过信，并没有立即打开，而是关心地问：“这几天，梅南中学平静吗？”

“没有发生什么事情。”

“黄牛，你阿妈好想你，赶快回家去吧。”

黄牛走了几步，又返回来，向父亲的坟墓拜了三下，然后下山去了。

胡一声拆开信看了，兴奋地说：“东江特委批准我们成立广东工农革命军东路第十团，在九龙嶂建立革命根据地，你们传阅一下。”

大家传阅后，胡一声说：“我们的事业进展很快，原来梅县、丰顺两支武装队伍，分别在九龙嶂两侧搞革命，现在我们联系起来一起干，十团壮大了，地盘也扩大。我建议在团长、党代表之上，成立‘军事委员会’，成员包括团长、党代表、丰顺县委的领导同志，人数共五人，这样可以更好地开展工作，既能发扬民主，又能集中统一。”

大家都非常赞成。经过充分的讨论，决定推举第十团军事委员会由五人组成：郑兴（郑天保）为团长，张泰元为副团长，蔡若愚（胡一声）为党代表，黎凤翔、邹玉成为委员。同时决定团部设在九里岃黄屋。直辖一个警卫小队，由胡新华任小队长。另设一个直属大队，张建臣为直属大队长。

郑天保倏地站起，伸出右手，郑重地说：“来，让我们五只手捏成一个拳头，从今天开始砸向国民党反动派，建立粤东北九龙嶂革命根据地。”

其他四位同志跟着站起来，走到郑天保面前，五只手紧紧地捏在一起。

五天后，黎凤翔、张泰元、邹玉成带领丰顺县三十多个自卫军战士赶到九龙嶂井头凹，参加广东工农革命军东路第十团成立大会。胡一声站在肖卫兵烈士墓前，向五十多位全副武装的战士说：“同志们，奉中国共产党东江特委指示，广东工农革命军东路第十团现在成立了。第十团的建立，标志着我们粤东北升起了一面革命武装斗争的旗帜。下面，请第十团团长郑天保同志带领大家宣誓。”

郑天保这时一手提起大红公鸡脖子，一手拿起菜刀，麻利一刀割断公鸡脖子，鸡血立即流入一碗白酒中。然后，他左手端着鸡血酒，昂头挺胸，右手拿着一条红绳，大声地说：“同志们，请大家左手牵着这根红绳，举起右手，跟我在革命烈士面前宣誓：从今天起，我们是同志加兄弟，患难相扶，生死与共，为革命矢志不移。如敢背叛，天诛地灭！”

宣誓后，郑天保带头喝下一口鸡血酒，随后是胡一声、黎凤翔、张泰元、邹玉成一人喝一口。喝过之后，他们的右手又拉着同一条红绳，象征一条心，左手紧紧地握在一起。顿时，欢呼声震撼天地，练兵场成了欢乐的海洋。

广东工农革命军东路第十团成立后，随即发出由胡一声写的布告，在梅城、丰顺县城张贴。布告明确宣布：

实行土地革命，不准土豪劣绅、地痞恶霸再向农民收租收粮，不准贪官污吏再向人民征收苛捐杂税逼还债款，不准聚众赌博，不准贩卖鸦片，不准强奸妇女，不准走漏革命消息及通敌引敌，如敢违抗，严惩不贷。

以此同时，又以工农革命军第十团的名义，散发《敬告丰顺县吴姓工农群众书》，号召吴姓农民兄弟团结起来，打倒军阀官僚、土豪劣绅，自己当家做主，建立工农政权，反对一切压迫剥削。

国民党丰顺县长罗虔英看到了布告和敬告书，大为震惊，马上叫来“清党委员会”头目吴惜钧、吴武钧和吴聘，指着布告和敬告书，愤怒地说：“你们看看，你们吴姓人要起来造反了！”

吴惜钧说：“这些我们都知道了，那是共产党吓唬人的。”

“黎凤翔和张泰元领导的农民自卫军虽然被我们‘剿灭’得差不多了，但残部还在柑子窝一带活动，一旦他们和九龙嶂的第十团联手，你们吴姓人又团结起来，将对我们政府形成极大的威胁。怎么是吓唬人呢？”

吴武钧说：“为了这事，我专门派人去九龙嶂暗中了解，所谓广东工农革命军东路第十团，人数不超过百人，都是一群乌合之众，为首的是梅县的郑天保、胡一声，还有我们丰顺的黎凤翔、张泰元和邹玉成。罗县长，这么一支不像样子的队伍，敢到你这个太岁头上动土吗？”

吴聘说：“料想他们没有这个狗胆！”

罗虔英说：“我说几位老弟，你们不能低估共产党的能量！为了党国的利益，我们必须采取强硬手段，‘剿灭’第十团！”

吴惜钧问：“罗县长，你要我们做什么？”

“你们都姓吴，好好管好本族之人，不要让他们联合起来和政府作对！”

吴惜钧他们离开后，罗虔英吩咐助手给省党部发出“十万火急”电报。电文称：九龙嶂集合了工农革命军上万人，请迅速派遣大军前来“围剿”。

国民党梅县县长也感到如坐针毡，立即召开紧急会议，部署“剿灭”广东工农革命军东路第十团行动计划。在会上，他生气地对梅南官塘警察所所长黄彰文说：“彰文老弟，之前你不是说，‘共匪’胡一声、郑天保被你们赶出梅县了吗？现在可好，他们在你们的眼皮底下拉起了队伍，向我们政府宣战了。你说怎么办？”

黄彰文惊恐地说：“县长，我听你的。”

“你就会说这句话，但每次你都把我的话大打折扣，做起事来虎头蛇尾，一次又一次让胡一声逃脱了。”

“这是手下失职，辜负了县长你的栽培。”

“你确实让我失望了！如果不是念在你忠诚党国，我早就把你警察所长撤了。现在，我命令你配合政府驻军和县保安团，在本月底前‘剿灭’‘共匪’第十团，将胡一声、郑天保的人头给我提来，在城门悬首示众。”

“可是县长，你不了解九龙嶂的地理位置。那里崇山峻岭，人烟稀少，从我们梅南进去要走上一天。再说，光靠区区几百人，怎么能与‘共匪’一个团的兵力抗衡？假如我们冒胆进去了，说不定会全军覆灭，划不来呀！”

驻军李营长说：“县长，我觉得黄所长的担心不无道理。要不我提个建议，我们先封锁通往九龙嶂的通道，对进出人员严格盘查，对于可疑人员一律拿下。你呢，马上向省党部汇报，要求他们派兵到九龙嶂镇压‘共匪’。”

保安团长说：“李营长的建议非常好！我们既不受任何损失，又能达到‘剿灭’‘共匪’的目的。”

黄彰文说：“这是一步好棋！”

县长只得说：“那好吧，我们就按李营长的意见办。但是，我还要再次提醒诸位，对待共产党，就像汪精卫说的，宁可错杀一千，也不放过一个。你们明白吗？”

“明白！”

梅南区委书记廖祝华参加梅县县委召开的紧急会议一结束，便马不停蹄地赶回梅南中学，连夜召集区委领导熊光、吕君伟、黎学仁等同志，向他们传达了县委书记李桃彝的指示精神。传达之后，廖祝华说：“大家说说各自的想法。”

熊光说：“广东工农革命军东路第十团刚刚成立，还是一个‘婴儿’，绝不能被国民党反动派扼杀在摇篮里。我们要尽快通知一声和天保，让他们做好防御的准备。”

吕君伟说："我们要分头到各村去，动员农会骨干和赤卫队员加入到第十团行列中去，壮大我们的革命队伍。"

黎学仁说："我们学校有十一位外地学生热情高涨，联名给我送来申请书，要求投笔从戎，到九龙嶂去参加工农革命军。门卫张飞也对国安说，他不做门卫了，要去九龙嶂从军。"

廖祝华说："同志们，国民党反动派马上就要'围剿'九龙嶂了，我们必须在他们行动之前采取有效办法，支持一声和天保渡过难关，取得反'围剿'的胜利。现在，我综合大家的建议，作出三点决定：第一，散会之后，熊光和君伟分头到各村联系，尽可能组织多一些青年人参加工农革命军。第二，对于那些联名递交申请书的进步学生，学仁负责通知他们子时在门坪集中，由我带队奔赴九龙嶂。第三，在我离开这段时间，学仁你代理学校党支部书记职务，有事多和九成、志文、德云和国安商量解决。万一发生了重大事情，你要及时向熊光或君伟汇报处理。"

"祝华，你带张飞走吗？"

"他暂时走不了，我有事叫他干。"

翌日早上天刚蒙蒙亮，胡一声被警卫队长胡新华叫醒。胡一声披着大衣打开门，问："新华，你这么早叫我，有什么急事吗？"

"祝华老师带着十一个学生来了。"

"你去告诉天保同志一声，然后把祝华同志领到这里来。"

廖祝华和胡一声、郑天保见面后，转达了梅县县委书记李桃彝对十团的指示精神和问候。

胡一声高兴地说："祝华，你不但给我们送来了重要情报，还给我们带来了革命力量，多谢你！"

郑天保也喜悦地说："祝华，我们十团有梅县县委和你们梅南区委的支持，一定能够发展壮大起来。你想什么时候回去？"

"我任务完成了，吃了早饭就回去。"

"那好，我们不留你了。回去之后，你帮我们一个忙。"

“你说。”

“为了扩大我们十团的影响力，我和一声商量了一下，决定拿无恶不作的官塘警察所所长黄彰文开刀。但首先要摸清官塘警察所有关情况，才能打响十团成立后的第一枪。”

“好吧！这事交给我来完成。”

在吃早饭的时候，吕进娣给廖祝华送来一封信，信封上写着两个字：内详。廖祝华故意问：“进娣，这是给我的？”

吕进娣红着脸说：“是给他的。”

“他是谁？”

“你明知故问。”

上午十一时，在团部，郑天保和胡一声在研究反“围剿”的对策。忽然，警卫队长胡新华带着一个战士来到他俩面前，喊了一声：“报告！”

郑天保抬起头问：“什么事？”

胡新华指着身后的战士，说：“他是我们派出去的侦察员，有紧急情况向你们汇报。”

“请讲。”

侦察员上前一步，向郑天保敬了一个军礼，说：“报告！从水尾到九里屶的道路上，一拨又一拨人朝这里涌来了。”

“都是什么人？”

“他们有的背着枪，有的挑着东西，至少有一百多人。我问了一个背枪的人，你们去哪里？他说去参加工农革命军。再过一个多小时，走在前面的人就要到了。”

“好，你去吧！”

胡一声和郑天保四目相视，会心地一笑。

郑天保说：“我们的队伍壮大了，但问题也来了，食宿如何解决？”

胡一声说：“新华，你快去把村长和黄狗叫到这里。”

“是！”

转眼间，村长和黄狗来了。

胡一声说：“黄伯，还有黄狗，据我们的侦察员报告，一小时以后，起码有一百多人来到九里岃，准备参加工农革命军。一下子增加了那么多人，这食宿成了问题。你们有办法帮忙解决吗？”

村长从腰带上抽出烟筒，往烟锅上装了一点烟丝，点着，抽了一口，吐出烟雾后说：“郑团长，胡党代表，这住的问题容易解决，只要我们把村民的杂物间腾出来，整修一下就可以。但食的方面，一个月左右没有问题，时间长了就不好办了。”

郑天保说：“黄伯，我们一来就打扰村民，今天再次增加他们的麻烦，我们深感内疚和不安。也不知道在村民的心里，会不会有什么怨言和抵触情绪？”

“郑团长，你们顾虑多了。自从你们到来之后，一心为村里修路、修房，为村民挑炭、送粮，做了多少好事，村民心里像明镜似的，清楚得很。在你们十团成立那天晚上，我们召开了户主会议，他们都明确表态，共产党把我们当亲人，我们也要热爱共产党，热爱工农革命军。如果你们有什么困难，他们一定会鼎力帮助，绝不含糊！”

“对！”黄狗补充道，“郑团长，胡党代表，你们的事就是我们的事。现在，我们去组织村民着手解决这两个面临的问题。”

郑天保感动地说：“我们是人民的子弟，人民是我们的父母，今天我才真正体会到其中的含义。黄伯，黄狗，请代我们多谢可亲可敬的村民们！”

胡一声喊道：“新华，你进来。”

胡新华走进来，问：“胡党代表，有什么事？”

“你去组织十多位战士，协助村长他们整修房间。”

第二天上午，黎凤翔、张泰元、邹玉成回到九里岃团部参加会议。胡一声说：“我们贴出布告之后，震惊了国民党梅县当局。他们一方面向上面要求派兵‘围剿’我们，一方面组织了二百多人的反动武装，于昨天傍晚封锁了进出九龙嶂的几条通道。据我们的侦察员反映，敌人对过往行人盘查非常严厉，逼使他们脱光衣服检查。如果有谁不听话，就用枪托砸他的下身，一旦发现疑似共产党员或革命群众，马上就被五花大绑，押送到官塘警察所去。”

郑天保问：“黎书记，你们丰顺的国民党反动派有什么反应？”

“据国民党县党部内线反映，罗县长向国民党省党部发出十万火急电报，说九龙嶂集合了工农革命军上万人，准备攻打丰顺县城，要求省党部派遣大军前来‘围剿’九龙嶂。罗县长还命令丰顺县‘清党委员会’负责人吴惜钧，管好吴姓族人，不得让他们受到共产党蛊惑起来造反。”

张泰元说：“我们的布告影响很大，除了吴姓没有动静外，建桥张姓、大椹黎姓、瑶围邹姓、青潭于姓、下汤彭姓、布心郑姓和胡姓、水头洋杨姓和邓姓，以及汤坑各小姓的贫苦农民，都组成了革命武装队伍，接受第十团的领导。大家摩拳擦掌，准备参加战斗。”

郑天保说：“你们丰顺农民的革命热情发动起来了，我们梅县也出现了喜人的景象。我们统计了一下，各地来九龙嶂投奔第十团的农民一百四十多人，另外还有十一个梅南中学的学生，仅仅几天时间，我们第十团由原来五十多人发展到今天二百多人。如果加上你们丰顺各姓的革命武装，那我们第十团就拥有几百人了。”

胡一声说：“我们的工作很有成效，但问题和困难会一个一个找上门来。昨晚，我和团长商量，为了减轻食宿方面的压力，建议直属大队下设几个小队，分别驻扎在柑子窝、葛肚里、九里岃、牛更畲、浪荡石和其他几个小山村。但我们要分别对这些新战士进行军事训练和文化辅导，提高他们的综合素质。”

郑天保补充说：“春节以后，丰顺各姓的革命武装队伍，也要分批到这里接受军事训练和文化辅导。”

黎凤翔说：“党代表和团长想得很周到，我完全同意。但我有一个建议，为了粉碎国民党反动派的‘围剿’，找机会我们要狠狠地打击一下他们的嚣张气焰，取得反‘围剿’的胜利。”

张泰元说：“我也有一个建议，我们的革命根据地建立起来了，医院、学校、被服厂和兵工厂也要逐渐配套完善。”

“你们的建议和我们不谋而合！”胡一声喜悦地说，“我近日要出趟远门，去海丰参加工农兵代表大会，家里的工作有劳各位了。”

郑天保说：“听说海丰农民运动在彭湃同志领导下，搞得有声有色。以后有机会，我们大家都去参观学习一下。”

“这个建议好。”

第六章

装扮乞丐骗敌人　端掉官塘警察所

吕进娣在厨房里帮助黄狗的母亲刘氏做客家娘酒，准备给她儿媳妇生产时食用。杨柿花典着大肚子，想来帮忙，刘氏心疼儿媳妇，叮嘱道："柿花，你不要靠近灶头，免得被火烟熏了，到时生出来的孩子变成了黑蛋。"

吕进娣笑着问："刘妈妈，你这是哪来的经验总结呀？"

"什么经验总结，那是我瞎说的！"

忽然，胡新华来了，说："进娣同志，郑团长叫你去。"

吕进娣走到团长办公室门口，说："报告！"

"进来！"

吕进娣整了一下衣服，踏进门就问："团长，你找我什么事？"

"我想交给你一项任务，不知你能否把它完成好？"

吕进娣一抿嘴，露出两个迷人的小酒窝，说："团长，我执行过多次任务了，每一次都没有闪失。你把任务交给我吧，我会完成好！"

郑天保从橱柜中取出四个银圆和折叠好的字条，递到吕进娣面前，说："这个你拿去。"

吕进娣接过银圆和字条，问："团长，你叫我去干什么？"

"我们团一下子增加那么多人，面临着吃饭问题。龙岗有一个我认识的肖乡绅，我想向他买一点粮食。你带一个班的战士乔装打扮一下去龙岗，把字条交给他，然后把粮食挑回来。你有把握吗？”

“有！”吕进娣响亮地说，“但是，出入的路被敌人封锁了，我担心人多目标大，容易暴露，还是我一个人去。”

“那你怎么把粮食挑回来？”

“团长，这个你放心，我有办法。”

郑天保握住吕进娣的手，说：“进娣同志，祝你马到成功！”

吕进娣装扮成一个乞丐，走到国民党反动派设置的水尾村口检查站，已是晚上八时多，弯弯的月亮挂在天上。她蹲了下去，察看缝在破鞋里的银圆和字条。她刚站起来，就看到一个荷枪的国民党兵向自己走过来，她连忙倒在地上。

国民党兵站在吕进娣身旁，用枪管搡不省人事的吕进娣佝偻的身体，然后捡起吕进娣丢下的棍子，说：“班长，这个人是乞丐，昏迷过去了。”

“仔细检查一下，会不会共产党装扮的。”

国民党兵弯下腰，看到吕进娣衣衫破烂，又闻到她身上发出令人作呕的臭味，连忙捂鼻站了起来，边走边说：“班长，这个人确实是乞丐！”

“大哥！”

国民党兵扭头一看，发现吕进娣在叫他，连忙停下问：“你醒了？”

吕进娣揉了一下眼睛，说：“大哥，我刚才饿昏了，你行行善心，给我一点吃的好吗？”

“这里又不是饭店，也不是施善堂，哪有什么吃的？”

“水应该有吧？”

“水也没有，你赶快走吧！”国民党兵恶狠狠地说，“你再不走，我就给你一颗子弹，送你上西天！”

“那你把棍子还给我。”

国民党兵把棍子往吕进娣面前一丢，走进了检查站。吕进娣拄着棍子，一拐一拐地脱离了国民党检查站。她没有回自己的养父母家，而是来到一起上夜校的好姐妹肖小丫家里。

肖小丫突然见到吕进娣，有点吃惊地问："进娣，你怎么成了一个乞丐？"

"为了骗过敌人的检查！"

"丑死了，我给你找衣服换上。"

吕进娣换上衣服，一个标致女孩的形象又出来了。她边吃小丫给的番薯边说："小丫，你去把其他一起上夜校的好姐妹找来。"

半个多小时后，来了九个和吕进娣年龄相仿的女孩。她们看到多日不见的吕进娣，一个个都和吕进娣拥抱了一下。胡小梅问："进娣，我表姐胡运香还好吗？"

"她很好，是我们十团的炊事员。"

"你呢？"

"我比运香多一项工作，兼职采购员。"

肖小丫问："进娣，你们十团还要人吗？我们大家都想去参加革命军，和你们一起打倒国民党反动派。"

"我们十团十分需要有革命理想的年轻人参加，不过你们的阿爸阿妈会同意吗？"

"我们都是穷苦人家的孩子，阿爸阿妈都非常痛恨国民党反动派，他们会支持我们的。"

"你们要明白，万一被国民党反动派抓去了，是要杀头的，不怕吗？"

肖小丫说："我们不怕！"

"对，我们不怕！"

吕进娣点头说："那好，我今天带你们进九龙嶂。但是，现在你们要协助我完成一项艰巨的任务。"

肖小丫问："进娣，是什么任务？"

吕进娣没有回答，转头问："胖妹，你阿爸还在肖乡绅家里守大门吗？"

"还在那里！"

“我有事找你阿爸，你带我去见他。”吕进娣交代说，“你们每人回家去挑一担箩，小丫你带她们去肖乡绅的果园等我们。”

胡小梅不解地问：“挑什么？”

“别问那么多，抓紧时间就是了。”

胖妹带着吕进娣穿过一个山麓，走到一座大屋门口，问：“进娣，如果我没有猜错的话，你是想找肖乡绅借粮食？”

“胖妹，你真聪明，基本上猜对了。不过，我不是借，是买。你敲门吧！”

胖妹敲了三下门，喊道：“阿爸，阿爸，我是胖妹。”

门开了，胖妹的父亲肖山站在门边，问：“胖妹，这么晚了你来干什么？”

“进娣有事找你。”

吕进娣上前一步，喊了一声：“肖叔叔。”

肖山说：“你们进来。”看到吕进娣和胖妹进来了，他马上把大门闩上，又说：“进娣，我听胖妹说，你上九龙嶂去了。现在道路都给封锁了，你是怎么出来的？”

胖妹抢先说：“她假装成乞丐，骗过了检查站的敌人。”

吕进娣说：“但我回去不能走老路了，还有别的路可走吗？”

肖山说：“还有一条山路，但要绕道水车小桑，再到水尾，走的时间要长一些。”

“远一点没关系，只要安全就好。”吕进娣感到心里有底了。接着说：“肖叔叔，我实话跟你说，今天我是来找肖乡绅买粮食的。”

“他会把粮食卖给共产党吗？”

“这个你不用担心，我们有办法使他答应。”

“我不答应！”肖乡绅站在内大门外，冷冰冰地说，“肖山，你把这个来路不明的女人给我绑了！”

吕进娣镇静地说：“肖乡绅，你不答应也没有关系，何必和一个女孩过不去呢！”

“好，我放过你，走吧！”

吕进娣不走，说：“肖乡绅，你认识郑天保吗？”

“我当然认识，他是广东工农革命军东路第十团团长。”

“他给你写了一张字条，叫我送给你。”

“拿过来。”

肖乡绅从吕进娣手中接过字条，凑近管家提着的马灯，仔细观看。看完后，他立即改变了态度，和气地说：“进娣妹，我们进去说话。”

在客厅里，肖乡绅说：“进娣妹，我刚才吓着你了。”

“你刚才真有点吓人。”

“今天下午，我去参加梅南商会会议，会长朱君怀和官塘警察所长黄彰文轮番吓唬我们。他们说，谁要是和‘共匪’胡一声、郑天保再有来往，就当‘共匪’论处。我担心他们无端陷害，故意指使他人讹诈我，所以我多了一个心眼，考察一下你的来路。”

“肖乡绅，你做得对！”

“现在进出九龙嶂的道路封死了，你怎么把粮食运进去？”

“我叫来了几个好姐妹，她们在你果园里等着。如果你同意的话，我想请肖山叔叔领我们走另外一条路回去。”

“我当然同意了！”

胡一声参加海丰县工农兵代表大会回来，向团级领导传达了海丰县工农兵政权及土地革命、镇压反革命、实行妇女解放等经验和做法。

郑天保问：“一声，见到了海丰农民运动领导人彭湃同志了吗？”

“见到了，他代表中共中央在大会上致词。”

黎凤翔问：“古大存同志参加了吗？”

“参加了，我和他还交谈了一些事情。他对我们成立广东工农革命军东路第十团表示祝贺。他们之前也成立了广东工农革命军东路第七团，我邀请他有机会时到我们十团来指导，他欣然答应了。”

张泰元问：“五华的革命斗争形势怎么样？”

“跟我们这里差不多，现在他们在八乡山建立了革命根据地，不断打击国民党反动派的嚣张气焰。”

邹玉成说：“我们也要出击一下，提振一下士气。”

郑天保说：“昨天，梅南区委书记廖祝华派人送来情报，他们摸清了官塘警察所的有关情况。我和胡党代表初步商量了一下，决定除掉这个恶人。你们的意见呢？”

张泰元说：“团长，你就部署吧！”

“为了保证这次出击成功，我们采取声东击西和调虎离山的办法。一路由我率领，端掉官塘警察所。一路由胡党代表和张泰元副团长带领，袭击进入罗田上村的国民党反动派检查站，把他们的主要兵力调到那里牵制住，无暇顾及官塘警察所。”

“战斗哪天进行？”

“后天是官塘圩日，我们就选择这天。上午八时，我们得手后，会立即通知你们撤离。”

第二天深夜，郑天保带着十多个精干的战士，绕开国民党反动派检查站，从梅江河岸顺利进入张伯中医诊所。郑天保见到了警察所的钟胡可，问：“胡可同志，警察所情况有变吗？”

“一切正常。”

“那好，你回去吧，要注意安全。”

钟胡可刚走，又响起了敲门声。

张伯问：“谁呀？”

“是我，黄狗。”

张伯回头对郑天保说：“黄狗来了。”说完打开门让黄狗进去。

郑天保问：“黄狗，你怎么来了？”

“一声叫我协助你。”

郑天保暗笑了一下，问："你会指挥打仗？"

"这个我不会，但是我有体力，能把张伯背到九龙嶂。"

张伯听了，说："这个我可以证实，他背过我。"

郑天保顿时明白了胡一声叫黄狗来的用意了，连忙给黄狗送上一个眼神，说："黄狗，一声还给张伯带话了吗？"

"带了。"

"那你跟张伯上二楼，慢慢说去。"

官塘警察所二楼所长室，黄彰文坐在靠背椅上，手执一支红水笔，两只阴森的眼睛盯着几天抓进来的中共党员嫌疑人员名单。钟胡可站在办公桌前，注视着黄彰文的举动。忽然，黄彰文指着名单，抬头说："胡可，这里有五个打钩的名字，一个是梅南商会会长朱君怀的亲戚，另四个是交了保释金的，一会儿你去把他们放了。"

"那剩下的十个人呢？"

"有没有通共嫌疑？"

"在审讯的时候，他们都一口咬定自己是耕田佬，没有和共产党来往。我觉得他们说的是实话，干脆也把他们放了。"

"不，这回不能便宜这些耕田佬。"

"难道你又要把他们杀了？"

"这回不杀，我要把他们卖到煤矿去，捞他一笔横财。去，你把我兄弟钟阿应叫来，由他去办理这事。"

钟胡可没有去叫官塘圩恶霸钟阿应，而是走进附近的中医诊所，向张伯点了一下头，便走上二楼。看到郑天保他们穿上了国民党军服，一个个都背着枪，他连忙问："郑团长，你们准备好了吗？"

"好了。"

"那走吧！"

钟胡可领着郑天保他们来到警察所大门口，郑天保吩咐六个战士留下。

走进大楼门口，郑天保又吩咐四个战士站岗。然后，郑天保和胡新华跟着钟胡可上了二楼，在所长室门口停下。钟胡可说："郑兴排长，你这里稍候，我进去向黄所长通报一声。"

"你快点啊！"

钟胡可推门走进所长室，说："黄所长，我没有找到钟阿应。"

"今天是圩日，他可能又捞外快去了。"

"但是，我在回来时碰到国军张营长手下的郑兴排长，他带着十多个人来找你。"

"他人呢？"

"在门口等着。"

黄彰文站了起来，说："赶快请他进来。"

钟胡可走到门边，说："郑兴排长，我们所长有请。"

郑天保和胡新华走了进去。郑天保向迎上来的黄彰文喊了一声："黄所长。"

黄彰文笑容可掬地说："欢迎郑兴排长光临！胡可，给郑排长泡茶。"

郑天保说："我公务在身，茶就不喝了。如今有一件急事要办，请你配合一下。"

"什么事？你说。"

"张营长说，上面派来'围剿'九龙嶂的国军马上就要到梅南了，请你迅速把手下警察集中起来，一会儿押着抓来的十七名'共匪'嫌疑人，跟我到水尾村口检查站去等待。在大部队到来时，让这些人在前面带路进入九龙嶂，做我们的挡箭牌。"

"可是，在这些人中有两个人反抗，被我们打死了。又有五个人与我们有点关系，我想把他们放了。"

郑天保威严地说："不能放，十五个人全部带去！"

"是！"黄彰文无奈地说，"胡可，你去通知全体人员到门坪集中，并把关押的十五个嫌疑人带来。"

钟胡可走出房间，胡新华立即把房门关上。郑天保倏地掏出手枪，对准黄彰文的额头，说：“我代表梅南人民送你上西天！”说完扣动扳机，一枪结果了黄彰文的性命。

五分钟后，钟胡可回来说：“郑团长，全所警察都在门坪集中了。”

“好，我们下去。”

郑天保走到大楼门口，威严地对列好队的警察说：“你们都给我听着，我是广东工农革命军东路第十团团长郑天保，刚才你们都听到一声枪响了吧？那是我代表梅南人民把你们的所长黄彰文枪毙了。你们要是不想再与人民为敌，就立即把枪放下。否则，将得到黄彰文一样的下场！”

十位革命军战士迅速围了上去，几秒钟就解除了这支反动武装。突然，钟阿应从大门带头冲进来，向郑天保举起了枪。说时迟，那时快，胡新华一枪把钟阿应打倒，呜呼哀哉去见了阎王。

转眼间，一大批群众涌进警察所，那些关押的“通共嫌疑人”也被钟胡可带来了。

郑天保响亮地说：“梅南的父老乡亲们，今天，我们工农革命军东路第十团，应父老乡亲的要求，将平日作恶多端、鱼肉乡民的警察所长黄彰文和恶霸钟阿应枪毙了！我希望大家团结起来，跟着共产党打倒国民党反动派，过上没有剥削、没有压迫的太平日子！”

忽然，一个警察问：“郑团长，我不给国民党卖命了，想参加共产党领导的工农革命军，你们愿意接收吗？”

“我们欢迎！”郑天保点头说，“还有谁愿意参加革命军的，请上前一步。”

郑天保的话音刚落，便有五个警察上前一步。

人群中一个小伙子大声地说：“我也参加！”

“还有我！”

顿时，掀起了参加工农革命军的热潮。

在回九龙嶂的路上，原本十一人的队伍变成了几十人。黄狗背着张伯走在队伍中间。郑天保靠了上去，问：“黄狗，你是怎么说服张伯进山的？”

“我认他做干爹！”

“张伯，是这样吗？”

“狗儿说的是一方面，但更主要的是我想和你们在一起，用自己微薄之力，帮助工农革命军。”

第七章

攻打潘田乡公所　折将扎田唐家屋

新年将至，九龙嶂气温降至零下，大地白茫茫一片，霜冻比往年来得早，来得严重。

然而，在广东工农革命军东路第十团团部，却是温暖如春。团领导和分散在各地的几个游击队队长围坐在炭炉旁，吃着黄狗母亲刘氏蒸的甜粄和煎的芋丸、炒花生，喝着村长自己酿的米酒。

郑天保说："同志们，在新春佳节到来之际，大家抛家舍业在大山里守岁，辛苦了！但是，我们为了崇高的革命事业，再辛苦也是值得的。现在，有请胡党代表作新年致词，大家鼓掌欢迎！"

掌声过后，胡一声说："同志们，我首先向大家报告三个好消息。第一个，就是我们在创建九龙嶂革命根据地的时候，毛泽东同志领导的秋收起义部队上了井冈山，创建了井冈山革命根据地。第二个，就是朱德和陈毅同志率领南昌起义保存下来的部分队伍，从大埔三河坝撤到了湘南，发动了湘南武装起义，成立了湘南苏维埃政府。第三个，就是我们广东工农革命军东路第十团端掉了梅南官塘警察所，粉碎了国民党反动派对九龙嶂的'围剿'，取得了十团成立以来的首次胜利。这说明，我们的党并没有被国民党反动派的白色恐怖所吓倒，而是在保存实力，养精蓄锐，发展壮大。同志们，我们要想在九龙嶂站稳脚跟，就必须紧紧依靠人民群众的支持和帮助。他们是水，我们是鱼，离开了水，鱼就无法活下来。我希望各位队长回到自己的岗位之后，要更加密切和人民群众的鱼水关系。同志们，困难是暂时的，道路是曲折的，但前途是光明的，让我们紧跟共产党，团结协作奋勇向前，为共产主义事业奋斗终生！”

胡新华推门进来，说：“郑团长，胡党代表，春节联欢会马上要开始，就等你们到场了。”

郑天保站起来，说：“同志们，请大家移步到村长门口的大禾坪，欣赏精彩的文艺节目。”

胡一声和郑天保等领导来到拥挤的大禾坪，吕进娣马上走到胡一声面前，说：“胡党代表，你上台给大家讲几句吧。”

“好！”胡一声答应了一声，便走上临时搭建的舞台，向大家招了一下手，说：“可亲的村民们、战士们，大家好！今天是大年三十，我代表团领导向各位拜年，祝大家新年快乐！心想事成！借此机会，我首先要感谢九龙嶂的父老乡亲，对我们广东工农革命军东路第十团的支持和帮助，同时感谢梅南中医诊所的张伯，用其精湛的医术挽救了我们几位战士年轻的生命，还要感谢梅南中学师生，冒着天寒地冻赶来慰问第十团的战士们。最后，祝这次联欢会取得圆满成功！”

接着，吕进娣说：“现在，请大家欣赏第一个节目，诗歌朗诵《十劝郎》。朗诵者：梅南中学小学部学生黄牛、杨豪贤。”

黄牛和杨豪贤牵着手走上舞台，向大家鞠了一躬，朗诵道：

一劝郎，心莫慌，莫怕斗争出外乡。人人都有一份责，解除痛苦爱相帮……十劝郎，十支歌，郎擎红旗妹擎刀。工农合力齐心干，杀净白狗唱凯歌。

接着，吕进娣说：“下面，由偓演唱一首山歌，歌名叫《你莫笑偓耕田嫲》。”

“快唱！”台下响起一个男高音。

吕进娣亮开歌喉，清脆地唱道：

你莫笑俚耕田嫲，待人处事顶呱呱，既会拿枪打白狗，又会唱歌弹琵琶。你莫笑俚耕田嫲，思想觉悟吾会差，协助党来办农会，全力扶持穷人家。你莫笑俚耕田嫲，送郎革命为国家，三年五载不见面，初心不改支持他。

“唱得好，不愧为梅南一枝花！”

一阵掌声过后，吕进娣说：“接下来，请大家观看《打白狗》，这是我们之前排练的一个小戏。”

吕进娣转头向左边喊：“同志，你快跑！”

郑国安穿着国民党警察服装，端着一支木头枪冲上舞台，指着吕进娣，凶神恶煞地说：“你把‘共匪’藏在哪里了，赶快交出来！”

“我没上学，交字怎么写？”

郑国安用枪头撞了吕进娣一下，说：“你别装糊涂，要是不交出来，我一枪打死你！”

“我宁死不交！”

“好，那我就成全你！”

正当郑国安向吕进娣开枪时，胡小梅、胡运香、肖小丫从舞台后面冲了过来，合力夺下郑国安手中的枪，你一拳我一拳地把郑国安打倒在地。

“打死这个白狗子！”

“打死这个害人精！”

“打死这个披着人皮的狼！”

在观众愤怒的呼喊声中，吕进娣把郑国安拉起来，一齐向大家鞠了一躬。郑国安说："我是梅南中学老师郑国安，今天带学生们给大家拜年了！"说完作了一个揖。

黎凤翔对胡一声说："这个戏演得好，进娣同志和国安老师都非常投入。"

"黎书记，我告诉你一个秘密，他们俩是一对志同道合的恋人！"

"祝福他们！"

一天晚上，在九龙嶂井头凹大坪训练场，一百多名全副武装的工农革命军战士列好了队，整装待发。

郑天保站在队伍前头，进行战斗动员。他说："同志们，在山那边的丰顺县国民党潘田乡公所，依仗国民党反动派武装势力，半年多来勾结土豪劣绅恶霸、地痞一百多人，经常镇压当地群众，手段十分残忍，致使老百姓叫苦不迭。东江特委指示我们，联合丰顺县农民自卫军，于明天上午将国民党潘田乡公所铲除，还当地人民一个安宁的日子。同志们，大家有没有信心？"

"有！"

郑天保右手一挥，说："出发！"

队伍披着淡淡的月色，沐浴着初春的寒风，行进在蜿蜒曲折的林间小道上。忽然，胡新华赶上郑天保，说："报告团长，后面跟来了两个小青年。"

"认识吗？"

"认识，一个是黄牛，还有一个是杨豪贤。"

"你叫他们回去。"

"他们不肯走。黄牛说，他要参加战斗。杨豪贤说，他要听司号员卜文田吹冲锋号。"

"这两个可爱的调皮鬼！既然这样，那就让他们见识一下，但要保护好他们。这个任务，交给吕进娣完成。"

"是！"

队伍走了几个小时，终于来到了潘田圩附近的一个小山窝。丰顺县委书记黎凤翔，农民自卫总队队长李春和自卫队员李坚真早已等候在这里。郑天保问：“黎书记，你们组织了多少农民自卫队员？”

“一千人。”

“任务布置下去了吗？”

“已经布置了，全部潜伏在潘田圩。”

“很好！”郑天保肯定地说，“现在离天亮还有一段时间，让战士们就地休息一下。你们带我去乡公所周边侦察一下地形，看看还有没有遗漏的问题。”

杨豪贤看到吕进娣和黄牛在说话，连忙站起来就走。吕进娣问：“豪贤，你去哪？”

“我找卜文田叔叔。”

“找他什么事？”

“我想叫他教我吹军号。”

“不能去。”

但杨豪贤不听，转眼间消失在黑夜里。他找了一会儿，终于找到了卜文田。卜文田听了杨豪贤的请求，说：“现在不行，只要军号一响，马上就会暴露我们的目标。等战斗结束后，我再给你讲这军号的作用。”

“那你把喇叭给我摸一下。”

“也不行。”

“那回到九龙嶂，你一定要教我，要不我还要缠着你。”

“好，我回去教你。”

拂晓时分，战斗打响了。工农革命军在自卫队的配合下，分两路向潘田乡公所发起进攻。乡公所的团丁们凭借炮楼顽固抵抗，但经不住革命军和自卫队的猛烈攻击，最终抱头鼠窜。仅一个多小时，就击毙、击伤反动武装七十六人，缴获武器一批，占领了潘田乡公所，并打开土豪恶霸的粮仓，放粮救济贫苦农民过元宵节。同时，宣布成立潘田区苏维埃政府，黎凤翔、陈仕珍、陈英乔、李坚真等六人为领导人。

当天，由郑天保和胡一声签署的工农革命军东路第十团军事委员会第五十九号布告张贴在丰顺县城，宣布："本军在中国共产党领导下，其唯一目的即在举行土地革命！"

第十团逐步发展壮大起来了，不但办起了革命军医院，配备了三个医生，而且招收了一些能自制枪械的工农，设立了兵工厂，除了自制土炸弹和土长枪外，甚至能自造出十响土驳壳枪。胡一声对郑天保说："这些自制的土枪土炮，对于十团的发展作用还远远不够，我们还必须设法收缴和购置各种洋式枪炮来充实革命武装。"

"一声，你的想法是对的！我忽然记起曾经听过的一件事，朱德同志率领南昌起义部队从闽西迁回粤北转入湘南时，梅县松东的同志曾到闽西拜见过他。他即拨出汉阳步枪数十支给梅东的同志带回给梅县县委，武装梅县农民自卫军，听说这枪没发放下去，一直由松东上井农会保管着。"

"这些枪要是拿来武装我们十团，那就是锦上添花，如虎添翼。明天，我下山去找李桃彝书记，请求他把这些枪拨给我们十团使用。"

"好，你去争取一下。"

胡一声连续几天都没有找到李桃彝，但当他返回十团团部时却见到了与李桃彝关系密切的县委领导李啸，心里十分高兴。但李啸却不悦地说："一声同志，你去哪里了，让我等了你半天。"

胡一声没有马上回答，而是看了一眼郑天保，说："李啸同志，天保同志没有向你汇报吗？"

郑天保说："我汇报了，说你去浪荡石给战士们上课去了。"

"李啸同志，早知道你今天要来，我就在团部等你了。我有失远迎，实在对不起！"

"我没有责怪的意思，你不要介意。"李啸笑着说，"今天，我是专程来传达梅县县委的指示，调你们十团配合县委收回松东上井农会保管的枪支，进攻松口警察署及团防局，收缴敌人所有枪支弹药，金银财宝，把梅东农民武装组织起来，建立以阴那山为中心的梅东革命根据地。李书记说，这个根据地如建立起来，可与大埔、闽西南、饶平、大南山及潮汕的革命根据地联系起来，更可与九龙嶂、铜鼓嶂和丰顺各区乡连成一片，形成武装割据潮梅之势。”

郑天保问：“李啸同志，县委所有领导同意这个决定吗？”

李啸怔了一下，说：“县委委员王之伦同志去上井了，没有参加这次县委会议，但李书记事先和他说好了。他说会配合我们的行动。”

胡一声说：“李啸同志，县委的指示我们十团坚决照办。你给我们具体布置任务吧！”

“你们十团分成两路：一路是短枪便衣队三四十人，由党代表胡一声率领，我带路，由九龙嶂出发，走山路昼伏夜行，经水白的泮坑、西阳、丙村至松源的石灰窑，与当地党团员会合。在松口圩日前一天晚上，由石灰窑出发到达上井，收回在上井农民手里的枪支，随即把松源的农民武装起来，编成队伍，趁圩日由便衣队先行混入松口，乘敌人不备进攻松口警察署、团防局，彻底摧毁敌人的抵抗力量。另一路则以第十团的大部分主力，由郑天保团长率领，由九龙嶂出发，偃旗息鼓，往铜鼓嶂、明山嶂至阴那山集结待机。在便衣队进攻松口圩的同时，由阴那山分兵出发，从外面包围及占领松口圩。”

郑天保问：“队伍什么时候出发？”

“明天晚上。”

当安排好李啸休息后，郑天保来到胡一声房间，说：“一声，你觉得梅县县委这个决定有问题吗？”

“我主要有一个不理解的地方，为什么把这次行动得来的枪支弹药，拿去武装梅东农民，难道就是为了建立梅东革命根据地吗？”

“这是一个疑点，还有一个疑问。王之伦是代表梅县县委去上井交涉朱德同志送的枪支，可迟迟没有结果。现在又动用我们第十团的力量去收回，我觉得有些奇怪，这里面可能有什么文章。”

“是啊，为了这批汉阳造，我们不难看出，梅县县委领导在思想认识上一定存在分歧，各人都有一把小算盘，说不定……”

“这是一种危险信号！”

“天保，我们不要再议论这事了，坚决执行命令吧。”

“对，执行命令！”

便衣队从石灰窑出发时，突然狂风大作，暴雨倾盆。便衣队长胡新华问：“胡党代表，天气这么糟糕，是不是过一阵子风雨小一点再走？”

胡一声没回答，扭头对身旁的李啸说：“李啸同志，你看呢？”

“不能等，出发！”

李啸和松源党组织指派的手持马灯的同志走在前面，便衣队跟在后面，踏着泥泞的小路向上井前进。大约走了十多里路时，碰上了王之伦派来的农民。这个农民非常着急地对胡一声和李啸说：“王之伦同志叫我来告诉你们，上井农民已经集合，荷枪实弹，准备抵抗，叫你们不要去。”说完，这位手持马灯的同志立即丢掉马灯，回头就跑，一下子不知去向。

胡一声感到问题严重，说：“李啸同志，我们不能去了，一旦自己人火拼起来，损失可就大了。”

李啸无奈地说：“好，那我们回去。”

大家只好踉踉跄跄摸黑回到石灰窑，一个个淋得像落汤鸡似的，垂头丧气。但他们没有安静下来，纷纷发表过激意见。

“李啸是骗子！”

“把李啸杀了！”

吓得李啸面如土色，敢怒不敢言。

胡一声吩咐胡新华好好安慰李啸，自己一个人来到便衣队同志中间，耐心地向他们做好说服解释工作，才使这个事态平息下去。然后他走到李啸面前，说：“李啸同志，刚才我批评了便衣队的同志们，他们表示不会对你有成见了。”

“这样子，那我心里就踏实一些了。”

胡一声转头说：“新华，你立即奔赴阴那山，当面告诉郑团长，叫他带队伍从原路撤回九龙嶂。至于其他事情，你不要提，回去我会跟他说，去吧！”

“是！”

过了一个星期，梅南区委书记廖祝华来到九龙嶂，对胡一声和郑天保说：“梅县县委要出大事了！”

胡一声问：“是什么大事？”

原来在1928年3月28日，梅县发生震惊梅城的“王之伦事件”，给党的事业带来很大损失。

郑天保听了廖祝华的汇报，气愤地说：“一声同志，那你说怎么办？”

“我想以我们十团的名义，在梅南召开全县党团负责人会议，严正批评县委负责人搞军事投机及枪杀王之伦的严重错误行为。同时发出《告党员同志书》，还要向省委报告，建议召开党代表会议，改组梅县县委。”

在党团负责人会议上，大家一致同意胡一声提出的建议。根据这次会议决定，梅县县委在梅城北门扎田唐氏宗祠召开全县党代表会议，选举杨广存担任梅县县委书记。由于会议结束时已经是深夜了，杨广存留宿在县委委员唐润元家中。因叛徒告密，第二日杨广存、林森端、唐润元三位同志被国民党反动派抓去杀害了。另外，反动派还抓捕了三十多名共产党骨干，党的文件被收缴殆尽，损失惨重，只有梅南革命力量基本完整。

大伙心里憋着一股劲：“一定要将叛徒老肖绳之以法，告慰烈士英灵！”

第八章

轻敌中计酿大祸　毙掉叛徒黎梅初

在九龙嶂第十团直属大队中，绝大部分是丰顺籍战士。国民党丰顺县县长罗虔英秘密指使潜伏在第十团的劣绅黎梅初和兵痞张灵，利用封建意识和封建势力，煽动姓界斗争。

黎梅初对吴姓的战士说："一切散姓都是与吴姓势不两立的世代冤家，必须杀绝散姓，吴姓人才能生存。"

张灵对散姓的战士说："吴姓人全是反革命，散姓如要生存，就必须杀绝吴姓，散姓人才能生存。"

一时间，不明真相的丰顺籍战士便分成吴姓和散姓两个阵营，不断产生矛盾冲突。

罗虔英得知在第十团的瓦解工作取得了进展，觉得时机成熟了，便召集国民党驻军和县保安团、地方民团头目开会。布置任务后，他马上下达命令："为了党国利益，向共产党开刀！"

第二天，丰顺县城附近各乡村遭到国民党反动派的突然袭击，致使烽烟遍地，哭声震天，血流成河！消息传到了九龙嶂，使不少丰顺籍战士不听团部命令，偷偷持枪下山。

鉴于这种情况，胡一声立即召开紧急会议。他说："敌人搞突然袭击，显然是做好了充分准备，我们不能贸然行动，必须想个万全之策才能出奇制胜。”

邹玉成说：“时间就是生命！多耽搁一分钟，我们就多一个或者更多的亲人死在敌人屠刀下。”

黎凤翔说：“对，我们不能拖延时间了，必须马上下山去解救老百姓！”

胡一声看到丰顺的同志们个个群情极其激昂，难于劝阻，只好说：“天保，你下命令吧！但我们千万不能轻敌。若情况有变，应迅速撤离。”

“好！”郑天保命令道，“我和黎凤翔、张泰元、邹玉成、张建臣带领大队人马下山，胡一声、古九成率领十余名警卫人员留守团部。”

当郑天保率领大队人马冲下山时，敌人闻风缩回城内，凭险固守。而我军则冒险轻敌，乘胜进攻县城，但久攻不下，又不愿迅速撤离，被闻讯赶来的国民党反动派各路援军反包围。

战斗进行得十分激烈，死伤了不少战士。郑天保感到形势对工农革命军不利，马上对跟在身边的司号兵杨豪贤说：“小杨，你迅速返回九龙嶂，告诉胡党代表，情况危急，将团部紧急撤离到浪荡石去。”

胡一声看见杨豪贤突然出现在自己面前，急忙问：“小杨，郑团长他们回来了吗？”

“他们还在和敌人激战！”

“那你怎么跑回来了？”

杨豪贤把郑天保交代的话说了出来。

胡一声突然预感到革命军这次中了国民党反动派的诡计，凶多吉少，于是对一起留守的古九成和胡新华说：“九成，你去通知所有村民迅速躲进山里。新华，你安排留守人员把团部各种物资、文件转移到浪荡石去。”然后，他又向警卫员黄牛嘱咐道：“你去斋公坪兵工厂，叫刘厂长把机器设备和工人转移到山洞隐藏起来。”

这时候，革命军被国民党反动派打散了，回九龙嶂的山路也被敌人截断，郑天保只好带着部分战士向隬隍方向撤退。

丰顺县国民党保安团团长向罗虔英伸出大拇指，说：“罗县长，你运筹帷幄，打得‘共匪’溃不成军，落荒而逃。”

国民党守军张营长说：“罗县长，你真是神机妙算，诸葛在世呀。”

罗虔英听了这些奉承话，感到心里十分高兴，马上对随从说：“阿顺，犒劳弟兄们的银圆准备了吗？”

“按你的吩咐，已经准备好了。”

保安团团长说：“罗县长，赶快给我们吧，弟兄们都等着要了。”

张营长说：“我手下人也向我伸手要了。”

罗虔英说：“现在还不能给你们。”

保安团团长问：“为什么？”

“因为你们的任务还没有完成。”

张营长问：“怎么没有完成？”

罗虔英说：“现在九龙嶂‘共匪’兵力空虚，我们要乘机‘剿灭’他们的团部机关，这样你们才算完成了任务。只要拿下了九龙嶂，奖金给你们翻倍。”

“那好，我们现在进攻九龙嶂。”

突然，一个国民党兵跑了过来，向张营长说：“长官，我们发现一队人马从八乡山方向赶来了。”

罗虔英问：“有多少人？”

“估计有两百多人。”

保安团团长说：“一定是古大存的第七团。”

张营长问：“罗县长，我们还去九龙嶂吗？”

罗虔英说：“还去个鸟！你们赶紧带领队伍，给我守住县城。”

黎凤翔、张泰元、张建臣带着部分战士回到了浪荡石，被派去老家叶田鸭页尾搜寻工作的胡新华也领着四十多位失散的战士归队了。

一位班长对胡一声说：“那天我们被打散之后，我躲在一棵龙眼树上，看到古大存同志带领八乡山革命军赶来增援，我立即从树上下来，向古大存同志讲了我们失败的情况，叫他们回去。但古大存同志说，这会儿我们不能回去，要去牵制敌人，否则敌人会乘机扫荡第十团团部。”

胡一声感叹道：“多亏古大存同志，为我们团部解了围！”

突然，黄牛匆匆走进胡一声办公室，难过地说：“我刚才去兵工厂送粮食，看见三位警卫战士牺牲了，那些机械设备和工人也不见了！”

胡一声吃惊不小，问：“你查看了没有，三位警卫战士是怎么死的？”

“我查了，他们是被尖刀刺中了心脏。”

“是什么人干的，这么残忍？”

黄狗从裤袋中取出一块染着鲜血的灰布，递给胡一声，说：“这是一位战士手里攥着的。”

胡一声仔细看了这块布，说：“这是我们的军服布料，是从口袋上撕下来的。很显然，这是钻进我们十团内部的敌人干的！不难想象，当时我们的战士和这伙敌人进行了殊死的搏斗。”

傍晚时分，派出去的侦察员带回了小桑党支部书记罗天德。一见到胡一声，罗天德埋怨道：“胡党代表，你们十团怎么能派队伍去我们小桑打家劫舍，弄得几个村子鸡犬不宁，简直和国民党反动派没有差别？”

胡一声决不相信会发生这种事情，以为是罗天德在跟自己开玩笑，连忙否定道：“罗书记，我们十团是共产党领导的工农革命军，决不会派队伍去伤害老百姓。”

“这么说，你们没派队伍去？”

“没有，绝对没有！”

“这就奇了怪了，他们穿着你们十团的服装，打着你们十团的旗号，肆无忌惮。除了杀人放火，其他什么事情都做出来了。”

黎凤翔说：“我想这种缺德事，十有八九是国民党反动派假扮我们十团制造出来的，太可恶，太阴险了！”

胡一声问：“罗书记，你告诉我这事发生在什么时候？”

“前天和昨天。”

“他们走了吗？”

“还没有。今天上午，我带着三个赤卫队员赶去制止。他们的队长张灵和副队长黎梅初不但不听我们的劝说，还叫我们以后不要再去干涉他们十团的事情。”

胡一声和黎凤翔对视了一眼，说：“罗书记，你说的张灵和黎梅初确实是我们十团的人。张灵是十团直属大队的，原是兵痞出身，黎梅初是团部文书，原是大椹劣绅。他们俩狼狈为奸，搞土匪行动，贪污分赃，私占缴获财物。我们曾多次教育他们，没想到不思悔改，还带着队伍走上与人民为敌的道路。”

黎凤翔问：“罗书记，你去见他们时，还发现了什么没有？”

“有，好像是机械设备之类的东西。”

胡一声说：“凤翔同志，现在事情终于搞清楚了，杀害我们三位战士的凶手就是张灵和黎梅初！”

黎凤翔气愤地说：“一旦抓到这两个败类，决不轻饶！”

是夜，风雨大作，雷电交加。

胡一声将回到团部的战士分成三队，沿小桑坑尾口小路进入张灵他们所在的小山村。黎明时分，风雨停了，东方现出鱼肚白。胡一声率领一队战士从山顶俯冲下去，黎凤翔和张泰元分别带领第二队和第三队从山下包围上来。还在做着白日梦的张灵看到革命军从天而降，连忙拔枪反抗，但被胡新华一枪毙命，其他同伙全部缴枪投降。

但是没有发现黎梅初。

胡一声叫来一个投降士兵，问：“那个和张灵一起的黎梅初去哪了？”

“他不住这里，与另外两人住在对面山上的炭窑内。”

“我给你一个立功机会，带我们去抓黎梅初。”

谁知，当胡新华带着几个战士赶到黎梅初藏身的炭窑时，发现他们已经逃之夭夭了。

胡一声对这些投降的士兵说：“你们都是被张灵和黎梅初蒙骗的革命军

战士，如果想回家的，我们发给路费，但不能去投靠国民党反动派。如果想留下，我们表示欢迎。”

“我不离开。”

“我愿意留下。”

“我要和你们在一起！”

胡一声看到兵工厂的机械设备完好无损，工人们安然无恙，心里感到高兴，禁不住握住刘厂长的手，说：“你们受惊了！”

刘厂长含着眼泪，激动地说：“胡党代表，张灵和黎梅初想投靠敌人。你们再迟一步，他们就要把我们带到国民党反动派那里去了。”

“现在脱险了，我们回去吧！”

郑天保带着部分战士在隬隍一个山坳里休整，反思了这次攻打丰顺县城失败的经验教训。在胡一声率领队伍解救兵工厂工人回去的第三天早晨，郑天保也带着队伍返回浪荡石了。见到胡一声，郑天保问：“我们的战士安全回来了吗？”

“我叫九成统计了，还有八人没回来。”

黎凤翔说：“据昨天派出去的同志回来报告，他们都牺牲了。丰顺县城党组织发动热心群众，连夜将他们妥善掩埋了。”

“我们要记住这些烈士的名字！”

在浪荡石一个村民的禾坪里，吕进娣认认真真地指导肖小丫她们排练节目，不时引发几个看热闹村民的笑声和喝彩声。忽然，她看见司号员兼郑天保的警卫员杨豪贤在人群里向她招手。她连忙走到杨豪贤面前，问：“小杨，什么事？”

“团长叫你。”

吕进娣扭头说：“姐妹们，我有事要办，你们自己再练一会儿。”

郑天保看见吕进娣来了，问：“进娣，你有多长时间没见国安了？”

“半年多了。”

“想见他吗？”

“当然想。”

“那好，我给你分配一个任务，去梅南中学给熊光同志送一封信。但你要注意安全，最迟明天早上赶回来。”

“是！”

吕进娣装扮成地地道道的村姑，走了四个多小时山路，在晚上八时多来到了梅南中学校门外。弯弯的月亮挂在东山上，淡淡的月光洒满大地。当她抬起右手准备敲门时，下意识地向左右两侧瞧了一眼，感到右边十多米远的龙眼树上有异常，连忙收回手蹲下去，猫着腰顺着墙根向右边的小溪撤退。隐蔽好后，她摸了一下右边的胸罩，感到信还在里面，心里也就安静了许多，于是目不转睛地注视着学校大门。

“干什么的？”

突然听到身后响起了质问声，使吕进娣心里“咯噔”了一下，以为凶多吉少了。她默不作声，悄悄地转过头，发现两米外站着一个持枪的黑衣人。

“出来！”

吕进娣知道躲不过去了，便从浓密的草丛中钻了出来，镇静地说：“我在这里拉屎，你干吗好管闲事！”

“进娣姐，怎么是你？”

“你认识我吗？”

“我认识，你是国安老师的未婚妻，我是他的学生。去年底，我跟着他去九龙嶂，欣赏了你和他表演的精彩节目。进娣姐，刚才吓着你了吧？”

“是啊，我以为碰上坏人了。”

“走，我带你进去见国安老师。”

“不，你先带我去见熊光老师。”

吕进娣顺利完成了送信任务，又和未婚夫郑国安见了面，互相说了一些关心体己的话。当郑国安把吕进娣送到离她养父母家不远的山下时，郑国安问：“进娣，要不要回去见一见你的养父养母？”

“夜深了，不要去打扰他们，你就送到这里吧，我走了。”

“一路小心！”

吕进娣踏着泥泞的山路，一口气赶了二十多里地，听到山窝里响起了鸡鸣声，她感到有点累了，便坐在路旁一棵浓密的松树下休息。忽然，她瞥见回来的路上闪了一道手电筒光，又隐约听到杂乱的脚步声，心想是不是小桑的村民赶早去九龙嶂挑木炭？但她转而又想，拥有手电筒的人肯定不是挑木炭的村民。那么会是什么人呢？为了搞清楚这个情况，她迅速挪到附近的草丛中，窥视眼前的小路。几分钟后，小路上走来了国民党队伍。

“黎梅初，还要多长时间才能赶到？”

“报告张团长，走快一点，需要两点钟；走慢一点，那就要三点钟。”

“这么说，按我们现在行走的速度，在天亮时就能赶到浪荡石的后山脚下是吗？”

“是的。”

“黎梅初，如果这次剿灭了九龙嶂‘共匪’，你就成了党国的功臣。我会在罗县长面前替你多说好话，举荐你担任丰顺县保安团副团长。”

“感谢张团长抬爱小弟！”

胡一声和郑天保同住村东头一个村民的房间。忽然听到急促的敲门声，他俩同时翻身起床。郑天保打开门，看见胡新华和吕进娣站在门外，连忙说：“进娣，你回来了。”

吕进娣上气不接下气地说：“郑团长，敌人的大队人马来了！”

“在什么位置？”

“快到后山了，是黎梅初带来的。”

“新华，你赶快通知战士们集合。进娣，你去组织村民转移。”

天亮时，敌军到了浪荡石的后山脚下。张副团长拿出望远镜瞭望，发现山头两侧插着好多红旗，觉得共产党军队已有防备了，不敢贸然上山，便命令士兵占领了后面的山岗，分成散兵线，架好六挺机关枪。这位张副团长原来是一位营长，因丰顺县城击败了第十团有功，被提拔为副团长，今天带来了一个加强营。他一把抓住黎梅初的衣领，愤怒地说：“你敢欺骗国军？”

黎梅初吓得直哆嗦，说：“我不敢！”

敌军张副团长放开黎梅初，说：“你说这条路‘共匪’不知道，现在呢，他们已张开口袋让我们钻，是不是你预先通风报信了？”

“张团长，你冤枉我了，我对共产党恨之入骨，对国军亲如老婆，此心天地可鉴！”

“好了，你放开喉咙向‘共匪’喊话。”

“喊什么？”

“劝降的话。”

黎梅初双手握成喇叭状，捂着嘴大声地喊：“胡一声、郑天保、黎凤翔，你们听好了，我是黎梅初，国军叫我给你们传话，放下武器，乖乖下山，归顺国军。否则，国军将踏平浪荡石，让你们十团全军覆灭！”

黎凤翔气愤地说：“这个可耻的叛徒，有辱我们黎家的祖宗！今天，绝不能让他活着回去！”

“对，不能留下后患。”郑天保说，“新华，你瞄准好，一枪把他干掉！”

敌军张副团长见山上没有动静，又说：“黎梅初，你再喊一次。”

当黎梅初喊出“我是黎梅初”五个字时，“啪”的一声枪响，正中黎梅初眉心，瞬间让他下地狱去了。

敌军张副团长气急败坏，立即下令：“开火！”

敌人六挺机关枪盲目向对面山头插着红旗的地方猛烈扫射，其他国民党兵也你一枪，我一枪地向山顶乱放。

郑天保说：“同志们，不能开枪，一定要沉住气！”

第十团一枪不发，敌军张副团长以为革命军撤走了，便派出一个先锋连的兵力，在机关枪掩护下，一窝蜂似的跑到山下，向革命军据守的山头冲上来。

郑天保说：“大家不要慌，听到我的枪一响，你们就一齐开火，打敌人一个措手不及。”

敌人爬上五十多米，我军没有开枪。

敌人又爬上五十多米，我军还是没有开枪。

敌军张副团长估计革命军真的撤走了，便下令道：“停止射击！”

此时，敌军先锋连已进入革命军有效射程之内。

趁此机会，郑天保举起驳壳枪对准一个国民党军官的头颅就是一枪，并喊道：“打！”

一刹那间，一百多杆枪同时向敌军开火，打得敌军毫无还手之力，只好抱头鼠窜，丢下三十多具尸体逃回对面矮山上去了。

敌军张副团长这回尝到了第十团的厉害，恼羞成怒地下令：“弟兄们，继续开火！”

敌军的六挺机枪像六条火舌，又一齐向第十团阵地射击。

郑天保说：“同志们，注意隐蔽，以逸待劳，防止敌人第二次进攻。”

敌军张副团长叫来一个副营长，指着对面左侧的一个山头，说：“你赶快带领预备连，摸到那个山顶，居高临下钳制共军，配合大部队的正面进攻，全歼郑天保第十团！”

胡一声对警卫员黄牛说：“黄牛，你回村子看看，吕进娣她们把村民转移走了没有。”

郑天保补充说：“黄牛，你还要告诉吕进娣，叫她们完成任务后，别来这里，要和村民在一起。”

“是！”

三十分钟后，敌军张副团长向手下说：“弟兄们，为了党国的利益，大家冲上对面山头，论功行赏！”

几百个国民党兵走下矮山，向第十团阵地一步一步爬上来。

郑天保镇静地说：“同志们，考验我们的时候到了，大家迅速进入阵地！”

突然，左侧山头上响起密集的机关枪声，子弹雨点般向革命军阵地扫射过来，当场牺牲了几位战士。

胡一声吃惊地说：“天保，狡猾的敌人占领了制高点，打乱了我们的部署，坚持下去损失就大了，我们撤吧！”

郑天保清楚恋战没有意义，马上下达了撤退的命令：“同志们，大家不要乱，向南坑、顺里撤！”说完，他对胡新华说：“胡队长，你带警卫队断后，把红旗插到退路的两侧山头。”

敌军爬上来了，发现我军已经撤走，便朝着红旗方向胡乱放了一阵子机关枪。然后，他们爬过山顶，窜到山下小村子。

敌军张副团长看见村里人去楼空，又没有什么值钱的东西，便下令放火。转眼间，浪荡石变成了一片火海，所有房屋被烧得只剩下残垣断壁。

当敌军抬着三十多具同伙的尸体返回丰顺县城时，要经过一处木桥，木桥下面是流水叮咚的小溪。两个士兵抬着黎梅初，一个士兵埋怨道：“这个人是‘共匪’的叛徒，害死了我们三十多个弟兄，现在又累得我们筋疲力尽，干脆把他抛到桥下算了。”

“好，抛下去喂王八！”

敌军班长听到一声响，连忙走到这两个士兵面前，斥责道：“喂，你们为什么这么狠心？”

“他自己跳下去的，与我们无关！”

郑天保和胡一声、黎凤翔带着队伍从南坑、顺里返回九里礤团部，马上挑选了三十多位战士和村民，组成一支建筑施工队伍，由胡新华任队长，黄狗为副队长，奔赴浪荡石协助当地村民修葺房屋。在出发前，胡一声对胡新华说：“这个任务必须在一个月内完成，辛苦你和同志们了！另外，你们一定要做好安抚村民的思想工作，保障他们一日三餐能填饱肚子，我们的施工队伍也不能饿着。”

“胡党代表，请你放心，我会统筹安排，不丢我们十团的脸！”

送走了挑着粮食和被帐的施工队伍，又迎来了梅县县委书记廖祝华、梅南区委书记熊光和梅南中学自卫队队长张飞。他们带来了二十多个精神饱满的学生和十多个身体强壮的赤卫队员，还有三十多支汉阳造步枪和两千多发子弹。胡一声惊喜地问："祝华，这批武器装配是哪来的？"

"几天前，我去东江参加省委召开的工作会议，见到了彭湃同志，向他说起了你们十团缺少枪支弹药的情况。会议结束后，他委托我把这批武器装配带回来送给你们。同时，他还叫我代他问候你，问候十团的同志们！"

"祝华，下次你有机会再见彭湃同志，请代我和十团多谢他！"

郑天保问："祝华，目前中国的革命形势怎么样？你赶快给我们说说。"

"今年4月28日，朱德和陈毅率领的南昌起义部队上了井冈山，与毛泽东率领的秋收起义部队胜利会师了，合编为中国工农革命军第四军。朱德任军长，毛泽东任党代表，陈毅为政治部主任。"

黎凤翔说："这个消息太振奋人心了！"

廖祝华又说："同志们，还有一个好消息。今年5月25日，中共中央发出《中央通告第五十一号——军事工作大纲》。大纲规定：建立红军已成为目前的要务，不一定要等到一省或一国暴动成功，只要能建立一割据区域，便应当开始建立红军的工作。在割据区域所建立的工农革命军，可正式定名为红军，取消以前工农革命军的名义。譬如，朱德和毛泽东领导的中国工农革命军第四军，改称为中国工农红军第四军。"

郑天保兴奋地说："那我们广东工农革命军东路第十团，改为广东工农红军东路第十团。"

古九成说："红军这个名字响亮！"

"没错！"廖祝华点头说，"东江特委对我们粤东北建立武装斗争作出了指示，要求你们和五华七团的古大存、兴宁十二团的刘光夏、大埔十五团的李明光等同志联手，成立梅县、丰顺、五华、兴宁、大埔五县暴动委员会，以九龙嶂为中心，巩固发展革命武装斗争根据地。"

“好哇！”胡一声欣喜地说，“最近，我们经历了潘田战斗、攻打丰顺县城战斗和浪荡石战斗，深感自身战斗力薄弱，对敌人威慑力不强。就在昨天，我们专门召开了一次团党委扩大会议，讨论了巩固发展革命武装斗争根据地问题。大家一致认为，要与周边的武装力量团结起来，才能有效地打击国民党反动派，想不到和上级的指示精神不谋而合。”

郑天保说：“那我们马上派人和古大存、刘光夏、李明光三位同志联系。”

廖祝华离开九龙嶂时，对胡一声说：“一声，因为工作的需要，我想向你要一个有胆有识的同志。”

“你想要谁呀？”

“吕进娣。”

“不行。”

“为什么？”

“她在我们这里发挥着重要作用，是一个不可多得的妇女干部。如果给你了，那我们的工作会受到一些影响。你还是另外找一个，算我求你了。”

“我接手县委书记不久，非常需要得力的助手，特别需要有一两个优秀的女同志。再说，我这次给你送来了那么多优秀的学生，还有武艺高强的张飞同志。凭这两点，你应该支持我，照顾我的工作。”

胡一声觉得廖祝华说的在理，不给有点不近兄弟情谊。他微笑着说：“我看这样吧，先问一问吕进娣，看她愿不愿意去你那里。”

“刚才吃完饭，我问过她了。她说在哪都是为了革命，只要你同意，她今天就跟我走。”

胡一声思忖了一下，说：“好吧，我答应你。可有一点要事先说明，不是送而是借，但不可久借荆州，日后要把吕进娣还给我们十团。”

“你太小气了！”

第九章

成立五县暴委会　畲坑暴动传捷报

接到九龙嶂的邀请函，兴宁的刘光夏、蓝胜青来了，大埔的李明光、黄炎来了，但五华的古大存迟迟没来，就连派出去联系他的黄牛也没有返回。胡一声焦急地问："这是怎么回事？"

郑天保说："出现这种情况，我看有两种可能。一是黄牛没有找到古大存同志；二是他们在路上发生了意外，无法完成任务。"

"但愿出现第一种情况。"

"要不，我们再派张飞带一个熟悉八乡山的战士去看看。"

"好，你去安排。"

没想到，张飞带着一个战士走了不到两小时，这个战士又回来了。他直接走进团部郑天保房间，说："郑团长，我们看到古大存同志他们已经在来的路上了。"

"哦，多少人？"

"八九个人，黄牛也在里面。张飞队长叫我先回来报告，他们稍后就到。"

郑天保感到无比高兴，即刻把警卫员杨豪贤叫了进来，说："小杨，你去伙房通知柿花同志，今晚多做九个人的饭，另加两个下酒的菜。"

胡一声领着刘光夏、李明光、蓝胜青、黄炎去红军医院参观和慰问老中医张伯。在和张伯交谈时，忽然听到古大存来了的好消息，胡一声连忙说：“张伯，我们还有事，你去忙吧！请您多注意保重身体。”

离开红军医院，他们急忙来到村口的一块空地上和郑天保会合，等待古大存。郑天保对身边的刘光夏说：“你以前见过古大存同志吗？”

刘光夏1926年考入黄埔军校第六期，毕业后奉命回到兴宁组织农民武装，与蓝胜青一起发动兴宁全县农民暴动。他曾写下一首诗：“荆棘当途敢远游，每怀正义度春秋；此间疑是桃源洞，天地容我几出头！”他说：“我见过古大存同志两次，其中一次是他带着七团支援我们十二团，打了一个漂亮的狙击战。当时，缴获了国民党反动派不少枪支弹药，我和蓝胜青、罗屏汉商量，决定送给七团一部分；但古大存同志不收，他说留下来提高十二团的战斗力吧。”

郑天保又对李明光说：“你和古大存同志打过交道吗？”

李明光1926年加入中国共产党，被组织选送到汕头工农养成所学习，结业后参加了国民革命军北伐军东路部队，入闽参加攻打军阀孙传芳的战斗。翌年回到大埔投身于工农运动，与黄炎等同志一起率领农民军进行高陂暴动。他说：“我们十五团和他们相隔比较远，我没有见过古大存同志。但听过他领导五华农民自卫军重挫国民党反动派和土豪劣绅、地痞、恶霸，令敌人闻风丧胆，颇受五华人民群众的爱戴。”

胡一声说：“古大存同志是辛亥革命同盟会会员，后来跟随彭湃同志搞农运，是我们的老大哥。”

大家一见面，如同久别重逢的老朋友一样，相互拥抱在一起，晚餐上他们把酒言欢，交谈各县呈现的革命形势。

胡一声说：“大存同志，上次我们取得潘田暴动胜利后，过了几天我们又进攻丰顺县城，没想到中了敌人的诡计，好在你率领七团赶来牵制了敌人，才使我们十团幸免于难。多谢你，多谢七团的全体将士！”

“一声同志，我也要多谢你们，还要多谢你们派来联系的黄牛同志。如果不是这个小同志机智勇敢，多次躲过国民党反动派的岗哨和追击，找到我们隐藏在揭阳县观音山石厂，我和李斌、古清海今天就到不了九龙嶂，喝不上这杯九龙人民酿造的美酒。”

郑天保问：“大存同志，你们不是在八乡山吗？”

“哎！我们五华县委领导人宋青竟然背叛革命，趁我外出之机私自解散队伍，埋藏枪支，挟带公款潜逃香港，造成我们五华党组织遭受严重破坏，八乡山革命根据地也损失惨重。没办法，我只好将队伍分散突围，保存实力。”

古大存的警卫员曾桂和黄牛、杨豪贤在大门口聊天。黄牛说：“曾桂，听说古大存团长非常机智勇敢，你能给我们说说他的故事吗？”

“好吧，有一天，古团长到下陂村开展对敌斗争，住在郭某的家中，郭某看见古团长满身大汗，说大热天，你先冲凉吧。一会儿，郭某提着一桶热水对古团长说，端阳未到，洗点热水，不致受寒，你慢慢洗吧。古团长脱下衣服准备洗澡时，用手往水里一探，感到好烫，连忙把手缩回来，心想天气这么热，为什么还给我如此烫人的水洗身，这里面一定有鬼。于是，古团长急忙穿好衣服，从后门走了出去，躲在屋旁。不一会，郭某果然带来大头岭伪联防队十几个白匪来了，结果扑了一个空。”

杨豪贤说：“古团长真聪明！”

黄牛说：“曾桂，你再说一个。”

“好，我再说一个。又有一天，古团长打扮成商人走出下坡村。刚出村不远，突然在大路那边追来了一队国民党兵。怎么办？古团长急中生智，立即闪入树林中，脱去外衣，从容不迫地走下田去跟农民在一起插秧。国民党兵走近田边，大声吆喝道：你们听着，谁抓到古大存，赏光洋一千。知情不报者，一律枪毙。国民党兵离开后，古团长又打扮成商人走了。”

第二天，梅县、兴宁、五华、丰顺、大埔五县暴动委员会在九龙嶂成立。会议决定古大存为五县暴委会主席，以九龙嶂为大本营，在已经连成一片的九龙嶂、铜鼓嶂和八乡山革命根据地开展武装斗争。同时决定从即日起，各团番号前面的广东工农革命军改为广东工农红军，党代表改称政委。

杨柿花在房间里找出十个茶杯，拿起梳妆台上的一面小镜子照了一下，然后捡起茶杯，转身出门，没想到撞上了黄狗，惊喜地问："老公，你怎么回来了？"

黄狗微笑着说："想你呀！"说完抱住杨柿花，踢了房门一脚，把门关上了。

"你要干吗？"

"明知故问，我想做什么难道你还不明白？"

"我要给战士们送饭了，晚上再来。"

"可是，我吃了午饭要回浪荡石。"

"那就等你下次回来。"

黄狗想到老婆的工作重要，不得不放开柿花，说："你去吧，我去看看儿子小狗。"

"小狗被他小叔黄牛带去玩了。"

"那我和阿妈见一面。"

"阿妈不在房间，她和胖妹几个人挑着饭菜上山了。"

"这个不在，那个又不在，我只好去看望干爹张伯了。"

杨柿花带上茶杯追上了婆婆刘氏她们，接过刘氏挑的饭桶，爬上了井头凹大坪。看到战士们还在紧张训练，胡一声和古大存、刘光夏、李明光站在一旁观看，杨柿花大声地喊："各位首长，吃饭了。"

古大存说："古连长，收操！"

古清海整理好队伍，跑到首长身边，敬了一个军礼，说："各位首长，你们还有什么训示吗？"

胡一声说："大存同志，你是暴委会主席，说几句吧！"

古大存点了一下头，走到排列整齐的一百多位战士面前，敬了一个军礼，大声地说："同志们，你们是从我们七团、十团、十二团、十五团挑选出来的精兵强将。我希望你们先锋连的每一位战士，刻苦训练军事技能，练就一身过硬本领，以一当十，当百，当好我们广东工农红军东路军的排头兵。同志们，你们能不能做到这一点？”

战士们异口同声地说：“能！”

在黄狗父亲的坟墓旁边，一字儿排着九个长着小草的土堆，土堆面前均竖着一块石碑，石碑上写着牺牲战士的名字。

黄狗母亲刘氏先把一个茶杯放在她老公的坟墓前面，然后在另外九块石碑面前分别放上一只茶杯。接着，她拿起一瓶自家酿的娘酒，斟满每只茶杯，在酒杯面前放上一碟花生。然后，她点燃十支香，分别插在每一个坟前。做好这一切，她便站在老公坟墓前，双手合十，虔诚地念道：“黄狗、黄牛他爸，你狠心地抛下我们母子两年了，今天是你的忌日，我带来你最爱的娘酒和花生，邀请九个帮助我们穷人打天下死去的红军和你一起喝酒吃花生。希望你保佑我们家平平安安，保佑共产党革命成功！”

古大存瞄见黄狗母亲刘氏在鞠躬，好奇地对身边的胡一声说：“一声，你看那个老人在干什么？”

胡一声顺着古大存手指的方向望去，说：“那个老人是我们十团团部的房屋主人，也是警卫员黄牛的母亲刘氏。两年前的今天，她老公就在那个地方被豹子咬死了。当时我和几位梅南中学的老师刚好去到她家，帮忙把她老公抬到这里安葬。因为这事，我们才发现了这个天然的练兵场。”

“我看见她走一步鞠一个躬，一共鞠了十个，不知是怎么回事？”

“因为在那里，除了她老公的坟墓外，还有九个牺牲战士的灵位。每逢大的节日，她都上山来祭祀老公，也会向牺牲的战士烧上一炷香。”

“老人的心肠好呀！”古大存感慨地说，“一声，我们几个也去叩个头吧！”

当他们向九位牺牲的战士叩过头后，突然吹来一阵阵凉爽的微风，使土堆上的小草摇曳起舞。

李明光说：“这风吹的很舒服。”

刘光夏说：“嗯，让人心旷神怡！”

胡一声说："走吧，我们吃饭去。"

大家刚转身，黄牛的母亲刘氏惊诧地说："你们看，每个茶杯的酒少了一半！"

大家马上转过身来，果然看到这个奇怪的现象。古大存问："大姐，这是怎么回事？"

"我也是头一次见，不知道为什么，真是太奇怪了。"

胡一声猜测道："也许这些英灵看到我们向他们鞠躬，一高兴便喝下了半杯酒。"

古大存点头说："是啊，也许他们看见我们来了，心里高兴吧！"

十团召开五县暴动委员会会议，除了大埔黄炎和兴宁蓝胜青因工作原因没来之外，其他委员都参加了。此外，古九成、李斌、古宜权和梅县县委组织部长陈启昌也列席了这次会议。

古宜权是黄埔军校第二期毕业生。他曾作诗明志："丈夫立志出乡间，功夫未成誓不还；埋骨葬身何计地，人生到处是青山。"

古大存在会上说："同志们，我们准备进行畲坑暴动。前天，我们派出去畲坑侦察的古怀同志回来报告了侦察到的敌情，还有家在畲坑的陈启昌同志也反映了许多具体问题。现在我给大家介绍一下，供大家讨论、研究，以便拟定一套详细的作战方案。"

针对畲坑周围的敌情、地形等因素，与会者畅所欲言，各自发表了意见和建议。最后，古大存说："综合大家的见解，我宣布此次畲坑暴动的时间，定于五天后的畲坑圩日十时。具体分工是：从七团、十团、十二团、十五团抽调军事骨干四十人，其中十团十六人，其他三个团各八人，组成短枪突击队，由李斌任队长，古宜权为副队长。鉴于畲坑圩守敌有两个据点，一个在圩头，一个在圩尾，我们的突击队也分成两个小队，一队由李斌带领消灭敌人圩头据点，一队由古宜权消灭敌人圩尾据点。在第五天下午，两队人马均到畲坑江头陈启昌同志家中集中，第二天装扮成赴圩的农民进入畲坑圩。”

李斌、古宜权同时说：“是！”

“我们刚组建的先锋连作为长枪后备队，也分成两部分。一部分由我率领支援圩头突击队，一部分由郑天保带领驰援圩尾突击队。另外，我们把帮助浪荡石修缮房屋的一个排调回来，组成预备队，由李明光带领，控制畬坑码头最高点。在第五天深夜，这三支队伍到达畬坑圩对面河堤边竹林隐蔽待机。除此之外，我们还要依靠地方党组织、农会，动员梅南、水车、畬坑沿线农会会员，组织近两千人的没收队，听从刘光夏指挥，随部队行动。”说到这里，他把目光转向陈启昌，“启昌同志，组织没收队的任务交给你们梅县完成，有什么问题吗？”

陈启昌响亮地回答：“没问题！”

胡一声说：“启昌同志，我们十团有不少梅南、水车、畬坑的战士，有些战士还是农会的干部，你们小桑支部书记罗天德就是其中一个。会后，我陪你去物色几个能够协助你们的人。”

“太好了！”

古大存说：“九成同志，你负责组建后勤救护队和担架队，你任队长，宣传队长朱心为副队长，救护站设在畬坑圩码头边的平安旅店。”

“是！”

古大存最后说：“同志们，我要着重强调一下，这次畬坑暴动，是我们五县暴委成立以来的第一次大行动，请大家一定要遵守革命纪律，严格做好保密工作。”

朱心是大家闺秀，因为反对包办婚姻，毅然投身革命，走上了九龙嶂。在她的带领下，十团的宣传工作搞得有声有色。接受新任务后，她立即召集十多位女同志开会。她在会上说：“姐妹们，我们临时开个短会，但非常重要。过几天，部队就要开赴畬坑打仗了，首长指示我们组建一支后勤医疗队，参加畬坑暴动。我和古九成同志商量了，人员不指定，大家自愿报名。”

胡运香说："我是搞后勤的，我去。"

胡小梅说："我是护士长，我去。"

叶传娣说："我是医院护士，我去。"

胖妹说："朱大姐，我是做饭的，算不算后勤人员？"

朱心说："从工作分工来说，也算后勤。怎么？你也想报名参加？"

胡运香说："胖妹，你太肥了，走不了几里路就要讨饶，别逞强了！"

朱心说："胖妹，你要求参战的精神可嘉。但是，你年龄还小，也确实胖了点，对上战场不利，还是别参加了。"

胖妹不服地说："我是一名战士，一定要参加！再说……"

"你别争了！"

胖妹小嘴一扁，哭泣道："阿爸，领导不让我上战场，我不能替你报仇了。阿爸，我对不起你呀！"

朱心觉得这事来得突然，连忙问道："胖妹，你阿爸是怎么死的？"

"阿爸——他——"胖妹心里万分痛苦，只说出了三个字。

胡小梅说："别哭了，我替你说。在一个月前，驻扎在官塘圩的白狗子下乡抢粮，胖妹他爸爸肖山赶去制止，结果被白狗子用刺刀刺死了。"

朱心深表同情，说："胖妹，你放心，战士们会替你报仇。你还是听我的话，安心做好本职工作。"

"不，我要去，你就给我这个机会吧！"

胡小梅说："朱大姐，难得胖妹有这个雄心壮志，你就让她去锻炼一下，也未尝不可。"

"好吧！"朱心点头了。

"多谢朱大姐！"胖妹立马破涕为笑，脸上绽开了一朵小花。

这一年多来，胖妹都和黄狗的母亲刘氏同睡一张床，两人的关系俨然像一对知心的母女。这天晚上，胖妹又想起父亲的音容笑貌，觉得过几天自己可以为父亲报仇了，致使她久久不能入睡。

"胖妹，你总是翻来覆去，有心事吗？"

“干妈，我有机会给阿爸报仇了。”

“怎么，你也要去打仗？”

“对呀，我报名参加了后勤救护队，心里好高兴！”

“你一定要注意安全！”

畲坑地处梅县西南部、梅江河上游，东南与丰顺、五华相连，西南与兴宁下堡、水口为邻，东北与梅县水车交界，西北与兴宁新圩接壤，古有“头松口二畲坑”之说。

此时是旱季，梅江河水很少。两百多米的河面有四分之三是沙滩，只有靠近圩边四分之一是一米多深的水道，东面的群众走过沙滩再乘船才能到达西面的畲坑圩。

畲坑圩日那天，装扮成农民的四十位短枪队员，分别在李斌和古宜权带领下，混进赴圩的人群中，乘船渡过了梅江河，向驻扎在畲坑圩的国民党陈维远师的两个据点靠拢。一百多位长枪队员和两千多个短枪队员，在古大存他们的指挥下，已经在黎明时分进入了畲坑圩对面的河堤下，埋伏在浓密的竹林中。

胖妹对身边的朱心说：“朱大姐，仗打起来后，会不会死很多人？”

“子弹不长眼，死在所难免。怎么，你害怕了？”

“不知道为什么，我的心扑通扑通直跳，感到有些紧张。”

“我第一次参加打仗，心情也和你现在一样，感觉到心都要跳出来了。但仗一旦打起来，心里反而不害怕了。我建议你把眼睛闭上，想一想能为你父亲报仇的事情，慢慢你就会平静了。”

上午十时许，李斌和古宜权分别带领各自的短枪队员，同时向敌人的两个据点发动突然袭击。经过一阵迅猛的火力攻打，使毫无戒备的敌人乖乖缴了械。可是，意外发生了！就在他们打扫战场时，另外两处没有侦察到的敌人闻讯，分别向李斌和古宜权带领的队伍包围过来。情势非常紧急，他俩马上派人向几位首长报告。

郑天保生气地说：“这个古怀，侦察工作没做好，简直太粗心了！”

李明光说："大存同志，怎么办？"

"大家不用担心，按原计划进行！"古大存果断地说，"光夏同志，你指挥短枪队摇旗呐喊，壮大声势。司号兵，吹冲锋号！一遍又一遍，不要停！"

杨豪贤和古柏贤等几位司号员同时吹响冲锋号。

古大存把手一挥，命令道："渡河！"

在嘹亮的冲锋号和震天的呐喊声中，三支队伍由三个方向冲过沙滩，又涉过水道。古九成带领担架队和后勤救护队跟随其后，跑过沙滩乘船到达畲坑码头后面的平安旅店。在平安旅店门口，古九成对整装待发的担架队员和后勤救护队员说："同志们，这里是我们的救护站。按照刚才的分工，一队跟我去圩头，二队跟朱心队长到圩尾。张医生和胡小梅等六位同志，迅速布置好救治场所和设施。希望大家注意安全，出发！"

胡小梅她们走进平安旅店，有条不紊地开展救护的准备工作。胖妹边干活边说："小梅姐，我投差行了，真后悔！"

"你什么意思？"

"当初到了九龙嶂，我不应该干后勤，要去学护理。不然的话，我这次就可以背着药箱上战场了。"

"胖妹，回去我教你。"

"好，我们说定了！"

转眼间，担架队员抬进来一位左腿受伤的战士。一位担架队员离开时，突然蹲了下去，痛苦地说："我的右脚拐了，走不动。"

胖妹毫不犹豫地说："我替你！"说完跟着另一个担架队员走向大门。

胡小梅嘱咐道："胖妹，你要注意安全！"

胖妹举起右手拳头，边走边说："你放心吧！"

胡小梅说："胖妹好样的！"

没想到，当胖妹刚抬起一位伤员时，敌人的一颗子弹击中了她的太阳穴，血流如注。

在一旁协助护士为战士包扎伤口的朱心瞧见了，急忙猫着腰跑了过去，抱起血泊中的胖妹，连喊三声“胖妹”。但胖妹已经没有了气息，美丽的眼睛却依然睁着。朱心一边摸合胖妹的眼睛，一边流着眼泪说：“胖妹，我的好妹妹！姐叫你别来，你偏偏不听。姐叫你在救护站帮忙，你却上了战场。好妹妹呀，你怎么不听姐的话呢？”

圩头敌军梦想能轻而易举地夺回被红军端掉的据点，便集中火力向短枪队疯狂射击。在激战过程中，敌军忽闻震耳欲聋的冲锋号和呐喊声，转眼又见增援的红军杀到，以为是红军大部队赶来了，其指挥官觉得大势已去，还是保命要紧，只好带着残兵败将向北面逃窜。

李斌问：“古团长，追不追？”

古大存思考了一下，说：“你派一部分战士去，追到山边就撤回来。另外，你给我带一个俘虏过来。”

见到俘虏，古大存说：“看你的样子，好像是一个当官的吧？”

俘虏耷拉着脑袋，点头说：“对，我是一个排长，请长官饶命。”

“你要保命可以，但你要如实回答我两个问题。”

“长官，你说。”

“你们驻扎的营地在哪里？”

“高田墩，离这里不到三百米。”

“那里还有多少人？”

“只有一个班。”

古大存眼睛一瞪，威严地说：“你要是敢骗人，我就一颗子弹送你见阎王！”

俘虏连忙跪下去，边磕头边说：“我说的是实话，没有一点水分。”

“好，我相信你。”古大存把俘虏拽了起来，“现在，你带我们的战士去高田墩，劝你们的人放下武器投降。”

“我一定照办。”

圩尾的战况基本一样。郑天保也采用相同的策略，把驻扎在石桥头的敌军据点一锅端了。

整个战斗历时两个多小时，击溃敌军、民团三百多人，缴获长短枪数十支和一大批物资。但我们也牺牲了五位战士和两名赤卫队员，还有八位战士受伤了。

黄狗的母亲刘氏听到胖妹的噩耗，紧紧地抱着她使用过的红色枕头，呆呆地坐在床沿上，边垂泪边自言自语地说："我苦命的胖妹呀，你还没有嫁人，怎么就撇下干妈先走了呢？昨晚你还对我说，你喜欢上一个帅气的男孩子。我问你这个人是谁？你说过一阵子带他和我认识。胖妹呀，你给干妈留下了一个谜。"

突然，张飞挑开门帘走进来，跪在刘氏面前，悲戚地喊道："干妈！"

刘氏望着这个头戴红军帽、素不相识的小伙子，不敢随便答应，好奇地问："你是谁？"

张飞噙着泪水说："我是一个孤儿，叫张飞，是你干女儿胖妹的对象。"

"啊，你就是胖妹的对象！"刘氏心里一阵惊喜，连忙放下枕头，弯腰把张飞扶起。

张飞揩去溢出眼眶的泪水，说："干妈，请允许我像胖妹那样叫你，好吗？"

"好！你就这样叫我。"

"干妈，那我以后就像胖妹那样孝敬你，让她安心在天堂好好生活。"

"张飞，你真是一个好孩子。但干妈不需要你孝敬，只是希望你多杀国民党反动派，为胖妹报仇！"

"干妈，我一定做到！"

第十章

特派员假传圣旨　绝不放下枪杆子

胡一声和郑天保来到红军医院慰问伤员，看到八位战士的身体恢复良好，心里很高兴。胡一声握住老中医张伯的手，说：“张伯，辛苦你了！”

张伯谦虚地说：“救死扶伤是我的职责，说不上辛苦。我能为战士们服务，心里感到很快乐！”

“我听护士长胡小梅反映，你想加入中国共产党，是吗？”

“是，胡小梅说，她愿意做我的入党介绍人。不知道党组织肯接受我这个老朽吗？”

郑天保说：“张伯，你工作踏实，医术高明。我们也愿意做你的入党介绍人。”

胡一声说：“张伯，你写个入党申请书交给我。”

张伯把两位首长带进药房，打开贮藏药品的柜子，说：“团长、党代表，你们看，我们的药品不多了，特别是盘尼西林等几种消炎、止痛药。你们要想办法去搞一些，以防急用。”

郑天保说：“一声，这个你有办法。”

“好，过几天我再回家一趟。”

胡一声和郑天保刚回到团部，看到少年班的张清泉和柯芳联手拿红缨枪，站在天井边，一脸焦急。张清泉和柯芳联是浪荡石人，他们的班长是黄牛。全班十六人，都是十五六岁的花季少年。少年班后来改为中国劳动童子团。

郑天保好奇地问：“两位小鬼，你们今天来这里干什么？”

张清泉说：“等你们。”

柯芳联说：“向首长汇报工作。”

胡一声微笑着问：“汇报什么呀？是不是黄牛班长欺负你们了？”

张清泉说：“班长对我们可好了，不会欺负我们。今天午饭后，班长带领我们去小坑里帮助村民除茶园杂草，发现山坡小路上走来一个提着箱子的人。黄班长立即指挥我们包围过去，一下子就把他抓住了。黄班长说，这个人长得斯斯文文，一看就不是个好东西，有可能是敌人派来的奸细，便叫我和柯芳联、山古把他押回来了。”

“人呢？”

“在我们少年班住地，由山古守着。”

“走，带我们去看看。”

郑天保说：“我就不去了，晚上还要给女红军排上课，现在要准备一下讲课内容。”

走出团部，张清泉对胡一声说：“首长，我刚才做错了。”

“啊，你做错什么了？”

“我忘记说‘报告’，也没有向你们敬军礼。首长，你批评我吧！”

“小鬼，你这不是错，以后注意就是了。我问你们，黄牛同志在处理问题上公平吗？”

“谁错了，他就批评谁。他自己错了，也会当着大家的面主动检讨。可以说他没有一点私心，我们都佩服他。”

柯芳联说：“对，黄班长是我们学习的榜样！”

胡一声来到少年班住地，看到一位衣冠不俗、蒙着双眼的高大男人被捆绑在廊柱上，脸上现出忧郁的神情。他禁不住想：此人不是等闲之辈。

“我要小便！”

胡一声对张清泉说："小鬼，给他松绑，把蒙眼的布条卸掉。"

这个人马上跟着张清泉到隔壁房间小便去了。回来后，他瞟了一眼没穿军服的胡一声，便坐在一张矮竹椅上，从西装口袋中拿出铁制烟盒和精致打火机，在烟盒中取出一支烟，用打火机点燃，孤芳自赏地抽了起来。

胡一声看到这个人这么傲慢，心里感到有点上火，但他没去计较，和气地问："这位老板，你到深山野岭来，想做什么生意？"

这个人没有开口，只是抬起头，朝着胡一声吐出一口烟。

张清泉大声地呵斥道："你这个人好大胆子，竟敢向我们首长吐烟！"

胡一声训诫道："小鬼，你不得无礼。去，给这位老板倒一碗开水。"

这个人一口气喝下半碗开水，问："你们是什么人？"

张清泉说："我们是红军！"

"这位是——"

"我们十团的胡一声政委！"

"呵，我终于找到你们了！"这个人倏地丢掉烟头，站了起来，打开桌上放着的皮箱，找出一个信封，递给胡一声。

胡一声接过信封，从里面夹出一张纸，展开来观看。看完后，他肃然起敬地说："这位老板，原来你是省委特派员梁大慈同志，欢迎！"说完伸出了右手。

梁大慈握住胡一声的手，说："我还以为落入土匪手中了，没想到是虚惊一场！"

在晚餐桌上，郑天保说："梁特派员，你能否向我们透露一点省委的指示精神？"

"你们想听真话还是假话？"

"当然是真话！"

"那好，我就实话实说。你们发动畲坑暴动，违背了中央的意图，犯了一个严重的错误！"

"梁特派员，你别吓唬我们。"

“这是省委主要领导的原话，可不是我杜撰出来的。”

“怎么会这样？简直令人难以置信！”

胡一声说：“是啊，谁会相信呢？”

郑天保给女红军排上课回到团部，看见胡一声的房间还亮着灯光。他迟疑了一下，便挑起胡一声房间的门帘走了进去，问：“一声，饭后你和梁特派员在一起时，他还说了什么？”

“梁特派员的嘴封得很严实，一句有价值的话也不给我。”胡一声无奈地说，“他去睡觉时，要求我今晚必须通知到各县县委书记和暴委会委员。”

“不是说明天派人去通知吗？”

“他说，开会时间要提前到明天晚上。没办法，我只好把张飞几个交通员从床上唤醒，叫他们立即出发。”

“一声，我担忧刚刚诞生的五县暴委会从此被解散。这样一来，是必会影响革命根据地的发展壮大。”

“天保，不管风云如何变幻，我们的革命事业一定会成功的！你呀，不要去想这事了，赶快回去睡觉吧！”

“好，我睡觉去。”

广东工农红军东路第七团，是古大存领导的五华农民自卫军改编的，驻扎在八乡山下的小溪村。这天，古大存天一亮又身穿白色马褂，提起东江农民运动领袖彭湃同志送他的那把大刀，走到大院的桂花树旁，专心致志地舞动起来。

警卫员曾桂在一边观看了一下，便打开大门，发现墙角边靠着一个戴着红军帽的战士，抱着枪呼呼大睡。他连忙走到站岗战士旁边，好奇地问：“这个同志为什么在这里睡觉？”

“报告班长，这个同志是从九龙嶂来的，要见我们的古团长。”

“什么时候到的？”

“差不多两个小时了。”

曾桂返身回到桂花树下，说：“首长，九龙嶂来人了。”

古大存立即停手，问：“在哪？”

“大门口。”

“叫他进来。”

曾桂转身来到门口，摇醒熟睡的战士。他惊喜地说：“黄牛！”

“曾桂！”

“走，我们古团长等着你。”

古大存接过黄牛递过来的信，看了一遍，然后对曾桂说：“小曾，你去通知古宜权和李斌，叫他们即刻来见我。另外，你叫李斌带上张剑珍一起来，还有你去告诉伙房，叫他们煮点东西，我们吃了赶路。”

“是！”

古大存拍着黄牛的肩膀说：“黄牛同志，你在这里等着，一会儿我带你去吃饭。”说完走进内门。

李斌和张剑珍来了。李斌看到古大存站在窗户前，凝望着窗外，轻声问：“存哥，发生什么事了？”

“你们坐。”

古宜权也来了，一进门就问：“存哥，是不是有新情况？”

古大存转过身，说：“我刚刚得到消息，中共广东省委特派员到了九龙嶂，要我下午两点前赶去开会。”

李斌问：“知道会议内容吗？”

“没有提及。”

古宜权说：“存哥，你不是约了古清海、陈庆孙、古公鲁、万大来他们下午到八乡山来开会吗？你这一走，这会还开不开？”

“宜权，这会照常召开，由你主持。”古大存把桌面上放着的一张纸递给古宜权，“我拟了三个题目，你组织他们认真地讨论一下。李斌，你和剑珍跟我去九龙嶂。剑珍此次的任务，就是与十团女红军排排长朱心沟通，学习她们的先进经验，回来我们七团也成立一个女红军排，由剑珍当排长。”

张剑珍高兴地说："古团长，请你放心。我保证把她们好的经验带回来，在我们七团开花结果！"

古大存点头说："嗯，我相信你！"

张剑珍1911年出生于五华县双头乡，十岁时做了童养媳，饱受封建统治的压迫和剥削。十五岁时加入农会，担任乡农会的宣传员。她天资聪颖，接受能力很强，不但出口成章，而且自编自唱。1928年春，她躲过多次国民党反动派的追捕，历尽艰险走上八乡山，投奔古大存领导的广东工农红军东路第七团。

当时，古大存不了解张剑珍的情况，问："你为什么要参加红军？"

张剑珍一股脑儿把自己的身世倒了出来，然后说："古团长，我虽然出生在土豪劣绅家庭，但我从思想上和阿爸张少山、阿哥张守中划清了界线，一心一意跟着共产党闹革命！"

"我说剑珍，你阿爸和阿哥都是反革命，我们一定要打倒他们。你毅然投身革命，难道真的没有父女兄妹骨肉之情了吗？"

张剑珍斩钉截铁地说："什么骨肉之情？革命同志才最有情！阿爸、阿哥走反革命的路残害人民，我走革命的路爱护人民。如果捉到张少山、张守中，我先举刀杀了他们！"

古大存看见张剑珍这么坚定的信念，说："你铁了心要参加革命，真是好样的！现在根据工作需要，我以五华县委书记的名义，派你返回双头乡去开展党的活动。"

张剑珍思想有点不通，随口唱道：

一条大路曲弯弯，送偓来到八乡山；一心就系当红军，来时容易转时难。

古大存发现张剑珍确实在是个不错的女同志，有文化，有思想，很适合在红军队伍中做宣传工作，于是说：“剑珍同志，我改变决定了，同意你留在七团，当红军宣传员。”

张剑珍太高兴了，又唱道：

童养媳妇笑哈哈，千年铁树开鲜花；一心跟党干革命，刀山火海也敢跨！

经过半年多的锤炼，张剑珍成长为一名合格的共产党员，被古大存称赞为八乡山上一枝花。

在前往九龙嶂的崎岖山路上，古大存和李斌并肩而行。古大存关心地说：“李斌，我听宜权说，你和剑珍同志恋爱，现在到了什么程度？”

“存哥，不瞒你说，我已向她表白自己的心迹了。”

“她的反应如何？”

“含含糊糊，让我猜不透她的心思。”

“饭要一口口吃，感情要一天天培养。你不要气馁，勇敢去追，对她多点关心。相信有朝一日，你们的爱情定会瓜熟蒂落。”

“存哥，在有机会时，请你要帮我向她敲敲边鼓，早日成就我的婚姻。”

古大存拍了一下李斌的肩膀，说：“我现在就去找剑珍同志谈谈，你叫大家休息。”

李斌转过身，说：“同志们，大家就地休息十五分钟。”

张剑珍走到一棵高大的松树下，坐在裸露的树根上，随手捡起一根枝条在地上写字。

古大存来到张剑珍身后，看见她在地上认真地写了“李斌”两个字，夸奖道：“好字。”

张剑珍急忙站起来，转过身，拘束地说：“古团长，你来了。”

“我想和你说点事。”

“什么事？”

“我们坐下来说。”

坐下后，古大存直接问：“剑珍同志，你喜欢李斌吗？”

“不喜欢。”

“那你刚才为什么写‘李斌’两个字？”

“我是随意写的。”

“好吧，既然你不喜欢李斌，那我也忍痛割爱了，调他去东江特委工作。”

张剑珍着急地说：“古团长，你叫其他人去。”

“为什么？”

“我还要他辅导文化知识。”张剑珍不好意思地说。

古大存微微一笑，说：“女孩子都是那样，羞于启齿，其实你已爱上李斌。”

“是！”张剑珍白净的脸上泛起了红晕。她鼓起勇气说：“古团长，你留下李斌吧！”

古大存点头说：“好吧，我答应你的请求！”

“多谢古团长！”

在郑天保房间里，胡一声对郑天保说：“昨天晚上，我失眠了，到凌晨四点才勉强入睡。唉，这个梁特派员的话太折磨人了！”

“是啊！我也睡不着，反反复复推敲梁特派员的话，根本无法找到举行畲坑暴动是错误的理由。”

“我想把这事先向大存同志报告，让他有个思想准备，你同不同意？”

郑天保思忖了一下，说：“这不是一件小事。按组织纪律来说，我们不应该把它说出去。但是，大存同志是暴委会主席，向他反映也属于情理之中，并不违反组织原则。我同意！”

下午两点，在十团办公室，古大存、黎凤翔、黄炎、李明光、刘光夏、廖祝华、胡一声、郑天保围坐在由两张饭桌拼起来的会议桌旁。梁大慈坐在主位，其后面墙上挂着马克思和列宁的画像。

古大存站起来，说："同志们，我先给大家介绍一位客人。"他伸出左手指向身边的梁大慈，"这位是中共广东省委特派员梁大慈同志，大家欢迎！"

在掌声中，梁大慈稍微欠起身，点了一下头，然后坐下。

古大存又说："梁特派员，我给你介绍一下今天到会的同志。"介绍过后，他接着说："下面，我们再次用热烈的掌声，欢迎梁特派员作指示！"

梁大慈说："我辗转了一个星期，遭遇几次危险，终于在昨天下午走进九龙嶂。我惊喜地看到，这里人迹罕至，绵延数十里都是重峦叠嶂，也许九龙嶂和井冈山有很多相似之处。你们在这里创建了粤东北革命根据地，着实令人欣慰，但也使人遗憾，走了一步错棋！"说到这里，他把话打住了，端起了茶盅。

古大存看了一眼胡一声和郑天保，说："请问梁特派员，我们哪一步棋走错了？"

梁大慈板起脸孔，严肃地责备道："你们成立五县暴委会，举行畲坑暴动，省委已从《岭东民国日报》上看到了消息。省委认为：这是一次盲动，其后果将不堪设想！"

李明光说："盲动？不可能。"

古大存分辨道："省委可能不了解我们这里的情况。事实是畲坑暴动之后，革命形势发展很快，许多同志归了队，许多党组织重新开展了活动。更可喜的是，不少群众看到了党的存在，重新燃起了革命的热情，支持我们打击国民党反动派和地方反动势力。"

丰顺县委书记兼暴委会委员黎凤翔说："古主席说的对，自从畲坑暴动之后，我们县群情激奋，配合农民自卫军消灭了两个反动武装。"

兴宁县委书记兼广东工农红军第十五团团长刘光夏说："我们兴宁的革命群众热情高涨，配合我们十五团除掉了横行乡里的两个地痞流氓团伙。"

梅县县委书记廖祝华说："我们梅县也取得了可喜成绩，在梅西、松源惩处了三个恶霸。”

“够啦！”梁大慈呵斥道，“你们只看到眼前的利益，不知道违背了党中央的方针。现在革命处于低潮时期，你们不隐蔽革命力量，却公开地暴露革命目标，难道血的教训还不能使你们清醒吗？”

古大存看到梁大慈盛气凌人的架势和狂妄自大的态度，觉得他有点曲解了中央的意图，传递的信息有些走样，心里难以接受畲坑暴动是盲动的说法。他不客气地反问道：“梁特派员，你说畲坑暴动是暴露革命目标，那么南昌起义、秋收起义、广州起义以及海陆丰成立的苏维埃政权，不是更大地暴露革命目标吗？还有，井冈山的‘朱毛红军’，为了巩固和扩展井冈山革命根据地，态度鲜明地竖起中国工农红军第四军的旗帜，不断地打击国民党反动派，难道也是暴露革命目标吗？”

廖祝华说：“古主席说得好！”

梁大慈皱起了眉头，狡黠地说：“古大存同志，你说的这些都是中央的决策部署，我们无法讨论它的是非功过。畲坑暴动发生在我们广东，省委就有责任向你们指出，提出严肃的批评。”

古大存说：“如果有错，我愿接受省委的批评！”

“古大存同志，我现在代表省委正式通知你们：立刻放下武装，分散到各县去做隐蔽的群众工作。没有省委的指示，不得再搞暴动和武装斗争！”

这种横蛮的命令，让与会者感到无比气愤，他们纷纷发表自己的看法。

古大存听了大家的意见，突地站了起来，愤怒地说：“放下武装，就等于叫我们去送死，还有什么革命斗争可言？”

梁大慈看到这么多人对省委的意见提出质疑，他恼怒地站了起来，和古大存四目相对，威胁道：“不服从命令，我就报告省委，从严处分你们！”

“好吧！那你就去报告，到时我们也要报告，让省委听到我们的心声。反正我们是拿定了枪杆子，绝对不会放下武装！”

“你们竟敢和省委唱反调，后果自负！”

其实，这次省委派梁大慈来九龙嶂，主要是了解粤东北开展武装斗争情况，并没有授权给他解散革命武装。后来，由于梁大慈对革命丧失了信心，叛变投敌，成为国民党反动派的中统特务，没多久就被锄奸队枪毙了。

梁大慈在九龙嶂住了两天，便决定离开回省委。为了确保梁大慈在路途的安全，胡一声和郑天保商量，决定由他带领警卫班十二名战士，护送梁大慈到梅县西阳地下交通站，再由他们将梁大慈转送至松口坐船离去。

一路都非常顺利，没有受到任何干扰，妥善地完成了护送任务。胡一声在这个交通站碰到了好长时间不见的吕进娣。两人相互问安后，胡一声问："进娣同志，你何时回归我们十团？"

"说实在话，我也很想回去和姐妹们在一起战斗。我曾经问过廖祝华书记，可他说在哪里都是干革命，叫我以后安心在县委做事。"

"这个廖祝华，竟然学刘备久借荆州。算了，你就跟着他好好干，但一定要注意安全，保护好自己。"胡一声关爱地说，"最近，你有没有见过心上人郑国安同志？"

"十天之前，我去给梅南区委书记熊光同志送信，在那里见到他了。他告诉我，驻扎在官塘圩的国民党特务营，在营长张徐光的指使下，四处骚扰老百姓，残杀共产党员和赤卫队员。梅南中学也难以幸免，几乎无法进行正常的教学工作了。他想带领部分进步学生和赤卫队员，去九龙嶂参加红军，真刀真枪跟国民党反动派作斗争。"

"祝华来九龙嶂开会时，向我和天保说了这件事情，我俩都很高兴。昨天，我们已派郑德云下山与国安联系了。"说到这里，胡一声转过话题问："进娣同志，你和国安打算什么时候结婚？"

吕进娣红着脸说："一个月前，我和国安商量好了，决定在这个年底结婚，了却他阿爸阿妈的心愿。"

胡一声高兴地说："好哇！那我先祝福你们，到时别忘了给我们吃喜糖。"

"一声哥，到时我们还要请你们喝喜酒！"

告别了吕进娣，胡一声带着警卫班战士回到老家看望母亲朱氏。见到儿子，朱氏喜悦地说："一声，我本来打算去九龙嶂找你，没想到你今天回来了。"

"阿妈，你有什么事吗？"

"你秀文叔买了两大包药品，叫我这两天给你们送去。"

"太好了，这真是及时雨！"胡一声兴奋不已地说，"阿妈，我这次下山，就是想求秀文叔再帮我采购一批药品。可没想到，他把这事做在前面去了。"

"一声，我想向你说一件事。"朱氏有点难过地说，"这几个月来，你秀文叔被县长喊去训斥了几次，每次回来就像生病了一样，在床上一躺就是几天。最近，他时不时咳嗽，我提醒他去看医生，可他就是不听。你去见他时，要动员他去看病，把身体调理好。"

胡一声走进胡秀文房间，看到他憔悴了许多，感到有点心疼。寒暄过后，胡一声说："秀文叔，我听阿妈说，你最近频繁咳嗽，不愿意去看医生，这样对身体不利。"

胡秀文咳了一声，说："我没有什么病，只是偶尔咳嗽几声，吃一点便药就会好，没必要去看医生。这些日子，我筹集了一些药品，本来想让你妈送去九龙嶂，现在你回来就可以带走，免得你妈辛苦跑一趟。"

"这事我妈对我说了，多谢秀文叔！"

胡秀文又咳嗽了一声，说："一声，我看不惯国民党反动派的所作所为，担心会有麻烦再找上门来，决定近期去新加坡居住，不能再帮红军什么忙了。不过，我会介绍你们认识梅城经营药品的陈老板。他是我的结拜兄弟，一定会帮助支持你们的。"说完，他翻开《胡氏族谱》，从里面取出一封信，交到胡一声手中，说："这是我给陈老板写的信，还有他的联系地址，日后你去见他时带上。"

胡一声不舍地说："秀文叔，我不能回来送你，请你旅途保重，平安吉祥！"

胡秀文叮嘱道：“一声，你有空要常回家看望阿妈，做事也要格外小心，不要让家人为你担忧。”

胡一声带领警卫班战士返回九龙嶂，谁知刚走出村口，便撞见了罗田上村一位赤卫队员。这位赤卫队员浑身是血，紧紧张张地说：“胡老师，新塘出大事了！”

“什么大事？”

“今天上午，在新塘一座破房子里，国安老师和德云老师召集我们十几个赤卫队员开会，动员我们参加红军。谁知会议刚开始不久，就被官塘圩的白匪包围。在突围中，我们牺牲了两个赤卫队员，除了国安老师和德云老师被捕外，还有赤卫队员郑石灵。现在，白匪押解他们行走在梅城的路上。”

“有多少人押解？”

“大约一个排的兵力。”

黄牛说：“首长，你带豪贤回团部，我带其他战士解救国安师他们。”

“不！”胡一声果断地说，“豪贤，你把药品送回团部，告诉郑团长一声。黄牛，我们走，赶在白匪前面设伏击。”

赤卫队员站起来，说：“我也去。”

“你受伤了，还能走吗？”

“能！”

“那好，我给你一个任务，去组织村里的赤卫队员和革命群众，尽快赶来增援我们。”

“是！”

胡一声率领警卫班战士以惊人的速度，跑到梅南与长沙罗衣交界的一个山坡上隐蔽起来。不到一顿饭的工夫，就看见白匪押着郑国安他们大摇大摆地走来。胡一声对战士们说：“同志们，敌众我寡。我们的主要目的，就是解救他们仨，一旦得手，我们马上撤退，你们听明白了吗？”

“听明白了！”

白匪进入伏击圈了，胡一声举起驳壳枪，大声一呼：“打！”说完扣动扳机，击中了一个白匪。

战斗进行得非常激烈。

在赶来增援的赤卫队员和革命群众协助下，红军眼看就要取得胜利了。谁知意外情况发生了，一队国民党兵从罗衣方向急速赶来。胡一声看到敌众我寡，不想造成更大的损失，只好下令撤出阵地，回去再想办法营救同志。他还没走上几步，左大腿就中了一枪，一个趔趄倒在地上。黄牛迅速背起胡一声，撤离到安全地带，看着鲜血直流的胡一声。黄牛担心他出现意外，伤心地哭了。

胡一声强忍着伤痛，镇静地说："黄牛，你哭什么？我没事，你把我的上衣脱下来，帮我包扎一下。"

一位战士担忧地说："黄班长，首长流了那么多血，时间长了恐怕不安全，我们轮流背着他，尽快赶回团部去。"

黄牛点头说："对，我们一刻也不能耽搁。走吧！"

在黄牛的背上，胡一声考虑到回九龙嶂要半天时间，会累倒战士们，于心不忍，说："黄牛，这里离我外公家不远，你就把我交给他，你带着警卫班战士回九龙嶂去。"

"首长，你伤得这么严重，我们怎能丢下你不管呢？"

"我外公懂得医学知识，擅长治疗跌打损伤，他有办法治好我的枪伤。"

黄牛觉得时间拖长了，会延误了胡一声伤口的治疗时机，只好勉强答应道："首长，我听从你的安排。"

第十一章
成立七县联委会　胡一声安全脱险

在省委特派员梁大慈离开的当天上午，古大存召集还留在九龙嶂的暴委会委员刘光夏、郑天保、黎凤翔、李明光开会，李斌、张泰元、张家骥等武装骨干列席了会议。

古大存说："同志们，我相信你们现在都在思考同一个焦点问题：我们要不要放下武装？但相信答案肯定是否定的。今天，我们就如何开展武装斗争、巩固和扩大革命根据地的问题进行讨论，以求达到统一认识，更好地完成党交给我们的任务。"

大家争着发言，气氛非常热烈。

忽然，古大存的警卫员曾桂走进会场，俯在古大存耳边低声说了几句话。古大存立马站起来，说："同志们，你们继续讨论。又有客人来了，我去迎接一下。"说完急促走出会场。

大家一齐把目光转向大门口。

一会儿，古大存引导两个身穿便装的人回到会场，安排他俩坐下后，便回到自己位置上，说："同志们，我给大家介绍一下。左边这位是揭阳县委负责人卢笃茂同志，右边这位是潮安县委负责人张遇廉同志。"接着他向客人一一介绍了其他与会同志。

卢笃茂半开玩笑地说："大存同志，你们五县悄悄地组织暴委会，发动震撼东江的畲坑暴动，名扬东江。在此之前也不通通气，好让我们揭阳、潮安也沾点光。”

“非常时期，为了保护组织，保护同志，行动秘密，彼此不知道对方的行踪是常有的事，请你们不要见怪。”

张遇廉说：“我们不但不会怪怨你们，还会支持你们，与你们一起共同战斗。”

“笃茂同志，义廉同志，现在好了，你们主动加入进来，九龙嶂就更热闹了，五县暴委会也可扩大为七县暴委会了。”

黎凤翔说：“对，这样一来，我们打出去的拳头也更有力了！”

张遇廉说：“大存同志，我想提个建议。”

“你说。”

“暴委会这个名称，似乎只局限于军事斗争方面，至于其他各项工作的开展，以暴委会的名义去组织有些欠妥。因此，我建议把‘暴委会’改为‘联委会’，即是七县联合委员会。成员由七县县委负责人组成，统一领导七县各项革命工作，当然也包括武装暴动。”

刘光夏说：“我认为，目前白色恐怖严重，国民党反动派到处镇压革命群众，党的工作主要是武装斗争，我们用‘暴委会’的名称还是适当的。”

郑天保说：“我的想法和光夏同志一样，能不改就不要改了。”

古大存说：“暴委会的名称没有错，但确实有不足之处。譬如，各地正在开展的贫农自救会、妇女会和争取恢复区乡苏维埃政府等工作，如果用联委会的名义去组织和推动，可能会更加合适。”

大家都觉得古大存说得对，便一致同意张遇廉的建议，改暴委会为联委会，并推举古大存为七县联委会书记。

会议结束时，古大存说：“七县联委会的成立，对巩固和发展粤东北革命根据地具有划时代意义。我会及时向东江特委汇报这事，希望大家执行联委的决议，努力做好各项工作。”

吃午饭时，杨豪贤回到九龙嶂。郑天保听到胡一声带领警卫班战士去解救郑国安他们，马上找来张飞，吩咐道："张排长，你即刻带领一排战士去接应胡政委和警卫班，速度要快。"

杨豪贤说："郑团长，我熟悉路，带他们去。"

"你不累吗？"

"没事，我刚吃了两条番薯，又有力气了。"

"好，去吧！"

张飞带着队伍到了罗田村尾，看到黄牛和警卫班战士匆匆地走来。其中，一位战士头上包着绷带，一位战士用绷带吊着右手，还有两位战士抬着一副担架。张飞没有瞧见胡一声的影子，以为担架上抬着的就是他，心里产生了不祥的预感。一见到走在前面的黄牛，张飞惊恐地问："担架抬的是胡政委吗？"

"不是他，是牺牲的战友。"

"那胡政委呢？"

"他大腿受伤了，在他外公家里治疗。"

张飞着急地说："黄牛，你是胡政委的警卫员，为什么不在他身边？"

"我想留下照顾他，但他说什么也不同意，命令我把战士们安全带回去。"

"我看这样吧，你把战士们交给我，返回去照顾胡政委。"

黄牛想了想，说："那好，我返回去。"说完走到警卫班副班长身旁，向他交代了几句，然后走了。

郑天保将胡一声和郑国安他们的情况向古大存作了汇报。古大存担心地说："早知道这样，我们就不应该让一声同志下山。现在，也不知道一声同志有没有生命危险。"

"我也担忧呀！"

"报告！"曾桂突然出现在房间门口。

"进来！"

曾桂领着古大存另一个警卫员林锦清走了进去。古大存问："小林，你怎么来了？"

"报告团长，古宜权队长说，据侦察员报告，国民党旅长毛维寿调集一千多人的兵力，分三路进攻八乡山，请你赶回去指挥战斗。"

古大存冷静地说："知道了，你们去告知李斌和张剑珍，叫他们等我回八乡山。"

郑天保问："大存同志，需要我们十团配合你们吗？"

"需要，把胡新华那个连给我带走。"

国民党旅长毛维寿，统领着揭阳、丰顺、五华、梅县四县的国民党驻军，使用不择手段，残害了当地无数的共产党员和革命群众，可谓血债累累。在这次出兵"围剿"八乡山的军事会议上，他口出狂言："各位，海陆丰的领导人彭湃已被国军打败，潜逃远走。相邻的大南山'共匪'也让国军肃清，匪窝夷为平地。今天，我希望你们精诚合作，铲平八乡山，活捉古大存！"

喽啰们附和着说："铲平八乡山，活捉古大存！"

按照约定的时间，丰顺县县长方乃斌和汤坑区区长黄夺标率领国民党驻军和县保安团三百多人，浩浩荡荡来到八乡山鱼背岭。方乃斌说："黄区长，你叫队伍休息。"

黄夺标不理解地问："方县长，眼看就要进入小溪村，怎么不走了？"

"毛维寿司令命令，三路人马在这里汇合后，再进攻小溪村红军驻地。"

"那两路人马不知何时才能到达，还是别等他们了。我们人多势众，不怕区区几个'共匪'，我想活捉古大存不是件难事。"

"你有把握吗？"

"有，请相信我！"

"那好吧，我们马上进村。"

古大存了解到这些情况，决定给方乃斌唱一场'空城计'。他对李斌和古宜权说："叫古清海和陈庆孙别动，放方乃斌他们进来，我们先吃掉这股敌人！”

方乃斌带着队伍直扑小溪村，沿途没有遭到抵抗，村内也没有发现红军和赤卫队，连村民也找不到一个。

方乃斌觉得奇怪，满腹狐疑地说：“毛维寿说小溪村是‘共党匪窝’，古大存就藏在此地。可一个人影也不见，不大正常。”

黄夺标却说：“方县长，这样不是更好吗？我们不费一枪一弹就夺得头功，一千银圆奖赏便进了我们口袋。”

“我怀疑古大存给我们唱起了空城计，故意设置了这个陷阱。”

“这不可能！”黄夺标不相信地说，“我看是古大存害怕被我们‘剿灭’，带着红军跑了。”

“那老百姓呢？”

“这还用问吗？老百姓知道我们来了，肯定饶不过他们，当然就跟着红军跑光了。”

“黄区长，那你叫弟兄们去发财吧！”

敌军士兵一听乐了，纷纷破门入室，翻箱倒柜，偷鸡摸狗，杀猪宰羊。他们在祠堂门坪尽情吃喝，吆五喝六。

黄夺标高兴地对方乃斌说：“方县长，我们每次跟你出门就是顺心，兄弟们皆大欢喜。”

“你会做事，我会做人！”方乃斌拍着黄夺标的肩膀说，“这次‘剿灭’八乡山‘共匪’后，我向省党部推荐你到县党部履职，任我的军事秘书。”

“多谢县长栽培！”

此时，古大存站在祠堂对面的山坡上，看到进攻的火候到了，连忙对古宜权说：“时机已到，可以出击！”

古宜权命令司号员古梧贤吹响冲锋号。伴随着冲锋号声，古宜权高举驳壳枪，大声喊道：“冲啊！”

顿时，村子四周响起群众的呼喊声。七团的战士以迅雷不及掩耳之势冲向祠堂，仇恨的子弹射向国民党反动派。方乃斌一时乱了方寸，双脚一软，跌坐在地上。黄夺标拉起方乃斌，说："方县长，你快走！"

在几个贴身卫兵的保护下，方乃斌翻过一米多高的围墙，狼狈地朝田子山方向逃去。

黄夺标指挥士兵抵挡了一阵，眼看败局已定，只好拼命爬过围墙，带着二十多个士兵朝伯公坳方向鼠窜。到达坳口，黄夺标以为安全了，便对一起逃出来的士兵说："弟兄们，大家休息一下再走。"

一位班长说："黄区长，现在还没脱离危险，我们不能在此久留。"

"没事，红军不会追来了。"

"打！"李斌一声令下。

埋伏在山坳两旁的胡新华连和赤卫队，像一群猛虎下山，杀得敌人片甲不留。那个恶贯满盈的黄夺标，从此下地狱去了。

歼灭了方乃斌带领的敌人，古大存把注意力集中在打击另两路敌人身上。此时，他和古宜权在七团团部分析敌情。古大存看到李斌回来了，了解了一下情况，然后说："宜权，你带两个连去增援古清海他们，不要恋战，赶跑五华来的敌人马上收兵。"

"是！"

古大存又说："李斌，你带上十团的胡新华连和赤卫队，火速赶到陈庆孙那里，助他们一臂之力，挡住揭阳敌人前进的脚步，逼使敌人退兵。"

李斌没有马上答应，而是说："存哥，我有一个建议。"

"什么建议？"

"丰顺的敌人被我们消灭了，现在五华、揭阳之敌还没有集结在一起。我们可集中优势兵力，先吃掉比较薄弱的揭阳之敌，再回过头来打击五华的敌人。"

古宜权说："李斌这个建议好，我看行！"

古大存也觉得目前形势对红军有利，李斌的主意不错，于是说："那好，我和宜权除了带上两个连之外，再把胡新华连带走，彻底消灭揭阳之敌。李斌你带上赤卫队赶去支援陈庆孙，拖住五华的敌人，等待我们回来增援。”

五华的敌人还没有到达鱼背岭，便遭到红军和赤卫队的猛烈狙击。敌营长张光一面组织弟兄们抵抗，一方面派副官赶去鱼背岭叫丰顺、揭阳的国军驰援。一个小时后，副官回来报告说：“营座，丰顺和揭阳的国军不能来了！”

“为什么？”

“丰顺那个营全军覆灭，揭阳那个营也被共军包围。”

敌营长张光叹了一口气，说：“共军采用各个击破的办法，太厉害了！”

“营座，我们怎么办？”

“如此看来，这里只是一小股共军。你传令下去，消灭这股共军。”

“是！”

李斌看到敌人调整部署，向我军阵地发动猛烈进攻，连忙对陈庆孙说：“陈队长，五华敌人可能发现了我们拖住他们的意图，请你告诉战士们，沉着应战。”

敌人发动一次又一次进攻，都被红军打退了。但红军战士牺牲了不少，弹药也不多了。陈庆孙对李斌说：“李队长，怎么办？”

“我估计援兵就要到了，叫战士们再坚持一下就是胜利！”

忽然，左边山梁上响起嘹亮的冲锋号。古大存和古宜权带着队伍消灭了揭阳的敌人，便马不停蹄地赶来了。

敌营长张光如同惊弓之鸟，马上下达命令：“弟兄们，我们撤！”

望着敌人逃走了，古大存对李斌和陈庆孙说：“两位队长，你们带领战士们拖住了五华的敌人，为我们消灭揭阳之敌、取得这次反‘围剿’的胜利赢得了时间，多谢你们！”

李斌四处望了望，问：“古团长，怎么没见剑珍？”

“她受了点小伤，回去治疗了。”

“呵，那我回去看看她。”

杨豪贤在打扫郑天保房间时，发现首长的一件衣服破了，打扫完后便拿出针线缝了起来。动作虽然有点笨拙，但还是有板有眼。

郑天保晨练回来，看到眼前感人情景，惊喜地问：“小杨，你也会补衣服，是谁教的？”

杨豪贤没有停手，说：“在家的时候，我经常看着奶奶穿针引线，为我们兄弟补衣服。”

“你快放下，让我自己补。”

“补好了。”杨豪贤咬断了线头，把衣服递给郑天保。

郑天保仔细看了针脚，称赞道：“不错，比我的水平还高。”

“首长，你不要笑我了。”

“我说的是实话！”郑天保把衣服穿在身上，问：“小杨，你多久没回去见奶奶了？”

“自从上了九龙嶂，我就没有进过家门，也不知道奶奶身体好吗？”

“想不想回家看看？”

“当然想，但我不能离开你。等到打败了国民党反动派，我再回家见奶奶。”

“小杨，我今天给你一个回家机会，替我送一封信给你们水尾的乡绅冯清泉。”

杨豪贤不乐意地说：“冯清泉是坏人，我是红军战士。你叫我去见他，有失红军身份。我坚决不去！”

“小杨，看起来你觉悟挺高。”郑天保微笑着说，“这个冯清泉，虽然是乡绅，但他十分支持共产党，多次给我们提供了有价值的情报。原来专门和冯清泉联络的同志，在罗衣解救郑国安他们的战斗中牺牲了。这条联络线不能断，我只有把这项任务交给你去完成了。”

杨豪贤心里的疙瘩解开了，愉快地答应道：“是，坚决完成任务！”

杨豪贤不打招呼突然离家出走，着实令奶奶和父母心慌意乱，经过多方打听，始终没有他的下落。奶奶以为孙儿遇到什么不测了，几次睡到半夜都会起床坐在门口，望着星星边想边流泪。这天上午，她在门坪晒衣服时，瞥见百米外的小路上走来一个熟悉的身影，连忙回头喊道："杨古，你快出来看，好像是你儿子阿贤回来了！"

杨古抱着小儿子走出来，望了一眼小路，惊喜地说："妈，是阿贤，是你大孙子！"

转眼间，杨豪贤走到奶奶面前，喊道："奶奶！"说完抱住奶奶。

奶奶摸着豪贤的光头，泪水掉在他的头上，哽咽着说："阿贤，奶奶想死你了！"

杨古说："妈，我们回家去说吧。"

奶奶牵着大孙子的手，蹒跚地走进大门。坐下后，她急不可耐地说："阿贤，你告诉奶奶，这一年多你去哪里了？"

杨豪贤双手握紧奶奶的右手，说："奶奶，我进九龙嶂了。"

"你进九龙嶂干什么？"

杨古说："阿贤，看你全身黝黑，是不是帮人烧炭去了？"

杨豪贤说："我不是去烧炭，是参加红军了。奶奶，阿爸，你们想知道我在红军队伍中干什么工作吗？"

奶奶说："你一个小孩子，只能烧火做饭，打下手活儿。"

"奶奶，你小看孙子了。我现在是团长的警卫员，又是司号兵，专门负责保卫首长和吹喇叭。"

"我大孙子厉害了，奶奶听了很高兴。但奶奶要提醒你，子弹不长眼睛，一定要注意安全。"

"奶奶，你们放心吧。"

杨古问："阿贤，你回家住几天？"

"我下午就要走。"

"阿贤，你妈去外公那里了，要明天才回家，你不等她见了再走？"

"阿爸，我是有组织的人了，一定要遵守部队纪律，下次再回来见阿妈了。”

“阿贤以组织为重，真是奶奶的心肝宝贝。”奶奶满心欢喜地说，“杨古，你还愣着干什么，赶快去给阿贤做好吃的。”

杨古放下三儿子即刻转身，刚走两步又返回来，说：“妈，我想把那个快生蛋的母鸡杀了，你说好不好？”

“好！”

午饭后，杨豪贤告别了亲人，走到冯清泉的家门口，看到旁边建起一栋三横上下堂大屋，有的工人在粉饰外墙，有的工人在大门上方镶嵌石板。石板上刻着“星拱楼”三个大字。

冯清泉站在星拱楼大门口，指挥工人们干活。

“屋里有人吗？”

冯清泉听到喊声，连忙走到杨豪贤面前，问：“小家伙，你有事吗？”

“你是什么人？”

“我是这家主人，叫冯清泉。”

“哦，原来你就是——”杨豪贤本来要说出“乡绅冯清泉”五个字，但突然想起郑天保叮嘱的话，马上把到嘴的话吞回去了，改口道：“清泉叔，我从九龙嶂来，找你有点事。”

冯清泉向周围看了一眼，说：“小家伙，你随我进屋去说。”

杨豪贤边跟着冯清泉进屋，边说：“清泉叔，那栋新屋是你家建的？”

“是啊，这是给我大儿子冯菊华结婚准备的。”

晚上八点多钟，古九成收到古大存从八乡山转来的一封信。信中的内容，是中共东江特委决定，从红十团调出胡一声，令他与中央特派员古柏、梅县县委组织部长陈启昌重新整顿、重组梅县新县委班子，县委书记廖祝华调东江特委另行安排。古九成揣上这封信，连忙走进郑天保房间。

郑天保看了信，说：“九成，你明天把这封信给一声送去，代我祝贺他高就。”

“一声留下的私人物品怎么处理？”

“一起送去。”

“报告！”杨豪贤出现在门口。

“进来！”

杨豪贤走进房间，把冯清泉写的回信交到郑天保手中。看到桌上放着一堆花生，他连忙拿起一颗，连壳丢进嘴里。

“饿了吧？”

“饿到肚子粘背囊（后背）了！”

“我叫柿花同志给你留了饭，快去吃吧。”

杨豪贤顺手又抓了几颗花生出了门。古九成说：“天保，我也走了。”

“你稍等，先吃几颗花生。”

郑天保抓了一把花生放到古九成面前的桌上，然后把冯清泉的回信拆开来看。看完后，他皱起了眉头，说：“九成，我告诉你一个不幸的消息。”

“发生了什么事？”

“德云和国安英勇就义了！”郑天保伤心地说，“他们被押解到国民党县党部后，敌人采用软硬兼施的手段，对他们进行威迫利诱，但他们始终坚强不屈，三天前牺牲在梅城东教场。”

古九成感到十分震惊，痛心地说：“德云和国安牺牲了，他们的爸妈要是听到噩耗，一定难以接受这个现实，痛不欲生。特别是那个吕进娣，她和国安商量好今年底结婚，如今却阴阳两隔，心里是多么难受呀！”

“我最担忧的是德云和国安的爸妈，他们的愿望是养儿防老，没想到却是白发人送黑发人。”郑天保心情沉重地说，“九成，你明天见过一声后，顺便去新塘一趟，好好安慰国安和德云的爸妈，送上我们诚挚的问候！”

胡一声的枪伤刚刚好一点，便寻思着要回九龙嶂去。忽然接到古九成转来的东江特委的调令，他连忙说：“九成，麻烦你再跑一程，你去畲坑江头村找到陈作民，他是陈启昌的父亲，我党的联络员，把我的信交给他，我要他请陈启昌和古柏两同志尽快和我联系。”

“没问题，我一定送到。”

几天后，陈启昌派人送信给胡一声，约他到水车靠近九龙嶂的一个小山村老罗家见面。他们见面后商定：用半个月左右时间，三人分工分别在梅东、梅西、梅北进行暗中调查，摸清党的骨干失散情况和敌情，然后再回到老罗家里，研究下一步工作。

在一个雷雨交加、狂风乱刮的初冬夜晚，胡一声冒雨摸黑回到了老罗家，见到老罗就问：“罗叔，我那两个朋友回来了吗？”

“回来了，已经睡下。”老罗心疼地说，“胡同志，你的衣服淋湿了，赶快去换了。”

胡一声换了衣服从房间里出来，见老罗正在烧火做饭，胡一声赶紧过去，把炉灶中的火用水泼灭了，低声说：“罗叔，不能再烧火做饭了，有火光和炊烟冒出，就会被山下的敌人发现。”

“胡同志，我心疼你又冷又饿，想煮碗粥给你暖暖身子。”

“多谢罗叔，你去睡吧！”

胡一声把已经入睡的古柏和陈启昌叫醒，三人摸黑交流了各自调查的情况。当古柏和陈启昌又回去睡觉了，为了安全，胡一声独自走出大门观察周围情况。忽然，老罗的大黄狗向着山下猛吠起来。他定睛一看，只见上山路上有星星点点的火光朝自己的方向走来，马上认定是敌人上山来了，急忙叫起古柏和陈启昌，说：“敌人来了，我们得赶紧转移。”

古柏问：“往哪里转移？”

“启昌，你带古柏回家，我断后掩护。”

“一声，你要注意安全！”

望着古柏、陈启昌走出大门，胡一声又叩开老罗的房门，着急地说道：“罗叔，敌人上山来了，你赶快带着家人进山躲藏起来。”

看见老罗一家离开了，胡一声这才拔腿追赶古柏他们。因为雨大路滑，天空一片漆黑，走到一段悬崖上，一不小心滑了一脚，胡一声滚落悬崖，立刻失去知觉。当他苏醒过来时，天色已现鱼肚白，风雨已停止。他发现自己下半身躺在水潭中，幸运的是，好在他不是头部浸在水潭中，旁边也没有大石头，但全身血迹斑斑，浑身疼痛。他观看周围山上山下，不见人影，认定敌人已撤退，就慢慢起来艰难地爬到草地上。看到对面山上有几个人似乎在找什么，又隐约听见喊“一声”的声音，他心里大喜，连忙脱下上衣，举在头上摇动，同时使劲喊：“我在这里！”

老乡把他抬到一户偏僻的人家中，找了许多草药给他疗伤。第二天，老乡又偷偷把胡一声抬回老家罗田上村。母亲朱氏又惊又喜，赶快给儿子做些稀饭，烧了桶热水给儿子清洗身子。吃过饭后，朱氏说：“儿子，阿妈不敢留你在家过夜，我马上把你送到河对面五叔家中。他懂得医术，对你的安危又十分关心。”

五叔把胡一声藏在屋顶下的藏物层，悉心照料和医治。没料到，官塘圩警察突然来到罗田上村寻找胡一声。五叔姆拿出花生和自己做的娘酒招待警察，巧妙地把警察哄得高高兴兴地离去。

朱氏知道后，觉得不知哪天警察很快又会回来，便在傍晚叫儿子打扮成妇女模样，把儿子送到罗田下村外公朱佐源家里，把他藏在屋背半山坡上的废猪圈内。这里存放着许多稻秆，便以藏身。一日三餐，外婆挑着水桶，假装喂猪给外孙胡一声送饭。

胡一声叫外公去一趟畲坑江头村给陈启昌的父亲陈作民送信，打探陈启昌、古柏的情况。第二天外公回来了，说：“一声，陈启昌和古柏安全脱险了。如今，陈启昌去了泰国，古柏则回江西找党中央去了。你写的信，陈作民说会设法送去东江特委。”

过了几天，廖祝华代表东江特委找到胡一声，面授东江特委的决定：“鉴于胡一声伤势较重，批准他去印尼养伤一段时间，去印尼前先到新加坡，与共产国际驻新加坡办事处接上关系，开展海外华侨支援国内革命的工作。”

胡一声感动地说：“多谢组织的照顾，我一定早日养好伤，尽快投入到工作中去。”

驻扎在五华华城的国民党旅长毛维寿，在梅县视察防区时得到密报，悬赏五千大洋缉拿的共产党胡一声，受伤后躲在梅南罗田下村治疗。他急忙和梅县国民党县长会晤，制订围捕胡一声的计划。县长高兴地说："太好了，这次胡一声跑不掉了！"

"县长，你几次说胡一声跑不掉了，但每次都让他溜走了。现在，我有点不相信你说的话了。"

"毛旅长，以前几次抓捕胡一声，我是充满信心的，但派出去的人不给力，结果让我大失所望。这次，我要亲自挂帅，相信不会白跑一趟。"

"好！"毛维寿点头说，"你带领梅县警卫队，加上我部一个连，还有长沙和官塘圩的驻军都听你指挥。俗话说，兵贵神速。你现在就召集队伍出发吧！"

县长看了一下墙壁上的挂历，说："今天是'三煞日'，现在又快到黄昏，对我们做事不利。明天是黄道吉日，诸事皆宜，对我们三合。所以，我决定明天凌晨五时出发，大约三个半小时就能赶到罗田上村。你通知长沙和官塘的国军，务必在八点半到达罗田上村村口汇合。"

"县长，你明天再去抓捕胡一声，我担心会延误最佳时机。"

"毛旅长，你不必担心。这次，我有十成把握抓到胡一声，还要借此机会除掉他阿叔胡秀文。"

毛维寿疑惑地问："胡秀文也是共产党？"

"他不是共产党，是一个乡绅富豪。他在幕后帮助共产党，做了好多危害党国的事情，我们一直都抓不到他的把柄，令人伤透脑筋。"

"我对这个胡秀文不了解，你告诉我他有什么能量？"

"梅城的安定书室听过吗？"

"我听过，它原是共产党一个联络站。"

"那梅南的龙文公学知道吗？"

"我当然知道，它原是共产党组织的一个培训基地。"

“毛旅长，看来你也了解不少情况。我告诉你，这两个地方都是胡秀文协助创办的，长期为共产党所利用。我们虽然没有掌握他通共的证据，但很多迹象表明他在帮共产党做事。我几次警告过胡秀文，叫他要识时务，服务党国，不要上共产党的当，但他没有把我的话放在心上。”

毛维寿觉得这个胡秀文不会跟党国同心同德，也是个危险人物。他说：“县长，像胡秀文这种人，早就该杀了！”

“好，那我明天就送他上断头台！”

第二天上午，梅县国民党县长带着人马来到罗田上村村口，与提前到达的长沙和官塘国民党驻军汇合了。他对县警卫队的队长说：“钟大队长，我们兵分两路，我带毛旅长一个连和官塘官兵去罗田下村抓捕胡一声，你领县警卫队和长沙官兵去罗田上村捉拿胡秀文。”

“万一胡秀文拒捕怎么办？”

“赏他一粒子弹！”

“是！”

国民党县长带着队伍扑进罗田下村朱佐源家里，没有抓到胡一声，但见到了朱佐源。他连忙叫来官塘驻军特务营营长张徐光，说：“张营长，你把朱佐源绑了，叫他顶替胡一声受罪！”

六十二岁的朱佐源，被国民党兵捆了个结实。面对国民党县长，朱佐源气愤地问：“我是一个老人家，你们为什么这样对我？”

“你窝藏‘共匪’胡一声！”

“我没有，你们不要冤枉人！”

“老东西，你别不承认。有人举报胡一声受伤之后，一直住在你家里。我给你一个机会，只要把他交出来，我就还你自由。说吧，胡一声在哪？”

“我不知道！”

“你要是不说，那就别再想活命了！”

“死就死！我一大把年纪了，什么没见过，难道还怕死吗？”

“报告！”一个县警卫队员匆匆地跑到国民党县长面前。

“什么事？”

“钟大队长说，胡秀文家里没人。有一个村民反映，他今天凌晨三点看到胡秀文和胡一声母子离开了罗田上村。”

国民党县长后悔莫及地说：“没想到，我们还是来迟了一步，早听毛旅长的话就好了。小兄弟，你回去告诉钟大队长，叫弟兄们刮一阵旋风，然后在村口集中回去。”

张徐光问：“县长，我这边的弟兄们呢？”

“享受同样待遇！”

张徐光手一挥，说：“弟兄们，你们刮旋风去！”

前后一个多小时，罗田上村、下村被国民党反动派洗劫一空，烧毁了几十间房子，杀害了七八个无辜老百姓。

朱佐源被押到蓝田河边，国民党县长对张徐光说：“张营长，留着这老东西没用，你把他杀了！”

就这样，憨厚敦实的朱佐源身中数弹，血洒蓝田河畔。

在廖祝华的精心安排和护送下，胡一声母子与胡秀文安全脱险了。不久，他们到达新加坡，又辗转到了荷印（印尼）。忽闻外祖父的噩耗，胡一声马上在当地华文报纸上发表文章，严词痛斥国民党反动派滥杀良民暴行，同时也发表了悼念外祖父的挽联：

幼小失椿荫草弱萱寒，赖有外公施雨泽；

老成遭贼杀仇深敌大，愿从舅父握仇刀！

从此，胡一声奔波于海内外，为党和国家奋斗了一生。

第十二章

八乡山痛击敌军　除掉财主钟八爷

在毛维寿旅部作战室，坐着五华、揭阳、丰顺、兴宁、梅县的国民党驻军营级以上干部，还有地方保安团负责人。看到毛维寿严肃地走了进来，他们全部起立，目不斜视。

毛维寿在主位坐下，招了一下手，微笑着说："坐下！"

徐秘书走到毛维寿身旁，把一本蓝色讲义夹放在他面前桌上，贴近他的耳朵，悄悄地说："旅座，你要的上峰文件拿来了。"

"好，你去吧。"

徐秘书离开作战室，随手带上门。

方维寿打开讲义夹，看了一眼又合上，说："诸位，你们都是党国精英，是我方维寿的爱将。但是，你们当中有一些人，最近在执行命令时明哲保身，敷衍了事，导致我们第一次'围剿'八乡山'共匪'失败。上峰对此极为不满，专门给我们发来文件，点名批评我们旅，要求我解除某些不作为军官的职务。同时，责令我们旅对八乡山进行第二次'围剿'，彻底歼灭以古大存为首的粤东北'共匪'武装。"说到这里，他从讲义夹中取出一份文件，边扬边说："解除军官的名单就在这里，我现在宣读一下。"

五华、丰顺和揭阳的三位驻军营长吓得直冒冷汗，禁不住伸手往额头上擦拭。

没想到，毛维寿突地把那份文件撕掉，丢到地板上。他说：“诸位，我们第一次‘围剿’八乡山‘共匪’失败，错不在你们，是我没有亲自上阵挂帅，可以说我要负全部责任。希望某些军官不要有抵触情绪，从中吸取教训，在未来剿共大业中将功赎罪！”

丰顺驻军营长站起来，感激地说：“多谢旅座！”

揭阳驻军营长也跟着站起来，保证道：“旅座，我一定将功赎罪！”

“好，两位坐下！”毛维寿满意地说，“现在，请作战参谋部署第二次‘围剿’八乡山‘共匪’的计划。”

张徐光此次没有分配“围剿”八乡山任务，心里暗自高兴。会议一结束，他就对毛维寿说：“旅座，没什么事我回去了。”

“怎么会没事？我另有任务给你。”

“什么任务？”

“九龙嶂大部分红军在八乡山，留守红军只剩老弱病残，你可带一连弟兄去把九龙嶂端掉！”

“是！”

古大存从东江特委回到八乡山，通知七县联委会领导到八乡山召开军事会议，传达东江特委和省委的指示精神。偏偏在这时候，又传来毛维寿准备第二次“围剿”八乡山的消息。

古宜权说：“古主席，这次毛维寿亲自带领一千多名国民党正规军，还有一千多个地方民团前来‘围剿’，人数虽然和上次差不多，但力量比上次强大。我们可把各团的主力部队调来，形成重大合力，才能有效地对抗来势汹汹的敌人。”

“宜权，你说的没错。我们要集中优势兵力，布下天罗地网，狠刹毛维寿的嚣张气焰。”

李斌说：“敌人这次会吸取上次失败的教训，不敢分散兵力，像蚯蚓一样蠕动前进，首尾相顾。这样对我们伏击他们，吃掉他们任何一部分都有很大难度。”

古大存说："李斌分析得对！我们和毛维寿交锋了几次，他的用兵方法就像李斌说的那样稳步推进，在返回时又会改变线路，从我们身边溜走。"

古宜权说："那我们这次还是让敌人进村，在他们回去的路上布下重兵，打他个措手不及。"

古大存说："我料定敌人回去时，有可能走娘娘宫这条山路，那我们就在娘娘宫这条几百米长的崎岖山路上做篇大文章！"

李斌说："对，为了使敌人走这条路，我们还要做足功课。"

"走，我们去实地勘查一下，打有把握之仗！"

官塘圩国民党驻军特务营。

"徐光老弟，只要你占领了九龙嶂，我就报请上峰升任你为副团长。"张徐光坐在办公室里，禁不住想起毛维寿对自己的许诺。他心里感到高兴，连忙叫来李副营长，说："兄弟，你跟哥几年了？"

"五年。"

"你从一个山大王，摇身一变成为国军副营长，可谓是平步青云。"

"营座，这都是你栽培的结果。"

"你想不想再前进一步，坐在我这张太师椅上？"

李副营长怎么会不想呢？但他却说："营座，我不敢有这个非分之想！"

"兄弟，这不是你的心里话。"张徐光站起来说，"这几年，你帮了哥很多忙。我差不多要升职了，到时把这个位置让给你，你就是正营座了！"

李副营长惊喜万分地说："这么说，我家祖坟要冒青烟了？"

"是啊！高兴吗？"

"太高兴了！"

"但你要梦想成真，必须去完成一项重大任务。后天早上，你率领李文的二连和官塘警察所属下的保安队，直奔九龙嶂捣毁红军十团团部，并杀掉九里岃被赤化的所有村民。"

“可是营座，光靠一个连的弟兄和几个保安队员，怎么能敌得过红军几百号人马？”

张徐光笑了一下，说：“九龙嶂红军主力都在八乡山，剩下的只是一些老弱病残，这是毛维寿旅长说的。你突然袭击他们，还不是手到擒来？你若是不愿意冒险，那我就考虑让别人去立功了。”

李副营长怎么肯把到嘴的肥肉拱手让给他人，连忙说：“营座，你不要考虑别人了，我去拿下九龙嶂！”

“好，祝你成功。”

郑天保患了重感冒，无法去八乡山参加军事会议，只好派副团长张泰元去列席了。喝了老中医张伯煎好的中药，他感到身体舒服多了，天一亮便上了后山练兵场。女红军排排长朱心和副排长叶传娣正在指导女战士练习擒拿术，看到郑天保站在旁边观看，便走了过去，关切地问：“郑团长，你的感冒好了？”

“好多了。”

“郑团长，你有一段时间没给女红军排上课了，现在给战士们讲几句？”

“可以，你把队伍集合一下。另外，你叫黄牛把警卫班战士带过来。”

转眼间，两支队伍整齐地排列好了。

郑天保来到战士们前面，说：“同志们，我刚才看了你们的训练，感到很高兴。红军女战士英姿飒爽，是当代花木兰。警卫战士精神抖擞，是当代杨七郎。在白色恐怖的日子里，你们都表现出大无畏的革命精神和英雄气概，我代表十团领导向你们致敬！”说完向战士们敬了一个军礼。

忽然，一个值班战士领着一个十多岁的女孩匆匆地赶来了。他气喘吁吁地对郑天保说：“报告团长，这个小女孩找你有事。”

女孩扎着两条毛辫，长得十分秀气。

郑天保和胡一声他们第一次进九龙嶂，回来时在水尾冯清泉那里见过这个女孩。他把女孩拉到一边问：“祝英姑娘，你有什么事？”

“公公叫我给你送一封信，他说十万火急！”说完把信递给郑天保。

郑天保看了信，眉头紧锁。他思忖了一会儿，说："祝英姑娘，辛苦你了。你回去后，代我向你公公转达一声，多谢他！"

值班战士带着钟祝英离开后，郑天保表情严肃地对战士们说："同志们，我们九龙嶂将要面临一场严峻的考验。明天，敌人将重兵'围剿'八乡山。驻守在官塘的国民党特务营也趁机派出一个连，伙同保安队要来偷袭我们十团团部。可是，我们大部分兵力在八乡山，小部分又深入农村领导农民开展秋收斗争，明天上午赶不回来，形势相当严峻。你们说怎么办？"

"团长，有我们在，不怕敌人逞凶狂！"

"我们虽然人手不多，又都是女兵、小同志，但个个都不是孬种，全是英雄好汉！"

"只要敌人胆敢来犯，我们让他们有来无回！"

郑天保看到战士们摩拳擦掌、斗志十足，心里感到欣慰。他说："同志们的豪情壮志，给了我战胜敌人的信心和勇气！"

当天下午，浪荡石的赤卫队来了，跟着小桑的赤卫队也到了。郑天保还叫兵工厂十多个工人带来了土炸弹，埋在去年修复好的村道上。第二天凌晨五点，郑天保带领临时组织起来的队伍进入了阵地。他给大家鼓劲说："同志们，我们虽然人少，但个个都是英雄虎胆，敌人虽多但他们都是纸老虎！他们来到这里已经筋疲力尽了，只要前面炸弹一响，大家就一齐开火，彻底消灭这伙敌人！"

毛维寿骑着高头大马，带领众多喽啰，浩浩荡荡沿着大路走到八乡山鱼背岭停下来，他跳下马，从张副官手中接过望远镜，朝四周山上瞭望，没有发现异常情况，立即命令道："各营听令，全线出击，活捉古大存！"

敌人兵分四路，分别扑向马屋村、贵人村、小溪村、大竹园村。他们以为会遭到红军的抵抗，不敢贸然长驱直入，而是小心地搜索前行。没想到，竟然像上次方乃斌他们"围剿"小溪村一样，每个村子都不见一个群众，甚至连一件值钱的东西也找不到。敌人恼羞成怒，放火烧毁了老百姓的房子。

毛维寿本来做着活捉古大存的美梦，但事实令他感到吃惊，愤怒地对张副官说："去，通知四位营长到这里来！另外，把侦察员派出去！"

一会儿，四位营长赶来了。

毛维寿厉声地问："你们当中，是谁把这次行动的消息泄露出去了？"

四位营长都说："我没有！"

"张副官，你回去好好调查，只要抓住确凿证据，绝不姑息！"

五华的李营长问："旅座，现在怎么办？"

"在十五分钟内，你们把队伍带到鱼背岭集中。"

"是！"

毛维寿派出去的三路侦察员回来了。其中一路侦察员说："在我们国军来的路上，我看见长条山几百米长的山坡上飘着不少红旗，还有人头晃动。"

这是古大存布下的疑兵阵，参与者均是当地村民。

张副官说："旅座，共军已布下重兵了，怎么办？"

毛维寿说："古大存想在我返回时伏击我们，我才不会上他的当！走，叫弟兄们避开'共匪'，绕道娘娘宫返回驻地。"

"走娘娘宫这条道，万一有红军把守怎么办？"

"红军以为我们会从原路撤回去，不会选择其他路径。可我们偏偏走这条娘娘宫山道，让他们在长条山喝西北风去。"

"旅座英明！"

这时候，在娘娘宫后面几百米长的山道上，埋伏了好多红军战士和赤卫队员。其中，有一段五十多米长的U形弯道，两边是三十多米高的悬崖峭壁，上面堆放着无数的石头。这些石头，是八乡山群众花了一天时间，从山下溪流中挑上山的。

山顶上绿树成荫，几百个男女老幼被安全地转移到这里，他们坐在泥地上，都在痛骂那些可恨的国民党反动派。在一棵松树下，一个村民说："白狗子一来，我们的房屋被烧，还要逃命。这种担惊受怕的日子，哪天才是个头？”

另一个村民说：“你问我，我问谁？”

“问我呀！”张剑珍来到她们身边。

“张同志，那你告诉我们，到什么时候？”

“消灭了白狗子那天！”张剑珍边坐边说，“到那时候，所有群众都扬眉吐气，当家做主，生活幸福！”

“张同志，你给我们唱首山歌吧。”

“好！”张剑珍站了起来，唱道：“共产党来起因头，领导穷人唔使愁；革命总有成功日，茅房烧了住洋楼！”

在山梁上搭起的指挥部里，古大存拿出东江特委赠送的望远镜，对着鱼肚岭方向眺望。

警卫员曾桂问：“首长，敌人来了吗？”

“还没动静。”

“敌人万一不走这条路呢？”

“来了！”古大存大声地说，“曾桂，快去告诉古宜权总指挥和李斌队长，叫他们做好战斗准备！”

古宜权得知敌人出发的消息，连忙走到堆满石头的地方，对等在这里的一百多位赤卫队员说：“同志们，战斗就要打响了，你们做好准备。”

“准备好了！”赤卫队员异口同声。

“我再重申一遍，在先头敌人转过U形弯道时，听到你们万大来队长一声令下，大家就往下面抛石头，都听明白了吗？”

“听明白了！”

敌人像蛇一样缓慢移动，不一会儿走进红军战士的伏击圈。战士们纹丝不动，怒目圆瞪，等待最佳战斗时机。半个多小时后，三分之二的敌人已进入红军战士的伏击圈，先头部队也转过了U形弯道。

古宜权向万大来队长送了一个眼神，然后向天空发射了一枚信号弹。

万大来高呼：“砸！”

刹那间，赤卫队员纷纷把石头抛下悬崖，砸得敌人鬼哭狼嚎，无处躲藏。而后面的敌人，突然遭到红军战士猛烈的射击。有的匍匐在地，负隅顽抗；有的滚下山坡，慌不择路。

毛维寿快要进入伏击圈时，忽听前面喊声震天，枪声大作，吓得心乱如麻。他庆幸自己明智，没有走在队伍前面，否则后果严重。他连忙调转马头，命令道："我们中计了，撤！"

退到了安全位置，方维寿下了马，举起望远镜朝娘娘宫方向观察。

张副官问："旅座，要不要打回去，拿下古大存的人头？"

毛维寿放下望远镜，说："我们打回去胜算不大，下次再找机会报复了。不过，我们还是要派出一支小部队，假装进攻'共匪'的态势，接应还没撤出来的弟兄们。"

"旅座，那我派两个连回去接应。"

"好，执行吧。"

这场战斗进行了一个多小时，最终敌人死伤三百多人，从原路返回华城去了。毛维寿回到旅部办公室，徐秘书马上向他报告："梅县张徐光营长刚才来了电话，他们今天进攻九龙嶂，一共死伤了一百多个弟兄。李副营长捐躯了，他也差点丢了性命。"

"今天是什么日子，这么背时？"

张副官走进来，说："三煞日。"

"哦，难怪倒霉了！"

长沙罗衣塔子角的老罗叔，长年租赁财主钟八爷的土地。他带着全家人起早贪黑地干活，收成的粮食几乎到了钟八爷手中，日子难以为继。这天，他领着三个孩子跪在钟八爷面前，乞求道："东家，今年大旱，粮食减产了将近一半，地租少交一石好吗？"

"不行！"钟八爷板着马脸说，"你少交一石，我就损失一石。你不交清今年的地租，我就把你全家赶出塔子角，去流浪街头！"

老罗叔声泪俱下地说："东家，请你发点慈悲，让我全家生存下去吧！"

"你想在这里生存下去，可以是可以，但必须答应我一个条件？"

"你说。"

"我听说你大儿子罗径，跟着农会跑，一直与我们作对。你回去后，叫他不要去干这个蠢事了。明天让他回来，继续给我放羊。"

"东家，我答应你。"

老罗叔回到家，看见罗径和两个陌生人在房间里说话。他走了进去，问："罗径，他们是什么人？"

罗径是罗衣村的赤卫队员，在梅南龙文公学读过两年书。他把父亲拉出门外，说："他们是九龙嶂红军，高的叫张飞，矮的叫小七。他们是专门来我们村帮助穷人闹翻身的。"

"你们农会一直说为穷人撑腰，帮助农民减租减息，但现在呢？还是一分一厘没有减少，钟八爷他们照样榨取我们的血汗钱！"

"阿爸，这世道迟早会变的！"

"难哪！"老罗叔摇头说，"我看你还是脱离农会，明天回钟八爷家放羊，让全家人吃碗安稳饭吧。"

"爸爸，我决定做的事情，你就是九头牛来拉，我也不回头！"

"罗径，你这么固执，可就害苦阿爸、阿妈、弟弟妹妹了！"

"阿爸，你说这话是什么意思？"

老罗叔说出了今天去见钟八爷的经过。

张飞从房里出来，说："老罗叔，你去求狠心财主是没有用的，他们不会对穷人发慈悲。"

"那谁能对我们农民发慈悲？"

"共产党！"张飞掷地有声地说，"共产党是天下穷人的大救星！只要团结起来，消灭国民党反动派，打倒土豪劣神、地痞恶霸，大家才能过上幸福生活！"

罗径说："阿爸，张大哥说的对，我们要跟着共产党走！"

老罗叔怀疑地说："这位兄弟，你说的话我听了舒服，但觉得这事有点遥远。对我来说，眼前最要紧的就是不受钟八爷欺负。你告诉我红军有办法除掉这个害人精吗？"

"老罗叔，我们到你们罗衣几天了，掌握了不少狠心财主钟八爷剥削、残害穷人的坏事。刚才，我们和你儿子罗径正在商量除掉钟八爷的办法。"

"想到办法了吗？"

"刚才没想好，现在想好了。"

老罗叔高兴地说："太好了，我希望这一天早日到来！"

当太阳从东山冒出来的时候，罗径踏进钟八爷家的外大门，看到钟八爷身穿睡衣，拿着羊鞭站在内门口。罗径若无其事地喊道："东家，我回来了。"

"你想好了？"

"我想好了！"

"拿去。"

罗径从钟八爷手中接过羊鞭，边甩羊鞭边走出外大门，朝旁边的羊圈走去。钟八爷走出大门外，等待罗径驱赶羊群经过面前。这是他每天的习惯。当看到羊群向山坡走去时，他便去附近村道上散步。

今天，钟八爷迟迟没有瞧见罗径把羊群赶出来，心生疑虑，便典着大肚子向羊圈走去。他一脚迈进羊圈门，就被埋伏在侧旁的张飞一刀刺中心脏，当场毙命。

小七拿出一张写着"九龙嶂红军代表人民大众，判处罪大恶极的钟八爷死刑！"的布告，放在钟八爷尸体上面。张飞对罗径说："小罗，我们回九龙嶂了，你赶快回家去。"

罗径摇头说："我不回家，把这些羊赶到九龙嶂去，参加红军。"

"你不回家，老罗叔会担心的。"

"我来的时候，已经和阿爸说好了，他支持我的决定。"

“好，那我们到前面山坡边等你。”

罗径挥动着羊鞭，吆喝着羊群走向山坡，与提前到达这里的张飞和小七汇合了。三人驱赶着羊群，到了傍晚才回到了九龙嶂九里岃。

黄狗的母亲刘氏见到这么多羊，又听到张飞他们除掉了一个狠心财主，兴奋地对张飞说：“阿飞，要是我干女儿胖妹还在，看见你这么能干，脸上一定乐开花，做梦也会笑出声！”

“干妈，你真会说话！”

第十三章

丰顺暴动显神威　智歼长沙警卫队

八乡山取得了两次反“围剿”胜利，又迎来了从普宁县大南山迁来的东江特委机关。东江特委机关的办公地址设在滩下庄屋坪，特委书记林道文，组织部长颜汉章，宣传部长贺遵道，军事部长由古大存兼任。

东江特委召开七县联委会议，林道文在会上说：“同志们，我到粤东时间不长，但能强烈地感受到，在国民党反动派举起屠刀下，粤东人民毫不畏惧，众志成城，使九龙嶂革命根据地坚如磐石，受到省委的充分肯定。我也代表东江特委，对你们一年多来取得的成绩表示祝贺！接下来，请组织部长颜汉章同志传达中央和省委的有关文件精神。”

颜汉章讲话后，联委成员相继发言。黎凤翔和刘光夏发言后，古大存说：“我上次在东江特委开会，听彭湃同志说，毛泽东同志和朱德同志在井冈山会师后，积极扩充红军力量，重视基层党组织建设，展现出了一片新天地，使井冈山革命根据地不断发展、壮大。而我们九龙嶂革命根据地，虽然也有所发展、壮大，但还是无法完全与国民党反动派抗衡。所以，我想在未来前进的道路上，我们也要在加强地方武装和党组织的建设方面狠下工夫，为中国革命取得成功而努力奋斗！”

林道文说：“大存同志说得非常好，我完全赞同他的见解。刚才黎凤翔同志建议，我们来一次丰顺暴动，就像畲坑暴动一样。大存同志，你觉得怎么样？”

“昨天晚上，凤翔同志向我说了丰顺反动势力的情况，我认真琢磨了一下，觉得我们可走这步棋，来个主动出击。”

“看来，你有行动方案了？”

“是的。”古大存胸有成竹地说，“我认为此次丰顺暴动，可划分为四个暴动区：黄金是第一暴动区，隮隍是第二暴动区，汤坑是第三暴动区，潭江是第四暴动区。其中，汤坑围而不打，潭江虚张声势，都是起到牵制敌人的作用。黄金和隮隍才是动真格的暴动焦点，目的是消灭守敌，打出威风，打乱敌军‘围剿’九龙嶂革命根据地的计划。”

古宜权说：“林书记，我是列席人员，能否说点个人意见？”

林道文点头说：“你可以发表意见。”

“据内线报告，国民党旅长毛维寿不甘心两次‘围剿’八乡山的失败，立誓要拿下大存同志的人头，决定组织第三次对八乡山的进攻。这些天，毛维寿正在调兵遣将、侦察、摸探、开会，忙得不可开交。我觉得在敌人对八乡山扫荡之前，重锤敲掉毛维寿摆在黄金和隮隍的两颗大门牙，是明智的选择。我完全同意古大存同志对丰顺暴动的分析！”

郑天保说：“去年，我们十团举行潘田暴动，以迅雷不及掩耳之势一举成功。这次丰顺暴动，可以说是一项战役，困难大得多，需要大兵团作战，一定要慎之又慎，才能确保马到成功！”

古大存说：“天保同志说的对，这次丰顺暴动是一项战役，我们要集中七县的武装力量，还要发动人民群众的支持，方能赢得胜利。”

林道文说：“大存同志，你就具体部署吧！”

“好的！”

中秋节那天早饭后，毛维寿坐在旅部休息室，接过徐秘书递来的热茶，说：“徐秘书，去把门关上，我有话对你说。”

徐秘书关上门，回到毛维寿身边，问：“旅座，你要说什么事？”

毛维寿张着色迷迷的眼睛，说：“徐秘书，明天我们‘剿灭’了八乡山‘共匪’，我就去省党部见叔叔，你跟我一起去广州玩几天。”

徐秘书躲过毛维寿的眼神，心不在焉地说：“我感到身体不舒服，不想去。”

“我看你不是身体原因，是心情不好。”

“旅座，你一眼就看穿了我的心思。确实，你叫我破旅部‘共党’间谍案，至今还没有成绩。我心里不好受，觉得愧对你的信任。”

“好了，你去通知张副官，叫他传达明天‘剿匪’的命令。”

徐秘书打开门，看到张副官站在门外，不免露出尴尬的神色。还没等她开口，张副官就从她身边溜进去，惊慌地说：“旅座，隬隍告急！”

“告什么急？”

“丰顺县长方乃斌打来电话，九龙嶂‘共匪’攻陷了黄金，活捉地方治安会主席，毙伤国军一百多人。现在，‘共匪’转攻重镇隬隍，请你火速派兵驰援。”

毛维寿气得暴跳如雷，说：“老子正要发兵‘围剿’他们，没想到他们竟然先发制人，打我们一个措手不及！”说完绕着茶几桌转圈。

徐秘书看到毛维寿转三圈了，万分不安地说：“旅座，我远房表叔刘饮堂在黄金，不知是死是活。你快派救兵呀！”

“你不要催我！”

“我心里着急呀！”

毛维寿走到张副官面前，说：“传我命令，汤坑和潭江守军即刻赶赴隬隍增援！”

张副官摇头说：“他们去不了了。”

“反了？”

“那倒不是。方乃斌县长说，他们周围都是共军，根本无法动弹。”

“那就调河西的三营去增援！”

“是！”

张副官离开后，毛维寿回到办公室，拨通了方乃斌的电话，斥责道："方县长，党国把这么重要的岗位给你坐，而你却吃粮不管事，让'共匪'大闹黄金、留隍，是一种严重的渎职行为！我要建议省党部，撤掉你县长职务！"

"毛……毛旅长，你高抬贵手，给我一次戴罪立功的机会，亲自带县城守军去解留隍之急！"

"好吧，我可以给你一个戴罪立功的机会，希望你守住留隍这个韩江的咽喉要道，等待援军的到来。"

徐秘书站在毛维寿身后，说："旅座，你问一下方县长，我远房表叔刘饮堂从黄金撤出来了没有？"

"好。"毛维寿在电话里说，"方县长，我还想问你一件事，那个联防副主席刘饮堂怎么样了？"

"他呀，被共军打死了！"

留隍在春秋战国属百越地，古称万江，宋朝年间丰顺县城曾设在此处。相传宋帝昞南逃时，曾夜宿留隍万江庙，躲过了追兵，故取"万江古庙可留皇"之意，把"万江"改称"留皇"，后人又改为"留隍"。

这天上午，古大存和黎凤翔、郑天保带领十团智取黄金后，又马不停蹄赶到留隍，与李明光、古宜权、李斌率领的红军以及丰顺县赤卫队总指挥李春带领的赤卫队员汇合，于十时从五个方向对留隍发起进攻。

在靠近留隍码头街道的一幢大楼里，国民党驻军营长李大炮拨通了毛维寿办公室电话，声嘶力竭地呼喊："毛旅长，共军的火力非常猛，我快抵不住了！"

"抵不住也要抵！我已命令方乃斌县长带领县城驻军驰援你们，我们河西的三营也朝你们那里赶去。你一定要守住留隍，要是丢了，那就提头来见我！"

"是！"李大炮放下电话朝门外喊，"副官，你去把联防主席彭公权叫来！”

警卫员往楼下跑去，右脚刚踏出大门又缩了回来，往楼上跑，一口气冲进三楼营部办公室，结结巴巴地说：“长……长官……红……红军……封……封锁了……大门！”

李大炮踱到临街窗户旁，看见不远处很多红军在开枪射击，街道上躺着几十具国军士兵的尸体。他感到末日就要来了，骂道：“隔隍，留个鸟皇！”

警卫排长走了进来，说：“报告长官，弟兄们快守不住了，肖副官和副排长想投降共军，被我当场枪毙了。现在怎么办？”

“其他连的弟兄没赶来支援吗？”

“没有，我们撤吧！”

李大炮突地抓起茶杯，狠狠地摔在地上，无奈地说：“走，我们下地道！”

“那些弟兄呢？”

“让他们继续抵抗，我们才能脱身！”

“长官英明！”

李大炮带着警卫排长和副官、勤务兵从楼梯口下了地道，在码头边的下水道逃出，上了事先准备好的电船。他走进驾驶舱，对船老大说：“快，往潮安方向开去！”

“船坏了。”

警卫排长暴跳如雷，说：“昨天还好好的，今天怎么就坏了！你们是不是通共了？”

“不许动！举起手来！”

李春带着五位赤卫队员突然从船舱里出来，缴了李大炮四人的枪。李春马上对一位赤卫队员说：“小马，你去报告古大存总指挥，国民党驻军营长李大炮让我们抓住了。”

与此同时，隔隍守敌全部肃清。

黎凤翔对古大存说："除了黄金、瑠隍联防主席彭公权这个恶霸逃走之外，瑠隍的几个财主恶霸被抓起来了，群众要求把他们枪毙，还有多次糟蹋民女的李大炮。"

"可以，明天上午召开公审大会，把他们交由瑠隍苏维埃政府去执行。另外，把没收的财产全部分给群众，还要发动年轻人积极参加红军。"

"好，我这就去和李春他们商量此事。"

傍晚时分，方乃斌率领县城国民党驻军慢吞吞地向瑠隍走去，在半路上遇见了装扮成乞丐逃出来的彭公权。他好奇地问："彭主席，你为何这么狼狈？"

"唉，衰呀！要不是我急中生智，及时跳进臭水沟里，今天可就没命了。"

"你手下那么多人马呢？"

"死的死，散的散，投降的投降。"

"瑠隍战况如何？"

"驻军李大炮营长已被共军俘虏，瑠隍落入了共产党手中。"

方乃斌受到毛维寿训斥后，憋着一肚子怨气，正想找一个出气筒发泄一下。如今机会来了，他怒骂道："彭公权，你这个联防主席是怎么当的？我把黄金、瑠隍的联防任务交给你，你却把它送给共产党。你这个饭桶、熊包，平日只会克扣军粮、抢女人，打起仗来像缩头乌龟，真是党国的败类。我想一枪蹦了你！"

彭公权惊悚地说："方县长，请你息怒！我愿意跟你回到瑠隍收复失地，戴罪立功！"

方乃斌苦笑道："你说要戴罪立功，毛维寿也要我戴罪立功。我们俩都受制于人呀！算了，我们就在这里驻扎，等候河西三营到来了，再作下一步的打算吧！"

驻守河西的国民党三营姗姗来迟，第三天上午才与方乃斌他们汇集一处。当这些敌人来到瑠隍时，发现红军队伍于前一天撤离了，方乃斌只好命令士兵们朝天空胡乱地放了一阵枪炮，庆祝他们收复una隍成功。然后，方乃斌向方维寿发了一份捷报：“旅座，国军与共军大战两昼夜，终于大获全胜，击毙‘共匪’三百多人。”

毛维寿欣喜地对张副官说：“这是我军三个多月来取得的又一次辉煌战绩，你赶快向省党部报告，还要通令嘉奖功臣方乃斌县长！”

毛维寿接到省党部电话，心情很好，连忙把徐秘书叫进办公室，兴奋地说：“徐秘书，我要走了！”

“你要提拔吗？”

“是。”

“祝贺你！”

“你去把手头工作和张副官移交一下，明天跟我走。”

“旅座，你走了，谁来接替旅长的位子？是副旅长吗？”

“不是副旅长，是许崇智的老部下张瑞贵。他在东征时战功显赫，深受蒋总裁的赏识。”

徐秘书心里为之一振，说：“旅座，我不跟你走了。”

“你想留在这里？”

“嗯。”

毛维寿摸不着头脑地说：“徐秘书，我们之前不是说好了，我去哪就把你带到哪，现在怎么出尔反尔了？”

徐秘书心中有数地说：“旅座，我之所以做出这个决定，是因为你给我的破案任务还没有完成。我要抓住打入旅部的‘共党’分子，才能报答你对我的知遇之恩呀。”

“你想抓住‘共党’分子，到底有几成把握？”

“大话我不敢说，但初露端倪了。等我抓住了‘共党’分子，就去找你。”

“那好，你随时可以来找我！”

张瑞贵走马上任半个月后，便召开第一次军事会议。他在会上说：“在我上任之时，上峰命令我们，在未来四个月，也就是年关到来之前，‘剿灭’以古大存为首的九龙嶂红军，铲除共产党分散在粤东北的地下组织。你们都是党国的精英，有没有决心完成上峰交代的任务？”

“有！”

会议结束后，张瑞贵把张副官叫进办公室，问：“张副官，你在会上为什么一言不发？”

“我本来想说的，但考虑到有一些话不能让大家听到，所以我只好保持沉默了。”

“呵？那你现在说给我听。”

“可以。”张副官点头说，“在毛旅长掌权时，我们多次‘围剿’八乡山红军，均以损兵折将惨败，而红军毫发未伤，革命根据地反而越来越扩大。”

“这是严重问题！为什么会出现这种状况？”

“这里面有两个原因：一是各县驻军不听指挥，各打小算盘；二是我们旅内部有‘共党’间谍，暗中给红军通风报信。”

“对于‘共党’间谍一事，毛旅长在位时没有察觉吗？”

“毛旅长早有察觉，专门指派徐秘书去侦查，但至今还没有破案。”张副官无奈地说，“旅座，我建议你别急着对九龙嶂红军发动冬季‘围剿’攻势，首先要走好两步棋，同样能完成上峰交代的任务。”

“哪两步棋？”

“其一，尽快找出‘共党’间谍；其二，采用擒贼先擒王战术，照样收到‘剿灭’九龙嶂红军的效果。”

“擒贼先擒王？你的意思是先向古大存开刀？”

“对！”

张瑞贵在上任之时，上峰已向他介绍了粤东九龙嶂红军的有关情况。本来他想先‘剿灭’九龙嶂红军，然后再回过头来铲除粤东共产党组织。现在听了张副官的建议，他觉得要改变思路，才能不辜负上峰对自己的厚爱。于是，他向张副官伸出大拇指，满意地说：“张副官，你有诸葛亮的智慧！”

“旅座，你过奖了！有什么需要我做的，你尽管吩咐，我一定马首是瞻！”

“好，很好！”张瑞贵喜悦地说，“给你半个月时间，拿出一个灭古方案。”

“是！”

东江特委书记林道文在古大存、郑天保陪同下，视察九龙嶂红军医院、兵工厂和被服厂，经过一个小山包时，他们看见一群黑羊在小溪边静静地吃草，罗径手里攥着羊鞭，坐在一块石头上，对着潺潺的流水哭泣。

郑天保走到罗径面前，问：“你在哭什么？”

“我爸爸妈妈还有弟弟妹妹，十日前被长沙的国民党警卫中队杀害了！”

“这消息是哪来的？”

“昨天下午，我们罗衣村来了三个参加红军的赤卫队员，是他们告诉我的。首长，我想回去给亲人报仇！”

郑天保感到震惊，安慰道：“罗径，这个仇我们一定要报！但你不可一个人偷着回去，要依靠组织的力量。我可以向你承诺，在今年年底之前，我们一定为你的亲人报仇。”

“真的？”

“真的！你是红军战士，振作起来！”

“首长，我听你的！”

郑天保回到林道文身旁，边走边说出了罗径家里的情况。林道文深有感触地说：“这个小红军家中的遭遇，并不是个别现象。大存同志你们要尽快采取果断措施，给受害家庭一个满意的交代。”

“林书记，你放心，我们会把这事当作一项首要任务来完成！”

当晚，郑天保叫罗径找来罗衣的三位刚入伍的红军战士，向他们了解有关情况。一位红军战士说：“在上个月初三，狠心财主钟八爷被张飞队长他们杀掉之后，我们赤卫队员又在船上把下乡收租的财主侯六世杀了，过了两天又除掉了恶棍黄鼠狼。没想到，仅过了二十天时间，恼羞成怒的国民党驻长沙的警卫中队，对罗衣村进行疯狂报复，不但屠杀了罗径家中的四个亲人，还残害了几个赤卫队员和革命群众。为了躲避敌人的追捕，我们几个只好服从区委熊光书记的命令，来到九龙嶂投奔红军。”

另一个红军战士说：“我们有一个赤卫队员，参与了除掉黄鼠狼的行动。他被敌人抓去之后，不但被敌人割下了生殖器，还砍下了手脚。他妈妈看到这种惨状，心痛得一下子昏死过去。”

还有一个红军战士说：“首长，熊光书记叫我给你们传话。他说长沙守敌太狂妄了，请求十团提供帮助，歼灭这伙毫无人性的敌人！”

罗径说：“首长，你就发兵吧！”

郑天保把情况向古大存汇报后，说：“古主席，长沙圩守敌，是国民党最接近九龙嶂革命根据地的据点，又是国民党向九龙嶂和梅南‘围剿’我党武装的前哨，对我党在长沙以上直至梅城一带开展工作极为不利。我认为是拔掉这枚钉子的时候了，你的意见如何？”

“我同意拔掉这枚钉子！”

翌日早上，张飞打扮成村民，直接来到长沙圩国民党警卫中队门口，朝大门内张望。一个哨兵走过来，问：“喂，你看什么？”

“我要见你们的胡队长。”

“你有什么事？”

“我来报案。”

“你等着。”

胡队长正在吃早饭，听了哨兵的报告，连忙说：“五分钟后，把他带到我办公室来。”

“是！”

胡队长刚走进办公室，就看见哨兵把张飞带来了。他坐在太师椅上，张着三角眼问：“你要报什么案？”

“我是罗衣的村民，叫张飞。今天天刚亮，我出门去田里干活，看见那个杀死钟八爷的罗径带着三位逃走的‘赤匪’，走进一个山窝，藏在一幢烂房子里。这个时候，我忽然想起你们在村里放下的话，凡发现‘赤匪’及时报案者，国军将奖励他三块大洋。”

“你看清楚了？”

“我看清楚了，绝对不会走眼！”

“来人！”

“胡队长，是不是给我大洋了？”

“没错，马上给。”

门开处，进来两个士兵。胡队长指着张飞说：“把这个‘共匪’绑了！”

张飞被国民党士兵五花大绑了。他恼怒地说：“胡队长，我是老实巴交的农民，不是你们说的‘共匪’。你们不能冤枉好心人呀！”

“你竟敢要我，简直吃了豹子胆！”胡队长阴笑道，“去，送他坐老虎凳！”

张飞不相信这个胡队长是火眼金睛，一下子就能看出自己的真实身份。为了圆满完成此次任务，他咬紧牙关，忍受非人折磨，不向敌人屈服。他不断地喊：“我是农民，好心没好报！”

一会儿，胡队长走进刑讯室，对刽子手说：“好了，把他带到我办公室去。”

遍体鳞伤的张飞走进胡队长办公室，说：“胡队长，我是农民，把我打死算了。”

胡队长奸笑道：“你可不能死，要给我们带路去抓‘赤匪’。”

“你要我带路？那你把三块大洋给我。”

“我先给你一块，等抓到罗径他们后再给你两块。”

张飞故意说：“不行，你要给我三块，事成之后再奖赏我五块！如果你不答应，我就不给你们带路！”

胡队长从张飞言行举止中发现，这个农民不是‘共匪’，完全是冲着三块大洋来的，他提供的线索不会有假。于是，他奸笑着说：“张飞，我答应你！”说完从抽屉里拿出三块大洋递到张飞手中。

张飞掂了掂三块大洋，高兴地说：“走吧，你们跟着我。”

胡队长带着队伍跟在张飞后面，走了一个多小时山路，来到一座山脚下，张飞对胡队长说：“你看，前面山窝下有座烂房子，‘赤匪’就在那里。”

胡队长拿起望远镜，向山窝瞭望了一会儿，满意地说：“张飞，你没有报假案，是有人在那里。”

“胡队长，我不去了。”

“为什么？”

“我害怕被‘赤匪’抓去杀头。再说，我被你们打伤了，要回家治疗。”

“你家在哪？”

“你看，对面那座塌了一半的房子就是。”

胡队长点头说：“那好，你在家里待着。等我抓到了‘赤匪’，马上给你送去五块大洋。”

“那我回家等你。”张飞边说边跳下路基，踏上田间小路，向对面走去。

胡队长命令：“一小队左边上山，二小队右边上山，三小队直接往里走。十五分钟后，包抄那座房子，不准放走一个‘赤匪’！”

郑天保在山坡上看见张飞走在田间小道上，马上对黄牛说：“打黄旗！”

埋伏在山窝右手的张泰元对战士们说：“大家准备战斗！”

埋伏在山窝左手的胡新华对战士们说：“敌人来了，注意隐蔽！”

埋伏在烂房子的古九成对战士们说：“敌人到了门口，我就拉响炸药，大家再开枪射击。”

郑天保瞧见三路敌人已经进入伏击圈，即刻对黄牛说：“打蓝旗！”

古九成看到蓝旗，立即拉响了埋在门外的炸药。突然间，整个山窝枪声大作，打得三路敌人魂飞魄散，没有丝毫的还手之力。前后不到半小时，全歼了国民党长沙圩的警卫中队。

第十四章

女英雄进娣就义　天保痛失侯昭新

晚上一时左右，郑天保刚上床躺下，便听到警卫员杨豪贤在门外喊：“首长，梅南中学黎学仁校长来了。”

“你把他带到办公室去，我马上就来。”

“是！”

一会儿，郑天保走进办公室，握住黎学仁的手，问：“学仁，你这个时候找我，有什么急事吗？”

“对，十万火急！”

郑天保先倒上一杯水给黎副校长，接着向门外喊道：“小杨，你去给黎校长搞点吃的。”

黎学仁说：“多搞一点。”

郑天保坐在黎学仁对面，问：“学仁，发生什么事了？”

“我们发现叛徒老肖踪迹了！”

1928年4月，梅县发生了王之伦事件和扎田事件，使党组织遭受了严重破坏，造成杨广存、林森端、唐润元等一批共产党员遇难。党组织经过调查了解，初步确定梅县县委干部老肖是这两个事件的罪魁祸首。为了将这个叛徒绳之以法，党组织派人四处打探，均没有老肖下落的消息。

郑天保惊喜地说：“太好了！老肖在哪里？”

“在梅城马石下。”

“你是怎么发现的？”

“我们学校有一位年轻的周老师，一直追求进步，今年初被党组织发展为党员。我十分信任他，有事都会跟他说，有些工作也会叫他去做，一心培养他。今天傍晚，他来找我，一进门就向我跪下，说‘我对不起组织，犯下严重错误’。”

“什么错误？”

“让他自己跟你说。”

“他在哪？”

“在大门口，我去叫他。”

周老师进来了，胆怯地对郑天保说：“郑团长，我给组织添麻烦了，真是对不起！”

“没事，你快坐下。”

黎学仁说：“周老师，你把今天对我说的事情再说一遍。”

“好的。”周老师点头说，“我外婆住在梅城马石下大姨家里。在国安老师和德云老师被敌人抓去的前一天，我去大姨家看外婆，见到了舅舅老肖。当时，我不知道他背叛了革命，以为他还是梅县县委干部。在交谈中，我无意中把国安老师和德云老师第二天在新塘和几位赤卫队骨干开会的地点说了出来。没想到，当我第二天下午回到学校时，听到了国安老师和德云老师出事的消息。半个月后，我又去看外婆，舅舅老肖又从我嘴里套出了一声老师在罗田上村治伤的情况。谁知，敌人第二天便包围了罗田上村。这一次还没有引起我的警觉，以为两次敌人行动都是一种巧合。前天，我再去看外婆，又向舅舅老肖透露了三个进步学生勒死官塘警察所长把兄弟的信息。不曾料到，昨天下午我一回到学校，又惊闻警察抓走了这三个进步学生。此时，我才彻底醒悟过来，但已铸成了大错。我好后悔呀！”说完，他抡起巴掌，在自己脸上连续扇了十多下。

郑天保无比生气地说：“周老师，你的组织纪律性哪里去了？竟然成了敌人的帮凶！”

黎学仁说：“天保，周老师是在不知老肖底细的情况下才上了叛徒的当，你看能否给他一个将功补过的机会？”

“这个机会可以给，但要看看他的表现。”

周老师说：“郑团长，你现在派人跟我去梅城，抓住这个可耻的叛徒。”

第二天凌晨五时多，周老师带着张飞和黄牛来到梅城马石下一座围龙屋背后。张飞小心谨慎地撬开围龙屋侧门的门栓，然后三人溜了进去，悄悄地摸到正堂右边的一间门外。

周老师把耳朵贴着窗棂，听到里面响起一个男人的呼噜声。他连忙向张飞点了点头。

张飞向周老师做了一个行动的手势。

周老师立即抬起右手，轻轻地敲了三下门。

里面的呼噜声戛然停止，随着响起床板吱吱的声音。

周老师又敲了三下门。

“谁？”

“舅舅是我，你外甥周军。”

“哦，周军。你不是回学校了吗？”

“我没有回学校，走到杨桃墩碰到一位大学同学，他邀我喝酒。结果喝到晚上十点，我感到醉醺醺的，不敢回学校了，只好回到外婆房里睡下。”

“哦，是这样。那你这么早醒来干什么？”

“外婆肚子痛得厉害，他要我叫你去。”

“好，我马上就来。”

“舅舅，那我去叫大姨了。”

老肖听到外甥的脚步声远去，觉得周军不是骗人，提着的心即刻放了下去。他把握在手中的枪放回枕头下面，套上外衣，拉开门栓。

张飞眼疾手快，就在老肖拉开门栓的那一刻，使劲推了一下门，致使老肖被撞倒。当他回过神来时，看到的是两支乌溜溜的驳壳枪。

老肖惊恐地说："好汉饶命！"

张飞问："你是老肖？"

"是！"

"王之伦事件和扎田事件是不是你们策划的？"

"是！"

"你这个叛徒，我代表人民宣判你死刑！"张飞怒不可遏地说。他从腰间拔出匕首，刺进了老肖的胸膛。

梅县县委书记廖祝华去东江特委工作之前，最后一次召开梅县县委常委会议。会议结束后，他对吕进娣说："进娣同志，我给你报告一个特大消息，那个出卖你未婚夫国安同志的叛徒老肖，几天前被九龙嶂红军处死了！"

吕进娣感到由衷的高兴，说："好啊，国安的仇报了！我要回去告诉他妈，让她老人家得到安慰。"

"对，你应该把这个好消息告诉国安的妈妈。"

"那我明天就去。"

"明天你要去梅西、大坪执行最后一项任务。"

吕进娣愕然地问："廖书记，怎么是最后一次？"

"事情是这样的，几天前我见到天保同志，他听到我要到东江特委工作了，便向我提出，现在十团缺少业务骨干，要求你归队，我答应了。"

"我服从组织安排。"吕进娣干脆地说，"那我什么时候回九龙嶂？"

"这次任务完成后，你回去见国安同志的妈妈，然后直接到十团工作。"

"是！"

1932年6月，廖祝华由香港回广州执行任务，因叛徒出卖不幸被捕。敌人把他秘密杀害于广州黄花岗刑场，牺牲时年仅29岁。

第二天早上，吕进娣装扮成回娘家的小媳妇，提着花篮朝梅西方向走去。她绕过敌人一个又一个岗哨，越过一座又一座山头，到达了一个叫雷公坳的地方，感觉有点累了，便坐下来休息。屁股一落地，她脑海中就闪现出郑国安的音容笑貌，还有与郑国安相处的美好时光。在不知不觉中，悲痛的泪水爬出了她的眼睑。想到自己即将回到九龙嶂，与胡运香、朱心和侯昭新等姐妹们并肩战斗了，她的心情又舒缓开来，连忙擦干眼泪，向山下走去。没想到，她来到半山腰的转弯处时，迎面走来了一队国民党士兵，想躲避已来不及了。这可怎么办呢？她没有心慌，冷静沉着地低下头，装着若无其事的样子靠在路边，让敌人从身边走过去。然而，走在前面的敌军头目到了吕进娣面前时不走了，弯腰看着她的脸，说："老妹，你干什么去？"

吕进娣装出害羞的表情，说："回娘家。"

"你花篮里装的是什么东西？"

"花生，味酵粄。"

士兵们围了上来。一个士兵说："正好我们饿了，你就送给我们吃吧。"

"做不到！"吕进娣摇头说，"如果给你们吃了，那我妈妈就没有了。"

另一个士兵嬉笑道："老妹，送给我们吃了，你妈妈也不会埋怨的，因为我们都是她的女婿。弟兄们，你们说对不对？"

"对！"

"既然你们想做我老公，那就看谁能一口把味酵粄吞进去，谁就做我的老公。"吕进娣镇定自如地说。她把花篮放在地上，转身就走。

又一个士兵走到敌军头目面前，说："排长，这个女人我见过。她是梅南龙岗赤卫队员吕进娣，后来去九龙嶂当了红军。"

"真的？"

"我也是龙岗人，从小就认识她。"

"一班长。"敌军头目扭头喊道。

"到！"

"去，把这个女'共匪'抓起来！"

敌人把吕进娣押送到梅城国民党监狱，马上对她进行审讯。敌人问：“你叫吕进娣吗？”

“是，我叫吕进娣。”

“听说，你是九龙嶂的红军，今天去梅西干什么？”

“回娘家。”

“我看你不是回娘家，是给梅西的‘共匪’送情报吧？”

“不是！”

“你若是不说出来，那就要受皮肉之苦了。”

“狗东西，你们休想从我嘴里得到半点东西！”

敌人连续三天三夜对吕进娣进行刑讯逼供，始终没有得到有价值的线索。第四天午时三刻，年仅二十岁的共产党员吕进娣，被敌人绑在梅城东较场的一棵树上。敌人恶狠狠地说：“吕进娣，我再给你一分钟时间考虑，只要说出一件对我们有用的事情，保证你明天还能看到太阳升起。”

“我虽然看不到明天升起的太阳了，但我的兄弟姐妹们能看到，我的亲人能看到。共产党万岁！中华苏维埃万岁！”

为了实现共产主义理想，梅南“一枝花”吕进娣化作了芳香的泥土，弥漫在华夏大地上。

为了加强党对广东工农红军东路第十团的领导，省委决定调大埔的黄炎到丰顺县委工作，兼广东工农红军东路第十团临时负责人。一天，黄炎在九龙嶂十团主持会议。他在会上说：“国民党反动派日益嚣张，肆无忌惮地向革命根据地进行‘围剿’。新上任的国民党驻军旅长张瑞贵扬言，要在冬季‘围剿’九龙嶂革命根据地。如此看来，我们九龙嶂形势非常严峻。为了保存九龙嶂武装力量，我建议解散十团，长枪由农民分散隐藏，只留下一支短枪队伍与敌人周旋，其他同志离开九龙嶂，分散到周边地区开展地下工作。”

张泰元说：“我不同意！”

古九成说：“我也不同意！”

郑天保说：“我更不同意！”

黄炎问：“天保同志，他们不同意可以理解，可你为何也和我唱对台戏？”

“我是十团团长，如今一声同志离开了九龙嶂，我就像一个家庭的长辈，既当爸又当妈，不想让孩子们分出去生活。我要对他们的安全负责！这半年多来，我们在大存同志领导下，一次次粉碎了敌人对八乡山的‘围剿’，又取得了畲坑暴动和丰顺暴动的胜利。大家不妨想一想，如果武装力量分散了，没有拧成一股绳，我们九龙嶂革命根据地还能发展壮大吗？”

“天保同志，你这是单纯的军事投机，军阀主义！”

郑天保生气地说：“黄炎同志，你怎么可以给我乱扣帽子？我认为，在中国革命处于低潮时期，如果不重视军事武装力量，那么对于我们为之奋斗的共产主义事业还能看到希望吗？”

“我们解散十团，也是为了保存革命的武装力量。等待机会来了，我们再集中起来，继续和国民党反动派对抗。天保同志，难道我的决定有错吗？”

“黄炎同志，你这个决定是对是错，我不发表评论。但我想说，我们九龙嶂要向井冈山等革命根据地学习，借鉴他们的经验和做法，开创粤东地区武装割据的新局面。我主张在获悉敌人来临的信息之后，我们十团主动转移到八乡山与七团汇合。但是现在，我们不能乱了阵脚，要稳定军心，帮助老百姓做好冬季防寒保暖工作，过一个安乐祥和的春节。”

负责十团妇女工作的侯昭新说：“八乡山革命根据地和九龙嶂革命根据地，同属于七县联委会主席古大存同志领导。东江特委在八乡山，我建议黄炎同志去请示一下特委书记林道文同志，并且征求一下古大存主席的意见，再来决定我们十团集中与分散的事情。”她是郑天保的未婚妻，在一些问题上，她有独到的眼光和智慧，深受十团战士们的尊敬。

黄炎说：“好吧，我明天就去请示东江特委。但我希望大家做好思想准备，只要上级一旦同意我的决定，我们马上分散撤离九龙嶂。”

东江特委书记林道文听了黄炎的汇报，马上找古大存和颜汉章商量研究十团面临的问题。

古大存说："七县联委会成立时已经确定，创建以九龙嶂为中心的革命根据地。十团不是独立体，其大行动须经由七县联委会同意。所以，我认为天保同志的想法是对的，不支持黄炎同志将部队分散隐蔽的决定。"

颜汉章说："在蒋介石发动四一二反革命政变以后，为了保存革命力量，遵照党中央的决定，把武装分散隐蔽起来。现在，九龙嶂革命根据地如火如荼发展，红军队伍在不断扩大，我们不应该再过东躲西藏的日子了。为此，我赞成大存同志的意见。"

林道文点头说："好，那我就把这个意见转达给黄炎同志。另外，大存同志的工作量大，我提议调天保同志到东江特委工作，协助大存同志处理军委的日常事务。你们的意见如何？"

"我同意！"

古大存说："我也同意！但问题出来了，谁去接任十团团长？"

林道文说："我提议团长一职，暂时由副团长张泰元同志代理。你们有没有不同意见？"

"没有！"

"那好，这事就定下了。"

在郑天保离开九龙嶂的前一天晚上，他把未婚妻侯昭新叫进自己房间，深情地说："昭新，我在东江特委稳定下来后，马上就向组织提出申请和你结婚，把你调到我身边来工作。"

侯昭新张着含情脉脉的眼睛，望着心爱的人，说："天保，我希望这一天能早点到来！"

郑天保突然抱住侯昭新，在她桃红的脸蛋上吻了一下，疼爱地说："昭新，在我离开之后，你要注意安全，不要让我为你担心。"

"天保，我会注意安全。你到了新的岗位，不要像以前一样熬夜了，每天要早点休息，知道吗？”

“你放心，我会爱惜身体。”

没想到，意外发生了。他们这一次见面，竟成了永诀。

那是一天早饭后，侯昭新和廖经天等几位同志分头出发到各乡去开展工作。在一个三岔路口，大家分开走了。

侯昭新平常喜欢穿男装，每次出门都装扮成男青年，今天也一样的着装。她和一个当地有觉悟的黄大哥到一个小山村去。她问：“黄大哥，你为什么要帮助红军做事？”

黄大哥憨厚一笑，说：“你们红军到来之前，我们累死累活，连饭也吃不饱，还要受人家欺负。现在可好了，你们为我家修了房子，还给我家分了一只母羊，一日三餐的温饱解决了。这些都是红军来了的变化，我不能忘本呀！”

“黄大哥，村长对我说，你想加入共产党，要为村里做点事情，好啊！”

“侯队长，你觉得我够条件吗？”

“你够条件，我愿意做你的入党介绍人。下午回去后，我帮你写一份入党申请书。”

“多谢侯队长！”

当侯昭新和黄大哥一前一后经过马图路边一间小食店时，从竹棚里走出几个流氓，拦住了侯昭新的去路。其中一个流氓说：“喂，我大哥说，你不像男人，是个假小子。对吗？”

侯昭新推开这个流氓的手，从侧旁走了过去。这个流氓又伸手搭在侯昭新肩头上，不让她走。黄大哥见状，从后面冲了上去，掰开这个流氓的手，把侯昭新挡在自己身后，呵斥道：“她是一个过路人，你们不能刁难人家！”

“你多管闲事，让开！”

其他流氓蜂拥而上，控制了黄大哥，令他动弹不得。但他大声地喊：“老妹，快跑！”

侯昭新还没跑上几步，就让流氓抓住了。被拖回竹棚后，流氓掀去她头上戴着的帽子，脱去她的外套，一副活脱脱的女儿身便展现出来。

“哇，美人！”

黄大哥被绑在一棵大树上，嘴巴让抹桌布塞住了，只能眼睁睁地望着流氓调戏侯昭新。

正在此时，一支丰顺县国民党巡逻队打这里经过，巡逻队长呵斥道：“住手！你们为什么欺负一个姑娘？”

一个流氓狡辩道：“我们没有欺负她，是她欺骗我们。”

“这到底是怎么回事？”

“长官，这个人女扮男妆，我们怀疑她是从家里私奔出来的，你问问她就知道了。”

巡逻队长蹲在侯昭新面前，仔细端详了一下，问：“你是不是私奔的？”

“是！”

“我看不是，你倒像是共产党！”巡逻队长把手一挥，“弟兄们，你们把她绑了，带回去审问。”

侯昭新被敌人押着经过黄大哥面前时，说：“这位大哥，我连累你了，对不起！”

“老妹，他们要把你带到哪里去？”

“我也不知道。”

巡逻队长对流氓说：“你们把那个人放了，叫他回家去。”

黄大哥获得了自由，马上掉头往回走。当离开敌人的视线后，他拔腿朝廖经天他们下乡的村子跑去，不久便追上了廖经天他们。他上气不接下气地说：“廖同志，侯队长被敌人抓走了！”

廖经天听了侯昭新出事的经过，心情沉重地说：“郑团长一离开，他未婚妻就发生不测，这对郑团长打击多大呀！”

“廖同志，现在怎么办？”

“我们返回九龙嶂！”

黄炎听到侯昭新被捕的消息，马上动用地下党安插在国民党丰顺县党部的同志，想办法说服方乃斌县长释放侯昭新。可方乃斌不买账，说：“这个侯昭新是九龙嶂‘共党匪首’郑天保的未婚妻，而郑天保曾经让我们吃了多次败仗。他们想重金保释这个共产党，那是不可能的！”

“方县长，你能否再考虑一下？”

“没什么好考虑的，不能放！”

第二天，侯昭新便被敌人杀害了。

郑天保望着刚写好的结婚申请书，想起心爱的人却被国民党杀害了，感到肝肠寸断，止不住伤心的泪水。他坚强地提起笔，在日记中写道：“昭新远去，痛彻心扉！伊人之志，吾当作为！”

东江特委书记林道文连忙过来安抚郑天保，关爱地说：“天保同志，请你节哀！昭新同志的血是不会白流的。”

郑天保急忙收敛悲伤的情绪，擦干眼泪说：“多谢林书记关心！”

“刚才，我接到上级指示，省委决定派你去新加坡特委工作，过三天就走，你现在跟我开会去吧。”

郑天保此次离开后，奔波于海内外，为党和国家贡献了毕生精力。

在会上，林道文说：“同志们，我们开个短会。刚才我接到上级的重要指示，现在向大家传达一下。朱德、毛泽东领导的中国工农红军第四军撤离井冈山时，中共中央四月一日给他们致信，提出‘摆在你们面前的出路有三条：一是仍向赣南发展，二是向闽南发展，三是向东江发展。这三条路究竟向哪一方面发展，实际情况如何，还应由你们决定’。省委要求我们，要积极做好迎接红四军挺进东江的各项准备工作。”

古大存说：“两年多来，东江军民饱受国民党反动派的摧残，经受了严峻的考验。红四军一旦入粤，他们一定会爆发出空前的热情配合红四军。我们东江特委也将动员一切人力、物力、军力支援红四军，同红四军并肩作战，共同开辟东江革命根据地，争取早日和赣南、闽西中央根据地连成一片。”

颜汉章说：“红四军兵多将广，朱军长又曾率领南昌起义军在大埔三河坝作过战，对当地人情地形比较熟悉。红四军此次若来我们东江发展，定能稳操胜券！”

从梅县县委调进的东江特委委员杨雪如说：“目前，我们一定要做好朱毛红军来东江的准备，思想上不能有丝毫的懈怠。”

古大存说：“对，我们一定要全力以赴！”

第十五章

徐秘书除张副官　攻打洋头炮子圩

在华城张瑞贵旅长办公室，徐秘书向张瑞贵汇报工作。听完后，张瑞贵疑惑地问：“徐秘书，你会不会搞错对象？”

“旅座，我不会搞错对象。这几件事情确实是张副官干的，足以证明他就是‘共党’间谍嫌疑人。你如果不相信，可问警卫连宋连长。宋连长知道这些情况，我去把他叫来。”

“好，你把他叫来。”

此时，有人敲门。

“进来！”张瑞贵说。

张副官推门进来了，说：“旅座，我有紧急情况向你汇报。”

“说。”

“梅林区优河村的线人三爷派人送来情报，古大存的母亲陈四妹昨晚回家去了。”

张瑞贵高兴地说：“好哇，这个老太婆终于出现了。今天我们把她抓到，就不愁抓不到古大存！”

“旅座，你把这个任务交给我。”

张瑞贵突然想起徐秘书的反映，心里不免对张副官筑起防线。他说：“张副官，你到外面候着，把门带上。”

张副官不悦地出去了。

徐秘书问："旅座，听你的口气，这一切好像都在你的计划之中，是吗？"

张瑞贵笑着说："对，这是擒贼先擒王的两个行动方案之一。现在施行第一个，没想到就要见成效了。"

"这个行动方案，张副官知道吗？"

"知道，还是他协助作战室陈参谋制订的。你说他是'共党'间谍嫌疑人，这有可能吗？"

徐秘书心里不高兴，埋怨道："旅座，我什么地方得罪你了？竟然把我当作局外之人！"

"我没有把你当作局外之人。"

"那你早该告诉我一声，或许我还能帮上你的大忙。"

"徐秘书，你是毛维寿旅长身边的红人。我之前没有对你说，只是考虑到你手中有重要工作要做，暂时不想让你分心而已。"

"那旅座，这次去抓捕古大存的母亲，你想派谁去执行？"

"当然是张副官了。"

"旅座，我也去！"

"你不要去了。"

"不！"徐秘书坚决地说，"旅座，你要是叫别人去，我可以不参加。但问题是，你让'共党'间谍嫌疑人去，我必须去监督他，避免出现万一的情况。"

张瑞贵想了想，说："徐秘书，你的担忧也有道理，那你就去吧。"

张副官和徐秘书带着警卫连赶到梅林区优河村口，看到乡绅三爷早已等候在这里了。张副官问："三爷，你怎么不在村里盯着，跑到这里来干什么？"

"向你要奖赏呀！"

"古大存的母亲还没抓住，怎么要奖赏了？"

“我已经把她抓住了。”

“是真的吗？”

“当然是真的！”

“她人呢？”

“你先把奖赏给我。”

“好吧！”

三爷从张副官手中接过一袋银圆，高兴地说：“张副官，走吧。”

张副官对宋连长说：“你带两个弟兄，跟我和徐秘书去，其他弟兄在这里等待。”

张副官他们五人跟着三爷走到一座山脚下，踏进一幢农家屋大门。张副官停了下来，疑惑地问：“三爷，这屋是谁的？”

“是我妹夫的。我把古大存的母亲关押在这里，主要从安全角度考虑。”

张副官满意地说：“三爷，你做得对！等到哪天抓到了古大存，我们再给你一笔奖赏！”

三爷引导他们走到上厅的一间房子门口，开了铁锁，说：“张副官，古大存的母亲就在里面。”

张副官推开门，踏入房间，只见里面空荡荡的，什么东西也没有，感到有点奇怪，开口道：“三爷，房里没人呀！”

随后进来的宋连长，拔出驳壳枪，顶住张副官的脊梁，说：“人在这里呢！”

徐秘书走到张副官面前，缴了他腰间佩带的手枪。她威严地说：“张副官，你的死期到了！”

张副官惊恐地望着徐秘书，颤抖着说：“你们……原来是……藏在旅部的共产党。”

“对，我们是共产党！”

张副官脚一软，跪在地上，求饶道：“徐秘书，求你放我一马，以后我不再干伤天害理的事了。”

“你恶贯满盈，指使地痞流氓残杀了多少共产党员和革命群众，今天死有余辜。宋连长，你把他毙了！”

宋连长举起驳壳枪，对着张副官的心脏开了两枪。

张瑞贵看到抬回来的张副官尸体，大吃一惊，禁不住对徐秘书说：“徐秘书，这是怎么啦？”

“张副官放走了古大存的母亲，没想到被我发现了。当他企图逃走时，让宋连长开枪打死了。”

“这个张副官，还真是共产党间谍。徐秘书，你为党国立功了，我会请示上峰嘉奖你。”

“多谢旅座！”

作战室陈参谋不相信张副官是‘共党’间谍，主动去到张瑞贵办公室，说：“旅座，我觉得张副官不是共产党，死得有点蹊跷，一定是有人嫁祸于他。”

“你的意思是藏在旅部的‘共党’间谍另有他人？”

“是的！”陈参谋肯定地说，“张副官是我黄埔军校的同学，与我同时加入国民党。两年多来，他一心扑在党国事业上，多次为毛维寿旅长建言献策，破获了几个共产党地下组织。”

“那谁才是‘共党’间谍？”

“我认为，徐秘书是最大的嫌疑人，还有警卫连的宋连长。”

“你有确凿证据吗？”

“没有。”

“你跟我说了那么多，简直是放屁！”张瑞贵生气地说，“好了，以后像这种捕风捉影的事情，你不要在我面前说了！”

“是！”陈参谋勉强点头说，“请问旅座，现在我们是不是实施第二个行动方案？”

“是的，现在轮到你粉墨登场了。你有信心演好这出戏吗？”

“有！”

晨光熹微。

中国劳动童子团团员曾忠头戴红军帽，腰束红布条，手提红缨枪，从房间出来走进厨房，对洗碗筷的祖母曾婆说：“奶奶，你看我威武吗？”

曾婆抬起头，仔细打量了一下孙儿，说：“你这顶帽子是谁送的？”

“是古大存伯伯送的。”曾忠无比自豪地说，“昨天傍晚，我去东江特委给他送信。当我转身离开时，他急忙把我叫住，吩咐警卫员曾桂哥哥拿饭和猪肉给我吃。吃完饭，他又送给我这顶红军帽。”

曾婆不忘提醒道：“阿忠，古伯伯对你这么好，你在放哨站岗时可不能分心啊！”

“奶奶，你放心吧。我走了。”

“去吧！”

曾忠走出大门，对等候在门口的另一位童子团团长古鼓贤说：“团长，让你久等了。”

“没事，我也是刚到一会儿。”

他俩来到鱼肚岭，分别爬上一棵高大的松树上。两人相隔一百多米远，谁也看不到对方，分别监视着不同的方向。忽然，曾忠瞟见从揭西方向走来三个人。他连忙模仿斑鸠的叫声，发出了信号：“咕咕，咕咕，咕咕。”

古鼓贤马上回应：“咕咕，咕咕，咕咕。”

曾忠从松树上溜下来，站在路中间，右手持着红缨枪，注视着小道上走来的三个人。那神情，俨然像一位勇士。

那三个人穿着朴素，头系灰布条，像地地道道的农民。一会儿，他们走到曾忠面前。曾忠握紧红缨枪，威严地说：“站住，你们是干什么的？”

他们停下了脚步。走在前面的高个子说：“小同志，我们是从揭西来的，想找东江特委古大存书记。”

“你们有路条吗？”

“有。”

曾忠接过路条看了，还给高个子，微笑着说："同志，原来你是揭西县委卢笃茂书记的秘书。"说完，他朝古鼓贤的方向挥了三下手。

高个子警觉地问："小同志，你干什么？"

"叫我们古团长过来。"

高个子心里为之一颤，吃惊地问："小同志，你说的古团长，是古大存书记吗？"

曾忠看见高个子和他同伴脸部的反应，心里不免产生了问号。他不露声色地说："同志，一会儿你们就知道了。"

高个子似乎感觉到自己有点失态，连忙呼出一口气，看似平静地说："好哇！在这里见到古大存书记，那我们就不用进村了。"

古鼓贤大踏步朝这里走来。

曾忠说："同志，他就是我们中国劳动童子团的古团长。"

"呵，不是古大存书记。"高个子松了一口气。他哭笑不得地说："看起来，我们还是要进村了。"

古鼓贤走到曾忠身边，问："阿忠，他们是从哪里来的？"

曾忠指着高个子说："他是揭西县委卢笃茂书记的秘书，那两位是县赤卫队员。他们想找古大存伯伯，你带他们去吧。"

"你检查他们的路条了吗？"

"检查了，不会有假。"

高个子催促道："古团长，我们有紧急情报送给古大存书记，你带路吧。"

古鼓贤不慌不忙地说："同志，在进村之前，你们要把枪支交出来，我才能带你们进村。"

曾忠说："对，这是东江特委的规定，难道你不了解吗？"

高个子说："我是卢笃茂书记的新任秘书，确实不了解。既然东江特委有这个规定，我怎么能不执行呢？"说完，取下他腰间别着的手枪，交到古鼓贤手中。

古鼓贤对两个赤卫队员说："喂，你们也把枪交出来吧。"

"我们没带枪。"

高个子说："对，他们没带枪，但却有一身好功夫。如果和敌人搏斗，他们能以一当十。"

古鼓贤说："厉害！"

当古鼓贤领着他们走出三十多米远时，曾忠大声喊道："团长，我有一件事忘了告诉你。"

古鼓贤停下脚步，对他们说："同志，你们稍等，我回去一下。"

高个子看到古鼓贤离开了，急忙摸了内衣中藏着的另一把手枪。这个人就是张瑞贵的作战室陈参谋，那两个是揭西有名的杀手。他对杀手说："我再重申一次，一会儿见到了古大存，你们马上开枪打死他，回去加倍给你们奖赏，明白吗？"

"明白！"

古鼓贤回到曾忠面前，问："什么事？"

"我转了一下脑筋，觉得他们的言行举止不大正常，心里怀疑他们是敌人的奸细。"

"曾忠，你这么一提醒，倒让我记起一件事情。在上次丰顺暴动时，我们抓到几个俘虏，其中一个眉头上有一颗痣，后来全部放了。想不到，这个人就在他们当中。很显然，这三个人是坏蛋！"

"团长，现在怎么办？"

"将计就计！"

曾忠听了古鼓贤的计谋，高兴地说："团长，你真聪明，不愧为古伯伯的侄儿！"

古鼓贤返回他们身边，把手枪递给高个子，说："同志，还给你。"

高个子接过手枪，放回枪套中。他禁不住问："古团长，你把手枪还给我，难道不会违反规定吗？"

"刚才，我俩商量了一下，觉得你们是自家人，可以适当变通一下规定。

所以，我们就作了主，把手枪还给你。”

高个子赞许地说：“古团长，你这个小同志我喜欢。稍后见了古大存书记，我会在他面前替你美言几句，让他好好表扬你。”

“那我会高兴得睡不着觉哩！”

在正常情况下，从鱼肚背去到小溪东江特委要半小时，但古鼓贤领着三个奸细绕道多走了二十分钟。看到东江特委的牌子，高个子兴奋地问：“古团长，古大存书记就在这里办公吗？”

“是的。”

曾桂和古大存的六哥古柳春（古大同）医生从屋里走了出来。曾桂问：“鼓贤同志，他们想找什么人？”

“报告曾队长，他们从揭西县来，想找古大存书记。”

高个子说：“对，我是卢笃茂书记的秘书。今天受他的委托，专门给古大存书记送紧急情报。”

“请进！”

高个子迅速向同伙使了一个眼神，还下意识地摸了一下腰间的手枪，然后跟着曾桂走进大门。

古鼓贤走近古柳春，问：“六叔，曾忠回来了吗？”

古柳春把手搭在古鼓贤的肩膀上，说：“他早就回来了，你李斌叔叔在屋里布下了天罗地网。”

一会儿，曾忠从屋里跑出来，高兴地说：“团长，三个奸细抓住了！”

古鼓贤抓住曾忠的手，说：“走，带你去我七叔家吃饭。”走了几步，古鼓贤又回过头说：“六叔，你也去。”

“我要回医院做事，你们去吧。”

张瑞贵听到作战室陈参谋又被红军枪毙的消息，觉得擒贼先擒王的行动方案失败了，便决定第三次“围剿”八乡山。

古大存闻此消息，马上召开军事会议。在会上，颜汉章、古宜权、李明光、李斌和张泰元等纷纷发表意见。他们均主张东江特委撤出八乡山，暂时搬到丰顺留隍黄礤去。红军主力也跳出九龙嶂地区，避开敌人的锋芒。

在此之前，林道文已调省委工作。

古大存采纳了大家的意见。在会议结束前，他说："这是一次战略转移，并不是退却。我希望大家妥善安置好当地群众，不要让他们造成损失。另外，大家可以借此机会，在红军中开展纪律教育活动。"

颜汉章说："我也要强调一点，冬天来了，请同志们多想点办法，尽量给战士们添些过冬的寒衣。"

几天后，古大存带领七团主力来到五华隔壁的紫金县炮子乡，一个叫洋礤的小山村。古大存对古宜权说："宜权，你抓紧叫人去联络一下当地党组织。"

此时，紫金县苏维埃主席钟一强，赤卫队总指挥缪冠儒率领赤卫队退守在鹰隆山坚持斗争。忽然听到古大存带着红军来了，钟一强顾不上腿上有伤，马上和缪冠儒、温冠雄等赤卫队领导赶到洋礤，见到了东江特委军事部长古大存。他兴奋地说："古部长，我们早就盼望你们来了！"

"你们炮子地区的革命形势怎么样？"

"我们炮子地区，各乡组织的反动民团配合国民党军大肆摧残我革命根据地，天天搜山、抢劫，先后捉去红军、赤卫队员和人民群众两百多人，老人被杀，小孩被卖，妇女被轮奸后枪杀或被卖，有的被打成了废人。群众对敌人恨之入骨，盼望红军早日为他们报仇雪恨。"

"钟主席，我们是不会袖手旁观的。你们现在派出侦察员去了解一下敌情，我们再计划下一步的打算。"

傍晚，侦察员回来报告："今天，炮子乡团总钟云先带领白军和民团搜索风隆山，捉去了四个赤卫队员家属，还抢了老百姓不少东西，现正在民团住地钟家祠饮酒作乐。"

钟家祠没有廊间，上下正间皆有外窗，里面也有相对的内窗，红军完全可以在屋外控制屋内。

古大存觉得这是天赐良机，决定派出一支突击队星夜奔袭，歼灭这伙为非作歹的反动武装。

晚上十一时，月光如水。

在缪冠儒和古宜权带领下，一百多名突出队员对钟家祠形成了包围，只等在屋背指挥的古大存和钟一强下达进攻命令。

在屋内大厅里，钟云先端起酒碗，醉醺醺地说："弟兄们，大哥我喝了这碗酒，就要和今天抢来的新娘子进洞房了。你们继续喝好吃好，明天跟着国军去'围剿'鹰隆山。"

一个团丁说："大哥，你快去风流快活吧！"

古大存看到消灭这支反动民团的时机到了，马上对身边的钟一强说："钟主席，你来下达进攻命令吧。"

"好！"钟一强举起手枪，向天空发射了三颗信号弹。霎时，整个山村如同白昼。

这支半醉半醒的反动民团，突然遭到红军的猛烈袭击，像热锅上的蚂蚁乱作一团。钟云先躲在楼梯口，举起驳壳枪，冲着慌张的团丁吼道："弟兄们，你们给我顶住！"

团丁们心里想的是逃命，哪里还有还击之力。他们看不到红军，只好胡乱开枪。两个团丁冲出大门，马上就被子弹击中，一命呜呼。十多个团丁就地卧倒，负隅顽抗。钟云先带着九个团丁上了屋顶，企图跳楼逃跑。半小时后，这支反动民团全军覆灭，四个被他们抓去的赤卫队员家属也解救出来了。

那个险遭钟云先蹂躏的妇女见到古大存，突地跪下去，泪流满面地说："古团长，感谢你们救了我们一家人！"

古大存扶起这个妇女，说："老妹，你要感谢的是共产党，是红军！"

这个妇女拉过十五岁的儿子小志，说："古团长，我老公是赤卫队员，年初被坏鬼钟云先杀害了。今天你们为他报了仇，也为我们解了恨。我想送儿子参加赤卫队，像他爸爸一样参加革命。"

古大存抚摸着小志的头，问：“小鬼，你愿意参加红军吗？”

小志点头说：“我愿意！”

古大存对钟一强说：“钟主席，我看这小志机灵，你收他当警卫员吧。”

“好，我收下。”

这个妇女对儿子说：“小志，快谢谢古团长、钟主席！”

“谢谢古团长，钟主席！”

根据掌握的线索，古大存决定一鼓作气，带领突击队连夜赶到鹰隆山，第二天打了国民党军一个伏击，大获全胜。他刚回到洋礤时，看到侄儿古树贤从梅林优河老家来了，禁不住问：“树贤，你怎么来到这里？”

古树贤哭着说：“昨天中午，突然来了很多国民党军，包围了我们优河村，将永钵叔几个亲人和十多个赤卫队员、群众抓去杀害了，而且把我们的房屋焚毁了，财产也被抢劫一空。我逃出之后，寻到八乡山，看到四处是国民党兵，一座座民房被烧。后来，我碰见一位赤卫队员，他说七叔你到这里来了。”

突然痛失几位亲人，古大存感到万分难过。他举起拳头，猛烈地砸向桌板，说：“血债要用血来还！”

“七叔，我不回老家了，想留下来，参加红军，为八叔他们报仇雪恨！”

“好，七叔答应你！”

在洋礤一个多月时间里，古大存协助钟一强、缪冠儒、温冠雄打了几次胜仗，震慑了紫金县的国民党反动派，赢得了当地人民群众的支持，使炮子根据地从低谷中走了出来。

就在古大存带领七团主力准备返回八乡山时，钟一强等苏维埃领导又来洋礤找到古大存。钟一强说：“古团长，我们还有一事相求。”

“钟主席，什么事？”

“在我们紫金县与你们五华县交界的地方，有一个洋头乡。这里的反动民团团董邓河甫与炮子乡民团团董钟云先一样，经常鱼肉乡里，对抗革命，杀害了我们几位同志，民愤极大。你们能否多停留几天，替我们消灭这股反动势力？”

古大存沉默不语，站起来在房间里走动。一会儿，他走到钟一强面前，说：“好，消灭这股反动势力！”

几天后，古大存带领紫金龙炮区联队、惠阳县黄伯梅率领的高潭区联队，惠阳县黄谭锡率领的青年游击队，五华县八区联队三百多人，连夜奔赴洋头乡辣麻坑。在进步群众钟帝新家里，古大存召集钟一强、缪冠儒、黄伯梅、黄谭锡、温冠雄、古宜权、李斌开会，听取侦察员温国初的敌情汇报。一番讨论之后，古大存部署了作战任务。然后，他问：“温冠雄同志，你率领突击队在正面进攻，有问题吗？”

“没有！”

古大存又问：“黄伯梅、黄谭锡两位同志，你们分别率队从左右两侧进攻，有问题吗？”

“没有！”

缪冠儒问：“古团长，我的任务呢？”

“冠儒同志，你不要急嘛。”古大存微笑着说，“当战斗取得胜利后，我们要在洋头圩召开工农群众大会，一是宣传党的政策，二是动员进步青年参加赤卫队。由你负责这次大会的各项准备工作，有问题吗？”

“没问题！”

古大存说：“李斌，你通知剑珍同志去协助冠儒同志。在明天开会时，叫他唱几首山歌，一方面搞好群众宣传，一方面鼓舞士气。”

“好，我会跟她说。”

第二天凌晨，洋头圩一片寂静。

温冠雄和黄伯梅、黄谭锡分别率领战士们进入了阵地，对邓河甫这伙反动民团落脚的近似炮台的房屋形成了包围圈。

天亮时，温国初和一位突击队员装扮成当地老百姓挑着蔬菜，走近敌营门口。温国初叩了三下大门，说：“兄弟，老二给你们送菜来了。”

里面没有反应。

温国初心里想：难道送菜的老二骗我？他又叩了三下门，说：“兄弟，老二给你们送菜来了。”

“老二，你今天为什么这么早？”里面有人回话了。

温国初镇静地说：“今天是洋头圩日，我便提早来了。”

“老二，你的声音怎么变了？”

“昨天晚上去河里捕鱼，回来感冒了。”

“邓团总昨天说，你上次送的鱼太小了，鱼腥味都没有，如果再送小鱼就不要了。”

“今天送的都是大鱼，每条两斤多。”

“那好，你等着。”

温国初朝身后招了招手，然后拔出了驳壳枪。温冠雄带着十多名突击队员迅速跑了过来，贴着大门侧的墙体站着。

“吱”的一声，大门开了。一位背着长枪的团丁从里面走了出来，弯腰往竹箩里面瞧。

一位高大的突击队员上前一步，从后面用双手卡住了团丁的脖子。温冠雄一挥手，带头冲进大门。

没想到，大门内还有一位团丁。他目睹眼前发生的一幕，惊恐万分，边往屋里跑边喊：“‘共匪’来了！‘共匪’来了！”

温冠雄眼疾手快，一枪结果了这个团丁的性命。眨眼间，与屋相连的炮台顶上，一架机关枪向突击队员猛烈扫射。埋伏在炮台两侧的赤卫队员，向炮台顶上投去一颗颗手榴弹，并一齐朝炮台开枪，基本上压制了敌人的火力。突击队员占据了有利地形，面对从屋里不断冲出来的敌人，毫不手软，一下子撂倒了七八个。接着，突击队员往屋里掷去一颗手榴弹，然后迅速地冲了进去，见敌人就打。躲在后院的民团团董邓河甫，看见大事不妙，连忙带着十多个团丁从屋后逃走了。

整个战斗进行了将近一小时，打死打伤敌人二十多个，我们也牺牲了两个战士，还有三个赤卫队员受伤。

古大存接报后，马上率领部队进入洋头圩，步入布置好的简易会场。见到张剑珍，古大存微笑着问："剑珍，你准备唱什么歌？"

"《阿哥阿妹当红军》。"

"一首不够，还有吗？"

"有，《拿起扁担打豪绅》。"

"很好！"

大会开始了。紫金县苏维埃宣传队长巫士怀走上台，面对台下几百个群众，深入浅出地阐述共产党领导下的部队一心解救劳苦大众，专打国民党反动派和土豪劣绅。同时，他还号召工农大众踊跃报名参加红军，积极支持共产党的革命事业。

接着，张剑珍英姿飒爽地走上台，心情愉悦地说："下面，我给大家唱一首五华山歌。"

一阵掌声过后，张剑珍亮开嗓子，唱道：

阿哥阿妹当红军，两人革命打敌军；
郎拿驳壳打恶霸，妹拿左轮打豪绅；
大家同志心莫慌，你有驳壳偃有枪；
一同冲锋打过去，破敌营盘缴敌枪。

"好！"

"唱得好！"

"再来一首！"

台下掌声欢呼声停下来后，张剑珍又说："好吧，那我再唱一首。如果唱得不好，请大家多多包涵。"

"唱吧！"一个男孩子尖叫道，"你唱完了，我就报名参加红军！"

张剑珍往前走了一步，唱道：

穷人辛苦好伤心，豪绅不做一身新；
他们每天鱼和肉，三筒大米酒半斤；
穷人每天菜汤清，做生做死米半斤；
穷人团结跟党走，拿起枪来打豪绅；
早日打败国民党，劳苦大众就翻身。

大会结束后，不少青年涌向报名点，排队报名参加红军。看到这个喜人场面，古大存高兴地对钟一强说："紫金人民的革命热情多高涨啊！"

钟一强却闷闷不乐。他说："古团长，我真舍不得你们走哇！"

"我也不想离开你们，但东江特委几天前已通知我回去开会。你们有什么需要帮忙的，可以随时派人来联系，我责无旁贷支持你们！"

"那我先谢谢你们了！"

第十六章

十六少年当英雄　马图办军事学校

古大存接到丰顺县赤卫队员李坚真送来的情报：国民党张瑞贵旅一个营三百多人，在当地反动民团五百多人的配合下，进攻九龙嶂附近的叶田、马图等村庄，妄图消灭驻扎在马图的丰顺县三百多位赤卫队员。在这些赤卫队员中，有十六位刚由其他地方调来集训的中国童子团团员。

古大存感到情势紧急，连忙带李坚真去到一间会议室，说："坚真同志，你在这里休息一下，我叫人给你煮点吃的东西。吃完后，你领一支队伍赶回去救援。"

此时，马图被国民党部队和反动民团围住。民团头子孔爷站在一个山嘴上，手持广播筒，大声地说："'共匪'们听着，我这是第三次向你们喊话。国军营长叫我转告你们，要想活着，就马上放下武器，乖乖地向国军投降。"

国民党营长说："老孔，你再补两句，最后给'共匪'十分钟考虑。否则，把他们全部消灭！"

"好。"孔爷点头说。然后，他马上又广播道："国军营长又说了，最后给你们十分钟考虑。否则，把你们全部送去见阎王！"

在赤卫队指挥部，总指挥李春对四个小队长说："同志们，敌人已下了最后通牒，我们要做好视死如归的准备。"

“请总指挥放心！”

“那好，你们回到各自的战斗岗位，带领战士们奋勇抗敌！”

四个小队长离开后，童子团团长张清泉提着红缨枪从大门外跑进来，站在李春面前不说话。

李春望着张清泉那张稚气十足的小白脸，问：“清泉，那些团员都安排到老乡家去了吗？”

张清泉憋着嘴说：“他们都去了，但又拿着斧头、菜刀回来了。”

“他们想干什么？”

“他们都说，不愿连累老乡，要参加战斗！”

“好样的！”

“总指挥，给我们分配任务吧。”

李春把手搭在张清泉肩膀上，说：“你赶紧回去，把他们带到指挥部，向警卫队黄班长报到。”

“是！”

敌人分四路进攻。马图枪声四起，鸡鸣狗吠。赤卫队员居高临下，瞄准敌人扣动扳机，撂倒一个又一个敌人。同时，向敌群掷出一颗又一颗手榴弹，炸得敌人血肉横飞。但是，敌人人多势众，火力又非常猛烈，致使赤卫队员难以招架，伤亡人数不断增加。一个小时后，第三小队只剩下十多个赤卫队员了，李春命令警卫队赶去增援。

坐在门坪的十六位童子团团员，看见警卫队长带着十多位战士匆匆地往大门外走去。柯芳联问：“张团长，他们要去哪里？”

“我也不知道。”

罗径说：“如果我没猜错的话，他们百分之百去参加战斗。”

柯芳联说：“我们也去，用斧头、菜刀劈死国民党反动派！”

突然，黄班长和两位警卫队战士抱着十多支长枪从屋里出来。黄班长说：“小战士们，给你们每人发一支枪。”

童子团团员一拥而上，每人接过一支枪，又从警卫队战士手中领到五发子弹。柯芳联高兴地说："我是真正的战士了！"

罗径说："我能上战场打敌人了！"

"立正！"李春走到排得整整齐齐的童子团团员面前，严肃地说，"各位小战士们，现在情势非常危急，你们一切要听从黄班长的指挥，不得掉队。你们听明白了吗？"

"明白了！"童子团团员异口同声地说。

"黄班长，我把这些孩子交给你们三位了，一定要把他们带到安全地带。"

"坚决完成任务！"

黄班长走在童子团团员前头，另两个警卫队战士断后。他们穿过几幢民房，走到村尾茂密的树林中。当他们越过一条小溪时，竟然被敌人发现了。看到敌人追了上来，黄班长果断地对张清泉说："小张同志，我和两个警卫战士留下来掩护，你带着队员们一直往前跑，翻过前面那座山就安全了。"

"黄班长，让我们也留下吧。"

"你们必须马上离开，这是命令！"

张清泉无奈地向黄班长敬了一个军礼，然后向童子团团员招了一下手，说："我们走！"

黄班长和两个警卫队战士找到一处隐蔽点埋伏好。

当童子团团员跑到前面的山坳时，敌人又追上来了。张清泉对柯芳联说："芳联，你跟我留下狙击敌人，掩护其他队员撤退。"

罗径说："我也留下。"

"不行，我交给你一个任务，带领其他队员迅速离开，朝九重溪方向走。"

罗径勉强地说："好吧，我听你的。"

张清泉和柯芳联埋伏好后，看到敌人进入射程了，连忙瞄准敌人放了两枪。没想到，两人都打中了一个敌人，吓得敌人就地卧倒，不敢上前一步。张清泉说："芳联，快走！"

当童子团团员走到九重溪时，看到前面又来了一队反动民团，挡住了他们撤退的道路。罗径焦急地说：“后有追兵，前有堵截，怎么办？”

年龄最小的团员小欢说：“向山下的小溪走！只要到了对岸，钻进树林就不怕敌人了。”

“好，就这么办！”

唯一的女团员丘妹指着刚才来的方向，惊喜地说：“你们看，张团长和柯芳联来了！”

张清泉和柯芳联赶上了队伍。张清泉说：“后面的敌人追来了，大家快走。”

罗径说：“前面发现了敌人，我们只有往对面走了。”

两天前下了一场暴雨。

童子团团员来到小溪岸边，看到溪水湍急浑浊，看不见底。丘妹说：“我们过不去，怎么办呀？”

张清泉安慰道：“大家不要慌，跟着我向上游走，找到水浅的地方到达对岸。”

“小红军在溪边，抓活的！”敌人在喊。

勇敢的十六位童子团团员，看见两路敌人包抄上来，并没有惊慌失措，而是边跑边转身向敌人开枪。

“小红军，你们跑不了，赶快缴枪吧！”敌人在威胁。

英勇无畏的十六位童子团团员，且战且走。当他们打光子弹时，敌人围上来了。张清泉上气不接下气地说：“我们不要跑了！”

大家急忙丢下枪，从腰间拔出斧头和菜刀，靠拢在张清泉身边，怒视着几米外的敌人。

一个国民党兵说：“小红军，把你们手中的家伙放下，乖乖地跟我们回去。”

一个团丁说：“你们这帮小兔崽子，要想活命就听国军的，不然把你们全部丢进小溪，去见龙王爷！”

张清泉临危不惧，悄悄地问：“团员们，你们是愿意做敌人俘虏还是当人民的英雄？”

“当英雄！”团员们的声音非常洪亮。

“好！那我们共同高呼‘中国共产党万岁’‘苏维埃万岁’‘红军万岁’，然后一起跳进小溪。”

柯芳联说：“张队长，你数一、二、三。”

“一、二、三。”

“中国共产党万岁！”

“苏维埃万岁！”

“红军万岁！”

小英雄们慷慨激昂的声音响彻云霄，张清泉带头跳进汹涌的小溪，其他队员随后跳了下去。这么壮烈的场面，让敌人惊得目瞪口呆。

一小时后，赤卫队总指挥李春带着撤退下来的战士经过九重溪，看见当地几位老乡从小溪下游捞起了十六位童子团团员的尸体，几位女战士放声痛哭。掩埋了这些少年英雄，战士们朝天开了十六枪，然后异口同声地说：“小英雄，红军一定会为你们报仇的！”

这时，李坚真带着古宜权率领的突击队赶到这里。听了十六位少年的英雄事迹，古宜权感叹道：“这些乳臭未干的孩子，竟然做出惊天动地的英雄壮举！”

李坚真带着一个班的红军战士沿溪找到了十六位少年牺牲的地方。望着地上的斧头、菜刀和十六支枪，李坚真流着眼泪说：“他们将化作天上十六颗闪耀的星星，照射着祖国的山河，与日月同辉。”

东江特委从丰顺县隬隍黄礤村返回八乡山小溪村后，根据形势发展需要，决定在九龙嶂侧的亚婆嶂南山脚下的顺里村设立东江工农红军总指挥部，古大存任总指挥。

不久，古大存将五华、兴宁、梅县、丰顺、大埔等工农武装300多人改编为东江工农红军第四十六团，任命曾毅生代理团长，刘春、邓子龙为副团长，化名为政治委员，杨崇哲任参谋长。

一天早上，古大存到四十六团视察，看到战士们在训练场上生龙活虎，精神状态良好，高兴地对陪同的四十六团团长李明光说："明光，你刚接任团长一个多月，就使战士们的综合素质有了显著的提升。你真有本事啊！"

"古总指挥，你过奖了！不是我有什么本事，而是战士们热情高涨，都想学到本事，希望能在战场上多杀敌人。"

"这种精神，难能可贵，是取得胜利的保证！"

连长周宝虎领着一位老乡从操场外来到古大存面前，向古大存敬了一个军礼，说："报告首长，这位老乡有事找你。"

古大存和蔼地问："老乡，你找我什么事？"

"我是叶畲人，在兴宁水口一间饭店打杂。昨天晚上，我去水口国民党营部做厨师的表哥家喝酒。他说你们叶畲要遭殃了。我说遭什么殃？他说后天水口一个营的国民党兵要袭击叶畲村赤卫队和农会。我问是真是假？他说千真万确。我觉得这事非常紧急，连夜便回到村里，向农会主席报告。农会主席白天上山砍柴伤了腿，行动不方便，便叫我上八乡山来找红军，请你们派兵保护村民。"

"老乡，多谢你送来这么重要的情报。你回去告诉农会主席，我们红军今天下午就会赶到你们叶畲。"

这位老乡离开后，李明光问："古总指挥，这一仗怎么打？"

"走，我们回去召开会议。"

在会议上，古大存说："这一年多来，国民党反动派采用'草要过火、石要过刀、人要换种'的手段，不断地'围剿'革命根据地。上个月，他们突袭丰顺县赤卫队总部，酿成了十六位小红军投溪殉难的惨状。今天，他们又想故伎重演，突袭叶畲赤卫队和农会。我们要研究出一个有力的行动方案来，迎头痛击这股来犯之敌！"

古宜权说："我去过叶畲，那里有一个叫茅草岭的地方，老百姓种了很多茶树，敌人要进叶畲村必须从那里经过。我们可以在那里布下口袋阵，打一个歼灭战。”

李斌说：“这一次，我们要想达到消灭敌人之目的，不能在叶畲村使用空城计了，要给敌人灌一口迷魂汤，在村里大张旗鼓地举行祭祖活动，引诱敌人产生麻痹思想，放下戒备心理，懈怠地进入我们布下的口袋阵。”

李明光说：“现在是秋茶的采摘季节，我们还要组织部分村民上山摘茶，使敌人产生错觉，以为经过茅草岭不会发生异常。”

古大存说：“好，我们可以把这次行动方案定下来了。明光同志，这次行动由你和宜权同志负责指挥，把红一连、红二连和八乡山赤卫队一百多人带去。另外，你们带一个女红军班，装扮成村姑去茅草岭采茶。”

第二天上午九时，驻扎在兴宁水口的国民党兵两百多人，在史营长率领下来到距叶畲两百多米远的地方，与地方反动民团五十多人汇合了。

史营长对民团团总刘章说：“刘团总，你们到了这里，发现新情况吗？”

“没有。”

“那你派人再去侦察一下。”

“史营长，我已派亲信蜈蚣去了，估计他马上就会回来。”

“刘团总，这次在叶畲抓到一个共产党，我奖赏你十个大洋；抓到一个赤卫队员或农会干部，我奖赏你两个大洋。”

“那我今天要发大财了！”

此时，蜈蚣混进村民祭祖的人群中，一双贼眼在东张西望。一会儿，蜈蚣溜出祠堂，快速地朝村口走去。蜈蚣的一举一动，已被叶畲农会主席看在眼里。他不敢怠慢，立即跑进祠堂，向假装族中长辈的李明光说：“李团长，果然不出你们所料，敌人派来了奸细。”

“奸细走了吗？”

“走了。”

李明光大声地说：“乡亲们，我们祭祖的目的达到了。请大家按照事先的安排，马上撤离到安全地带。张飞同志，你赶快向古宜权队长发出信号。”

张飞爬上祠堂旁边的屋顶，高高举起一面红旗，朝茅草岭方向挥舞。

蜈蚣上气不接下气地跑回刘团总身边，接过刘团总递过来的水壶，一下子灌了半壶。稍微镇静后，他说：“叶畲正在祠堂里祭祖，我认识的赤卫队和农会干部都在那里，但没有看见农会主席。”

史营长问：“除了这个好消息，还有其他情况吗？”

“有，还有一个，在茅草岭茶园里，大约有十多个村姑，一边采茶，一边唱山歌。”

史营长满意地说：“刘团总，回去你要重赏他。”

“我提他当副队长。”

史营长双手扯了一下衣摆，大声地说：“弟兄们，叶畲的赤卫队员和农会干部都在祠堂祭祖，你们见一个抓一个，有反抗者格杀勿论。出发！”

那些采茶的“村姑”看见国民党兵来了，一溜烟地往山上跑去。

刘团总说：“史营长，她们之中一定有漂亮村姑，要不要我把她们抓来，带回去孝敬你？”

“你们能抓到吗？”

“这个不难。我叫蜈蚣带一个班的弟兄去，保证手到擒来。”

“既然你有把握，那就派人去执行。”

当国民党兵和反动民团进入茅草岭伏击圈后，古宜权一声令下：“打！”

一刹那间，密集的子弹从茶林中射出，打得敌人鬼哭狼嚎，抱头鼠窜，死伤一大片。史营长急忙退到一处地坎边，躲在一棵高大的枫树后面，吼叫道：“弟兄们，往这边靠拢！”

国民党兵很快集中火力，一齐向茶园开火。他们看不到红军，只能盲目放空枪。

史营长感到不对头，连忙对副官说：“徐副官，这样下去我们吃亏更大，你马上组织弟兄们向茶园发起冲锋！”

国民党兵接连发起几次冲锋，均被红军打退，徐副官焦急地对史营长说：“营座，我们已发起四次冲锋了，一点效果也没有，怎么办？”

“撤！”

当国民党残兵败将撤到刚才与反动民团汇合之处时，蜈蚣从路边草丛中钻出来，捂着流血的右臂，拦住了史营长，哭丧着脸问：“长官，刘团总呢？”

“死了！你怎么在这里？抓到村姑了吗？”

“一个也没有抓到！她们手里都有枪，反而把我的弟兄打死了。我右臂也中了枪，总算捡回了一条命。你带我回去吧？”

史营长倏地从腰间拔出勃朗宁手枪，朝蜈蚣的胸膛开了一枪，说：“找你的刘团总去吧！”

回到营部，史营长接过徐副官递来的一杯白兰地酒，一口喝了下去，叹息道：“前些日子，我们完全不懂得红军如此善战，斗争顽强。这次战斗，我军未遭覆灭，真可算万幸了！”

“营座，这是你造化大！”

“徐副官，我回来时一直在想，这次我们去叶畲‘围剿’‘共匪’，神不知鬼不觉，可为什么会得到这样的下场？难道是内部有人走漏了风声？”

“我想不排除有这个可能。”

“你去追查一下，揪出这个内奸。”

“是！”

叶畲保卫战取得胜利后，古大存又根据省委的指示要求，相继将朝阳、普宁、惠来的赤卫模范队三百多人改编为东江红军第四十七团，饶平起义的蒋光鼐教导队一百八十人和地方武装改编为东江红军第四十八团，海陆丰、紫金、惠阳赤卫模范队一千多人改编为东江红军第四十九团，寻乌的二十一纵队与兴龙北部的赤卫模范队五百多人改编为东江红军第五十团。

一天，东江特委召开会议。在会上，古大存说：“我们东江红军已有五个团的建制，有两千三百多名红军战士，两千多支枪，但缺乏军事干部。这个迫在眉睫的问题如何解决？”

组织部长颜汉章说：“根据目前掌握的情况来看，我们东江红军有几个黄埔军校毕业的同志。他们既有军事理论知识，又有作战实践经验。我们可以开办军事培训班，在红军队伍中挑选部分优秀战士作为学员，聘请黄埔军校毕业的同志做兼职教员。”

委员贺道遵说：“汉章同志的思路很好，自己培训军事干部。但我也有一个建议，在抓好军事知识培训的同时，我们还要帮助学员掌握文化知识和提高政治素养。”

委员林国英说：“对，帮助学员掌握文化知识和提高政治素养，是不可缺少的必修课。我们这些领导同志，也可以作为兼职老师，抽空给学员上几节必修课。”

特委书记卢济说：“我完全同意前面几位同志的建议，觉得这是解决缺乏军事干部的有效途径。但是我想，这培训时间短了达不到目的，长了又会影响工作，最好是开办速成班，二至四个月为一期，可以每年开办两至三期。”

古大存说：“我认为培养优秀的军事干部，或者说军事人才，是一项伟大的系统工程。所以在我们东江，必须要有一所军事政治学校，才能适应革命形势发展的需要。鉴于刚才同志们的想法和建议，我没有不同意见，但还想补充两点：一是成立教导队，由古宜权同志任队长；二是我们不搞单纯的培训班，要创办东江红军军事政治学校。”

“好！”委员李莎蒂高兴地说。

跟着，大家一齐鼓起掌来。

卢济说：“创办军事学校需要校舍和训练场，还要有比较理想的地理环境。我觉得八乡山没有这样的条件，顺里红军总指挥部也不具备，还是马图最为合适。你们大家同意吗？”

古大存点头说："同意！"

"另外，我提议王涛担任校长兼政治辅导员，李森元为军事教官。"

"我同意！"

大家又鼓起掌来。

会议还决定第一期招收六十名学员。在五个团中，每团挑选十二名优秀战士参加培训。

经过"德、能、勤、绩"考核，四十六团排长张飞榜上有名。在离开九里岃的前一天晚上，他来到黄狗母亲刘氏面前，喜悦地说："干妈，我考上军事政治学校了！"

"你想什么时候走？"

"明天早上。"

"那你去跟胖妹说一声，让她保佑你到了学校平平安安，学到本事。"

"我已去坟前看她了。"

刘氏拉起张飞的手，关心地说："飞儿，你年纪不小了，也该成家立业了。我想学校会有不少红军妹子，你眼睛放光一点，找一个合适的给我带回来。"

"干妈，我读的是军事学校，那里是清一色的男子汉，没有什么妹子，还是你给我介绍一个吧。"

"好吧，过几天我去问问村长的女儿黄芳，看她愿不愿意嫁给你。"

"那就麻烦干妈费心了！"

第十七章

书记来到九龙嶂　光夏解围松树坳

东江红军总指挥部设在顺里村偏僻的一个农民家里，与斋公坪兵工厂相隔不远。一天下午，古大存在张泰元和古九成陪同下到斋公坪兵工厂视察，走进生产车间，受到了工人们列队欢迎。掌声过后，刘厂长说："首长，请你给工人们讲几句话吧。"

古大存站在一块大如斗笠的铁锭上，笑容可掬地说："工人同志们，我叫古大存，是东江工农红军总指挥。今天来看望大家，是来感谢你们的。这间兵工厂规模虽然小，但做出了很大成绩。由你们精心制造的土枪、土炮、子弹和炸药，在战场上发挥了极大作用，消灭了不少国民党反动派。在这里，我代表东江特委感谢你们！"

车间主任说："古总指挥，我想向你提一个建议，可以吗？"

"当然可以，你说。"

"我们厂生产出来的武器弹药，只有三分之二能够出厂，还有三分之一不合格。"

"为什么会出现这种情况？"

"主要有两个原因：一是工厂的生产设备十分落后，二是工人的操作水平有限。"

刘厂长说："这是我们厂的存在问题，车间主任曾经向我反映过。他说八乡山有一间兵工厂，建议我带师傅去那里取经，或叫那里的师傅过来指导，互相交流一下，争取把产品质量提上去。”

古大存称赞道：“刘厂长，你们的建议很好。我听五十团团长刘光夏说，水口宋声的关牛嶂也有一间兵工厂，生产的火药威力很大。你们几间兵工厂能够取长补短，共同提高，是一件非常完美的事情。九成同志，这事交给你去落实，要尽量争取时间办好。”

“是！”

这时，警卫员曾桂从厂门外走进来，低声对古大存说：“首长，外面有人找你。”

“谁？”

“东江特委的通讯员，他说有特急事情。”

“哦。”古大存抬起头说，“工人同志们，我给大家带来了猪肉和米酒，还有文艺宣传队。你们吃了晚饭后，接着看戏。我临时有点事要回去，不打扰大家了，再见！”

东江特委在九龙嶂释迦山蓝寮子临时召开紧急扩大会议。古大存连夜从顺里村赶到这里，看到满屋子坐满了人。其中有一个高大斯文的“商人”，穿着黑烤纱裤褂，手里还拿着一顶西式草帽，坐在会场主位上，目光炯炯有神。

古大存禁不住想：“这位商人气宇非凡，是谁呢？”

新任特委书记陈魁亚看到古大存到了，连忙向省委巡视员林道文看了一眼。接着，林道文把目光转向那个“商人”，说：“首长，人到齐了，是不是会议开始了？”

“开始吧！”

林道文站起来，向四周扫了一眼，说：“同志们，我首先向大家介绍一位从远道而来的领导，他是中国工农红军第四军政治部主任陈毅同志。请大家以最热烈的掌声，欢迎陈毅同志莅临东江指导工作。”

陈毅站了起来，微笑着朝大家点了点头，随后坐了下去。

掌声过后，林道文说：“现在请陈毅同志给我们作指示，大家再次鼓掌欢迎。”

陈毅详细介绍了红四军最近在福建闽西打击敌人的情况。突然，他话锋一转，郑重地说：“红四军准备到东江来！”

霎时，整个会场沸腾了，大家的脸上都出现了喜悦之情，争先恐后地发表意见。

“我们仰慕已久的朱毛红军要来了！”

“红四军的到来，将推动东江革命根据地的发展！”

“我们要学习红四军的优良作风！”

“好了，请大家安静。”陈魁亚摆手说。然后，他问：“陈毅同志，我们要如何对白军做工作？”

“对白军做工作，是一门高深的学问。我们的朱德军长一直很重视白军工作。许多向白军散发的宣传品，均是军长亲自拟稿。譬如，红四军几个负责同志都各自写了一篇宣传稿。因为朱军长对白军的生活最熟悉，对白军士兵的痛苦体会得最深刻，所以我们几个同志所写的都比不上朱军长的那篇深切感人！”

陈毅同志走了以后，东江特委继续开会。陈魁亚说：“红四军行动不定，我们又无电讯设备，交通联络只靠两条腿，所以如何配合红四军到东江后进行战斗，难以事前做出具体决定。不过，我们要在短期内，动员一切力量，开展土地革命和建立苏维埃政权的宣传工作，结合秋收开展打土豪运动，大量储备粮食，以供应红四军到来时使用。”

古大存说：“梅县、大埔毗邻闽西，是红四军入粤的主要通道。我们要通知梅县、大埔两地党组织，积极做好迎接红四军的准备。另外，东江各地的工农革命武装，要集结整顿，准备牵制和骚扰白军，打击民团，配合红四军歼灭敌人。”

林道文说：“魁亚同志和大存同志提出的工作设想，是你们东江特委近期内的首要任务。但我有一个担心，九龙嶂革命根据地，目前只有九里岃和八乡山两个小型医院，难于解决红四军这么多人的医疗问题。同志们，你们说这事怎么办？”

颜汉章说：“在九龙嶂脚下的万和山，有一个几户人家的小山村，环境优美，我们可以在那里筹建一所红军后方医院，这样就能弥补医疗不足的问题。”

古大存说：“我去过万和山，那里确实是建立医院的好地方。我看，这事是不是可以定下来？”

陈魁亚说：“我没意见，可以定下来。”

林国英说：“我们只有九龙嶂、八乡山、宋声三间小型兵工厂，生产能力有限。红四军来了之后，要扩大军事斗争，除了从敌人手中缴获一批武器弹药外，自己还需要大幅增加单响枪、五响枪及弹药的生产能力。为此，我建议在顺里神背尾余屋，筹建一座拥有百余工人的新兵工厂。”

杨雪如问：“铁匠、技工哪里来？”

“从五华、兴宁、潮州等地招募。”

古大存说：“昨天下午，我去了斋公坪兵工厂，听取了工人师傅们关于提高产品质量的意见。我觉得他们的意见很好，已交代九成同志去落实了。但听了国英同志的建议，我又眼前一亮，觉得再筹建一座新的兵工厂是可行的。我同意！”

陈魁亚说：“我也同意！”

杨雪如说：“后方医院、新兵工厂建在九龙嶂腹地。我想，最好也把东江红军军事政治学校从马图迁至梅南水尾，与后方医院、新兵工厂形成一个金三角。”

贺道遵问：“梅南水尾具备办军校的条件吗？”

林道文说：“我调去省委工作之前，曾到水尾调研农民运动开展情况，看到当地一个乡绅建好了一幢三横两层的大屋子，屋名叫星拱楼，非常漂亮。在星拱楼周边，没有他人的房子，同时屋后树木葱茏，屋前溪水潺潺。在小溪那边，还有一块近三亩的平地。我建议暂时把星拱楼征用，既能办军校，又可作红四军军部临时办公场所，可谓两全其美。至于那块平地，也十分适合做军事训练场。”

古大存说：“据我了解，星拱楼还有地利优势。站在它后面的山顶上，能眺望十里外的官塘圩、顺里和九龙嶂三个方向的道路。我觉得水尾比马图有利因素多，把军校搬到水尾是一个不错的选择。但其中存在一个问题，听说那个屋主冯清泉建造星拱楼，是为了给儿子娶媳妇用的。他家还没有享用，我们就把星拱楼征用了，这样做恐怕不妥吧？”

贺道遵说：“大存同志，这有什么不妥的，冯清泉是财主，没收他家的财产，符合我党土地革命的条例，把星拱楼征来就是了。”

“同志们，我听郑天保同志说过，这个冯清泉乐善好施，多次给十团传递情报，还给十团一些急养。可以说，他是支持革命的，不能和其他土豪劣绅相提并论。过几天，我去会会这个冯清泉，看看他是什么态度。”

林道文说：“大存同志的想法是对的。我们对这样的土豪劣绅要分别对待，不能来硬的，万一冯清泉不同意，我们就不要勉强了。”

陈魁亚说：“好，这事交给大存同志去办理。至于筹建红军后方医院的事，建议由国英同志负责。筹建新兵工厂的事，建议由道遵同志负责。另外，根据省委的指示，特派雪如同志前往江西中央局汇报工作。”

吃了晚饭，乡绅冯清泉锁好茶叶店大门，领着小伙计肖明从官塘圩回家。当走到龙岗一座倒塌的老房子时，忽然从里面跳出三个蒙面人，挡住了冯清泉两人的去路。

天上挂着弯弯的月亮，星星在闪烁。

冯清泉看不清这三个人的面孔，但心里感到来者不善，惊恐地问：“你们要干什么？”

“谋财！”

冯清泉觉得没有生命危险，心里镇静了一些，连忙从腰间取下一个小布包，递到高个子劫匪面前，说：“这是十个银圆，你们拿去喝酒。”

高个子接过布包，掂了掂，瞪着眼说：“太少了，你这是打发乞丐吗？”

“我说兄弟，这是我卖茶叶十天的收入，你不要嫌少。”

高个子把布包丢给同伙，说：“冯老板，你是水尾有名的财主，经常给共产党送财物。最近听说你那个番鬼阿爸，又托水客捎回不少花边，是不是？”

“花边”就是银圆，也叫光洋。

冯清泉说：“没有这回事，一定是你听错了。”

高个子凶神恶煞地说：“这事不管有没有，今天你必须给我两百个银圆。否则，我就把你交给国军张徐光营长，把你和共产党来往的事告诉他。结果会怎样，你心里明白。”

冯清泉被高个子的话吓得直哆嗦，说：“两百个太多，一百个行不行？”

“不行，一个都不能少！”

“我哪有这么多钱，你饶了我吧。”

高个子把手一挥，说：“老二、老三，你们把冯老板绑了！”

冯清泉被劫匪反剪双手，捆了个严严实实，难受极了。他心乱如麻地说：“这位兄弟，求你把绳子解开，我带你们回家去取。”

“你不能走，叫小伙计回去，两小时内把钱送来，到时一手交钱一手交人。”

冯清泉无奈地说：“阿明，你赶紧回去。”

“好！”肖明拔腿就跑。

此时，杨豪贤领着古大存、古九成、曾桂来到冯清泉老屋门口。听到门外的狗吠声，冯清泉的老婆夏水妹对儿媳妇钟祝英说：“祝英，你公公回来了，快去开门。”

杨豪贤刚要叩门，门却先开了。看见钟祝英，杨豪贤说：“祝英，你怎么知道我们来了？”

“我以为是公公回来了。豪贤，你们进来吧。”

夏水妹从厨房里出来，看着古大存说：“我老公很快就回来了，你们先坐一会儿。祝英，给客人泡茶。”说完，她又回厨房去了。

古大存对钟祝英说：“小妹妹，我们见过面，你还记得吗？”

钟祝英微笑着说：“我当然记得，你一进门我就认出来了，我们在九龙嶂井头凹练兵场见的面。”

“对，那天你给我们送来情报。多谢你！”

杨豪贤说：“祝英，你知道他是谁吗？”

“我不知道，但能猜到他是红军大官，对不对？”

“对，他是东江工农红军总指挥，叫古大存同志。”

钟祝英把一杯茶放在古大存面前的茶几上，说：“古叔叔，你喝茶。”

夏水妹从厨房出来，说：“祝英，我饭菜都煮好了，你公公怎么还没回来？”

笃，笃，笃。又传来敲门声。

“公公回来了！”钟祝英高兴地说。

“快去开门！”夏水妹说。接着，她对古大存说：“首长同志，我老公从县城买了一些布匹和药品，本来想过几天给你们送去，没想到你们来了。”

“嫂子，我代表红军多谢你一家人！”

夏水妹看到钟祝英领着肖明进来了，禁不住问：“阿明，你东家呢？”

肖明说出了冯清泉回家时路遇劫匪的经过。

夏水妹惊慌地说：“坏了，清泉遇到坏鬼了！”

钟祝英焦急地说：“婆婆，你赶快拿钱，叫阿明送去。”

“你爸的钱放在什么地方，我找不到。”

古大存安慰道：“嫂子，你莫急，这事交给我们办。”

“你们有钱吗？”

“我们有，你给我拿一个装钱的布袋。”

夏水妹把布袋拿来了。

古大存说："豪贤，你去通知水尾的赤卫队冯队长，叫他马上带一个班的战士来这里。曾桂，你把布袋拿去门外装银圆。"

曾桂心领神会，拿着布袋出门去了。

十分钟后，赤卫队员到了。古大存对冯队长说："冯老板遭劫匪绑架了，我们要去解救他。你们要听从曾桂同志指挥，消灭三个劫匪。"

"是！"

杨豪贤说："首长，我也去参加。"

"好，去吧。"

在门口，古大存看到曾桂他们上路了，便指着右边的星拱楼，对身旁的夏水妹说："嫂子，你家这座新屋子建好了，为何还不搬进去住？"

"我们这座新屋，是公公从南洋寄钱回来建的。我有三个儿子，现在也在公公身边生活，一边读书一边学做生意。大儿子菊华明年到了结婚年龄，这个钟祝英就是我们给他买的童养媳。公公说，明年秋天他会带菊华回来结婚，到那时才能使用这座新屋。"

"嫂子，我可以进星拱楼看看吗？"

"可以！"夏水妹爽快地说，"祝英，你去家里拿钥匙和马灯。"

当曾桂他们快到那座崩塌的老房子时，曾桂把鼓鼓的布袋交到肖明手里，说："老弟，你去吧！"

肖明提着布袋，若无其事地走到老房子跟前，喊："东家，我把钱拿来了！"说完把布袋放在地上。

高个子劫匪在屋里看见了，高兴地对同伙说："走，我们出去！"

"冯老板怎么处理？"

"我们验过钱，将他的小伙计杀掉，然后把冯老板送给国军，再向张徐光营长要点赏钱。"

三个劫匪带着美梦来到小伙计面前。高个子望了一眼布袋，问："是不是两百个银圆？"

"是，足足两百个。"

高个子蹲下去，摸了摸鼓鼓的布袋，随即解开系着布袋口的绳子，伸手从布袋中拿出了一块碎瓦片，气得跳了起来，扬起右手向肖明脸上扇去。

突然，曾桂带着赤卫队员从天而降。三个劫匪见势不妙，急忙逃窜。曾桂练就了百步穿杨的枪法，倏地举起了驳壳枪，“啪、啪、啪”射出了三颗子弹，将三个劫匪当场击毙。

冯清泉回到家，惊魂未定地对夏水妹说：“老婆子，你把家里酿的最好的米酒拿出来，我要请古总指挥喝两杯。”

古大存平日不沾酒，但觉得主人盛情难却，不便推辞，于是说：“好！我虽然不喜欢喝酒，但今天愿意陪冯老板喝一点。九成同志，你和冯老板以前认识吗？”

“两年前，我们就认识了。那时候，我和一声、天保几位龙文公学的老师进九龙嶂挑木炭，口渴难耐，便到冯老板这里喝茶。”

冯清泉说：“对，对。当时，我这座星拱楼刚动工兴建，前后花了几年时间才完成。明年，我大儿子就要回来结婚，趁此机会我们一家入住星拱楼，到时我要邀请你们来我家喝喜酒，不知古总指挥肯不肯赏脸？”

古大存说：“冯老板，你是开明乡绅，又是我们共产党信赖的朋友。凭这两点，我能不来吗？不过，我今天来是有一事相求。”

“古总指挥，只要是我能做得到的事，我都会尽全力支持，不需要你们回报，你快说是什么事？”

“随着九龙嶂革命根据地发展壮大，我们要创办一所军事政治学校，培养一批军事人才。”

“地址选定了吗？”

“冯老板，我们东江特委开了会，想借用你家建的星拱楼。”

夏水妹从房间出来，不高兴地说：“我家辛辛苦苦建起来的屋子，自家还没享受，怎么能借你们办学校？清泉，这事你一定不能答应啊！”

冯清泉生气地说：“老婆子，你不要插嘴，快回去睡觉！”

夏水妹不高兴地走了。

古大存微笑着说："冯老板，这是我们单方面的想法。你个人意见呢？"

"古总指挥，这几年来，我耳闻目睹了国民党的种种行径，心里感到非常气愤。你们共产党处处为老百姓着想，我心里感到高兴和钦佩。今天，你们出手救了我的命，令我十分感动！现在我决定，星拱楼无偿给你们红军使用，决不反悔！"

"冯老板，我代表东江特委多谢你！但是，嫂子那里怎么办？"

"我会说服她。"

第二天下午，古大存返回八乡山参加东江特委会议。他第一句话就说："同志们，告诉大家一个好消息，我把军校从马图迁到水尾星拱楼的事情落实好了！"

陈魁亚说："大存同志，你的工作效率高啊！"

刘光夏参加东江特委会议刚结束，便带着警卫班返回五十团。他刚走出八乡山小溪村口，便看见水口区赤卫队长刘云郎手下的飞毛腿小丘飞奔而来。见到刘光夏，小丘着急地说："刘团长，刘队长有急难，你赶快派兵去救他们吧！"

1929年春，在刘光夏的组织发动下，兴宁第一个区级水口苏维埃政府在宋声古塘成立。为了巩固区苏维埃政权，刘光夏委派原十二团的刘云郎担任水口区赤卫队长。突然听到刘云郎有急难，他心里非常着急，连忙问："刘队长发生了什么事？"

"今天上午，刘队长率领茂兴、下畲、森丰、宋声、共寨和径下的赤卫队员经过径下、森丰和茂兴交界的马蹄寨时，遇见反动头目黄振光、古水坤纠集的民团正在抢劫当地群众的财物，群众的哭喊声一片。刘队长为了解救当地群众，带着赤卫队员与反动民团大战，眼看赤卫队即将取得胜利时，没想到水口国民党部队一个连赶来，包围了赤卫队，情势十分危急。刘队长掩护我突出重围，叮嘱我说，你在八乡山开会，叫我赶到八乡山找你。"

刘光夏觉得回五十团搬救兵已来不及了，身边又只有一个班的战士，只好返回就近的小溪村找古大存商量。

此时，天色渐渐暗下来了。

古大存走出东江特委大门，忽然看到刘光夏向自己走来，连忙迎上去，问："光夏，你怎么又回来了？"

"古书记，我刚出小溪村口就接到消息，水口国民党部队一个连伙同反动民团，在宋声马蹄寨包围了水口区赤卫队，十万火急。我想请求你派一个连给我，马上赶去解围。"

"好，我叫李斌带特务连去。"

经过几个小时的战斗，刘云郎看到赤卫队伤亡很大，加上弹药不多了，便下令撤退到松树坳。由于敌人紧追不放，赤卫队面临覆灭的危险。刘云郎对剩下来的三十多个赤卫队员说："同志们，大家一定要坚持住。现在，我们虽然被敌人包围了，但刘光夏团长率领的援军很快就会到来。我们会取得胜利的！"

村赤卫队队长黄木胜说："对，我们听刘队长的，只要我们拧成一股绳，再大的难关也能闯过去。"

刘云郎说："同志们，我相信你们个个都是英雄好汉，请大家做好准备，迎接更残酷的战斗。为了挽救群众，我们就是牺牲了，也是光荣的、值得的！"

刘光夏和李斌带着特务连赶到马蹄寨，没有听到一声枪响，只看到山坡上牺牲了不少赤卫队员。刘光夏痛心地说："我们来迟了一步，大家马上查找一下，看还有活着的战士吗？"

果然，还有一个活着的赤卫队员。他对刘光夏说："刘队长他们撤到松树坳去了。"说完，这位赤卫队员永远闭上了眼睛。

刘光夏问："小丘，松树坳在哪？"

在小丘引领下，他们由径下歧山沥经茂兴猫公嶂，绕小道赶到了松树坳山坡下，听到了山上激烈的枪声。刘光夏对李斌说："李队长，你带一排和二排从左边上去，我带三排和警卫班从右边上去。”

“是，一排、二排跟我来！”

刘云郎领着仅存的二十多位赤卫队员退到三十多米高的悬崖边，大声地说：“同志们，敌人逼上来了，我们已没有弹药，也没有退路，你们说怎么办？”

黄木胜说：“刘队长，我们不做俘虏，跟你跳崖！”

队员们铿锵地说：“刘队长，我们跟你一起跳崖！”

“好样的！来，我们把手中最后一颗子弹射向敌人，然后大家跟我跳！”

刘云郎的话音刚落，突然枪声大作，敌人纷纷倒下。经过一个多小时的战斗，除了逃走一部分国民党兵和团丁外，其余敌人全被特务连消灭。刘云郎感激地对刘光夏说：“刘团长，你们再迟一步，我们就跳崖了！”

刘光夏笑着说：“云郎，你们还有好多事要做，阎王爷是不会收你的！”

“也是！”

第十八章

红四军奇袭梅城　同怀别墅读来信

福建与广东交界的梅县松源五星桥，临时驻扎了国民党蒋光鼎一个营的兵力。他们奉上峰命令在这里设卡，防止红四军从闽西挺进东江。刁营长是个好色之徒。他一到松源，在酒足饭饱之后，马上对副官说：“我早就听说客家妹挺多情，快去给我找一个。”

“营座，是不是把她带到营部来？”

“不！你在附近包一家旅店，把她带到那里去。以后每天晚上都给我找一个，明白吗？”

“明白！”

自从国民党驻军来了之后，原来安宁的松源圩便乱了套，那些国民党兵肆无忌惮，横行霸道，烧杀抢掠无恶不作，弄得当地老百姓担惊受怕。

经营麦芽糖生意的王老板，看到刚满十六岁的女儿被国民党兵糟蹋并杀害了，气愤地走进厨房操起一把菜刀，要去找国民党兵拼命。瘦弱的老婆使劲把他抱住，哭着说：“孩子她爸，你不能去！”

“你放手！”

“你去了就是送死，留下我和两个儿子怎么办？”

“我咽不下这口气！”

“我也咽不下呀！你把菜刀放下，回村里找农会主席龙叔，叫他送信给梅东赤卫队，派兵消灭这帮害人精。”

“对呀，我怎么没想到！”

王老板没有见到农会主席龙叔，只好走到小溪旁的榕树下等待，希望能看到龙叔从这里经过。眼看太阳下山了，下地劳作的人们也回了家，但他还是没有等到龙叔，只得心情低落地往回走。当他越过一段田埂时，忽然看见前面小路上走来一支队伍，一眼望不到尾。王老板以为自己倒霉又碰上国民党兵了，急忙趴在草丛中。

这支队伍不是国民党兵，而是红四军一纵队司令员林彪、党代表熊寿祺带领的红军战士。这天是1929年10月19日。他们从福建上杭中堡出发，往武平县古楼、上登、朱坊、象洞，由蕉岭南礤的步尚进入松源。

走在队伍前面的红军丘连长远远看见了王老板，连忙对身边的战士说：“我看到前面田埂边藏着一个人，你过去把他叫来。”

战士顺着丘连长所指的方向跑过去，找到了瑟瑟发抖的王老板。他说：“老乡，你快起来。”

“你们是国民党吗？”

“我们是红军。”

在队伍中间，东江特委委员杨雪如和林彪聊起了梅县的人文地理。日前，他向江西中央局汇报完工作，便赶到红四军，今天以向导身份领着一纵队回来了。

林彪问：“梅县有什么特产？”

“味酵粄，仙人粄。到了梅城，我请你吃。”

“好啊！”

王老板被带到司令员林彪面前，说：“首长，我是松源圩经营麦芽糖的小老板。在我做生意的侧旁是五星桥，那里驻扎了三百多个国民党官兵。他们来了半个多月，专门祸害老百姓，我女儿也被他们害死了，你们要为我们报仇啊！”

“老乡，我们会为你们报仇。你告诉我，这里到五星桥还有多远？”

“如果走大路，大约六里。若是抄小路，不足三里，但路上坑坑洼洼，还要淌过一条二十多米宽的小河。河水很浅，不超过一尺。”

“老乡，我再问你。每天这个时候，国民党官兵在干什么？”

“这时候，他们在吃饭。”

林彪觉得这个老乡反映的情况与侦察员反馈的信息基本相同，于是叫来几个营连干部，部署攻打五星桥国民党驻军的作战计划。然后，他对王老板说：“老乡，那就麻烦你带我们抄小路去五星桥。”

此时，在五星桥国民党营部，刁营长对副官说：“我感觉有点腰痛，今晚不去旅店了，想早点睡觉。”

“那营座，今晚让我去旅店享受一下，可以吗？”

“看你垂涎三尺的样子，去吧。”

当国民党官兵还在大吃大喝的时候，红四军一纵队司号员吹响了冲锋号。霎时，红军战士分三个方向冲进敌营，打得敌人落花流水，抱头鼠窜。不到一个小时便结束了战斗，红军仅以五个轻伤战士的代价，换来了全歼国民党军一个营的胜利。

当地党组织把早已准备好的写着“热烈欢迎红四军”“热烈欢迎朱毛红军”的两条红布横幅，高高地悬挂在大街道上。

当地老百姓欣喜万分，纷纷走出自己家门，在柔和的月光下欢迎这支神勇的红军。他们像欢度春节一样，燃起了烟花爆竹。烟花照亮了整个松源圩的上空，十分迷人。

一个年近八旬的阿婆在儿子搀扶下，走到一位年轻的小红军面前，摸着他的头问：“孩子，你是哪里人？”

“井冈山。”

“这么远来到我们梅县，辛苦你们了，觉得累吗？”

“不累！”小红军朗声道，“听说梅县是客家，井冈山也是客家。我今天就像回家一样，感到一点也不累，心情很好。”

“孩子，你真会说话！”

红四军军部两千多人，由军长朱德和军政治部部长李律一带领从福建上杭出发，经蕉岭南礤、九姑陂，于20日进入松源。

红四军二纵队由司令员刘安恭、党代表张恨秋率领，从福建上杭中都出发，经径石、田樟、中村、桃泉、高山、炉下坎、峰市、虎市，于22日从湾溪进抵松源。不幸的是，20日向虎市进攻国民党军队时，司令员刘安恭在战斗中壮烈牺牲了。

红四军三纵队由司令员伍中豪、党代表蔡协民率领，从福建上杭出发，经开平县中赤、杨梅栋，于22日抵达松源。

22日晚，陈毅在东江特委军委委员，派驻红四军前委代表罗欣然陪同下来到松源。在寺边村的临时军部同怀别墅，朱德抱住久别重逢的陈毅，说："仲弘，我好想你呀！"

"我也想你呀！"

朱德拉着陈毅走进同怀别墅，问："仲弘，中央有啥子指示吗？"

"有，我想在前委会上传达一下。"

"要的。"

在当晚召开的前委会议上，陈毅郑重地说："同志们，我从上海来，带来了中央给红四军前委的指示信。这封信的主要内容是，肯定了毛泽东工农武装割据的思想，确认中国革命是先有农村红军，后有城市政权。红军的基本任务是实行土地革命、游击战争。明确规定红军由前委指挥，其职责是监督军队行政事务、巩固政治领导、部署命令等，要求红四军官兵服从朱德、毛泽东领导，明确毛泽东仍为前委书记。"

这就是中央九月来信。

朱德激动地说："好啊，老毛重回前委主持工作，我们又可以在一起战斗了！"

根据目前的敌情，红四军参谋长朱云卿说："国民党军陈维远部，重兵集结梅县松口，阻止红四军向东江行动。我们要夺取松口直达梅城，走兴宁、五华路线到达东江已很困难，不如改由蕉岭、平远进入兴宁，再到达东江赤色区域。走的路虽然多一些，但可避开国民党重兵阻挠。”

陈毅说：“我同意！”

朱德说：“我也没意见！”

第二天，又得到情报，梅城没有国民党正规部队，原有的一个营已调往松口，梅城守备的只有一支敌军警卫队。

朱云卿对朱德说：“朱军长，我建议从蕉岭绕道梅城，一举夺下梅城，走原来定下的路线。”

“要的！”

在松口，国民党军已布下了重重封锁线，等待红四军前来决战。

红四军经蕉岭三圳镇、新埔镇，于25日下午三时抵达梅城附近的大浪口。早已等候在这里的梅县县委常委叶明章，马上向朱德汇报了敌警卫队驻扎的情况。

朱德对林彪说：“林彪同志，解决梅城守敌的任务交给你一纵完成。”

“是！”

在地方党组织引导下，林彪亲率两个连兵力绕过排子岗敌人哨卡，进入梅城北门，直插敌军警卫队驻地。经过一小时战斗，毙敌二十多人，其余敌军跟着队长侯森平往兴宁方向逃跑，国民党政府人员亦作鸟兽散。

红四军进城后，立即颁布了署有毛泽东、朱德、古大存、刘光夏、陈魁亚、朱子干、陈海云等七人名字的《东江革命委员会关于公布执行土地政纲的布告》。在梅城党团组织的协助下，接管国民党政府机关，释放犯人，维持城市秩序。

梅城秩序恢复了，市面也活跃起来。很多市民到红军队伍中去找朱德军长，想一睹这位威震敌军的红军将领的风采。一位刚从南洋回来的工人阿陈，长得高高大大，整整齐齐地穿了一身灰制服，一本正经去寻找朱军长。当他走到梅县国民党县党部门口时，看见那块用铁皮做的“中国国民党梅县党部”的招牌，愤怒地把它除了下来，拧成了麻花状。市民看见他这些举动，认为他就是大家崇敬的朱军长，便一齐涌上去，将他围了起来，高喊：

“朱军长！”

站在人群外的市民也高喊：“大家来看朱军长！”

阿陈急得满头大汗，一再向群众解释：“我是工人，不是朱军长，也是来看朱军长的！”

市民这才散开，又到别处去找朱军长了。

这时，朱德和陈毅正在国民党县党部，和罗欣然、杨雪如、梅县县委书记熊光等人商量解决红四军物资供应等问题。朱德说：“这次红四军转战东江，需要东江特委的大力支持，雪如同志，请你告诉我，作为主人翁的东江特委最近做了哪些迎接红四军入粤的准备工作？”

杨雪如心中有数地说：“上次陈毅同志离开九龙嶂革命根据地后，东江特委就红四军准备入粤的事作了决议，筹办一家红军后方医院和一间大型新兵工厂，动员人民群众开展农民运动，积极筹备粮食等各项工作。”

当天下午三时，红四军在梅城孔庙门前召开群众大会，到会群众3000多人。在大会上，朱德用客家话向群众演讲。他说：“客家的父老乡亲，我叫朱德，来自四川，也是地地道道的客家人。我们红军是中国共产党领导的革命队伍，也是广大劳苦大众自家的队伍。在每一个红军战士心中，都希望自家的阿公、阿婆、阿爸、阿妈和兄弟姐妹，能够过上没有压迫、没有剥削、当家做主的幸福生活。可是，那些国民党反动派和土豪劣绅还欺压在你们头上，一天不打倒他们，你们就不能翻身做主人。怎么办？我们只有团结在中国共产党周围，成立苏维埃政权，支持红军打垮国民党反动派和土豪劣绅，才能实现广大劳苦大众的梦想！”

正当群众听得兴奋入神时，朱云卿走到朱德身后，喊了一声：“朱军长。”

朱德停了发言，转身问：“朱参谋长，什么事？”

“国民党军陈维远部追来了，与我城关防守队伍接上了火。”

“我知道了。”朱德说。然后，他转过身来，镇定地说：“刚刚得到消息，白军朝梅城赶来了，请大家不要慌，我还有话要对你们说。”

群众看到朱军长泰然自若，即刻把焦躁的心情平复下去，听朱军长把话讲完。最后，朱德深情地说："客家的父老乡亲，请你们相信，革命是一定要成功的，以后再与大家相见！"

在同怀别墅临时召开的会议上，红四军参谋长朱云卿分析了当前敌情，然后说："估计敌人已猜到红四军进入东江的路线，他们会在梅县、兴宁、五华等地多处设防，对红四军形成前后夹击之势。为了摆脱敌人的围追堵截，我建议红四军沿梅江西岸而上，在梅南轩坑跨过梅江河，向东进入九龙嶂革命根据地，与古大存领导的东江红军汇合。"

朱德说："为了迷惑敌人，我们要派出一纵的尖刀连，按原计划往兴宁走水口方向，在通向畲坑的大路上故意扔下一些破军服、烂草鞋。尖刀连到了畲坑马上过河往东，从江头村进入叶田，然后折返马图。"

6000多名红军指战员从梅城南门涉水过了快要干枯的程江河，经过百花洲、乌廖沙、大沙尾，然后分成两路人马，在梅县党组织派来的同志带领下，一路向龙润窝，一路向澄坑，沿梅江西岸逆水而上，于晚上七点多钟在梅南轩坑渡口汇合了。

此时已将进入冬季，梅江河处于枯水期。但轩坑渡口河面比较窄，水深超过一米多。一纵先锋连蔡连长跑到林彪面前，说："报告司令员，这里只有一条渡船，这么多人怎么过去？"

"往周边找河面宽的浅水滩头，让战士们涉水渡河。"

"是！"

轩坑村民吕文伯看到村里一下子来了这么多红军，心里十分高兴，连忙招呼朱军长进屋休息。然后，他对妻子说："老婆，你把家里所有米拿出来，叫孩子们帮忙煮几锅粥，让红军填饱肚子。"

粥煮好了，吕文伯全家一碗一碗地送到红军手中。朱军长一连喝了两碗，称赞道："今天的粥别有滋味！老乡，谢谢你！"

吕文伯高兴得合不拢嘴，说："朱军长，你们红军为了天下老百姓出生入死。我们送几碗粥，简直微不足道。不用谢！”

朱德觉得不能白吃老乡的东西，对警卫员说：“小鬼，你给老乡一点饭钱。”

警卫员递过几个银圆，但吕文伯怎么也不肯收。他说：“朱军长，我家里没有什么好东西给红军吃，心里已经很过意不去了。”

此时，古大存在顺里亚婆嶂东江红军总指挥部门坪里，正娴熟地舞动彭湃送给他的那把大刀。突然，梅县县委的交通员叶家伟兴冲冲地跑了进来，说：“首长，今天有天大的好消息！”

古大存停了手，问：“什么好消息？”

叶家伟从挎包里取出一封信，边递边说：“这是熊光书记给你的，快看。”

古大存拆开信一看，高兴极了，向着屋里喊道：“曾桂，你出来。”

曾桂从屋里跑出来，问：“首长，什么事？”

“你把总指挥部的几个工作人员和传令兵马上叫到这里。”

转眼间，几个工作人员和传令兵便来到古大存面前。他们不知道发生了什么事，一个个都表现出紧张的样子。

古大存吩咐道：“同志们，红四军占领了梅城！今天上午，你们分头通知各团和丰顺、兴宁、五华赤卫队，叫他们集中队伍，做好准备，听候命令，以便配合红四军这次行动。”

吃过早饭，古大存穿上便装，挎着驳壳枪走进指挥部，对古九成说：“古主任，你留守指挥部，有什么事情叫曾桂帮忙。”

“古总指挥，你一个人要去哪里？”

“到梅城见朱军长！”

“路途远，安全系数小，你还是带上曾桂才妥当。”

古大存穿着便装，微笑着说：“没事的，我走了。”说完，他离开顺里村，一口气跑了三十多里地，到达大密村口的梅江河边。看见河边泊着一条木船，他便跳了上去，对船夫说：“船老大，麻烦你载我去梅城。”

船老大一边划桨一边问："这位老弟，听声音你是五华人，对吧？"

"对，我是五华人。你在这里摆渡多少年了？"

"我十岁跟着爸爸在船上生活，一干就是二十年。去年秋，我们载赤卫队到罗衣塔子角，除掉了下乡收租的土豪劣绅侯六世。谁知遭到驻扎长沙的国民党兵报复，结果爸爸被他们杀害了。为了一家人的生活，我只好继续从事摆渡这个行当。"

"船老大，穷人的苦日子会过去的。"

船到了离梅城只有十多里地的湾下，忽然传来一排机关枪声，接着又是一阵密集的步枪声。古大存感到有点疑惑，这枪声是从梅城传来的，难道红四军和敌人还在较量吗？他连忙改变主意，说："船老大，我不去梅城了，你就载我到这里吧。"

船靠了岸，古大存从裤兜里拿出一点钱，递给船老大，但船老大不收。他说："老弟，我不要你的钱。"

"你载了我，怎么不收钱呢？"

"因为你是红军！"

"哦，你是怎么看出来的？"

"我凭直觉！"

古大存蹲下身，把钱放在船板上，然后跳上岸，快步向梅城方向走去。当他走过了湾下时，看见迎面来了三四十个扛着扁担的妇女。她们是梅南农会派出去支援红四军的运输队员，其中一个是胡运香，一个是朱华娣，两人均是梅南的农会干部。

胡运香原来是十团战士，后委派到梅南农会。她问："古总指挥，你一个人去哪？"

"到梅城见朱军长。"

"古总指挥，朱军长已率领红四军撤出了梅城。"

"红四军往哪里去了"

"我们不知道。"

“那你们现在去哪里？”

“我们回梅南去。”

“我跟你们一起走。”

当妇女运输队员经过湾下村口时，突然从路边小屋里走出七八个反动乡绅的家丁。一个叫瘦猴的家丁吆喝道：“弟兄们，说不定这些人里面有共产党，把她们控制起来！”

古大存从后面跑上来，拔出驳壳枪，指着那些家丁，厉声地说：“你们敢！谁不怕死的站出来，尝尝这枪里子弹的味道！”

瘦猴问：“你是哪路神仙，敢来恐吓我们这些弟兄？”

“你想知道？我说出来把你吓死！”

“我是吓大的，你说。”

“你们听着，我是国民党反动派悬赏三万元的古大存！”

一个家丁惊恐地说：“原来他就是九龙嶂红军古大存，我们不要去惹他。”

“胆小鬼！”瘦猴斥责道，“弟兄们，古大存是一棵摇钱树！我们抓到他，今天就发大财了。上！”

古大存扬起驳壳枪，扣动扳机，一颗子弹冲出枪膛，正中瘦猴胸口，瘦猴一命呜呼。其他家丁见势不妙，慌慌张张逃命去了。

当妇女运输队员安全走过了湾下时，古大存对胡运香说：“胡队长，我就送你们到这里了。”

胡运香点头说：“好，我们先走。但古总指挥，你一定注意安全。”

看着妇女运输队员走了，古大存坐在路旁的白鹤宫前张望，心里想：东江特委派去做向导的雪如同志，一定会把红四军带到梅南九龙嶂革命根据地去的。于是，他沿着梅江东岸往南走，到了滂溪村的时候，天已经黑下来了。此时，他感觉到有点累了，便走进一户农民家里作短暂休息。正当他喝完屋主人煮的粥时，滂溪村农会主席在大门外大声地喊：“村民们，红四军来了，大家赶快出门迎接！”

不一会儿，村里被无数的火把照得通亮，人声喧闹。村民在梅南区委书记伍晋南的指挥下，分站村道两旁，热烈欢迎红四军的到来。

古大存走到伍晋南身边，问："晋南同志，红四军是从哪个地方来的？"

"轩坑渡口。"

"朱军长在哪里？"

"我不知道。"

古大存叮嘱道："晋南同志，你们区委和农会一定要解决好红军的食宿问题。"说完朝轩坑方向跑去。

在轩坑渡口，燃起了十几个旺盛的火堆，照得半天通红。

警卫连长对朱德说："朱军长，你上船吧！"

"不！"朱德摆手说，"先让伤病员上船。"说完协助伤病员上船。

看到伤病员上船后，见老船夫撑得十分吃力，朱德连忙从船篷架上取下船篙帮忙撑船。老船夫阻止道："同志，当心！唔（不）晓撑会跌落河的啊！"

一位红军伤员说："老阿伯，你别担心，我们的朱军长样样在行！"

"啊？"老船夫吃惊地说，"朱军长！看不出来，你也会撑船。"

朱德一边左一篙右一篙地帮忙撑船，一边用客家话说："船大伯，偓同你一样，也是客家人。男人百样好随身嘛，脉个（什么）都学一滴（点）。"

"朱军长，你真是样样能啊！"

在渡口上游的一个浅水滩头，古大存看到杨雪如和梅南几个区委干部，带领赤卫队员和农民们泡在齐膝深的水中排成两列，手牵着手。

古大存也跳进河中，一左一右牵起系着红领巾的少年，目送着一个个红军战士从西岸涉水到东岸。

古大存对左边的少年说："小同学，你读几年级了？"

"初中一年级。"

"在哪间学校读书？"

“梅南中学。”

“是你们自己来的吗？”

“不是，是黎学仁校长带我们来的。”

凌晨两点多，六千多名红四军战士才渡河完毕，分别在滂溪、耕郑、龙岗、罗田上下径村宿营。

古大存不顾疲劳，连夜赶回顺里东江红军总指挥部，与早已等候在这里的省委巡视员林道文和东江特委书记陈魁亚等领导开会，部署明天迎接红四军的有关工作。

第二天早晨，当红四军刚刚转移到亚婆嶂附近的南坑时，侦察员向军长朱德报告：“国民党反动派已集结大量军队，沿着梅江两岸南上。一路往兴宁，一路往汤坑，企图跟踪追击红四军。”

“好啊，我们已成功甩开了敌人。”

当陈维远率部追到畲坑地界时，打头阵的张徐光营长回来向他说：“报告师座，我们在路上发现很多红军的破军服和烂草鞋。”

“很显然，朱毛红军还没走远，我们加快速度追上去！”

陈维远还派出一个营的兵力，沿着梅江东岸向畲坑方向搜索推进。他们经过滂溪村时，没有发现红军的踪迹，因为昨天晚上在这里住宿的红军已撤离到相邻的村子了。看到敌人在红军驻地的边缘上行走，前哨阵地部队指挥员马上赶到南坑村斗明小学向军部汇报。

参谋长朱云卿立即召集指挥员部署战斗。他对前哨部队指挥员说：“敌人不知道我们的踪迹，我军不宜主动出击，以防暴露目标，你们要静观其变。如果敌人发现了我们，要来进攻，那我们就两面包抄，把这个营吃掉。”

没想到，敌人就像瞎子一样，根本不知道红军就在身旁。他们一刻也没有停下，继续朝着畲坑的方向去了。

亚婆嶂山脚下住满了红军，山村到处飘扬着红旗。特别是南坑村斗明小学门坪里竖起的那面“中国工农红军第四军”的军旗，显得格外鲜艳夺目。二十多个少年儿童站在军旗下，在他们背后还围着几十个群众。警卫排排长小孙站在中间，讲述井冈山黄洋界保卫战的故事。讲完后，孙排长问：“孩子们，你们想知道指挥黄洋界保卫战的团长朱云卿是哪里人吗？”

“湖南人。”

“江西人。”

“上海人。”

孙排长说：“孩子们，你们说的都不对。我告诉你们，他是你们梅县人，今年才二十三岁。”

一个孩子惊叹道：“哇，他才比我大十岁，就当上大英雄了！”

又一个孩子说：“红军叔叔，朱团长是我们梅县人的骄傲，我很想见见这位大英雄。”

孙排长笑着问：“你们大家都想见吗？”

“太想了，一百个想！”

“好，你们等着，我去把他叫来。”

这时候，朱云卿和朱德、陈毅也在围观的人群中。朱云卿听到这位红军战士的话，连忙说：“我来了！”

站在朱云卿面前的群众自觉地让开一条路。朱云卿说：“朱军长，你们两位领导一同进去吧。”

朱德说：“仲弘，我们进去。”

三位领导走进孩子们中间，孙排长立马向他们敬了一个军礼，说：“各位首长好！”

顿时，响起了热烈的掌声。

孙排长说：“孩子们，这位站在我身旁的就是朱云卿团长，也是我们红四军参谋长。请大家鼓掌，欢迎朱参谋长讲话！”

掌声刚毕，朱云卿向大家招手，满面笑容地说：“孩子们，你们好！我没什么好讲的，还是请我们的朱军长给你们勉励几句吧。”

“大家欢迎。”

掌声之后，朱德慈祥地说：“孩子们，你们是国家的希望。我们现在身穿烂衣服，脚着破草鞋，忍饥挨饿，出生入死，都是为了你们大家从今以后过上好日子。我希望你们在家听阿爸阿妈的话，在校听老师的话，好好学习，长大了建设我们伟大的国家！”

朱德的警卫员从人群中挤了进去，说：“首长，军民联欢会马上就要开始了，走吧！”

“要的。”朱德温和地说，“乡亲们，我们都去看戏，好不好？”

“好！”

朱德他们在戏台下刚坐下，主持人就说：“各位首长，同志们，乡亲们，大家上午好！今天，我们在这里举行军民联欢会。现在，有请中国工农红军第四军军长朱德同志上台讲话，请大家以热烈的掌声欢迎！”

朱德稳健地走到戏台中央，微笑着说：“父老乡亲们，你们为远道而来的红军战士们杀猪、宰羊、做饭、补衣服，还把房子腾出来供战士们休息，让我们深刻地感受到客家人的无私和热情，感谢你们！我相信，中国共产党有广大人民群众的支持，一定能打败国民党反动派，取得革命的成功！最后，祝父老乡亲早日过上美好生活！”

接着，主持人说：“现在，有请东江红军四十六团女战士张剑珍上台。她为大家演唱客家山歌《十劝郎》，东江红军四十六团宣传队伴舞。”

张剑珍穿着朴素的花格衣裳，唱道：

一劝郎，心莫慌，莫怕斗争出外乡。人人都有一份责，解除痛苦爱相帮……三劝郎，心莫灰，一时困难莫走开，总爱农会恢复起，定把土豪打垮台……九劝郎，水柬长，收拾行李转家乡，鼓励大家来革命，不交租税不交粮。十劝郎，十支歌，郎擎尖钻妹擎刀。工农合力齐心干，杀净白军唱凯歌！

跟着，主持人说：“梅县有山歌《十劝郎》，井冈山有民歌《十送红军》。下面，有请红四军宣传队演唱江西民歌《十送红军》。”

十位英姿飒爽的女红军排成队，唱道：

一送（里格）红军（介支个）下了山，秋雨（里格）绵绵（介支个）秋风寒，树树（里格）梧桐叶落尽，愁绪（里格）万千压在心间。问一声亲人红军啊，几时（里格）人马（介支个）再回山……九送红军上大道，双双（里格）拉着长茧的手，心像（里格）黄连脸在笑，血肉之情怎能忘红军啊，盼望（里格）早日（介子个）传捷报……

警卫连长走进会场，竟直朝朱德走过去。他俯着朱德的耳朵说：“首长，东江特委的领导来了。”

朱德转头对陈毅等说：“仲弘，云逸，东江特委领导来了，你们俩跟我回军部去。”

在军部门口，古大存一见到仰慕已久的军长朱德，高兴地握住他的手，说：“朱军长，你让我找得好苦呀！”

“哦，你啥子时候找过我？”

“第一次，你们从大埔三河坝撤出之后。第二次，也就是昨天，我单枪匹马去梅城找你，一打听才知道你们从梅城撤出了，我只得返回梅南，与雪如同志连夜返回东江红军总指挥部。”

“大存同志，我听陈毅同志说过你的情况，还提起过彭湃同志送你一把大刀的事。”

“谢谢首长关心！”

朱云卿说：“走，大家进去喝云雾亚婆茶。”

朱德边走边说：“这云雾亚婆茶棒极了，我早饭后喝了一壶，现在嘴里还香甘得很呢！”

陈毅说：“我也是同样的感受！”

在座谈时，朱德说：“东江特委的同志们，你们来得正好，来得正是时候。我们初来乍到，对东江的情况不够了解，十分需要你们的协助。”

林道文说：“朱军长，我是广东省委巡视员林道文，非常欢迎红四军入粤指导东江的革命斗争，我们一定会以实际行动做好支持红四军入粤的各项工作，请朱军长放心。”

陈魁亚说：“朱军长，我们东江工农武装日益壮大，革命根据地不断拓展。现在，我们东江工农红军已发展到五个团三千多人，加上地方赤卫队一共有九千多人了。为了解决红军干部奇缺的问题，我们在丰顺马图创办了东江红军军事政治学校，第一期招收了六十名学员。另外，为了配合红四军在东江开展工作，我们还筹划建设红军后方医院和兵工厂，并筹备了部分粮食和生活必需品。”

陈毅称赞道：“我上次来东江才过了短短两个多月时间，想不到你们就做了那么多工作，听了着实令人兴奋和感动。”

“这是我们应该做的！”

朱德说：“东江特委的同志们，你们辛苦了！红四军入粤才几天，我便真切地感受到东江革命形势的迅猛发展和东江人民的热情，这是东江特委不懈努力带来的结果。我想，东江的工农武装已初具规模，可以成立一个军了。”

陈毅说：“我赞成朱军长的意见。”

朱德继续说：“今后，我们要打大仗、闪击战，光凭两条腿的通讯方式是绝对不行的，必须有先进的通讯设备。红四军正在设法搞电台，希望你们也设法弄到一部，使自己变成千里眼、顺风耳，才能占据战争的主动权。”

古大存感到朱军长的话说到了自己的心坎上，喜悦地说：“朱军长，请你放心，我们会从敌人手中夺一部！”

陈魁亚说：“朱军长，我们在九龙嶂水尾村找好了一个地方，可提供你们设立红四军军部。”

“不用了，谢谢你们！”朱德扬了一下手，“这里离梅城太近，我们准备迁到丰顺县马图村去。”

在丰顺县马图村荷树岗见龙居门坪，几十个系着红带子的童子团团员和当地几百个群众，在丰顺县委书记黎凤翔指挥下，有序地排列着。黎凤翔站在见龙居门口，说：“乡亲们，红四军朱德军长今天要到这里来，我希望大家拿出客家人特有的热情，迎接朱军长，迎接红四军！”

饶大爷说：“黎书记，我们都把家里最好的东西拿来了，全部集中在祠堂里，准备招待我们最亲的客人。”

丰顺县委委员李坚真从见龙居出来，走到黎凤翔面前，说：“黎书记，一切都安排妥当，只等红四军领导到来了。”

“很好！”

丰顺县赤卫队总指挥李春从亚婆嶂跑到山下，越过排列的人群，气喘吁吁地来到黎凤翔身边，说：“黎书记，朱军长他们来了！”

黎凤翔大声地对群众说：“乡亲们，朱军长马上就到了，请大家排好队，夹道欢迎朱军长。饶大爷，锣鼓敲起来，喜乐奏起来！”

在嘹亮的鼓乐声中，朱德、陈毅和朱云卿等红四军将领在林道文、陈魁亚和古大存陪同下，缓步踏进见龙居门坪。

李坚真振臂高呼：“欢迎朱毛红军！”

广大群众跟着振臂高呼：“欢迎朱毛红军！”

“中国共产党万岁！”

“中国共产党万岁！”

“红军万岁！”

“红军万岁！”

朱军长频频向大家招手致意！他对身旁的古大存说：“乡亲们真好，真热情！”

第二天早上，朱军长领着警卫员走出见龙居大门，在村中小道上散步，迎接从东山上升起的第一缕阳光。忽然，路边一座小房子传来“笃、笃、笃”碓米的声音。朱军长连忙对警卫员说：“我们进去看看。”

在小房子碓米的是饶婆和她的孙子小兴。看到朱德他们走进来，小兴说：“婆婆，红军叔叔来了。”

饶婆急忙停下碓米的动作，微笑着说：“红军同志，你们这么早起床了。”

朱德憨厚地说：“大妈，你们比我们早。在碓米呀，我帮你。”说完踏上石条，与饶婆并肩碓米。

小兴小心地用木棍搅动碓臼中的糙米，说：“红军叔叔，我叫小兴，想参加红军。”

朱德边碓米边问：“你多大了？”

“十四岁，加入了童子团。”

“你年龄还小，过几年再说。”

“不！我现在就要参加，为爸爸报仇！”

饶婆难过地说：“小兴爸爸是九龙嶂十团的红军，在丰顺暴动时牺牲了，家里只剩下小兴这根独苗。”

朱德心情沉重地说：“大妈，你儿子是好样的，共产党不会忘记他。小兴，你要好好照顾婆婆，替你爸爸尽孝。”

小兴说：“我昨晚和婆婆说好了，今天把糙米碓得白白的，送给朱军长吃。我只要见到了朱军长，便求他让我参加红军。红军叔叔，你能告诉我朱军长住哪吗？”

警卫员说：“小兴，这个帮你碓米的就是朱军长。”

小兴惊喜地说：“红军叔叔，原来你就是朱军长！那朱军长，你答应我参加红军吧？”

饶婆更是高兴地说：“我只知道红军对老百姓很好，没想到朱军长你这么大的官，对老百姓也这么亲切，这么好。朱军长，你答应小兴吧！我身体还硬朗，不用他照顾。”

朱德和蔼地说：“大妈，这米你们留下自己吃，感谢你们的深情厚谊！小兴，你想参加红军的事，我会跟你们的县委书记黎凤翔同志说，过几年就送你参加红军。”

“谁想参加红军？”黎凤翔突然带着区、乡领导走进来。

朱德微笑着说：“真是说曹操曹操就到！黎书记，你跟大妈换一换，让她休息一下。”

黎凤翔与朱德一边碓米，一边交谈。黎凤翔说：“朱军长，我们的准备工作距离上级要求相差甚远，请包涵。”

朱德向黎凤翔竖起大拇指，称赞道：“马图村迎接红军场面热闹，伙食更是样样齐全，我代表红四军官兵感谢马图人民。”

站在一旁的饶婆说：“朱军长，我闲着没事，唱一首山歌给大家听方便吗？”

“要的！”朱德高兴地说，“大妈，你唱吧！”

“黎书记来马图村，筹粮寻菜一村村；马头农民表心意，男女老少欢天喜地迎红军。”饶婆唱完后说：“黎书记你也唱一首给朱军长听。”

“好，那我就唱一首反映马图人民艰苦生活的山歌。”

朱德说：“要的！”

“有女莫嫁马图村，涩茶难卖米缸空；三餐木薯搭苦笋，寒天烂衫难过冬。”

米碓好了。朱德在黎凤翔等人的陪同下，沐浴着温暖的阳光，仔细参观了马图村的山山水水。朱德赞许地说：“马图村山好水好，气候非常适宜种茶。我相信勤劳的马图人民通过努力，一定能够种出优质好茶，改善这贫困的生活。”

黎凤翔激动地说：“朱军长，我们一定会努力，不会让你失望！”

回到见龙居住地，朱德吩咐随行人员拿出一大袋从闽西准备带到井冈山的茶种，赠送给马图村农民。后来，马图村把朱德赠送的茶种进行精心培育，并称它为“红军茶”。1955年，马图人民把种出来的“红军茶”，送给了时任全国人大常委会委员长的朱德元帅品尝。

1930年5月，黎凤翔调至东江特委，同年12月调至省委。翌年3月3日，在往省委图经曲江时，因叛徒黎壁告密而被捕。黎凤翔在狱中坚贞不屈，从容就义，时年三十岁。

29日下午，朱德在丰顺马图召开军事会议，讨论红四军的行动问题。

参谋长朱云卿说："根据侦察员报告，红四军主动撤出梅城后，敌人害怕红四军转袭潮汕，因此调动数倍于我的部队加强潮汕的防御，同时在通往潮汕的据点也增加了兵力，加固工事和炮楼，以便中途拦截红四军。在梅城方面，守敌已大部分调往汤坑，防止红四军经汤坑而奔袭潮汕。现在梅城敌人兵力空虚，只留下一个郭思演的教导团和县保安大队，城外也没有发现国民党其他部队。"

一纵队司令员林彪说："显而易见，我们不能去闯敌人布下的封锁线。我们只有趁敌军南上扑空未归之际反攻梅城，消灭驻梅城敌军的有生力量，然后回到闽西去。"

三纵队司令员伍中豪说："当敌人发现上当之后，马上就会打个回马枪，直接威胁红四军和九龙嶂革命根据地。为了保存实力，不能和敌人硬拼，我觉得林彪同志的意见是正确的。"

朱德说："我赞同林彪同志和伍中豪同志的想法。毛泽东同志曾经说过，'打得赢就打，打不赢就走'。今天，我们要按照毛泽东同志这种军事思想，决策红四军此次行动。陈毅同志，你的想法怎么样？"

"从目前红四军面临的难题来说，我认为不要等敌人警觉了我们再动，也不要明知拼不过敌人还要逞强。我的意见是先发制人，攻下梅城。"

"好，大家的意见一致，那我们就当机立断，31日挥师反攻梅城。"

30日晚，红四军由马图、南坑开回滂溪等村庄。红四军司令部在耕郑村一位熊姓赤卫队员家里召开了战前会议，决定三纵队从梅城西面主攻，一纵队从梅城北面迂回包抄，二纵队为总后备队在梅城东面狙击敌人。会议结束时，朱德对列席会议的古大存说："大存同志，我们明天就要走了，你们还有什么要我们帮忙？"

古大存思考了一下，说："朱军长，别的没有什么，你们如果有办法，就支援我们一点干部吧。"

"这个不难，我们已经商量了，决定把梁锡祜、谭汉卿等三十位有丰富经验的政工人员留给你们。另外，我们再给你们抽调一百二十多名优秀战士，其中有十多名是伤员。"

"朱军长，你这是雪中送炭呀！"

当晚，古大存和东江特委的几位同志返回顺里村东江红军总指挥部，布置丰顺、梅南等地赤卫队，第二天袭击或骚扰附近的敌人据点，拖住敌人对梅城守敌的支援，保证红四军顺利攻下梅城。

翌日早上七点多钟，红四军从梅县城郊西门外上市十甲尾开始，一直到东门外下市东山角，把梅城东西北三面紧紧包围。

守东门的敌军一下子冲了出来，企图突围逃跑。一位连长说："敌人冲出来了，不好打了！"

在黄塘村鹧鸪岃坐镇指挥的朱军长说："连长同志，你想错了。敌人冲出来，不是比躲在里面更好打他们吗？"

"是！同志们，猛烈地打！"

守东门的敌军在红军战士打击下，又缩回城里去了。

西门外的三纵队战士，经过新庙前冲入梅城西门街，与敌人进行巷战。敌军退据两旁商店楼上，组成交叉火力网，封住街道，阻塞了红军进攻的线路。

北门罗荣桓率领的一纵队九支队与金山顶据点的敌军激战，红军战士终于冲上了山顶，抢过敌人的机枪，击毙了十多名敌军。在金山顶亲自督战的敌军团长郭思演，也身受重伤。

没想到，几小时过去了，敌军越来越多，火力也越来越猛，金山顶被敌人夺回去了。红军不但不能速战速决，还伤亡了不少战士。

朱军长感到有点奇怪，对朱云卿说："朱参谋长，你赶快派人把那个俘虏的敌军副营长给我带来！"

五分钟后，敌军副营长被带到朱军长面前。他扑通一声跪在地上，颤抖着说：“红军爷爷，求你不要杀我！”

朱军长威严地说：“我可以不杀你，但你要如实回答我几个问题。”

“好！好！”

“你是郭思演教导团的吗？”

“我不是郭思演教导团的，而是陈维远主力团的。”

“在梅城，你们除了这两个团之外，还有其他兵力吗？”

“我们还有梅县警卫大队和地方民团，人数多少我不知道。”

“你没有骗我吧？”

“没有，我说的是实话。”

朱军长挥手说：“带下去。”看着敌军副营长带走了，他无比生气地对朱云卿说：“我们的侦察员大意了，竟然没有摸清城里敌人的底细。知己不知彼，我们犯了兵家大忌呀！”

一纵队的通讯员来了。他说：“朱军长，林司令员建议，这仗不能打下去了。再打下去，敌人的大量援军就来了！”

朱德心里也是这么想的。他觉得现在两军对峙相持，如此消耗下去对红军更为不利，必须立即撤出战斗。此时，已是下午六时。朱德对朱云卿说：“朱参谋长，你马上下达转移命令。所有部队开往敌军力量薄弱的大坪、梅西一带扎营住宿。”

第二天，红四军经平远石正的八尺至粤赣边区的寻乌、福建武平，然后再回到闽西根据地。

1931年5月，朱云卿在江西吉安东固后方医院治疗时被国民党特务杀害，牺牲时年仅二十四岁。

红四军回到闽西后，在长汀召开了红四军前委扩大会议，由复出的红四军前委书记毛泽东主持。在四个月前福建龙岩召开红四军第七次代表大会上，经过民主选举，毛泽东落选前委书记，陈毅当选。毛泽东随后离开红四军，留在闽西养病并指导地方工作。在此次会上，毛泽东说：“红四军入粤进军东江，是根据中央的指示。入粤势在必行，意义非常重大，影响亦非常深远。”

第十九章

东江特委迁水尾　歼灭官塘特务营

东江特委秘书长罗欣然参加长汀红四军前委扩大会议后，第一时间向省委作了汇报，然后返回八乡山向东江特委传达了红四军前委扩大会议精神和省委的指示。大家听到毛泽东回到红四军前委书记的位置上，都感到深受鼓舞。

林道文高兴地问："欣然同志，你见到毛泽东同志了吗？"

"不但见到了，而且他还亲切地和我握了手。"

"那是长汀会议结束的当天下午，我到朱军长住地和他告别，没想到这时候毛泽东同志来了。朱军长介绍我和毛泽东同志认识。毛泽东同志握住我的手说，东江革命如火如荼，之前出了个农运领袖彭湃同志，现在古大存同志又拿起了接力棒，真是令人高兴呀。以后有机会，我还要认识这位叱咤粤东北的客家老弟古大存！"

古大存兴奋地说："毛泽东同志发动秋收起义，开创井冈山革命根据地，是我崇拜的革命家、政治家、军事家。如有机会，我也很想见到我心中崇拜的毛委员！欣然同志，朱军长对我们东江特委有新的指示吗？"

"朱军长再三嘱咐我，对红四军留下来的政工干部和红军战士，一定要充分发挥他们的骨干作用，尽快地把东江革命根据地建设好，逐渐同赣南、闽西的中央苏区连接起来！"

“好的，朱军长嘱咐的事情，我们应该把它做好。”古大存毫不犹豫地说，“我建议把红四军留下的人员编成一个教导大队，暂时隶属于四十六团。至于逐渐与赣南、闽西连接的问题，目前主要是加强兴梅、平远、蕉岭的武装活动，把这些地方的赤卫队建设好，条件成熟时也可以合编为东江红军的一个团。到那个时候，我们就可以打开直通江西寻乌的通道，与赣南、闽西连成一片。”

陈魁亚说：“毛泽东同志和朱德同志对我们的殷切希望，是一股强大动力，将进一步推动东江革命事业向前发展。我赞成大存同志的建议，下一步我们就着手开展这些方面的工作。”

罗欣然说：“鉴于红四军没有留在东江发展，之前我们筹划建设的红军后方医院和新兵工厂，以及东江红军军事政治学校的搬迁等事宜，是不是可以暂时停下来了？”

古大存说：“我看红军后方医院和新兵工厂建设，必须停下来，但东江红军军事政治学校还是要搬迁。我想建议东江特委与军校一同迁到水尾星拱楼，有利于今后开展各项工作。”

陈魁亚说：“东江特委迁到水尾去，我是同意的，但我们原来拟定春节后在八乡山召开东江第一次工农兵代表大会，准备工作正在进行中，难道又要改变开会地点吗？”

林道文说：“这事大家不要争论，我亲自向省委汇报，由上级领导决定。”

“行！”

东江特委和军校迁到水尾星拱楼后，古大存看到每个房间都摆着崭新的床铺和桌凳，禁不住对参谋长罗欣然说：“你们花这么多钱去添置那么高档的家具，简直是破费。”

罗欣然笑着说：“大存同志，我们没有花一分钱，全部都是屋主冯清泉事先准备好的。”

“你去把冯老板请来。”

冯清泉在老屋酿酒，听到古大存叫他去，连忙放下手中活计，跟着罗欣然来到古大存面前。他问：“首长同志，你叫我什么事？”

古大存指着房里的眠床说：“冯老板，你这么用心用力为红军着想，让我们心里过意不去，我代表红军谢谢你！”

冯清泉微微一笑，说：“这些家具不值几个钱，你们不要放在心上。其实，我也没花一分现钱，全部都是用官塘圩的茶叶店与家具店置换的。”

“怎么，你不做生意了？”

“不做了，我怕惹上是非。不过，首长你放心，我的小伙计阿明还在官塘圩茶叶店帮工，好朋友钟胡可也还在官塘圩警察所上班，有什么情报这个钟胡可会派阿明告诉我。”

古大存点头说：“我们红军住在你家新房子里，国民党反动派迟早会知道的，还是有防无患好。那你接下来有什么打算吗？”

“我和老婆、大儿媳商量好了，以后每天帮红军烧火做饭，打扫卫生。”

“冯老板，在此我代表红军再次多谢你们一家！”

一天上午，东江特委在办公室开会，讨论今冬明春的一些工作安排。忽然，曾桂走到古大存身边，说：“首长，门外来了一位姓曾的老师，还带来了十个学生，他说要找你。”

古大存说：“同志们，你们继续讨论，我出去一下。”说完走到曾老师身边，和蔼地问：“曾老师，我是古大存，你带着这么多同学找我有事吗？”

“首长，你是东江红军总指挥？”

“我是。”

“昨天晚上，黎学仁校长叫我带着这些梅南中学的学生到顺里找你，谁知没找着，就在一座破房里睡了一夜。今天早上，我们才从一个阿婆那里了解到，你们搬到这里办公了。”

“这么说，你们还没吃早饭？”

“没有。”

“走，我带你们去伙房，边吃边聊。”

冯清泉的老婆夏水妹在天井边择菜，看到古大存来了，说：“首长同志，今天中午给你们炒时鲜豌豆，是我家祝英摘回来的，喜欢吃吗？”

“喜欢。”古大存望着夏水妹说，“嫂子，这些学生还没有吃饭，辛苦你给他们煮点吃的。”

“不用煮，厨房还有现成的稀饭和番薯。”夏水妹站起来说，“你们先坐，我去把东西加热一下。”

曾老师坐下后，说：“古总指挥，我带这些学生来，是这些学生想参加红军，我也想。”

古大存疑惑地问：“曾老师，他们多大了？”

“十四五岁，今年读初中一年级。”

“同学们，你们正是长知识的时候，应该回到学校上课去。”

曾老师难过地说：“回不去了！”

“为什么？”

“昨天下午，由于叛徒告密，驻扎在官塘圩的国民党官兵又突袭我们学校，杀害了两位党员教师和三个进步学生，还砸坏了所有桌凳和教学设备。在红四军轩坑渡口渡河时，这些学生都去帮忙出力了。国民党兵离开学校时贴出了布告，上面写着：‘梅南中学是共产党组织的地下堡垒，几年来蛊惑和煽动师生走上与党国为敌的道路。从即日起，勒令其停办！’可是学生们不愿意回家，有的转到其他学校去，而这些学生都说要进九龙嶂参加红军，消灭国民党反动派！”

一位学生说：“首长，当红军是我们的心愿，你就留下我们吧！”

“好，我同意你们留下！”

夏水妹把稀饭和番薯端出来了。

古大存说：“曾老师，你和同学们先吃，我还要回去参加会议。曾桂，待他们吃完之后，你陪他们到周边走走，让他们尽快熟悉这里的环境。”

“是！”

古大存回到会议现场，问：“魁亚同志，你们讨论的结果怎么样？”

“有的同志认为，现在去打官塘圩张徐光特务营机会还不成熟，最好定在春节期间。你的意见呢？”

“我看不能等，过几天就打！”

“理由是什么？”

“主要有两点：第一，张徐光驻军在我们眼皮底下，随时有可能对我们造成威胁，我们尽早消灭他们，对根据地发展都是非常有利的。第二，自蒋介石发动四一二反革命政变以来，张徐光驻军疯狂屠杀共产党员和革命群众，犯下了滔天罪行！昨天下午，他们又窜到梅南中学，杀害了两位党员教师和三个进步学生，还勒令梅南中学停办。俗话说，是可忍孰不可忍。如果不把他们尽快除掉，梅南地区将无宁日可言！”

颜汉章说：“大存同志分析得有道理，那我们就不要等了，打吧！”

陈魁亚说：“我也同意，打！”

特委会议结束后，古大存回到自己办公室写了一封短信，然后把冯清泉叫来，吩咐道：“冯老板——”

“首长，你不要叫我冯老板了。”

“那好，我叫你清泉大哥。最近，我们想铲除官塘圩张徐光驻军，但我们对他们的布防情况不大了解，想请你儿媳妇祝英妹妹去官塘圩走一趟，替我们送一封信。”

“我家祝英多次给你们做事都非常顺利，相信这一次也能顺利完成。你把信给我吧，我会向她交代清楚。”

“清泉大哥，拜托你了！”

张徐光带着一个排的弟兄去到国民党梅县县党部，一踏进县长办公室，一声招呼也不打，便一屁股坐在板凳上，显出目中无人的样子。

县长生气地说：“徐光小弟，你一句‘大哥’也不叫，是不是太没礼貌了？”

“我说大哥，今天小弟我是走着来的，累得腰酸背痛，连说话的力气都没了。你莫怪小弟我不懂礼节呀！”

“你骑的马呢？”

“三天之前，我奉大哥你的指令，带着一连的弟兄到梅南中学捉拿共产党，遭到了师生的强烈反抗。我忍无可忍，枪毙了几个共产党的嫌疑分子，还勒令该校停办。当时，我的马拴在校门外的一棵树下，由两个弟兄看管着，没想到被赤卫队员用手榴弹炸死了。”

“徐光小弟，你不要灰心丧气，转眼又会有的。”

“哪有这样的好事？”

“小弟，你运气好。省党部给我配了一辆汽车，以后我天天坐车了。我那匹坐骑送给你，要不要？”

“要，当然要！”

“好，等一下你骑回去。”县长大方地说，“我今天叫你来，是转达省党部对你的嘉奖：鉴于你近年来‘剿共’有功，专门给特务营配置了一部大功率电台，还有一位专业的电台女操作员。”

张徐光高兴得跳了起来，说：“谢谢党国！谢谢大哥！以后，我就可以和张瑞贵旅长加强联络了。”

县长拍了拍巴掌，说：“进来！”

眨眼间，一位身穿军服的妙龄女郎从门外走进来，看了张徐光一眼，然后喊了一声：“县长。”

县长指着张徐光说：“黄珍，这位是驻守梅南地区的特务营张徐光营长。”

黄珍向张徐光点头说：“张营长好！”

县长又指着黄珍说：“张营长，她叫黄珍，是北伐名将黄琪翔军长的堂妹，电台操作员，今天跟你回去负责收发电报。你可不能欺负她呀！”

“她是黄军长的堂妹，打死我也不敢非礼她。我还要巴结她呢！”

当张徐光骑着县长赠送的白马抵达长沙罗衣岗时，同样骑着赤马的黄珍看到罗衣塔葫芦顶上站着一只乌鸦，说："张营长，我听县长说，你是黄埔军校毕业的，枪打得很准。你可否露一手，一枪打死那个葫芦顶上的乌鸦？"

"你看好了！"张徐光拔出驳壳枪，眼珠子一斜，"啪"的一声，射出了一颗子弹，竟然没有打中乌鸦，却击碎了葫芦顶。

黄珍向张徐光竖起大拇指，说："张营长，你虽然没有打中乌鸦，但也有成绩，确实枪法准。"

"黄珍妹妹，我们驻扎的官塘圩与你老家水车茶山村不远，你可以经常回家去看看。"

"张营长，我是广州长大的，对老家没有多大印象。有时间的话，我肯定要回家去看看。"

"黄珍，你一个黄花大闺女，怎么愿意到边远山区浪费青春？"

"我是热血青年，哪里需要到哪里去。"

"精神可嘉！"

当晚八时，月色晦暗。在倚山而建、面向梅江河的国民党偌大军营里，人声嘈杂，张徐光大摆庆功宴。今天晚宴上的鸡、鸭、鱼、肉都是他们从附近农民家里抢来的，非常丰盛。

宴席上，张徐光得意忘形地说："弟兄们，在梅南地区，从长沙到畲坑，我是国军老大，可以呼风唤雨。鉴于我们特务营剿灭'共匪'功劳显著，省党部奖励我们一部大功率电台，还准备提升我为副团长。在这美好的夜晚，在这激动人心的时刻，请大家共同举杯，一醉方休。来，大家干了第一碗！"

此时，由团长李明光率领的东江红军四十六团与小桑乡和当地赤卫队会合后，沿着新湖村、礤下村、白沙村方向推进。由团长李斌带领的东江红军四十七团从九龙嶂出发，顺着水尾、龙岗、蓝田方向行进。由总队长罗梓良指挥的梅县赤卫队从梅城大沙河唇出发，沿着梅江南岸朝轩坑方向奔去。凌晨两点多，三路人马已对张徐光特务营形成了包围之势。

在蓝田岗的一个小山窝里，由张飞带领的妇女救护队集中在这里。在她们中间，除了女红军排长朱心带领的十多个女红军外，还有三十多个九里屶和水尾的群众积极分子。其中包括九里屶村长的女儿黄芳和黄狗的媳妇杨柿花。杨柿花走到张飞面前，说："阿飞，你见黄芳了吗？"

"我们学校搬到水尾不久，我又留校当后勤管理员，没有时间回九龙嶂，也就见不到黄芳了。"

"我告诉你，黄芳答应嫁给你了。"

"这是干妈跟你说的吗？"

"是。"

张飞高兴地说："嫂子，你回家后对干妈说，在过年的时候，我回去见她老人家，叫她带我到村长家里提亲。"

"阿飞，你等一下，我马上回来。"

张飞坐在地上，望着天边的月亮，回忆和黄芳在小溪边相识的情景。突然，他的肩膀被人拍了一下。他连忙收回思绪，扭头一看，发现黄芳站在身后，惊喜地说："黄芳，你怎么也来了？"

"难道我不能来吗？"

"能！"

啪，啪，啪，三颗红色信号弹升上夜空。紧接着，埋伏在山坡上的红军战士先向特务营投去一颗颗手榴弹，然后又向惊慌失措的敌人射出密集的子弹。

敌人接二连三向红军阵地发起反攻。没想到，还是被敌人冲开了一个缺口。经过一阵短兵相接，刺刀拼杀，红军杀退了敌人。

张徐光见势态不妙，带领三十多人仓皇渡河，准备向对面水车鹅峰逃窜。他们刚下河，马上又被埋伏在鹅峰河岸的梅县赤卫队打回岸上去。张徐光只好带着残兵败将二十多个，转向官塘圩下面那座狮形山下的小路逃去。没料到，又遭到埋伏在此处的畲坑赤卫队的猛烈射击，他们便向山上爬去。

突然，张徐光身中一枪，但他还是拼命地跑。当他快离开赤卫队的射程时，又被后面赶来的红军战士打中。一个敌排长急忙背起张徐光，逃到径背，用竹箩把他扛到黄塘医院抢救，但第二天，张徐光便去阎王爷那里报到了。

战斗进行了一个多小时，全歼张徐光的特务营，缴获了一批枪支弹药，还有一部大功率电台。但是，我们也牺牲了二十多位红军战士。

天亮时，救护队把二十多位牺牲的红军战士抬回二十里外的水尾村，排列在星拱楼门前小溪边刚平整好的练兵场。冯清泉从家里找出一匹白布，剪了二十多块，叫张飞拿去盖在每个烈士身上。

附近老百姓有孩子参加了红军的，闻讯跑到这里来，辨认这些牺牲的战士中有没有自己的孩子。如果有，就自愿领回家去安葬。到了中午时分，来了一个中年妇女，她拉开一条条白布，仔细找了两个来回才认出了自己的儿子。她抱着缺了一条腿的儿子，痛心哭泣。

朱心和叶传娣、黄芳、钟祝英因接待和安慰群众忙了一个上午，刚回到星拱楼饭堂，拿起饭碗没吃上几口，便听到张飞在门外喊："朱排长，有一个群众认出了儿子，你们快去。"

她们马上放下饭碗，跑去蹲在那个妇女身旁，边流泪边劝慰这个妈妈。

这位妈妈哭泣道："儿呀，你才十五岁，便丢下了妈妈，但妈妈不怪你。妈知道你痛恨这个世道，才离家出来闹革命，消灭那些害人的白狗子。儿呀，你是好样的，妈今天带你回家去。"

朱心问："大姐，你是哪里的？"

"小桑。"

"大姐，你儿子死得光荣，红军一定不会忘记他的。"

这位妇女停止了哭泣，说："红军妹子，多谢你们的安慰，现在我想把儿子背回去。"

张飞带着两个战士和一副担架来了。张飞说："大姐，这么远的山路，不好背，还是这两个战士帮你把儿子抬回去。"说完，他递给妇女几个银圆，说："大姐，这钱你收好，回去安葬好你英雄儿子。"

送走了妇女和她英雄儿子，张飞对朱心她们说：“刚才，古总指挥要求我们，一定要把这些没人认领的烈士安葬好。”

朱心说：“张队长，你要我们怎么做，我们就怎么做。”

“你和叶传娣带几个战士到附近农民家中去，向他们购买新的或较好的衣服，回来给这些烈士穿上。黄芳和祝英去叫上几个战士，为这些烈士擦干净身体。”

朱心和叶传娣领着几个战士来到一户人家，见到一位六十多岁的女人，朱心说：“阿婆，你家有没有能穿的男人衣服？我们想买。”

“妹子，你们买来干什么？为什么不到官塘圩去买？”

“昨晚红军去官塘圩打白狗子，我们牺牲了二十多个红军战士，想买给他们穿上，由于我们红军现在没有那么多新的衣服，同时现在不是圩日，市场上买不了衣服，时间又紧，所以请你们帮忙了。”

阿婆听后心里难受地说：“妹子，他们为了帮穷人打天下丢掉了年轻的生命，我们要把他们当作自己的孩子，好好安葬。他们穿的衣服，我都会动员左邻右舍捐赠出来，不要你们一分钱。”

朱心从挎包中取出几个银圆，递过去说，“阿婆，这钱一定要给的，我们部队有纪律。”

阿婆没有接钱，说：“妹子，我大孙子杨豪贤在你们队伍上当司号员。他对我说，红军和我们农民是一家人。妹子，你说我们是不是一家人？”

“对，我们是一家人！”

“那好，你把钱装回去，给红军战士添点伙食，让他们更好地打白狗子。”

“我代表红军多谢阿婆！”

朱心和叶传娣带着几个战士回到练兵场，协助黄芳她们清洗烈士的遗体。刚刚清洗完毕，杨豪贤的阿婆领着七八个中年妇女来了。她们不但带来了村民自愿捐赠的新衣服，还带来了自家酿的娘酒和供品、香烛，祭拜了那些牺牲的战士。

古大存和其他东江特委的领导朝练兵场走来，后面还跟着一百多位红军战士，他们站在穿着整齐衣服的烈士面前，脱下了军帽，向烈士们鞠了三下躬。古大存说："英雄们，你们为了中国的革命事业，献出了宝贵的生命。我们虽然不知道你们的名字，但党和人民是不会忘记你们的。今天，我们用最简朴的仪式，悼念你们，安葬你们。等到中国革命胜利之后，我们一定会用最高礼节祭拜你们，缅怀你们。英雄们，祝你们一路走好！"

接着，战士们举起枪，向天空鸣放礼炮，恭送这些无名的烈士安心上路。这些烈士统一安葬在向阳的山坡下，面朝东方。中华人民共和国成立后，古大存担任广东省副省长，他专门指示梅县领导，找个好地方重新安葬这二十多位无名烈士。

驻扎华城的国民党军张瑞贵旅长听到张徐光的特务营全军覆灭，还把大功率电台给弄丢了，气得暴跳如雷，将一只瓷杯摔得粉碎，骂道："这个草包，无意中帮了共产党大忙！"

徐秘书和作战参谋不敢言语。

"徐秘书，密码本不要送了。"

徐秘书一脸无奈地说："可是旅座，今天早上宋连长已派人送走了。"

"那你叫宋连长派人追回来！"

"是！"

徐秘书出去一会儿带着宋连长来了，说："旅座，宋连长有事向你汇报。"

"说！"

宋连长咳嗽了一声，说："旅座，派去给特务营送密码本的弟兄带着伤回来了。他说到了畲坑时遇到了赤卫队，随同的两个弟兄被打死，他因为受伤也被抓了，密码本落入赤卫队手中。后来，他侥幸跳窗逃回来了。"

张瑞贵骂道："又是一个草包！"

徐秘书说："旅座，你不必过多顾虑，纵使九龙嶂'共匪'得到了电台和密码本，也没有人懂得操作，这不是烂铁一堆？废纸一张？”

“徐秘书，你说得有道理，那就不管它了。”

古大存一页又一页翻看素不相识的密码本，感到有点困惑，连忙把教导团团长古宜权叫来，说：“我这里有一本书，里面全是阿拉伯字，每四个字一组。你是黄埔军校毕业的，看看这是什么书？”

古宜权拿过书一看，高兴地说：“这是国民党电台密码本，太重要了。你是从哪里得来的？”

“这是我们安插在张瑞贵旅部的同志通过畲坑地下党组织转过来的，刚刚才收到。”

“好哇！”古宜权兴奋地说，“现在我们有电台，又有密码本，只是少了精通此项业务的人才。不然的话，我们通过这部电台随时可以监控到周边敌人的动向，还能收到上级和兄弟部队的电文。”

“宜权，哥不瞒你说，在俘虏中就有这样一个人才，还是个女的。”

“那我们把她争取过来，为我所用。”

“但这个人有点特别，她说自己是共产党员，去年受组织派遣，潜伏在国民党省党部机要室。我不敢相信她的话，只好安排她单独一个房间居住，并叫参谋长罗欣然去省委了解一下她的情况。”

“存哥，涉及机密的部门，用人一定要慎之又慎。我觉得你做得很对，先把问题了解清楚。如果真是自己的同志，我们就成立通讯组，可由她负责电台收发工作。”

“宜权，欣然同志回来了。”

“在哪？”

“你听，他在大门外开怀大笑。”

“存哥，你还有事，那我回八乡山去了。”

“好，见到你妙娇嫂子，替我报个平安。”

“我知道了。”

送走古宜权，古大存来到大门口，看到罗欣然和张飞等人在一起笑得合不拢嘴，好奇地问：“你们刚才笑什么？”

张飞说：“我今天去官塘圩办事，听到一首歌谣，非常有意思。”

“什么歌谣，说来听听。”

“月光光，白如霜，特务营长张徐光，镇压革命到官塘，梦中惊醒想逃命，身中红军两三枪。喽啰找到箩来扛，一扛扛到上黄塘，呜呼哀哉见阎王！”

古大存乐了，说：“这首歌谣有水平，太有意思了！”

罗欣然跟着古大存走进东江工农红军总指挥部，说：“古书记，事情了解清楚了，黄珍确实是我们的同志，原名叫黄菊芬，黄珍只是她的化名。当时省委听到国民党省党部奖励张徐光特务营一部大功率电台，还要派一位电台操作员去，便想办法叫菊芬同志来到梅县，伺机把这部电台和密码本搞到手。”

“密码本今天搞到手了。对于我们提出的建议，省委同意吗？”

“省委完全同意，还赞扬了我们。同时，省委要求我们把电台、密码本和黄菊芬同志交到大埔青溪交通站，由交通站的同志转送到闽西红四军那里，不得有误。”

“走，我们去看望黄珍同志。不，看望黄菊芬同志。”

古大存拿着密码本和罗欣然走进黄菊芬居住的房间，看到她在床上坐着看书。他好奇地说：“黄菊芬同志，你这么用心，看的什么书呀？”

黄珍连忙走下床，问：“古书记，你怎么知道我的真实姓名？”

“哦，这是省委领导告诉我们的。”

“古书记，你手里拿的什么书？”

古大存把密码本递过去，说：“请你看看。”

黄珍接过一看，高兴地说：“密码本，太好了！有了它，我们的电台就像千里眼、顺风耳，可以大大地发挥作用了。”

古大存说：“黄菊芬同志，这几天让你受委屈了，对不起！”

“没事！”

第二十章

八乡成立十一军　三次攻打潮安城

1929年12月5日，在梅南区苏维埃会议中，通过了成立女红军连的提案。一天，在东江红军军事学校的练兵场上，刚成立一个多月的女红军连六十多人，在连长朱心和指导员黄涛带领下进行各种武装训练。这些女红军，大多是梅县、丰顺和五华的贫苦农民妇女，隶属四十六团领导。

古大存在四十六团团长李明光陪同下来到训练场，观摩女红军连训练的飒爽英姿。

朱心请古大存给战士们作指示，马上便集合好队伍。她走到古大存面前，说："古书记，请你给战士们作指示吧！"

"好！"古大存走到排列整齐的女红军面前，说："同志们，你们是我们东江红军队伍的英雄花，是当代花木兰！你们当中一些同志还曾经参加了畲坑暴动、丰顺暴动和官塘圩战斗，出色地完成了送信、宣传、筹粮等各项任务，你们个个都是好样的。一个多月来，你们不怕辛劳，勤练杀敌本领，晒黑了皮肤，坚定了革命意志。你们今天的努力，必将换来明天胜利的希望！希望同志们为革命胜利继续努力。马上就要过年了，在此，我想问大家一句：你们想不想回家和亲人团聚？"

大部分人默不作声，只有少部分人说"想"或"不想"。

古大存微笑着说："说'想'是人之常情，说'不想'那可能是有原因。”

一个年轻的女战士说：“首长，我叫杨大妹，爸爸妈妈因为参加农会被国民党反动派杀害，两个弟弟被人卖了，家里再也没有亲人。我回家去干什么？我要为爸爸妈妈报仇！”说完哭了。

“杨大妹同志，你不要难过。革命队伍就是你的家，红军就是你的亲人，你的兄弟姐妹！”

黄涛举起拳头，高呼：“为死难的同胞报仇，打倒国民党反动派！”

女红军战士同时举起拳头，高呼：“为死难的同胞报仇，打倒国民党反动派！”

曾桂匆匆地来了，说：“首长，紫金县交通员来了。”

“我知道了。”古大存说。接着他说：“同志们，我听说前两天有个同志私自离队回家半天，这是目无组织的行为，在我们革命队伍里是不允许的。无论你有什么事都要向组织请假，得到批准了才可以去办。我们既然参加了革命，加入了红军，就要一切行动听指挥，做一个合格的红军战士，革命才能取得胜利！我希望大家不要想着过年回家的事，但想爸妈了怎么办？你可以写信向爸妈报个平安，表达对亲人的思念之情，告诉自己的家人，等革命胜利了再回去团聚。对于不识字的同志，也可以叫其他识字的同志代写。我的话讲完了，你们继续训练吧！”

古大存回到东江军委办公室，从紫金县交通员手中接过一封信，说：“你辛苦了，曾桂，你先带这位同志去休息。”

当晚，古大存召集颜汉章、杨雪如、李明光、张泰元、古宜权、李斌等在军委办公室开会。他说：“同志们，现在先请汉章同志传达红四军的来信精神。”

颜汉章说：“昨天，大埔青溪交通站转来红四军领导同志的一封来信。信上说，毛泽东同志和朱德同志认为，红四军支持东江红军一批干部，东江特委转送给红四军一部大功率电台，体现了红四军与东江红军兄弟间的感情、同志间的友谊。信上还说，他们坚信，九龙嶂革命根据地和东江红军在东江特委的坚强领导下，一定会不断发展壮大，成为令国民党反动派闻风丧胆的粤东北雄狮。”

李明光说：“对，我们要成为令国民党反动派闻风丧胆的粤东北雄狮！”

古大存说：“同志们，今天上午，紫金县苏维埃主席钟一强同志派人给我们送来一封信，希望我们协助他们除掉炮子地区东溪田村的恶霸曾祥五和洋头乡的反动民团头目邓河甫。东溪田与五华登丰、南岭庄田、炮子半坑相连。几个月前，我们在洋头村打败反动民团头目邓河甫时，本想一举消灭东溪田村的恶霸曾祥五，但因当时的一些原因及我要赶回来参加东江特委会议，便放弃了这个想法。那时，曾祥五不知道我们已撤离，担心东江红军随时找他算账，便逃到了五华登畲反动民团头子温伯洲那里躲藏。最近，曾祥五仗着国民党军‘围剿’海陆惠紫根据地时机，又带着反动民团窜回老巢东溪田村，为所欲为，大肆烧杀抢掠参加农会的干部、会员、家属被他们杀戮了两百多人。东溪田村的房屋，除了被曾祥五盘踞着的善庆楼外，其余全部被烧光，令老百姓流离失所，苦不堪言。与此同时，那个被我们打跑的反动民团头目邓河甫又返回洋头乡，对农会干部、会员和家属大开杀戒，疯狂到了极点。”

李斌说：“我们杀回去，消灭这些反动透顶毫无人性的家伙！”

古宜权说：“我同意！”

杨雪如说：“因几天后就是大年三十了。我建议让战士们休整几天，养好精神，待年后再出征，一举消灭两个反动民团。”

古大存说：“我想，过年正是消灭这两个反动民团的好时机。这个时候，他们一定会放松防备，突然袭击是最好的办法。”

李明光说：“古总指挥，请你把这个任务交给我们四十六团。”

李斌说：“不，你们四十六团担负着保卫东江特委和东江军委机关的重任，还是让我们四十七团去执行吧！”

古宜权说：“你们都不要争，我带教导大队去最合适。他们是红四军的精英，以一当十，一定能出色完成此项任务。”

古大存说：“同志们，大家都不要争。我的意见是，我和宜权同志率领教导大队前往，叫彭桂同志的四十九团配合，一举歼灭曾祥五和邓河甫两个反动民团。”

颜汉章说：“我支持大存同志的意见！”

“好！就这么定了！”

善庆楼是中西合璧、三层楼高的房子，房子虽然建了几十年了，但还是显得非常气派。可自从善庆楼被曾祥五占为己有后，原来的几户人家不堪反动民团的骚扰，先后背井离乡，只留下了屋主人的后裔范大娘一个老人还在这里孤独地生活。大年二十七的早上，范大娘起床进厨房做饭，经过天井边的鸡窝时，看到仅存的两只母鸡不见了，心里十分难过，大声地骂道：“哪个铡千刀的坏鬼，把我生蛋的鸡嫲偷去了，断了我买油盐的生活来源，这不是要了我的老命吗？”

曾祥五的堂弟曾淡刚杀了范大娘的母鸡，忽然听到范大娘的骂声，连忙从侧屋跑到范大娘面前，斥责道：“老东西，你都七老八十了，还敢骂人，还在这里碍眼碍鼻，快去死吧！”

“你要我死是吗？”

“对！”

“我死了，你们也活不长。等我到了阴间，马上向阎王爷告状，叫他把你们这些坏鬼统统打落十八层地狱！”

曾淡恼羞成怒，把范大娘拖出大门，说：“老东西，从现在开始，你别想再进这个门了！”

范大娘跌坐在地上，看到大门被关闭了，心如刀割，泪水溢出了眼眶。她觉得没法活下去了，还不如投塘自尽算了。主意一定，她便爬了起来，拖着颤抖的双腿向屋后小树林边的水塘走去。站在水塘边，她悲哀地说：“公公，婆婆，儿媳没能守住善庆楼，今天来找你们了！”说完闭上眼睛，向水塘跳去。

正在这危急关头，范大娘被一双大手抱住，从鬼门关救了回来。这个救人的英雄是红军侦察员叶荣。他的家就在善庆楼旁边，现在已被国民党烧成废墟了。他禁不住问："叔婆，你遇到什么事了，为何要轻生？"

"阿荣，我被坏鬼赶出来了，现在走投无路，活着不如死了好。"

"叔婆，这些坏鬼的死期就要到了。红军已集结在附近，准备今天晚上送曾祥五他们去见阎王。明天，你又可以回善庆楼了。"

范大娘高兴地说："这就好！"

"叔婆，善庆楼很坚固，红军想从大门进去不容易。你告诉我，善庆楼还有其他出入口吗？"

"没有其他出入口了，不过，有一个地方可以打洞进去。"

"什么地方？"

"上廊灶间年久放柴，从未维修，墙壁被木柴磨损得快要破了，只要用力一推，这个地方就会穿洞。你知道哪间吗？"

"我知道，小时候我们捉迷藏，你孙子带我去那里藏身，出来时弄了满头灰，结果你把孙子骂哭了。"

"是，是，这个你还记得。"

"叔婆，我背你到安全地方去。"

范大娘感动地说："阿荣，那个曾祥五可凶了，你们去打他一定要小心。"

"叔婆，曾祥五带着多少人住在善庆楼？"

"三十多人。"

"曾祥五住几楼？"

"二楼，靠近楼梯右边第一间，其他人住在楼下。每天晚上都无人放哨。"

根据叶荣带回的情报，古大存和钟一强、古宜权、缪冠儒、钟定香等人马上制订攻打曾祥五方案。

晚上十点多，万籁俱寂，天上只有淡淡星光。古宜权率领教导大队和紫金赤卫队两百多人，迅速包围了善庆楼。县赤卫队中队长温冠雄带领突击队，在叶荣引导下摸到善庆楼上廊那间堆放木柴灶间的背后，用铁钎捅了一个大洞。温冠雄和突击队员进洞之时，匪徒们还在梦中。这时候，匪徒曾淡起来小便，忽然撞见拿着枪的赤卫队员，惊恐地喊道：“‘共匪’来了！”说完往楼上跑。

温冠雄手起一枪，曾淡应声倒下。一个赤卫队员打开大门，招呼教导大队一个排的红军冲进去。曾祥五听见枪声，吓得从床上滚到地上，爬起来去衣架上拿枪，企图负隅顽抗。但叶荣和两个赤卫队员已进入他的房间，三枪齐发，要了曾祥五这个恶霸的狗命。不到半小时，战斗便结束了，三十多个匪徒全部消灭。

第二天早上，东江红军四十九团三营七连连长钟佑廷、排长钟子辉、班长钟亚群和战士曾汉中等七人，身藏驳壳枪，化装成农民挑木炭进入洋头圩门。守门的团丁邓亚全，是洋头反动民团邓河甫的心腹。邓亚全挎着驳壳枪，神气十足地把钟连长他们拦下，问：“你们是什么人？”

钟佑廷平静地说：“老总，我们是挑木炭的农民。”

“你们有无证明？”

钟佑廷边放担子边说：“有！”

邓亚全准备接过钟连长手里的证明时，看到面前这些人的手脚，不像挑木炭的农民那样黑黝黝的，心里遂产生了怀疑，说：“你们是红军！”说完拔腿就往街道上跑。

钟佑廷立即拔出手枪，想把邓亚全打死。但因今天是洋头圩日，街道上聚集了不少做买卖的群众，他担心伤害了群众，只好改变主意，说：“同志们，我们追！”

邓亚全跑到下圩胜和隆店时，又碰上五华八区赤卫队。见势不妙，邓亚全又回头向圩心亭逃去。他心里想，过了圩心亭再走一个街角，就回到了民团驻地，就能向团董邓河甫报告红军来了。他做梦也不会想到，自己的末日来临了。五华八区赤卫队队长扬起驳壳枪，一枪击毙了这个还在做着白日梦的匪徒！

此时，在廖家祠指挥的四十九团团长彭桂，对司号长麦胜标说："吹冲锋号！"

跟着，包围邓河甫反动民团的三个排同时吹响了冲锋号，英雄的红军分别从桥头崇、廖家寨、莲塘崇冲向反动民团的驻地，大获全胜。

1930年5月1日，八乡山小溪村滩下庄屋坪，干净整洁，彩旗猎猎，鲜花遍地。今天，东江第一次工农兵代表大会在这里召开。

在会场门口上方，悬挂着"庆祝东江第一次工农兵代表大会胜利召开"的红色横额。会场四周，悬挂着"中国共产党万岁""工农兵万岁""中华苏维埃万岁""红军万岁"等鲜艳的标语口号。会场门前竖起足有十多米高的旗杆，旗杆上红旗高高飘扬。主席台上面，悬挂着马克思和列宁画像，画像两旁挂着绣上斧头镰刀的红旗。主席台两旁，挂着一副醒目的对联："斧头劈开新世界，镰刀割断旧乾坤。"台上坐着省委巡视员林道文和陈魁亚、古大存等东江特委领导，台下坐着来自东江地区十七个县的苏维埃代表，还有琼崖、韶关和广州等地的代表，一共有三百二十六人。

大会由古大存主持。在一阵喜庆的鞭炮声过后，他说："同志们，东江第一次工农兵代表大会今天开幕了，请大家起立，高唱《国际歌》。"

雄壮嘹亮的歌声之后，古大存说："同志们，今天的大会，具有划时代的意义！中共广东省委发来贺词，还派省委巡视员林道文同志前来参加大会。我代表东江特委，向大家在百忙中到来表示热烈的欢迎和衷心的感谢！我希望大家要用百倍的激情，认真开好这次大会。现在，有请东江特委书记陈魁亚同志作报告。"

陈魁亚满口潮州话，讲了十多句时，台下有人说："陈书记，你说什么话，我们都听不懂。"

陈魁亚把话停了，脸上露出尴尬的表情。

古大存说：“同志们，陈魁亚同志是潮州人，在我们客家地区生活时间不长，不会讲客家话，请大家不要见笑。他刚才说的话，我给大家翻译一下。”

随后，陈魁亚每念一段话，古大存就翻译一段。六千多字的报告，足足花了一个多小时。接着，古大存作了关于开展游击战争的报告。上午的议程结束后，与会者和人民群众进行了游行活动。锣鼓声和欢呼声交织在一起，震撼了莲花山脉，激发了当地许多年轻人参军的热情。

当晚，庄屋坪举行丰富多彩的文娱活动。首先，由童子团曾忠、马顺等团员演唱《童子团歌》。他们唱道：“青年小兄弟，个个真威风。我们童子团，真诚革命军。不怕头上烈日，不怕暴雨狂风。紧跟我工农，起来大暴动。工农兵，向前进，苏维埃快建成。”

接着，张剑珍引领妇女宣传队唱起了《送郎出征歌》：

情郎参军喜洋洋，锄头换上驳壳枪；
戴上红军五星帽，走起路来气昂昂。
当红军，气昂昂，我郎出征上战场；
嘱郎英勇杀“白派”，杀尽“白派”有春光。
阿妹在家嘱情郎，一心革命共心肠；
家中担子妹挑起，耕山种作侍爹娘。
郎出征，妹送郎，妹在灯下缝衣裳；
衫中绣上七个字，“革命成功好还乡”。

第三个节目是这次大会秘书吕君伟创作的小戏《抓坏蛋》。

文艺演出一结束，古大存的爱人徐妙娇便回到家中，看到老公和儿子、侄子还没回来，担心他们饿了，便走进厨房煲番薯汤。番薯汤煲好后，大儿子回来了。徐妙娇问：“关贤，我没看见你上台唱歌，去哪里了？”

“我去站岗了！”

“你回家时，见到阿爸了吗？”

“见到了，他和宜权叔、李斌叔还在农会办公室商量事情。他叫我告诉你，今天事情多，他要晚一些才回来，你先睡。”

“你弟他们呢？”

“他们去六伯那里补课了。”

“六伯忙了一天，还有精神给他们补课？”

“六伯精神好着呢！”

徐妙娇盛了一碗番薯汤给古关贤吃，然后把一煲番薯汤装在菜篮里，提着向大门走去。

“妈，你去六伯那里吗？”

“不，我去你爸那里。”

古大存看见老婆来了，说：“妙娇，这么晚了你来干什么？”

“我给你们送夜宵，要不要？”

“要，要！”

原计划召开二十天的会，因各种原因，仅开了十三天。会议结束那天上午，省委巡视员林道文在会上说：“同志们，我现在传达省委关于建立东江苏维埃政府的决定。”

经过选举，陈魁亚当选为东江苏维埃政府委员长，古大存为副委员长。

接着，林道文又说：“同志们，我还要宣布一个好消息，中央军委决定，成立中国工农红军第十一军，下辖东江地区原有红军五个团和一个教导团，共有三千多人。军长古大存，政委由刚当选的东江特委书记颜汉章兼任，参谋长龚楷，政治部主任罗欣然。四十六团团长李明光、政委吴学哲，四十七团团长何石（后由李斌接任）、政委陈开芹，四十八团团长罗时彦、政委温仰春，四十九团团长彭桂、政委黄强，五十团团长刘光夏、政委唐天际，教导团团长古宜权。军部设在八乡山岳潭村，政治部设在滩下村。”

为了实现粤赣根据地连成一片的战略目标，东江特委指示刘光夏和唐天际率领五十团攻打国民党军在江西的一个顽固据点澄江圩。接受任务后，刘光夏对唐天际、罗屏汉说："这次战斗打好了，意义非同一般。我们五十团刚组建不久，我想把战士们集中起来，进行一次战斗动员，统一他们的思想。你们的意见呢？"

唐天际说："刘团长，你的想法是对的，我同意！"

罗屏汉说："我也同意！"

在动员会上，刘光夏说："同志们，你们都是来自兴宁、平远、蕉岭的工农子弟，为了一个共同的革命目标，大家走到一起来了。在平远交界的寻乌县的澄江圩，有一个国民党军的顽固据点，就像一枚钉子，插在广东与江西的咽喉要道，严重阻碍着粤赣革命根据地的发展。上级领导指示我们五十团，想办法把这枚钉子拔掉。同志们，你们有没有信心？"

"有！"

唐天际说："同志们，刚才刘团长作了全面的战斗动员，从大家响亮的回答中看到了这次战斗胜利在望！但我还要强调一点，同志们一定要一切行动听指挥，这是取得胜利的保证！"

派去侦察的同志回来了。根据掌握的敌情，刘光夏和唐天际马上进行了战斗部署。当部队进入澄江圩阵地时，大雾弥漫，几米外看不清人影。唐天际说："刘团长，这么恶劣的天气，对我们十分不利。你说打还是不打？"

"打是要打的，但要雾散时再进行。你叫战士们注意隐蔽，等待进攻命令。"

"万一我们被敌人发现了怎么办？"

"这样的坏天气，我估计敌人也会窝在据点，不会有什么行动。但我们要加强警戒，注意敌人的新动向。"

在一座破败的屋檐下，坐着几位红军战士。一位战士说："班长，听说刘团长足智多谋，身经百战，临危不惧。老百姓都十分敬重他，还给他编了一首山歌。你会唱这首山歌吗？"

"你们想听？"

“想。”

班长低声唱道：“光夏部队到我乡，土豪劣绅望风逃；我军有了刘勇士，翻身从此有保障。”

战士赞许地说：“老百姓对刘团长的评价真高啊！”

“我再讲一个故事，你们还要听吗？”

“要。”

“有一次，刘团长得到情报，有十多个敌人从梅县押运枪支弹药到兴宁，他便带领红军到径心去截击敌人，不料途中发现了大批进犯径心的敌人。在这紧要关头，刘团长急中生智，立即发动当地群众，把各家各户过年用的门红做成许多红旗，插上周围的山头，同时鸣枪疾呼：大批朱毛红军到了！敌人信以为真，吓得逃走了。”

大雾散去了，刘光夏便下达了作战命令。没想到，战斗刚打响，突然出现了大批国民党兵，反将五十团包围了。在寡不敌众的情况下，刘光夏受了重伤，由警卫员背着撤退。敌人追上来了，刘光夏对警卫员说：“你背着我，大家都走不了，我宁受其死，不受其辱。你给我加一枪，把文件带走！”

“不，我一定要把你背走。”

刘光夏生气地说：“你不服从命令，文件就会落在敌人之手。”

“保护首长是警卫员的责任，我坚决不服从！”

刘光夏使出浑身力气，伸开抱着警卫员的双手往后仰，致使两人倒在地上。警卫员扶起刘光夏坐下，蹲下去又要背。刘光夏忍着伤痛，说：“不要背了，赶快给我加枪吧！”

“我不！”

刘光夏为了保护同志和文件，猛地从警卫员手中抢过驳壳枪，对准自己的额头扣了扳机，壮烈牺牲了。那时，刘光夏年仅26岁。

1952年7月18日，兴梅专署为纪念壮烈牺牲的刘光夏，决定把刘光夏烈士的家乡更名为光夏乡。

在李立三担任中共中央负责人后，共产国际连续给中共发来几封指示信，要求中共反右倾，反对联合富农，公开赤色工会，号召政治罢工，还说直接革命形势快到了。在随后召开的中共中央政治局会议上，李立三发表了长篇报告。他说："革命高潮已经到来，直接革命是什么？就是暴动形势。在这种形势下，首先在这一省或那一省爆发革命高潮，而马上普遍到全国的可能……接下去又将掀起世界革命的高潮。"

听了省委巡视员林道文传达中央的指示精神，古大存低声对身边的古宜权说："宜权，你对此有什么看法？"

"我觉得到处暴动和进攻大中城市条件还不成熟，应该按原来中央制定的十六字游击方针办。"

"对，我也是这么想的，我们不能走这条不顾实际情况的冒险路线。"

"存哥，你敢提意见吗？"

"这是中央的决定，我们只有执行，不能持反对意见。是对是错，让事实去检验吧！"

一天晚上，颜汉章在自己住地请林道文喝酒。三杯酒下肚，林道文问："汉章兄，十一军成立了，你作何打算？"

"为了贯彻落实中央的指示，我想取消东江特委和东江军委，合并成立东江十一军行动委员会，我任军委书记兼行委主席，古大存为军委副书记兼前敌总指挥。你觉得我这个想法如何？"

"你这个想法不错，我是支持的。但你要在会上提出来，让特委和军委的同志讨论一下，听听他们的想法。"

"道文兄，古大存他们同不同意没关系，只要省委给予支持批准就行。你说是不是？"

"汉章兄，你是想让我帮你这个忙？"

"正是！"

"好吧！这个忙我可以帮。但我还是想知道，行委成立以后，你下一步的行动计划怎么样？”

“我有一个初步设想，发动惠、潮、梅总暴动，打到汕头去！”

林道文肯定地说：“很好，符合中央的指示精神！你马上写份报告，让我明天带回省委，争取实现你的梦想。”

一个星期后，林道文返回八乡山。在东江特委会议上，他宣读了省委关于成立“东江十一军行动委员会”的批复文件。

古大存震惊地说：“汉章同志，取消东江特委、东江军委是不妥的。那么大的一件事情，你不经大家研究就上报省委，这不是乱弹琴吗？”

颜汉章生气地说：“大存同志，你这是什么话，竟敢说省委乱弹琴？”

“我是说你乱弹琴，家长作风！”

林道文息事宁人地说：“好了，两位都是行委第一、二把手，不要产生矛盾，要以和为贵嘛！”

古大存无奈地说：“既然省委批复了，那我也只好执行。但我希望汉章同志，在下来的工作中，要多听大家意见，才有利于工作，有利于同志之间的团结，减少矛盾的发生。”

颜汉章说：“大存同志，谢谢你的提醒！”

会议结束后，军委委员罗欣然和古大存一起走出大门。他说：“大存同志，你今天站出来说几句，提醒一下汉章同志，我觉得做得对！但是，我担心他大权在握之后，说不定会把十一军引向死胡同！”

“欣然同志，我们想到一起去了！”

曾桂跑到古大存面前，说：“首长，你六哥古柳春医生叫你去医院。”

“什么事？”

“他说有一个重伤员拒绝救治，不知道怎么办？”

“知道了。”古大存点头说。接着，他对罗欣然说：“欣然同志，我们一起去医院看看！”

“好，走吧。”

古宜权在教导团团部召开营、团领导开会，传达东江行委的会议精神。忽然，行委通讯员给他送来一道书面命令。看完后，他把命令念给其他同志听。

刘副团长说："我觉得行委命令我们团攻打驻扎安流镇的两个营敌军，存在两个不容忽视的大问题。一是我们团目前的情况，充其量还不足一个营的兵力，而且武器装备比敌人差得多，可以说是实力对比悬殊，一旦打起来我们是要吃败仗的。二是命令中写明我们团何时出发、何时开火、何时结束战斗，简直是脱离实际的教条主义和命令主义，万万不可行！"

参谋长说："行委这道命令确实不妥，但我们不能违抗呀！"

古宜权说："对，虽然这道命令问题多多，但我们还是要执行的。现在，请同志们做好出发准备，我去请示一下前敌总指挥古大存同志。"

副团长说："古团长，这道命令万一古军长也同意了，你去找他不是自讨没趣吗？"

"假使古军长同意的，那我也要向他阐明我们的观点和建议。"

古大存在前敌总指挥部听取李明光汇报四十六团的工作。看到古宜权来了，他说："明光同志，这段时间我没时间回星拱楼去，请你回去代我问候其他同志，包括冯清泉大哥。"

"好，那我去见一下欣然同志，晚上就回水尾去。"

送走了李明光，古大存问："宜权，你们团领导对取消东江特委和东江军委，成立东江十一军行动委员会有抵触情绪吗？"

"存哥，这事我改天再向你汇报。今天我来见你，是关于行委命令我们团三天后进攻安流敌军的事情。"

"行委命令你们团进攻安流敌军？"

"这事你不知道吗？"

古大存如坠五里雾中，说："我不知道！"

古宜权从口袋中取出那道行委命令，递到古大存面前，说："你看看！"

古大存接过那道命令看了，吃惊地说：“这个汉章同志，简直是瞎指挥！教导团才两百多人，怎么能消灭两个营的敌军？荒唐！”

“那我们怎么办？”

“这个命令是要执行的！你们团不能单独行动，我率四十六团跟你们一起去打！”说完，他朝门外喊：“曾桂，进来。”

曾桂走进来，问：“首长，有什么吩咐？”

“你去行委欣然同志那里，把李明光同志叫回来。”

“是！”

第三天傍晚时分，两支部队进入阵地。教导团隐蔽在安流圩附近的树林中，等待天黑。古宜权看了一下手表，时针指向八时。他便带领教导团突击来到安流圩南门城下，对敌人发动突然袭击。守城敌军听到猛烈枪声，仓皇集合兵力死守南门。

乘敌军注意力集中在南门之时，古大存指挥四十六团分别从东门和西门两边攻打敌军。

敌军看到红军攻势猛烈，一时摸不清红军的虚实，以为大部队杀来了，不敢恋战，慌忙从北门仓皇逃跑。不到一小时，安流圩便轻而易举地落入红军之手。我军无一伤亡，而敌军被击毙了二十多人。

古宜权马上叫来传令兵，叫他先回八乡山向颜汉章报告战况。但颜汉章没有感到兴奋，反而大动肝火，对行委参谋长严凤仪说：“这个古宜权，竟敢擅自更改我的命令！”

“非教训他一下不可！”

“你给我叫一个警卫战士。”

警卫战士来了。颜汉章对他说：“你朝着安流的方向走，见到古大存军长时，告诉他我军已打下双头，叫他往那里会面。”

古大存不知是计，便带着一个排的战士掉头去双头。走到半路上，他碰到一个赤卫队员，从他口中得知，双头还驻扎着一团敌人，根本不是行委警卫战士送来的情报上说的那样，只好又掉头返回八乡山。他走到祠堂门口，便看见古宜权被麻绳捆住，由行委的两个警卫押着。他疑惑地问："你们为什么抓古团长？"

"他违抗行委命令，颜主席要抓他问罪！"

"怎么，古团长打了胜仗还要问罪？这是什么逻辑？你们即刻放了古团长，快！"

"军长，我们在执行命令，不敢放！"

古宜权说："古军长，你不要为难两位战士了。我没事的，你回家吧！"

"我不放心，陪你去行委，看看汉章同志演什么把戏？"

颜汉章见到古宜权，不顾古大存在场，便大发雷霆，拍着桌子骂道："古宜权，你竟敢违抗军令，知道严重后果吗？"

古宜权心里感到委屈，不服气地说："我只知道后果就是胜利！"

"违反军法还这么神气，真是岂有此理。"颜汉章怒不可遏地说，"卫兵，把古宜权拉出去枪毙！"

"慢！"古大存立即上前制止，义正词严地说，"汉章同志，使不得呀！古宜权打了胜仗还要杀头，这不成了笑话吗？他不过是考虑到敌我兵力悬殊，专门向我请示。我作为一军之长，有责任采取应急办法去协助他，难道我也违反军法吗？你要杀他不如先杀我，不过有一条，你要先报告中央！"

颜汉章听到古大存掷地有声的话语，觉得自己做得有点过火了，便改口，说："我只是处理一个不执行命令的下属，你怎么可以出面护短呢？"

古大存理直气壮地说："汉章同志，我没有护短，只是和你讲道理。你做的这件事情，犯了三个错误。"

"哪三个错误？"

"第一，不通过前敌总指挥就直接命令教导团，违背了职责分工的组织原则。第二，敌情不明，盲目下令瞎指挥，按照你的命令去打安流敌军，教导团将被敌人消灭。第三，我们打下安流后，你派人送信给我，说你已打下双头，叫我立即到双头会面。我快到双头时，了解到那里还驻扎敌军一个团，你根本没有去双头。你这种骗人的做法，目的是为了什么？”

颜汉章自知理亏，尴尬地说：“纯属为了鼓舞士气，没有他意，请你不要误会。”

“古团长怎么处理，是毙还是放？”

“放！”

在行委会议上，颜汉章先总结了近期十一军取得的几次胜利。然后，他说：“中央和省委指示我们，尽快实现攻占汕头的目标。我想攻占汕头的条件已成熟，我们要把握好这个时机。但我们在攻占汕头之前，应该先打下拦在我们面前的潮安守敌，扩大影响后再快马加鞭攻占汕头。”

此时，中央和广东省委的某些领导正在竭力推行“立三路线”。他们把目光盯在夺取中心城市上。东江周围的中心城市，左为潮州、汕头，右为惠州、广州。由于海陆丰苏维埃政府的失败和惠州、广州国民党重兵把守，东江红军向西进攻的条件暂时还不够成熟，而东向夺取潮汕，他们认为是完全有可能的。因此，他们指示东江行委，要尽快实现攻占潮汕这个目标。

行委委员纷纷发表意见。

“我们十一军目前的实力有限，别说是攻占汕头，就连拿下潮安也有很大难度。我们这里到潮安，少说有三四百里，而且崇山峻岭，道路难行，甚至穷山恶水、地瘦粮少，军需供给十分紧张。在这种条件下，我们能够取得胜利吗？我看不能！为此，我建议暂时放弃这个打算才是上策。”

“我们粤东北九龙嶂、八乡山革命根据地，周边都有国民党军队虎视眈眈，他们早就梦想‘剿灭’红军和摧毁革命根据地。十一军主力一走，不就正中敌人下怀吗？这块根据地一旦丢失了，我们的退路在哪里呢？为了防止出现这种被动局面，我建议领导在作出决定之前，不容忽视这个严峻问题。”

“1927年8月7日，朱德同志率领的南昌起义部队撤到临川县时，总兵力约一万三千人。10月3日至6日，起义军占领大埔县三河坝，不久占领潮安、汕头，但没能坚守几天，就因国民党大军压境，起义军被逼撤出汕头。再说我们十一军才区区几千人，假如能占领潮安、汕头这两座中心城市，又能坚守多久呢？我看半天也坚守不了！我们没有当时南昌起义军的实力，恐怕潮安都打不下来，何来占领汕头？所以，我建议不要去冒这个险。”

颜汉章说：“你们这些人只从小处着眼，没有从大局着想，与中央精神相悖，是典型的保守主义！”

古大存说：“汉章同志，他们说的是实际情况，你不能乱扣帽子。”

“大存同志，那你的意见呢？”

在开会之前，颜汉章已把会议内容透露给古大存。刚开始，古大存不大同意颜汉章攻占潮汕的想法，但后来古大存细想一下，又觉得对潮安进行突然袭击或骚扰，可以扩大红军的影响。他胸有成竹地说：“我认为潮安可打，但汕头不能去，鞭长莫及呀！潮安城只有两个团守敌，我军集中力量进行突袭，胜利还是有希望的。打下潮安城，可以扩大红军的影响。不过，要防止邻近枫溪和鰡隍守敌的支援，还要防备周边敌人对根据地的进攻，不然我们是要吃大亏的。”

颜汉章看到古大存认可自己的想法，心里感到满意，说：“现在我命令，由大存同志带领四十六团、四十七团和教导团，三天内奔赴潮安城附近，第四天攻占潮安城。至于堵截敌人援军事宜，我负责布置。”

在潮安城郊区，四十六团和四十七团密切配合，很快便击溃了敌军一个营。其余两个营的敌军看见红军这么厉害，不敢恋战，迅速退入城内，封锁城门，协同留守城内的一个团，以猛烈炮火攻击我攻城红军。我们的红军虽勇猛过人，但装备太差，并缺少攻城工具，发起几次冲锋后，均没有攻破城池，还死伤了一百多位战士。李斌跑到古大存面前，说：“古军长，敌人火力太猛，我们攻不进去，怎么办？”

“你不要着急，我们再想办法。”

这时，侦察员匆匆赶来向古大存报告：“国民党枫溪和鰡隍两个营的援军闻讯赶来了。”

古大存吃惊地问："难道汉章同志没有派兵设伏截击吗？"

"没有。"

古大存觉得形势对红军非常不利，便当机立断说："李斌，命令部队撤出战斗，返回八乡山！"

颜汉章对红军中途退出战斗十分不满，批评道："大存同志，你是怎么搞的？既然红军有能力打垮敌人一个营，就一定能打败他们一个团、两个团。红军一战告捷，就应该不惜一切代价占领潮安城。而你却命令部队撤退，贻误了战机，必须在行委会上作出检讨！"

"你也要检讨！"

"我为什么要检讨？"

"当时开会研究时，你说堵截敌人援军事宜由你负责布置，结果呢？你没有派兵堵截，让枫溪和留隍的敌人援军扑了过来，造成我们被逼撤退。"

"古大存同志，这事怨不得我。当时你们一走，我就派通讯员去四十八团传达我的命令。几天了，这位通讯员至今还没有回来，也不知道是什么原因？"

"我猜测有两个原因，一是这位通讯员在途中发生了意外，没有把信送到。二是把信送到了，但没有交到团长蒋光鼐手上，而是落入了埋藏在红军内部的危险分子手中。"

"四十八团是从国民党部队反正过来的。我觉得有可能是第二个原因，这事行委一定要彻底追查，肃清红军内部的危险分子，才能保证我们的政令畅通。"

古大存看了一下手表，说："我要去医院看望伤员了，其他事情我们改过时间再谈。"

"你先不要走，我的话还没说完。"

古大存停住脚步，问："你还有什么事？"

颜汉章严肃地说："大存同志，我们是在执行中央的指示，不能半途而废，鉴于四十六团这次伤亡那么多，你可以把军事学校还没结业的第三期学员补上去。这个时候，潮安守敌一定会松懈下来，我命令你明天再带队去攻占潮安，我们在潮安城内再会！”

古大存思想不通，本想和颜汉章摆事实、讲道理，阐明继续攻占潮安会给红军带来严重后果的重要性。但看到颜汉章盛气凌人的面孔，还有那强硬的口气，不得不打消争辩的念头，无奈地说：“好吧，我服从！”

古宜权听到古大存说又要攻占潮安城，连忙说：“存哥，敌我实力悬殊，再打我们也占不了上风，还是不要去了。”

“执行命令！”

部队到达潮安城下，仓促上阵。敌人吸收了第一次守城的经验教训，加固了堡垒设施，致使我军一次次冲锋都无法靠前一步，损失比第一次惨重。

张飞这次也随部队来了。他来到古大存面前，说：“古军长，我想到一个里应外合的办法！”

“什么办法？”

“我刚才侦察了一下，看到护城河左边有一个出水口，可能是城内下水道。我想挑选十一个会游泳的战士，偷偷游水过去，从下水道进入城内。你看行吗？”

“我问你，进去后你怎么做？”

“我把队伍分成两组，每组六人，一组由我带队，迂回到敌军司令部，摧毁他们的指挥系统；另一组靠近东门，设法打开城门。”

“好，可以试一下。”

张飞在教导团预备队中挑选了十一个会游泳的战士，个个佩带了驳壳枪和手榴弹，趁红军和敌人交战时刻，从竹林中跳进一百多米宽的河面，一口气游到了对岸的出水口，在相互帮助下爬进一米多高的洞口。

万万没想到，敌人在下水道入口设了防线。当张飞带着战士们从下水道入口一个一个出来时，全部被敌人抓住，带到了敌军指挥部。敌军团长说：“果然不出我所料，‘共军’从下水道进来。去，把他们全部杀掉，丢下城墙！”

红军战士看到敌人从城墙上抛下十二位战友的尸体，无不感到义愤填膺。几个连排干部跑到古大存面前，为首的胡新华说：“首长，让我们组织敢死队再冲他一次。”

“撤！”

第二次攻占潮安失败，又抬回了二十多位重伤员。古柳春医生对古大存说：“七弟，八乡山的医疗条件有限，难于应付眼前的局面，你叫我怎么办？”

古大存理解古柳春的苦衷，说：“六哥，我给你出一个主意，把原有脱离危险的十八位重伤员转移到九龙嶂红军医院，这样就能减轻你们医院的压力。你看可以吗？”

“可以。”

古大存对陪同的李明光说：“明光同志，回去通知你们团的朱心连长，叫她带领女红军连到医院集合，把十八位重伤员抬到九龙嶂去。”

“好，我这就去通知！”

这个时候，朱心正在连部安慰处在悲痛中的女红军黄芳。李明光走进来，看到眼前的情景，禁不住问：“朱连长，黄芳同志怎么了？”

“她的未婚夫张飞同志牺牲了。”

“啊！”李明光上前一步，握住黄芳的手说，“黄芳同志，请你节哀！张飞同志非常英勇，是红军战士学习的榜样。你要化悲痛为力量，振作起来！”

黄芳点头说：“多谢团长！”

李明光把朱心叫到门口，向她转达了古大存交代的任务，然后说：“黄芳同志就不要参加了，让她休息。”

黄芳听到要护送重伤员到九龙嶂，连忙擦干眼泪，向走进来的朱心说：“朱大姐，李团长和你说的话我都听到了，我也要参加这次护送行动！”

“好，我答应你。但你回到九龙嶂，要抽空去看望张飞的干妈。她年纪大了，不能再给她带来伤感了，最好不要对她说出张飞牺牲的消息。”

“我知道怎么做！”

几天后，颜汉章又把古大存叫到行委办公室，问：“大存同志，这几天休息得怎么样？”

“工作那么多，每天只睡了囫囵觉，不过精神好多了。”

“现在，潮安守敌在我军两次攻打后，主力已调往汕头，城内只有一个团和一些杂七杂八的警卫队，驻枫溪的大部分敌军也调到闽西南去了。我军此时若集中力量去攻打潮安，必定能稳操胜券。”

“汉章同志，听你的话语，好像还想三打潮安？”

“对，我们要三打潮安。你是军长，又是前敌总指挥，这次还是由你带部队前往。”

“我不去了，我要闭门思过，冷静总结一下这两次攻打潮安的教训。”

“大存同志，你没有过，只有教训。那就是没有树立夺取中心城市的观念，没有很好地执行命令！”

“死伤了那么多优秀的红军战士，这就是我的过，也是你的过！”

“打仗就是要死人的，这个过只能算在蒋介石头上，算在国民党反动派身上。好了，你去执行命令吧！”

“不，我不想让更多的红军战士做无畏牺牲了。我要召开前敌总指挥部扩大会议，让各团领导都来发表攻打潮安的看法，统一大家的思想。”

“行委已经做出了决定，前总还开什么扩大会议？拖延时间，贻误战机的责任你承担得起吗？”

古大存沉默了一会儿，无奈地说：“好吧，我今天晚上就带领部队出发！”

“这就对了，我等候你的捷报！”

古大存回到前敌总指挥部，看到李斌、李明光、古宜权等主要骨干在一起，微笑着问：“你们都凑在这里，没事干吗？”

古宜权说：“我们要干的事很多，但有一件事就不想干了。”

“哪件事不想干了？”

“三打潮安的事！”

古大存疑惑地问：“你们怎么知道要三打潮安？”

李明光说：“战士们都在传这件事，确凿吗？”

“嗯，确凿！”古大存点头说，“刚才，汉章同志叫我去行委，就是命令我们去干这件事。”

李斌说：“古军长，我们不能再干糊涂事了。照这样下去，我们十一军迟早会毁掉，革命根据地也会保不住。这么严重的后果，难道你们就没有去考虑过吗？”

“别人考虑过没有，我不知道。但我是考虑过的，考虑得比你们还多，还透。我主张消灭革命根据地周边的敌人，壮大发展红军的有生力量，待时机成熟时再去夺取中心城市。但行委一些人，唯中央立三路线是从，想的都是攻占潮安、汕头。他们的做法，可以用一个词来形容，那就是不自量力！”

李明光问：“古军长，那我们还去打吗？”

“去！”

古宜权叹息道：“唉！这一次，我们不知道又要牺牲多少战士了？”

“同志们，你们不必担心，我保证这一次不会牺牲一个战士，有多少人去就有多少人回来，而且还能收到好的效果。”

张泰元高兴地问：“古军长，你有什么锦囊妙计？”

“天机不可泄漏！”

部队到达潮安郊区，古大存没有盲目地叫战士们死打硬冲，而是摇旗呐喊，虚张声势。几个神枪手偶尔向守敌打上几枪，消灭几个敌人。敌军以为有诈，不敢轻易出城，也不敢盲目乱放空枪，只好紧守城池。

第三天，古大存得到情报，国民党援军从汕头赶来了。他马上对古宜权等几位同志说：“我们扰乱了敌人的军心，打乱了敌人的部署，此次目的达到了。现在我命令：班师回朝！”

古宜权说：“古军长，这次回去你又要挨汉章同志批评了。”

“我能忍受，但不能忍受同志们做无畏的牺牲！”

第二十一章

行委撤离八乡山　红军渡过鲜水河

三打潮安之后，东江行委召开扩大会议，就目前革命形势进行研究分析。古大存说：“这一个多月来，我们十一军四十六团、四十七团和教导团，三次长途奔袭潮安，疲劳过度，减员严重。我建议部队休整一下，补充兵员，总结经验教训，为应对下来更加残酷的武装斗争做好准备。”

颜汉章说：“大存同志，你的建议无疑是好的。但是，敌人不肯让我们红军休整。昨天，我们收到情报，国民党省党部命令毛维寿师和张瑞贵旅，对九龙嶂、八乡山革命根据地进行秋季大扫荡，消灭我们十一军。为了避开敌人的锋芒，也是为了行委机关的安全，我提议行委从九龙嶂搬往普宁县大南山。”

古宜权说：“1928年海陆丰苏维埃政权失败后，彭湃同志和东江特委机关就曾在大南山领导东江的革命斗争。彭湃同志调中央工作后，代理书记林道文同志又继续在这里坚持东江特委的领导工作。因国民党反动派多次对大南山进攻‘围剿’，东江特委才转移到潮安，不久又转至丰顺栋下，再从栋下搬进八乡山，又迁至水尾星拱楼。请问颜主席，行委为何要搬回大南山去？”

“大南山南临南海，从海上与在香港的省委联系更为方便快捷，同时有利于我们夺取中心城市潮安和汕头。所以，我认为把大南山作为东江革命的指挥中心，是一个不错的选择！”

古大存说：“大南山虽然比八乡山富裕，但大南山是平原上的孤山，没有回旋的余地，且处于敌人之腹地。再说，九龙嶂周围还有八乡山、铜鼓峰、凤凰山，又与闽赣边区毗邻，既利于防守，又利于争取与赣南、闽西打成一片，加上九龙嶂革命根据地已有多年的群众基础和经营模式。鉴于这种情况，我主张东江革命应坚持以九龙嶂为中心，领导东江人民的革命斗争。”

李明光说：“我同意大存同志的意见，行委还是留在九龙嶂。”

两种对立意见持续争论了一天，最后颜汉章以行委主席的身份，发表了决定性的意见。他说：“今天大家各抒已见，畅所欲言，会议开得很和谐。看来，八乡山和大南山各有优劣，毋庸置疑。不过，我认为在目前中央强调以夺取中心城市为主要目标的形势下，以大南山为中心根据地比九龙嶂更为合适。同志们，行委搬往大南山，是大势所趋，这事就这么定了。至于十一军军部，仍然留在八乡山。由大存同志指挥四十六团、四十七团和教导团，在九龙嶂、八乡山坚持斗争。”

古大存本想再争取一下，但看到颜汉章一意孤行，已一锤定音了，觉得自己多说无益，只好劝说道：“汉章同志，这事最好向省委汇报一下。”

“可以。”

省委很快回信了，同意以九龙嶂为东江革命中心。然而，颜汉章还是坚持己见，将行委搬到大南山去。离开时，他握住古大存的手，说：“大存同志，万一八乡山坚持不下去了，你就带着队伍到大南山来。”

“汉章同志，你走吧。”

“保重！”

“保重！”

望着颜汉章远去的背影，古宜权对古大存说：“存哥，我想问你一句话。”

“你说。”

“大南山真的比九龙嶂安全吗？”

“革命形势瞬息万变，谁也不知道。”

国民党为了达到“剿灭”红十一军和九龙嶂革命根据地的目的，除了指派常驻粤东的毛维寿师和张瑞贵旅外，还调遣邓龙光师驻防丰顺县城丰良镇，张达旅驻防梅县县城。他们在通往九龙嶂革命根据地的主要乡村设立团防，建筑炮楼、碉堡，严密封锁进出根据地的道路。同时，他们肆无忌惮地驱赶老百姓离开自己的家园，迁往一个集中点，实行保甲制度、连坐制度，强迫被抓的赤卫队员自杀，如不自杀则枪杀，还将他们遮风挡雨的房子烧毁。此外，他们对红军、赤卫队员和农会会员家属，见一个杀一个，连小孩也不放过。

古大存听到各地传来这些令人心碎的消息，感到心在滴血，夜不能寐。他对古宜权说：“我想找一个有利时机狠狠地打击一下这些疯狂的敌人，一来可以发泄一下心中的愤怒，二来可以为牺牲的同志和群众报仇雪恨！”

“我也想！”

一天凌晨五点多，古大存刚起床打开门，便看到曾桂在门外候着。他禁不住问：“曾桂，你这么早站在这里干什么？”

“军部来了三个老乡，他们想找你。”

“走！”

三个老乡见到古大存，即刻跪下去。甲老乡痛苦地说：“古军长，你们红军赶快救救我们小桑吧。”

古大存把他们扶起，问：“你们小桑发生什么事了？”

“我是农会干部，这四十多天来，白军天天到我们小桑实行‘三光政策’。原本四千多人居住的地方，现在快成无人区了！”

乙老乡说：“我是红军家属。据我们掌握的情况，小桑几个村被白军杀害的群众有几百人，其他群众大部分逃到山上去了。如果让白军这样糟蹋下去，这些躲在山上的群众不会饿死也会病死。”

丙老乡说："我是赤卫队员家属，和梅南区委书记赖淦住在同一座老房子里。赖淦一个家庭二十四人，除了他不在家之外，其他二十三人都被白军残杀了。卜清海烈士全家十一人，也没有留下一个活口。田心赤卫队员黄开胜全家二十多人，幸存下来的只有五人。还有令人心寒的是：在洋田坑，白军挖了一个大坑，埋了八个怀着小孩的妇女。在石乐坪，白军把四个赤卫队员的人头挂在竹篱上示众。"

甲老乡说："丰顺县原县委书记黎凤翔全家老小，1927年避难到小桑坑尾湖顶上居住。他爸爸黎品三和两个儿子阿炭、阿霍也被白军杀害，只留下幼女黎秀珍。幸得村民罗声华的儿子罗福昌将黎秀珍藏在深山才得于脱险，可恨的白军又把罗声华老人抓去枪杀了。"

古大存难受到了极点，眼底泛起了红晕。他将拳头砸在墙上，怒不可遏地说："老乡，我们明天出兵，狠狠地教训一下这些杀人不眨眼的敌人！"

"古军长，我们能为你们红军做点什么？"

"你们吃了早饭回去，告诉躲在山里的群众要坚信黑暗很快会过去，光明一定会到来！"

"古军长，我们会把你的话带到。"

第二天早上，天刚蒙蒙亮，李明光就率领四十六团第一连埋伏在南兴寺旗鼓山脚下，古宜权带领教导团教导大队隐蔽在钟屋嶂大坪里。这两支队伍形成前后夹击之势，等待张达旅马毅营从礤下进入小桑村口水头上。古大存引领四十六团第二连、第三连和女红军连潜伏在坑尾牛埂畲山坡上，阻击从丰顺县赶来小桑增援的国民党邓龙光师。

从礤下进入小桑，必须要爬上蜿蜒几百米长的峭壁山路，才能到达村口水头上，前后要花上一个多小时。到了水头上，还要休息一会儿，恢复体力了才能继续走进村子。

小桑先后有近百人加入了广东工农革命军东路第十团。因为群众基础好，开展革命活动早，成为九龙嶂根据地西部的坚固屏障堡垒乡。所以，国民党反动派视小桑为眼中钉、肉中刺，定为重点扫荡村庄。马毅营长对张达旅长说："旅座，我们营三百多位弟兄进小桑'剿共'，明天过去就是七个星期四十九天了。别说是弟兄们有抵触情绪，就是我也感到厌烦了。弟兄们问，我们什么时候才可以不去小桑？"

"你们只有引出了九龙嶂红军，把他们消灭了，才算完成了任务。否则，你们还要继续去那里当诱饵，钓出红十一军古大存这条大鱼！"

"红军来个突然袭击，那我们不就成饺子了吗？"

"你不要怕，只要缠住红军，我们的增援部队几个小时就能赶到。一旦消灭了红军主力，你就是党国大功臣了！"

在旗鼓山脚下一块大石头旁，李明光与班长黄牛聊天。黄牛问："李团长，我们为什么不在敌人上山的路边埋伏？"

"因为上山的路，左边是悬崖，右边是峭壁，根本找不到一块能够藏人的地方，所以不宜设伏。"

"那我们可以在上山的路上堵住敌人，这难道不行吗？"

"可以是可以，但这样不能有效地打击敌人。我们在水头上前后设伏，是最佳的选择。当敌人爬到水头上时，已经筋疲力尽，一定会坐下来休息。这时候，我们来个突然袭击，就像神兵从天而降，你说敌人能抵挡得住吗？"

"不能！"

"再说，敌人疯狂反扑，我们也有撤退的空间，两脚一遛就进山了，敌人要找我们也是妄想了。"

"李团长，你这样一说我就明白了。"

一个战士来到李明光身边，说："报告团长，敌人还差两百米就爬上来了。"

"你赶快去钟屋嶂告诉古宜权团长。"

"是！"

李明光站起来，对黄牛说："黄牛同志，你们班都是神枪手，专门瞄准骑马的敌人军官打。我一下命令，你就开第一枪。"

"好，我保证弹无虚发！"

当三百多个敌人爬上水头上时，马毅营长停下马，说："弟兄们，大家就地休息一下。"

那些累得上气不接下气的国民党兵，听到长官一声令下，马上东倒西歪，唉声叹气。

看到开战时机成熟，李明光对黄牛说："黄牛同志，打！"

黄牛早已做好了射击准备，听到李明光的命令，立即扣动扳机，一枪将马背上的一个国民党军官射下，副班长也跟着击中一个。一刹那间，红军战士各显身手，同仇敌忾，把仇恨的子弹射向慌乱的敌人。

"弟兄们，给我顶住！"马毅营长喊道。他在卫兵保护下，缩到不远处的小桑河拐弯边，站在屏风似的地坎下面，吩咐话务员通过无线电台向旅长张达求救。接着他又派出一个排抢占一百米外的钟屋嶂，希望在那里和红军形成对峙的局面，然后再向红军发动进攻。当敌人靠近钟屋嶂时，突然遭到古宜权率领的教导团的猛烈袭击。马毅营长看到进退两难，急得像热锅上的蚂蚁，向话务员踹了一脚，并斥责道："这么久了，张旅长还没回话吗？"

"回了！"

"说什么？"

"他说，驻扎兴宁水口和梅南两个营的国军出发了，丰顺驻军邓龙光的两个营也在赶来的路上，希望你们拖住红军的尾巴，不要让他们跑掉。"

马毅营长听到增援部队从前后包抄过来，心里镇静了许多，连忙向三位连长下达命令："增援部队马上赶到，你们要不惜代价给我顶住！"

邓龙光两个营的国民党兵经过坑尾牛埂畲锅吕凹时，被埋伏在这里的红军和赤卫队来了个突然射击。古大存对四十六团副团长张泰元说："泰元同志，你去告诉战士们，要节省子弹，不能盲目放枪，多一分钟拖住这支增援水头上的敌人，就能减少明光同志和宜权同志的压力。"

"我们要坚持多长时间？"

"最少要坚持到下午四点。"

无论是牛埂畲还是水头上，战斗都进行得非常激烈。不到两小时，敌人死伤一大片，红军战士也牺牲不少。

李明光考虑到从兴宁和梅县方向来的敌人援军马上就要到了，连忙吩咐司号员杨豪贤把黄牛叫来。他对黄牛说：“黄牛同志，我给你一个艰巨的任务。”

“李团长，你下命令吧！”

“在山脚上坡一百多米的地方，有一块突出的岩壁，大约有三间房子那么大，看上去已经风化了。岩壁下有一个凹陷的洞穴，能藏两个大人。我想让你带一个战士，把这个突出的岩壁炸塌，既可杀伤敌人的援军，又能阻挡敌人上山的脚步。”

“哪来雷管炸药？”

“这些都准备好了。你有没有信心完成这个任务？”

“有！”

杨豪贤自告奋勇地说：“李团长，请求你批准我与黄班长一起去。”

“黄牛同志，你同意带他去吗？”

“可以，我和豪贤去。”

他俩背着炸药迅速下山，找到了那个洞穴，将几包炸药塞进洞中，小心翼翼地安装好雷管和导火索，然后用松树枝遮住洞口。完成后，他俩便坐在洞外聊起来，等待爬上来的敌人。黄牛问：“豪贤，你是水尾人。我听胡小梅说，你们村被白军杀了不少人，还烧了很多房子。你家有没有大的损失？”

“我家在山窝里，没有什么损失。可是，星拱楼却让白军烧毁了，仅存下一横侧屋。幸好钟祝英一家人躲得及时，才逃过一劫。黄班长，我听说你和胡小梅谈恋爱，是真的吗？”

“当然是真的，胡小梅比我大一岁，关心我就像关心小弟弟一样。”

“你给她送了定情物吗？”

“送了。”

“你送她什么礼物？”

“我送了她一次吻。”

杨豪贤笑道：“黄班长，我说的定情物是东西，不是你和她接吻。”

“呵，我理解错了。下次我们俩再见面，我一定会送她一个最好的东西。”

“什么好东西？”

“抱她！”

杨豪贤看到横过路面的导火索，问：“黄班长，这导火索会不会短了点？”

“我还担心长了呢！你退到上一个转弯的那块石头背后去，发现白军从山脚下露头了，立即向我挥手。我点燃了导火索，马上跑到你那里去。”

五分钟后，杨豪贤朝黄牛挥手。黄牛从衣袋中拿出火柴，点燃了导火索。他没有立即离开，而是瞪着“嘶、嘶”作响的导火索。当他准备离开时，看见导火索熄灭了，又听到山下三十米外的转弯处传来了敌人嘈杂的声音。

怎么办？

黄牛眼看重新安装导火索已来不及了，他抓起没有燃烧的导火索，捆在自己身上，随后取下三颗手榴弹，一根手指钩住一颗手榴弹的保险环，钻进洞穴中，再把松树枝盖好洞口。

杨豪贤看见敌人经过洞穴了，黄牛还没有跑到自己面前，又不敢喊话，心里万分着急，边捣脚边说：“坏了！坏了！”

突然，“轰”的一声，山崩地裂，飞沙走石，那块突出岩壁瞬间塌了，炸死和砸死了四五十个敌人。

杨豪贤怀着悲痛的心情，一口气跑到李明光面前，流着眼泪说：“李团长，黄牛班长和敌人同归于尽了！”

两地战斗均进行到下午四时多。李明光和古宜权带着队伍撤回红军总部梅子头，见到了刚返回这里的古大存。古宜权说：“古军长，我担心敌人随时追到这里来，我们是不是退到丰顺县大洋厨去？”

古大存点头说：“对，我们不能久留，赶快整理队伍去大洋厨。”

果然不出所料，国民党军队追到梅子头，不见红军的踪影，便将牛埂畲和梅子头所有房屋烧光了，还杀死了掩护红军撤退的红军战士，以及十多位赤卫队员和群众。有一个叫黄佛安的红军战士，当时受了伤没有跟上队伍，被敌人围困住了。当他发现身边有一具敌人尸体时，便急中生智，脱下自己的军装军帽，与敌军尸体服装对换，化妆后逃了出来，未跟上红军而失散后到了阳山县安家。当时，一个国民党兵看到地上躺着一个红军尸体，翻看衣领上写着“黄佛安”三个字，连忙对三米外的连长说：“长官，这里有一个红军黄佛安，好像是当官的。”

“把他抓起来！”

“人已经死了。”

“那割下他的头带回丰顺，挂在城门上示众八天。”

此次战斗之后，李明光调任东江行委巡视员兼四十八团政委，领导饶和埔诏地区的武装斗争。

中华人民共和国成立后，小桑村民以为黄佛安牺牲了，便把他的名字上了烈士英名榜中。没想到1980年，他孙子黄志明从阳山县回来，才揭开了黄佛安起死回生的传奇。

面对国民党反动派对九龙嶂革命根据地的疯狂扫荡，古大存感觉到形势越来越严峻了。他对古宜权说：“宜权，根据目前严峻的革命斗争形势，你有没有考虑下一步的设想？”

“存哥，我有一个初步的想法。”

“你说。”

“过不了多久，国民党反动派极有可能又调兵遣将，对八乡山红军进行大规模的‘围剿’。为了保存红军的实力，我们不能坐以待毙，应该跳到外围去，在紫金一带打游击，再转移到大南山，与四十九团会师。”

“宜权，你的想法和我不谋而合，但我还有深一层的打算。”

“什么打算？”

“你率领教导团三百多名红军战士突围出去，奔赴紫金炮子地区。我带领四十六团留下来牵制敌人，坚持八乡山的革命斗争。”

“不行，我们要走一起走，要留一起留。”

“这是行委的决定，我们不能违抗。”

古宜权不相信地说：“存哥，行委不会做出这种决定，一定是你自己的想法，对吗？”

“没错，想法是我的，但经过了行委的批准。”说完，古大存拿出行委批复的文件。

古宜权看了批复的文件，说：“存哥，你提出‘向外发展，与四十九团配合’的思路，我觉得非常有道理，而且有预见性。好吧，我坚决服从命令！”

一天晚上，细雨霏霏，伸手不见五指。古大存握住古宜权的双手，深情地说：“宜权，前路漫漫，任重道远。你今天离开八乡山，是无奈的选择。存哥我送你两句宋诗‘山重水复疑无路，柳暗花明又一村’，以此作为我们兄弟俩共勉吧！”

古宜权感动地说：“存哥，后会有期！”

“走吧！”

午夜时分，教导团抵达双华天堂寺。当时，这里是粤东香火鼎盛的佛教道场，住着十多名和尚和十多名尼姑。值夜的矮和尚听到道场门外响起嘈杂的脚步声，立即起床往窗外瞧，看见好多背枪的人站在菩提树下，心里着实不安起来，急忙去到方丈就寝的地方，说：“师父，你睡了吗？”

方丈刚诵完佛经，准备上床睡觉，忽然听到徒弟的声音，旋即问：“还没有，你有事吗？”

“寺外来了好多背枪的大兵，要不要开门放他们进来？”

“不能放！但你要打起十二分精神，密切注意他们的一举一动，出现情况马上向我禀告。”

矮和尚回到客堂，拉过一张凳坐下，两只眼睛牢牢盯住窗外。

在菩提树下，教导大队长对古宜权说："古团长，今天气候寒冷，是不是敲开庵门让战士们进去休息一下，找点吃的？"

"深夜了，我们不能打扰人家，叫战士们找些柴草烤火取暖吧。"

"是！"大队长说。然后，他大声地对战士们说："同志们，大家分头去找些柴草，就在门坪里烤火休息。同时，希望大家不要大声说话，免得影响和尚师傅们睡觉。"

矮和尚听到古宜权和大队长的对话，觉得门外的大兵不像几天前来骚扰寺庙的国民党兵，心里禁不住产生了好感。他又一次去到方丈休息室，小声说："师父，你睡了吗？"

方丈还没入睡，心里想着门外大兵深夜到本寺的事情。他连忙坐起来，问："是不是那些人闹着要进来？"

"他们没有闹，也没有叩门，与之前来的国民党兵不一样。他们的帽徽上有一颗红五角星，正在门坪里烤火取暖。我听他们的头目对手下人说，不要影响和尚师傅们睡觉。"

"难道他们就是善男信女说的红军吗？"

"师父，你要不要去瞧瞧？"

方丈来到客堂，从窗户望出去，看到门坪燃起了十多个火堆，每个火堆围着二十多个人。另外，还有一些人抱着枪，坐在菩提树下，背靠背坐着休息。

矮和尚问："师父，你觉得他们是红军吗？"

"走，我们出去就知道了。"

古宜权看到寺门开处，一位穿着袈裟的方丈跟着矮和尚走了出来。他急忙迎上去，向方丈作了一个揖，喊道："师傅！"

方丈回了一个揖，说："阿弥陀佛！这位施主，你们深夜造访本寺，有何贵干？"

古宜权谦逊地说："师傅，我们是红军，今天路过此处，打扰了佛门圣地，请多包涵！”

“施主，原来你们就是红军，好人呀！”方丈发自内心地说，“你们有什么事要贫僧帮忙吗？”

古宜权感激地说：“师傅，我们想在这里暂时停留一两天，请你行个方便。”

方丈点头说：“好，欢迎！”说完，转头对矮和尚说：“徒弟，你回去叫起师兄弟和尼僧，打扫庭院，为红军做饭。”

“好，我这就去！”

教导团经过棉洋、安流、华阳时，均得到当地群众生活上的支持、帮助。同时，也偶遇几股国民党反动派的堵截，但都被红军打得抱头鼠窜。登畲“土皇帝”“剿共”主任温伯洲听到红军要经过龙村睦贤乡的消息，高兴地对手下人说：“弟兄们，这次国军‘围剿’八乡山，红军打了败仗，在八乡山站不住脚，到了我们的家乡，是送肉上砧来了。谁要想发横财，就听我指挥，消灭这些逃窜的红军！”

“温主任，我们早就想发横财了，一切听你的指挥！”

“走，我们去鲜水河拦截红军！”

教导团来到鲜水河附近，从一位老乡嘴里得知，温伯洲的反动民团三百多人在鲜水河边等着伏击红军。特务连长黄尧跑到古宜权面前，请示道：“古团长，温伯洲的反动民团不堪一击。现在是黑夜时分，我们人困马乏，是不是在这里驻扎下来，明天再去收拾这股反动民团？”

“黄连长，这是教导团突出重围的最后一道封锁线，麻痹轻敌是要不得的。我们只有一鼓作气消灭敌人，顺利渡过鲜水河，才能摆脱目前的困境。”

突然一位战士赶来报告，说：“在前面两百米外的山坡上，发现了敌人的哨兵。”

古宜权问黄尧连长：“我们渡鲜水河，要不要经过前面那座山下？”

“要！”

“好，带上你的特务连，跟我走。”

“是！”

古宜权带着特务连从左边冲上山坡，占据有利地形，架起两挺轻机枪。在淡淡的月色中，古宜权俯视山下，看到五十米外的地坎边，反动民团注视着山下的小路。他马上下达了作战命令：“打！”

温伯洲梦想打红军一个措手不及，没想到却遭到红军的突然袭击，气急败坏地说：“弟兄们，掉转枪口往山上打。”

一个小队长说：“温主任，我们看不到上面的红军，怎么打呀？”

“那就往上冲！”

敌人往上冲了几次，均被红军打退。温伯洲看到大势已去，只得带着团丁们逃跑了。红军顺利渡过了鲜水河，终于到达了紫金县的东瓜塘，几天后与驻扎在炮子地区的四十九团会师了。

第二十二章

隆江惨败失李斌　大存爱妻遭毒手

国民党军队蚕食了九龙嶂革命根据地周边之后，又调集两个师兵力“围剿”八乡山十一军军部。此时，古宜权率领的教导团已突围出去，八乡山只剩下李明光带领的四十六团。看到八乡山西南山边被国民党军队打开了一个缺口，古大存无奈地对李明光说：“我们只有五六百人，无法和敌人抗衡了，今天晚上撤出去。”

“古军长，撤到哪个地方去？”

“紫金洋头乡。”

紫金县农会主席钟一强听到四十六团到来的消息，不顾去大南山参加会议带来的疲劳，连夜和缪冠儒、温冠雄赶到洋头乡四十六团的驻地，拜见曾经为紫金县除掉多名土豪劣绅和地痞恶霸的古大存军长。交谈一番之后，钟一强说：“颜汉章主席来到大南山后，指挥四十七团和四十九团，打败了进攻大南山门户林招村的国民党毛维寿师戴戟团，取得了林招大捷，震撼了东江！”

温冠雄说：“我说句实话，这并不是颜汉章主席的本事，而是四十七团团长李斌、政委陈开芹和四十九团团长彭桂、政委黄强的功劳。”

缪冠儒说：“我看呀，最主要是李斌同志的作战智谋和能力特强。他亲自制订作战计划，身先士卒，冲锋陷阵，打得敌人举手投降，真是强将手下无弱兵啊！”

接着，钟一强对古大存说：“我这次去大南山开会，听到颜汉章主席在会上说，这次林招大捷，证明红军不但能够打大仗、打胜仗，而且也可进攻大中城市，甚至能够夺取一省或数省的胜利。一切低估红军力量和不敢进攻中心城市的思想，都是没有出息的有害的右倾思想。”

古大存说：“从汉章同志的言行中不难看出，他可能又要发动进攻敌人的命令了。”

“古军长，还真让你猜对了！他已命令李斌率领的四十七团和惠来的赤卫队攻打隆江。隆江南通大南山，北通大北山，东邻普宁，西靠陆丰，地理位置十分重要。”

“隆江国民党守军情况如何？”

“国民党粤东‘剿共’部队司令香翰屏，专门抽调一个加强旅，又添上地方警卫队，差不多有一个师的兵力镇守隆江。”

古大存非常吃惊地说：“汉章同志这个命令有严重问题，我要去制止这个错误的决定！”

古大存带着警卫班战士，快马加鞭赶到大南山行委机关。颜汉章看到古大存突然来了，并没有表现出兴奋之情，而是板着脸孔，问：“大存同志，如果我没猜错的话，你是来制止红军攻打隆江行动的吧？”

古大存蹙着眉头，说：“汉章同志，我这次来正是此意。”

“你有什么高见？”

“隆江有国民党重兵把守，四十七团是绝对啃不动的。不如把四十七团调到惠州、普宁、揭阳地区，流动袭击兵力较弱的国民党警卫队以壮大自己，打开大南山与八乡山通道，把两个根据地连成一片。”

“大存同志，你就像一位老太太赴宴专拣软的吃，不敢碰硬吃大，不敢乘胜前进，对形势的看法和中央相佐，是典型的右倾思想！”

“汉章同志，请你看问题要从实际出发，不要给人乱扣帽子，最好召开军委会议来决定进攻隆江的问题。”

颜汉章满脸怒气地说：“我连攻打隆江都不能作出决定，还当什么行委主席？”

古大存觉得已无商量余地了，只好悻悻地离开行委机关，来到了四十七团的驻地。李斌说：“存哥，刚才曾桂来告诉我，你去见颜主席了。你们谈了进攻隆江的事吗？”

“我和他谈了，但不管我怎么劝，他就是不转弯，坚持要打隆江。”

“存哥，敌我力量悬殊较大，我不想去冒这个险。但军令如山，我又不得不服从。”

“李斌，你这样想是对的，这样做也是对的。不过你给我记住，打得进去就打，打不进去就不要死打硬拼，尽量想办法减少红军战士的伤亡。”

李斌的未婚妻张剑珍听到古大存来了的消息，连忙跑来和古大存相见。刚一见面，张剑珍不顾李斌在场，要求道：“古军长，我请你批评一下李斌同志。”

“李斌做错什么了吗？”

“我奉你的命令调到他身边工作，可他从不把我当未婚妻看待。我经常提醒他不要天天熬夜看书，要爱惜自己的身体。你说他怎么回答？”

古大存微笑着问：“他怎么回答？”

“他说……”

“我说，”李斌把话题抢了过来，“我说剑珍同志，我们还没拜堂成亲，你便干涉我的人身自由了。以后我们结婚了，我还有自由空间吗？以其这样下去，你还不如回到四十六团。哪天古军长来了，你就跟他走！”

“古军长，你听听，李斌的话多伤人心呀！”

古大存一本正经地说：“李斌同志，剑珍同志对你一往情深，处处关心你。她提醒你是爱的表现，你却不领她的情。那好，我今天就把剑珍同志带走，看你还能找到像她这样体贴贤惠的人做老婆吗？”

“古军长，我跟你走！”

李斌着急地问：“剑珍，你真的要走？”

“我不走行吗？”

“行！”

“那你接受古军长的批评吗？”

“接受！”

古大存满意地说：“李斌同志，你这样的态度就很好嘛！我想在形势好转的时候，在八乡山为你们俩举办一场庄重的婚礼，我当证婚人。”

“谢谢古大哥！”

在四十七团营、连长会议上，李斌传达了东江行委主席颜汉章攻打隆江圩的命令。与会者进行了热烈的讨论。

一营长说：“我主张以少数兵力牵制隆江圩南门、西门和东门，集中兵力攻打敌人守备比较薄弱的北门，直捣敌军旅指挥部。”

二营长说：“我认为隆口圩守敌数倍于我，不宜强攻硬拼，要以智取为上。我们可以选择一个隆江圩日，将部分战士化妆为赶集的农民，把武器藏在农副产品中，巧妙地混进去。然后，我们来个里应外合发起突然袭击。”

李斌综合大家的意见，决定采纳二营长的建议。他补充道：“为了实施里应外合的战术，我们还要有一个准备，这就是挑选一支勇猛善战的敢死队。当我们进入圩内的战士打响了第一枪，这支敢死队在猛烈的火力掩护下，立即打进去支援圩内的战士们。”

晚上十点，李斌送走了政委陈开芹，又拿出《孙子兵法》，凑着洋油灯阅读起来。这时候，响起了敲门声。他连忙问：“谁呀？”

“是我，剑珍。”

李斌急忙把《孙子兵法》放回枕头下，打开门，装出疲倦的状态，说：“我准备睡觉了，你回去吧。”

“我有事跟你说，让我进去。”

“好，请进！”

张剑珍走进房间，说：“阿斌，我刚才左眼跳了十多分钟，心里感到非常不安，不知道会不会发生什么意外之事？”

“不会的，你放心吧！”

“但愿吧！不过，我还是要嘱咐你，明天你们去打隆江圩，你一定要保护好自己，平平安安回到我面前！”

第二天拂晓时分，四十七团和惠来赤卫队进入了阵地。李斌亲自带领两个连埋伏在隆江北门外一个叫坳口的山坡上，准备在这里伏击逃出来的敌人。那些化妆成农民的战士和赤卫队员，跟着赶集的群众混进了隆江圩。

上午九时多，圩内还没有动静。陈开芹焦急地对李斌说：“时间快到十点了，圩内还没响起枪声，不知道是什么原因？”

“我想，可能是敌人戒备森严，战士们无法下手。”

“要不，我们外围先动手，把敌人的注意力集中过来，给内围的战士们创造一点条件。你看可以吗？”

“不急，我们再等等。”

他们的话音刚落，圩内便传来一阵杂乱的枪声。接着，埋伏在北门左侧一座废弃老房子的警卫排长来到坳口山坡上，向李斌报告：“李团长，圩内战斗打响了！”

李斌振奋起来，马上对三个传令兵说：“去，分头通知东、南、西三路红军指挥员，十分钟后向圩内发起进攻。”

时间一到，埋伏在隆江镇四个圩门的红军和赤卫队员，同时向踞守在城墙上的守敌开火。李斌对陈开芹说：“陈政委，你在这里坐镇指挥，我带领敢死队冲进北门去。”

陈开芹不同意李斌去冒险，制止道：“李斌同志，你是一团之长，要负责全面指挥，不能擅离岗位！”

“我的政委同志，现在我们没有时间争论这个问题了！”

陈开芹紧紧握住李斌的手，说：“保重！”

“你放心，我会安全回来的！”

可没想到，李斌率领敢死队冲到北门墙根下，突然被敌人从暗壁里射出的子弹击中胸膛，摇晃了几下，倒在了血泊中。虽经大南山红军后方医院全力抢救，但还是没有挽回他的生命。

这场隆江之战，红军付出了巨大的代价。古大存听到李斌牺牲的噩耗，肝肠欲裂，但他把悲痛隐藏在心里！为了表达对爱将李斌的思念之情，他写了一首《忆李斌》的诗歌：

李斌兄弟黄埔出，勇猛善战敌胆怵；
深谙兵法一虎将，克敌制胜八乡书。
英雄鲜血染红旗，遍插东江壮志酬；
他日山河红一片，中华儿女笑江湖！

李斌牺牲之后，张剑珍强忍着心头的万分悲痛回到四十六团，跟着古大存返回八乡山。见到古大存的爱人徐妙娇，就像见到自己的母亲一样，她一头扑进徐妙娇的怀里，放声大哭。

徐妙娇安慰道："阿珍，你哭吧！把伤心的泪水都哭出来，心里就会好受一点。"然后抚摸着剑珍的头说："你要坚强起来，向你古大哥学习。他家里牺牲了那么多亲人，也没有被悲痛击倒，依然带领红军冲锋陷阵！"

"嫂子，你放心，我会振作起来！"

1930年11月，中共中央派邓发和广东省委常委、组织部长李富春到大南山召开闽粤赣苏区第一次党代会，传达中共六届三中全会关于纠正李立三"左倾冒险主义"的决议，从此结束了"立三路线"在中央的统治地位。此次会议，取消了东江行动委员会，成立闽粤赣边省委，选举李富春为省委书记。同时，撤销了红十一军番号，改编为红六军第二师，师长彭桂，政委黄强。下辖两个团：原四十九团改为红一团，彭桂兼任团长，黄强兼任政委。原四十六团、四十七团余部合编为红二团，团长陈伯虎，政委陈开芹。原教导团与李英领导的游击队合并为西北游击队，古宜权为队长，李英为副队长。

不久，省委派原东江特委常委徐国声来到大南山主持召开东江第三次党代会，重新成立东江特委，选举徐国声为东江特委书记，颜汉章为组织部长，古大存为军委书记。

1931年1月，中共中央在上海召开六届四中全会，在共产国际东方部主任米夫的支持和策划下，王明篡夺了党中央的领导权，推行了一条比“立三路线”更左、更脱离实际的“极左路线”，坚持城市中心论，机械地照搬苏联的先城市后农村的武装夺取政权经验。对不执行他的路线的同志，一律戴上“右倾机会主义”“富农路线”“罗明路线”“调和主义”“两面派”等大帽子，又在党内开展“肃反运动”，到处捕风捉影叫喊消除什么“第三党”“改组派”“社会民主党”等，恣意剪除异己，使红军队伍笼罩着一片浓厚的阴影。

随后，省委派袁仲贤来到东江，接任东江军委书记。上任伊始，袁仲贤便执行“王明路线”，在红军队伍中全面推行反“AB团”运动，布置军委保卫局加紧对东江红军中“AB团”分子的监视和侦察。

保卫局在检查信件中，截获了一封从八乡山寄出的绝密信。保卫局长马上赶到袁仲贤办公室，惊慌地说：“袁书记，不得了啦！”

“发生什么大事了？”

“原红十一军政委吴炳泰，给香港一位叫‘一秋’的人写信，信中谈及东江红军当前的实力和部署。”

袁仲贤看了这封绝密信，命令道：“吴炳泰图谋不轨，是危险的AB团分子，你们马上把他抓起来！”

“是，我这就派保卫处长带人去八乡山，把他抓回来审问。”

“不，我想这事与古大存有关，抓吴炳泰会引起古大存警觉，闹不好会出现红军哗变。”

“那我们多派人手，把古大存也一起抓回来！”

“古大存是立三路线在东江的代表，是一定要抓的；但不是现在，我们得一步一步实施。”袁仲贤慎重地说，“这几个月来，他们都在忙于反‘围剿’的工作，对于中央和大南山领导层的人事变动还不知情。鉴于此，我以颜汉章同志的名义给吴炳泰写封信，骗他到大南山来开会。这个办法你觉得好不好？”

“袁书记，你走的是一步好棋，佩服！”

在八乡山十一军军长办公室，古大存对古宜权和张泰元说：“我们从炮台回来几个月了，没有听到省委和行委的一点消息。我想派人去大南山走一趟，看看省委和行委有什么新的指示。”

古宜权说：“八乡山去大南山，要穿越几十个敌人的关卡，风险很大。我看要派人去，也只有派经验丰富的侦察员。”

张泰元说：“张轩腿伤还没治愈，黄狗又回家去了，是不是叫剑珍同志去？”

古大存说：“这次任务非同一般，不能派女同志去执行。明光同志，你即刻派人去叫回黄狗。”

张泰元摇头说：“现在恐怕叫不回来。”

“为什么？”

“他妈和老婆孩子失踪了！”

“这是怎么回事？”

“具体不清楚。”

“那就算了，我们只有叫剑珍同志去了。”

吴炳泰走了进来，微笑着问：“大存同志，你们叫剑珍同志去哪里？”

“去大南山了解情况。”

“我刚好要去大南山开会，这事就交给我办。”吴炳泰说。说完，他递给古大存一封信。

古大存看完信，还给了吴炳泰，说：“炳泰同志，那我不派剑珍同志去了。你想明天还是后天出发？”

“今天晚上跟送信来的同志一起走。”

“为了安全，你要多带几位战士。”

“不必了，我只带警卫员小兵去。”吴炳泰站起来说。他走了两步，又停下来问：“大存同志，组织上决定调送你爱人徐妙娇等七位女同志去江西瑞金根据地工作，她们都愿意去吗？”

“除了我爱人还有点思想顾虑外，其他六位女同志都表示愿意。”

“看来，妙娇同志还想留在你身边。她要是不愿意去，那就换人吧。”

“不，我会做通她的思想工作。”

三天后的晚上，徐妙娇和黄三妹等八位女同志化妆成农村妇女，在教导团一个连的掩护下，从敌人一个哨口突围出去了。她们到达华城棉洋村时，天已经亮了。徐妙娇说：“姐妹们，大家休息一下，吃点东西。”

黄三妹是古大存的同乡，是古大存的战友古公鲁带出来参加革命的。她坐在徐妙娇面前，小声地问：“妙娇姐，我听说你不想去瑞金，是不是舍不得古大哥呀？”

“我们已经是老夫老妻了，为了革命胜利，那还有什么舍不得的。你不知道，自从大存从紫金回来，身体一直不是很好。我怕自己一离开，没有人照顾他。所以，我想等他身体恢复了，再去瑞金。”

“现在古大哥没事了吧？”

“比以前好多了。”

杨大妹和胡小梅走了过来。胡小梅说：“妙娇姐，你说我们这一走，要什么时候才能回家和亲人团聚？”

徐妙娇思考了一下，说：“小梅，这个我也不知道。不过有一点是可以肯定的，等到革命胜利后，我们一定可以团聚了。”

杨大妹原来是女红军连战士。半年前，因为一些客观原因，女红军连解散，战士们都分配到四十六团各连队或后勤组去了。杨大妹去了八乡山后方医院。她说：“等到革命胜利了，我回来要做好两件事：第一件就是给爸妈上坟，第二件就是寻找两个失散的弟弟。妙娇姐，你呢？”

徐妙娇露出了笑脸，说："说句心里话，我真想一心服侍老公，带孙儿孙女，让大存一心一意为革命工作，可大存早已对我说过，等革命胜利了，我们一定要好好建设我们的国家，让老百姓都能过上幸福的生活。"

七位女红军战士走出棉洋路口，经过一座大山脚下时，迎面撞上了一队反动民团。民团队长把她们拦住，问："老妹，你们去干什么？"

徐妙娇说："今天是棉洋圩日，我们去买耕田用的工具和种子。"

民团曾组长嬉笑道："我看你们年纪轻轻，可能去做'鸡'吧？"

黄三妹斥责道："我们是良家妇女，你不能污辱我们的人格！"

民团队长说："我说曾组长，你不要调戏她们了，我们还是赶时间去张瑞贵旅长那里祝寿吧。"

民团曾组长不走，张着一双贼眼，死死瞪住徐妙娇的脸看。

徐妙娇厌恨地说："我脸上有什么好看的？"

"有字。"

"胡说。"

"古大存的老婆徐妙娇！"

民团队长一听，马上下令道："弟兄们，把她抓起来，送给张瑞贵旅长当寿礼！"

胡小梅上前阻拦，没想到被民团队长一枪打死了。黄三妹她们人单力薄，不敢出手相救，只好眼睁睁地望着民团把徐妙娇带走了。

杨大妹推了一下发呆着的黄三妹，问："三妹姐，怎么办？"

黄三妹回过神来，说："走，我们返回八乡山，叫古大哥去救妙娇姐。"

她们还没走几步，又看见十多个团丁追了上来。黄三妹当机立断，说："姐妹们，团丁追来了，我们快上山躲起来。"

在他们五人中，只有黄三妹和杨大妹有手枪，每人手里才五发子弹。她们爬到半山时看见一个岩洞，黄三妹说："姐妹们，你们进洞藏起来，我去引开敌人。"

杨大妹说："三妹姐，我原是女红军连的战士。你留下，让我去！"

"大妹同志，你不要争了。"黄三妹毫不犹豫地离开了亲密无间的姐妹们。她躲在一棵大树后面，瞄准一个团丁的头开了一枪。团丁一命呜呼，见了阎王。

团丁们原以为女红军手中没枪，一路嚷着"抓活的"追上去。听到枪一响，他们马上朝黄三妹射击。黄三妹一边将敌人向山坳引，一边反击。当她打完最后一颗子弹时，自己也被敌人击中胸口，昏厥过去了。民团曾组长追到黄三妹面前，看见她血流如注，连忙踢了她一脚，见她没有任何反应，说："死了！走，我们去追其他女红军。"

"曾组长，我们往哪个方向追？"

"根据情况判断，她们极有可能躲藏在响枪地方的周边，我们回那里搜。"

敌人在地毯式搜索中，发现了岩洞。团丁呆古大声地喊："曾组长，这里有个岩洞！"

民团曾组长急忙跑过去，发现洞口生长的小草有踩踏的痕迹，心里猜想女红军十有八九藏在洞中，于是说："呆古，你进去搜，看看女红军是否在里面。"

"我不敢进去！"呆古胆怯地说，"曾组长，抓到女红军是你的功劳，还是你带头，我们几个跟着。"

这个岩洞不大，能容下十多人。团丁的对话，女红军听得清清楚楚。杨大妹握着手枪，蹲在四位战友前面，小声叮嘱道："姐妹们，大家都别紧张，一声也不要吭。"

杨大妹身后的一位战士因身体不适，老是咳嗽，但她尽力忍着，用手捂着嘴。没想到，这位战士还是忍不住连咳几声。声音虽然不大，可还是让洞口的民团听见了。呆古说："曾组长，女红军就在里面！"

民团曾组长考虑到女红军手里有枪，不敢贸然进去。同时，他又想到要赶回华城喝张瑞贵的祝寿酒，于是心里突然冒出一个恶毒的想法，说："呆古，大家都怕死，干脆就不要进去了。”

“我们就这样放过女红军吗？”

民团曾组长拿出一颗手榴弹，说：“每人往里投一颗。”

“妙！”

瞬间，五颗手榴弹同时在洞中爆炸。五位女红军战士壮烈牺牲了，长眠在这座大山上，与青松为伴。

巨大的响声震醒了受伤的黄三妹。她咬着牙，忍着伤痛，一寸一寸地爬到岩洞边，看到岩洞崩塌，心里万分悲痛，突然眼前一黑，她又晕厥过去了。在山下几个劳作的村民，看见民团离开了，马上跑到山上去查看情况。他们把黄三妹抬回去，请郎中为她治伤。当黄三妹苏醒之后，第一句话就说：“老乡，我求你们帮忙送一个口信，很急的。”

“送到什么地方。”

“八乡山。”

张瑞贵听到徐妙娇被抓的消息，兴奋不已。他在自己祝寿的午宴上，喜悦地说：“各位，今天是我的生日，承蒙大家光临，瑞贵感到荣幸，不胜感激！现在，我告诉大家一个重磅新闻，‘共匪’古大存的老婆徐妙娇，今天上午落入我们党国之手！”

国民党五华县县长钟问陶说：“张旅长，祝贺你今天双喜临门！”

潜伏在张瑞贵身边的地下党员徐秘书闻讯，非常惊阂，连忙假装肚子痛离开宴会。在去医务室的路上，她拐回警卫连，向宋连长透露了徐妙娇不幸被捕的消息。

“事情来得突然，我们如何营救？”

“我们先摸一下情况，搞清楚徐妙娇同志关在什么地方，晚上我们再商量营救办法。”

午宴之后，张瑞贵对贴身的钱秘书说：“小钱，你现在到华城监狱去，督办古大存老婆徐妙娇的案子。”

“还有谁参加？”

“不要其他人了。”

“旅座，你给我一个分寸，才好把握。”

“古大存是粤东北最大的‘共匪’头子。他老婆徐妙娇也一定不是等闲之辈！对于这样的女‘共匪’，想让她归顺党国，使用强硬手段是不行的，必须采用攻心战术。”

“她不归顺怎么办？”

“那就毙了她，不能让她活着出去！”

钱秘书走进华城监狱，来到监狱长办公室，对监狱长说：“我奉张瑞贵旅长的命令，今天督办古大存老婆徐妙娇的案子。去，你把徐妙娇带到刑讯室，我要亲自审问。”

“再过半小时可以吗？”

“为什么要再过半小时？”

“刑讯室还在审问一个女‘共匪’，已经过去两个小时了，她骨头真硬，还不肯向我们妥协。”

钱秘书思忖了一下，说：“正好，让徐妙娇去感受一下那个严刑拷打的氛围，先恐吓她一下，或许对我们审问有利。”

徐妙娇被带进刑讯室，看见一个被剥光了衣服的女人绑在十字架上，耷拉着头，浑身血肉模糊。特别是她的两个奶头伤痕累累，下身的裤衩渗出了血。徐妙娇禁不住骂道：“一群兽生，你们会遭报应的！”

钱秘书问：“徐妙娇，你知道她是谁吗？”

“我不认识！”

“我告诉你，她是一个农会干部，死不悔改。你是想向她学习呢，还是乖乖听我们的话？”

“畜生！”

钱秘书狡黠地说：“我是一个怜香惜玉的人，不忍心看到你在皮鞭下的惨状。我提出三个条件，如果你能满足我们其中一个，即刻放你回八乡山和你老公古大存团聚。否则，我就把你枪毙了！”

徐妙娇知道自己的日子不多了，并没有感到害怕，而是平静地说：“你们先把我的同志放下！”

“可以。”

徐妙娇看到刽子手把自己的同志放下了，立即走过去，脱下自己的外衣，小心翼翼地遮在这位同志身上。然后，她拭了一下这位同志的鼻孔，感觉没有气息了，又取下自己的围巾盖在她的头上。她痛心地说：“好姐妹，安息吧！”

钱秘书喊：“徐妙娇，回来！”

徐妙娇怀着万分悲痛的心情和对敌人的刻骨仇恨，返回钱秘书面前，冷静地说：“你有什么条件，提吧。”

“好，干脆！”钱秘书高兴地说，“这第一个条件，你要是承诺古大存从今以后不再是你老公，在报纸上刊登一个声明，我们就给你自由。”

“你想让我背叛老公，休想！”

“这第二个条件，我们国军每次去九龙嶂、八乡山‘围剿’红军都损兵折将，无功而返。究其原因，我们张瑞贵旅长说，是我们旅部有‘共党’的卧底。你是古大存枕边的人，你告诉我，我们旅部的‘共党’卧底是谁？你要是提供了线索，张瑞贵旅长会把你奉为座上宾，满足你所有要求。”

“你想让我背叛革命，痴心妄想！”

钱秘书掏出手枪，气愤地说：“徐妙娇，我说的话就像泼出的水，是不会收回来的。这第三个条件，你如果再不答应，我枪里的子弹可就不认人了。”

徐妙娇泰然自若地说：“你说吧，我已准备好了！”

“我这里准备了一份自新书，你只要在上面签上自己的名字，我们就会放你一马。”

“你给我拿来看看。”

钱秘书觉得有戏了，连忙拿起自新书走到徐妙娇面前，递过去，说：“你好好看看。”

徐妙娇接过自新书，并没有瞧上一眼，而是突然把它撕成碎片，向钱秘书脸上掷去，随即在他脸上扇了一巴掌，愤慨地说："你想让我背叛理想，白日做梦！"

钱秘书捂着右脸，立即拔出手枪，将枪口对准徐妙娇，吼叫道："徐妙娇，你这个'共匪'婆子。我最后给你五秒钟时间考虑，是生是死自己决定吧。一……"

徐妙娇大义凛然地高呼："共产党万岁！红军万岁！苏维埃万岁！"

钱秘书的枪响了。

徐妙娇倒在血泊中。她与古大存同岁，自从七岁来到古家做古大存的童养媳之后，每天起早摸黑，任劳任怨，对长辈谦让顺从，从不争强斗胜，深得长辈们的疼爱和称赞，1927年到八乡山与古大存一起生活、工作和战斗，牺牲时年仅三十五岁。

没想到，由于叛徒的告密，当晚徐秘书和宋连长在约定地点会面时被敌人包围，最后两人壮烈牺牲了。

古大存听到爱人徐妙娇牺牲的消息，万分悲痛，怒不可遏，倏地拿起彭湃同志赠送他的那把大刀，风风火火冲出大门。曾桂以为古大存要下山找敌人报仇，连忙追了上去，着急地喊："古军长，你不能一个人去！"

古大存走到一棵碗口粗的荷树面前，大声地说："张瑞贵，你将如同此树，我一定要砍死你！"说完，他手起刀落，将荷树拦腰劈断，然后伤心地坐在地上。

第二十三章

剑珍无畏赴刑场　大存被拘石头房

古大存深夜把古宜权、陈开芹等几位同志叫到十一军办公室开会。他心情沉重地说："同志们，国民党反动派的嚣张气焰愈演愈烈，他们在根据地到处烧杀抢掠，围追堵截红军，天天都有革命同志倒在敌人的枪口下，人民群众处在水深火热之中。面对这样恐怖的革命形势，我们红军何去何从，请大家发表一下自己的意见。"

古宜权说："这几个月来，敌人采用毫无人道的地毯式封锁手段，像绳子一样捆住了我们红军的手脚，每走一步都感到相当艰难，对我们目前影响最大的，就是部队的给养问题，战士们常常勒紧裤带，与敌人周旋，还要打仗，苦不堪言。这个问题如不及时解决，对红军的生存和发展将会受到严重的考验！我认为，红军要生存下去，首先避开敌人的锋芒，想办法突围出去，在敌人较薄弱的地方站稳脚跟，谋划下一步的发展。"

陈开芹说："鉴于目前严峻的革命形势，我想起了一句老话，树挪死，人挪活。这句话对于我们红军来说，也许有参考价值。所以，我认为摆在我们红军面前有三条路：一是向江西红军靠拢；二是与闽西红军会合；三是再次回到大南山。"

古大存问："你个人意见呢？"

"我觉得前面两条路不好走，充满艰难险阻。这第三条路，我们已经走过两次，可谓轻车熟路，容易突围出去。”

古宜权说：“我赞同走第三条路！”

张泰元说：“我也赞同！”

古大存说：“同志们，你们把我心里想的都说出来了。既然大家意见一致，那我们明天晚上起程，奔向大南山！”

陈开芹问：“我们还有十多个重伤员，无法跟着大部队突围，如何安置？”

张泰元说：“把他们分散在老乡家。”

古大存说：“老乡的日子也不好过，我们不能给他们增加负担。我的想法是，把这些重伤员转移到九龙嶂红军医院，由黄狗带领赤卫队负责保护他们。为了保证他们的日常生活，泰元同志你要给黄狗留下一些钱。”

“可以，我会安排好！”

“另外，我们不知何时才能返回八乡山，希望大家散会后叫宣传队的同志安抚好当地群众，要让他们心里明白，目前我们暂时离开这里，是为了更好地保存革命实力，黑暗总会过去，好日子就在后头，红军会很快回来的！”

曾忠原来是童子团副团长，自从古大存奖励他一支小马枪并批准他加入赤卫队后，他天天都想着参加红军一事。这次听说红军要转移了，自己的心愿还没有实现，心里感到有点失落。他闷闷不乐回到家，对奶奶说：“阿婆，你同意我去参加红军吗？”

“同意！”

“可是，红军明天要离开，我不能参加红军了，心里好烦呀！”

“你已经戴上红军帽了，难道还不是红军吗？”

“不是，我还是赤卫队员，不能跟红军走。你能不能帮我向古伯伯说个情，让我参加红军跟着大部队走。”

“好，我去求你古伯伯。”

古大存正在办公室和黄狗说话，看见曾忠领着奶奶走进门，连忙说：“曾婆，你来了，有事吗？”

曾婆刚坐下说："古军长，我听孙儿曾忠说，红军明天要转移不带赤卫队走，有这事吗？"

"没错，不过这是暂时的，请你老人家不用担心，红军一定会胜利归来的。"

"那你批准曾忠参加红军，让他跟你走。"

古大存耐心地说："曾婆，红军有朝一日还会回来的。曾忠年纪还小，等红军下次回来时，我再批准他加入红军队伍。"

曾忠说："古伯伯，你现在就批准吧？"

古大存想了想说："曾忠，我可以满足你的要求，但你也要答应我一个条件。"

"古伯伯，你说。"

"我批准你加入红军以后，你就跟在这位黄狗排长身边，听他指挥，好好干。你能做到吗？"

"能！"

"那好，我今天批准你参加红军。现在，你跟曾桂到后勤处去，领一套红军服装。"

"是，多谢古伯伯！"

曾婆看到孙儿高高兴兴地跟着曾桂出了门，疼爱地说："古军长，国民党是狼子野心，你们多提防着点，不要上当受骗！"

"曾婆，请你相信，国民党是注定要失败的！"

"我相信！"

古大存率领十一军留守人员和四十六团、教导团从八乡山成功突围，辗转去到紫金县一个叫石岭的大山窝里。他对张剑珍说："我们要尽快和当地党组织取得联系，你明天带几个战士去执行这个任务。"

"古军长，人多目标大，我一个人去就可以了。"

"剑珍同志，这崇山峻岭的，你一个人去我不放心，还是听我的安排吧！"

第二天凌晨，张剑珍带领古任、古能龙、古耀西、古亚水、杨新球等五位战士出发了。他们腰里别着手枪，扛着扁担，化妆成进山挑炭的农民。当他们经过一个叫秋溪的地方时，看到半山坡上有几座老房子。张剑珍说：“同志们，你们在这里等着，我上去看看。”

古任说：“张队长，我跟你去。”

张剑珍和古任走进第一座房子，发现一个人也没有。他们又来到第二座房子，还是不见人影。他们心中觉得好奇怪，思想马上警惕起来。当他们踏入第三座房子时，眼前的情景让他们惊呆了。地上躺着不少村民！古任数了数，说：“张队长，一共死了十三人，其中还有四个是孩子。”

张剑珍走出大门，朝山上喊：“老乡！老乡！”

可是她只听到山上的回音，连个人影都没看见。

古任说：“张队长，我们走吧！”

“不，我们要让这些老乡入土为安。你赶快下山，把战士们叫上来。”

他们怀着悲痛的心情，处理好这些老乡的后事。当他们正准备离开时，看到一个老人领着一个七八岁的孩子从山上下来。老人走到张剑珍面前，跪了下去，孩子也学样跪下了。老人边流泪边叩头，说：“谢谢你们！谢谢你们这些好心人！”

张剑珍把老人和孩子扶起，问：“大爷，这些伤天害理的事情，是什么人干的？”

小孩抢先说：“国民党！”

老人说：“对，国民党！今天吃早饭时，村里来了很多国民党，要捉拿我那个当农会干部的儿子，还有当赤卫队员的两个侄子。我儿子和侄子都不在家，国民党就把村民赶到一块儿，进行恐吓、威胁，但谁都没有做软骨头。没料到，他们竟然丧尽天良，开枪把十三个村民打死了。当时，我带着这个孙儿在山上查看下套的捕猎机关，才幸运地逃过这个劫难。老妹，你们是什么人？”

“我们是共产党领导的红军，军长是威震东江的古大存。大爷，你听过他的名字吗？”

“我曾多次听过，都是我儿子说的。在半年之前，我儿子告诉我，古大存手下有一个英勇善战的团长李斌，带领敢死队进攻隆江圩，不幸被国民党军打死了。”

古任说：“大爷，站在你面前的这位女同志，就是那个英雄李斌同志未过门的媳妇张剑珍。”

“哎呀，原来你就是李斌的媳妇，失敬！失敬！”

张剑珍又被大爷的话勾起了对李斌的怀念之情，但她没有沉浸在悲伤之中，强忍着泪水说：“大爷，我们从八乡山来，想找你儿子或其他农会干部，你能帮我们找到他们吗？”

“老妹，这个忙我可以帮。走，你们先到我家去，我给你们做饭。”

“多谢大爷！”

吃过午饭，大爷对张剑珍说：“老妹，你们在这里等着，我去找儿子回来。”说完，他对孙儿说：“阿毛，你在家陪着这些叔叔、阿姨，不能自己跑出去啊！”

“阿公，你要早点回来。”

大爷走后，孩子把大门闩上了。张剑珍对战士们说：“同志们，大家都有点累了，你们抓紧时间休息一下，我站岗。”

片刻，在门坪玩的孩子听到了敲门声，连忙走进厅堂，对坐着的张剑珍说：“张阿姨，有人敲门。”

张剑珍警惕地站起来，说：“阿毛，你去看，是不是你阿公？”

“好。”

张剑珍急忙去到其他房间唤起刚入睡的战友。

小孩走近大门，问：“你是阿公吗？”

“我是阿公，阿毛开门。”

小孩没有马上开门，而是回去对张剑珍说：“张阿姨，是我阿公回来了。”

“阿毛，那你开门吧！”

小孩打开门，大爷一脚跨进去，旋即闩上门，拉着孙儿的手快步回到厅堂。

张剑珍看到大爷神情如此紧张，心里知道一定有紧急情况，禁不住问：“大爷，你怎么回来了？”

“我还没走到山下，就……就看见好多国民党兵上山来了。他们很快会到这里来，你们快跑！”

“我们走了，你们祖孙俩怎么办？”

“不要管我们了，快走哇！”

“不，你们跟我们一起离开。”

他们刚走到大门口，便听到两米高的围墙外响起杂乱的脚步声和撞击大门的声音。一个国民党兵在门外声嘶力竭地喊：“里面的‘共匪’听着，你们被国军包围了，要想活命，就乖乖出来归顺国军，不然通通枪毙！”

古任问：“张队长，怎么办？”

张剑珍镇定地说：“同志们，大家不要慌，沉住气！”

大爷说：“老妹，前面出不去了，你们就从后窗跳出去。”

大爷返回厅堂，操起一把锄头，猛烈地砸两米多高的木窗棂。

“我来！”古任猛然抢过大爷手中的锄头，使尽全身力气砸断了三根窗棂。然后，他双手搭着窗沿，向上一跃，把头探出窗外，马上又缩回来。他紧张地说：“屋后已被国民党兵包围，这里出不去了。”

古能龙拔出手枪，说：“我们和敌人拼了！”

张剑珍转头说：“大爷，你们祖孙俩找个地方藏好。如果我们牺牲了，请你去十里外的石岭找红军，把这里发生的事告诉红军首长。”说完，她拔出手枪带着战士们向门口冲去。

没想到，大门很快就被敌人撞开了，一下子冲进几十个国民党兵。经过十多分钟的短兵相接，六个英勇的红军战士寡不敌众，最终被敌人抓去了。

国民党五华县党部接报后，马上派出县警卫基干大队到紫金县，把张剑珍他们押解回华城监狱。刽子手一次次对张剑珍刑讯逼供，威胁利诱，但张剑珍始终坚贞不屈，视死如归。

拘押在相邻牢房的古任，看见遍体鳞伤的张剑珍拖着沉重的脚镣，回到牢房便倒在地上。他感到心里非常难受，大声地喊："张队长，你今天又打胜仗了，祝贺你！"

昏昏沉沉的张剑珍听到古任的呼喊，头脑立即变得清醒了。她艰难地扶着铁栅栏站了起来，冲着古任他们微笑了一下，并举起拳头，说："多谢同志们！"

古能龙说："张队长，那天你带我们去找紫金地下党的路上，你答应有机会给我们唱一首歌，现在唱给我们听好吗？"

张剑珍点头说："好，我给你们唱一首《五更叹》。"

牢房的狱友一齐鼓掌。

张剑珍轻轻地梳了一下刘海，唱道：

一更叹，坐监牢，如今变成笼中鸟；爱打爱杀无要紧，为了革命心一条，唔怕刑场去过刀。二更叹，火烧天，剑珍革命意志坚；杀头係话风吹帽，坐监係喊嬲花园，要为穷人出头天。三更叹，想红军，红军来了救穷人；係愿红军打胜仗，红旗飘飘扫乌云，保佑红军万年春。四更叹，夜沉沉，国枢时刻念剑珍；亲人受难莫流泪，跟着红军杀敌人，杀尽白贼正太平。五更叹，天就光，又想红军古军长；培养剑珍教育好，党系係介亲爷娘，视死如归跟着党。五更过哩鸡会啼，魔鬼唔使恶豺豺；敢搞革命唔怕死，剥皮抽筋骨还在。

三天后，国民党反动派把张剑珍捆绑在五华中学的一棵大树下，剥去外衣"示众"。一群反动派围拢过来，拷打她，讥笑她，辱骂她。

张剑珍愤恨地唱道：

你兜唔使笑哈哈，共产做事总有差；

红军为人谋幸福，偃今牺牲值得啦！

随后，张剑珍被押赴雷公墩刑场。在刑场上，她昂首挺胸，面不改色，唱道：

人人喊偃共产嘛，共产做事总冇差；
红白唔曾分胜负，江山唔知你呀偃；
他日革命成功日，偃介心里乐开花！

当时，与张剑珍一起就义的还有红军中比较有名的领导人古公鲁。在华城监狱中，他听了张剑珍唱的《五更叹》，深有感怀，挥笔写下了一首诗：

铮铮硬骨一剑珍，魔窟阴森犹唱吟；
谁说女流豪气短，《五更叹》里见精神！

张剑珍牺牲的第二天，古大存终于和紫金县委联系上了。他和海陆紫县苏维埃、紫金县委、炮台地区的领导钟一强、杨谭吉、黄伟廷、缪冠儒、温冠雄等同志一道，研究部队行动与地方配合的问题。突然接到密报：国民党部队、民团、土匪共三千多人，从锡山岽、油谷坑、唱歌岽等地登山，包围洋礤，企图消灭隐蔽在这里的红军和当地党组织。

黄伟廷担心地问："古军长，面对来势汹汹的敌人，你说怎么办？"

"我曾经写了一首诗：'一日离家一日深，犹如孤雁宿寒林。他年施展凌云志，比翼高飞压众禽。'干革命总是要经受困难的，这回敌人来势汹汹，可能要打一场恶仗，我们要下足决心，与敌人血战一场，无论千难万险，我们都要打赢这场仗，狠狠地挫败国民党的嚣张气焰。"

钟一强说："古军长曾经三进洋头，令敌人闻风丧胆。请大家一切听从他的指挥。"

温冠雄对在场的宣传员李素娇说：“素娇同志，你给大家唱一首山歌，鼓舞一下大家的斗志。”

古大存望着李素娇，点头说：“唱吧！”

李素娇想了一下，唱道：

唔怕死来唔怕生，唔怕锅头搬过岭；
唔怕敌人大军到，革命道路侄家行。
杀敌就爱争先行，勇敢上阵唔使惊；
杀敌一个就转本，杀敌两个就有赢！

大家听了，开心地哈哈大笑。

古大存因势利导地说：“对嘛，我们就是要勇敢，敌人来了下决心干掉他，杀他一个就转本，杀他两个就有赚，还怕什么呢？”

钟一强说：“古军长，你布置作战任务吧！”

“同志们，我们四面都是敌人，而且敌我力量悬殊。我们没有退路，只有浴血奋战，置死地而后生。现在，我命令……”

一小时后，红军和赤卫队与敌人接上火了。

守在锡山岽的是国民党正规军，火力很集中。红军突击队一次又一次发起冲锋，都被敌人压下来了。古大存和古宜权赶到阵前，观摩一番后，调整了火力部署。古大存对突击队员说：“同志们，我们一定要冲上去，把敌人赶跑，才有生路。”

然而，突击队还是没有冲上去。

古大存大声高呼：“同志们，我们宁愿与敌人血战至死，绝不能在阵地上误了战机！”

古宜权命令司号员钟作杰吹响了冲锋号。

嘹亮的号声震撼山谷，使敌人产生了错觉，以为遇到了红军大部队，不敢恋战，慌慌张张地溃退。突击队冲上去了，其他反动民团看到国民党正规军溜走，也相继逃得无影无踪。

战斗结束后，古大存回到四十六团团部，刚喝了几口水，便看见黄伟廷来了。黄伟廷高兴地说："古军长，这次战斗打得漂亮，你真是智勇双全呀！"

古大存谦虚地说："这是战士们的功劳，我不过帮了一点忙而已。"

黄伟廷接过曾桂递来的水，说："古军长，我想单独和你说一些事。"

古大存向曾桂挥手，说："你出去，把门带上，不要让其他人进来。"

"是！"

黄伟廷问："古军长，你一直在八乡山，了解大南山半年来的一些情况吗？"

"哎，忙于应对国民党反动派的'围剿'，部队驻地常常更换，哪里能听到上级的消息。伟廷同志，你给我介绍一下吧！"

"东江行委早已取消，恢复了东江特委。徐国声任特委书记，袁仲贤任军委书记。另外，红十一军番号也被撤销，改编为红六军独立第二师，师长彭桂，政委黄强。你担任什么职务，我不知道。"

古大存感到这事来得太突然了，禁不住问："是不是中央领导人有变动？"

"没错，李立三同志下台了，现在的中央负责人是王明同志。"

"嗯，立三路线在中国是行不通的，应该纠正过来。"

黄伟廷拿出一封信，说："昨天，我去大南山特委参加会议，军委书记袁仲贤同志听说你到了紫金，叫我把这封信转给你。"

古大存送走黄伟廷，便拆开信看起来。信里只写着："大存同志，见信即往特委参加军委会议。袁仲贤。"

古宜权和陈开芹来了。古宜权问："存哥，我们打了胜仗，你怎么有点不高兴的样子？"

古大存将黄伟廷讲的事情说了出来，然后又把信给他俩传看。

古宜权说："存哥，我有一个预感，你可能摊上大事了。"

"哦，你说具体一些。"

"我觉得有三个现象不太正常：第一，吴炳泰政委去大南山开会，一走就是半年多，至今杳无音讯；第二，撤销红十一军这样的大事，为什么不同你这个军长商量？第三，按理来说，红十一军改编为红六军独立第二师，你要顺理成章当师长才对，可为何是四十九团团长彭桂坐上这个位子？”

陈开芹说：“我也有一个疑问，古军长，袁仲贤同志写信叫你去特委参加军委会议，没有具体日期，也无落款时间，这是为什么？”

古大存说：“宜权，开芹，你们说的这些问题，我也考虑分析了，心里感觉只有两种可能：要么把我调至省委机关工作，要么我犯了错误被撤职了。”

古宜权说：“存哥，我和你共事这么多年了，没见你犯过什么错误，只有几次和颜汉章同志争吵，那也是工作上的事呀！”

陈开芹说：“我觉得古团长说的对，工作上争吵不构成错误，不可能出现撤职的事情。所以，古军长调至省委工作，是完全有可能的！”

古大存说：“好了，这事就议论到这里。我去大南山开会要几天时间，你们碰上紧急的事情，万一拿不定处理意见，可去找钟一强主席他们商量对策。”

古大存带着一个连的战士来到大南山苏维埃所在地叠石村，休息了一个晚上。第二天早饭后，他对警卫员曾桂说：“小曾，今天你不要跟我去军委了，去找理发师傅剃一个头。”

“不！这里到军委还要走一片田畴，我不放心你一个人去。”

“服从命令！”

“是！”

袁仲贤在军委办公室阅读文件，见到古大存来了，连忙装出一副笑脸，握住古大存的手说：“大存同志，欢迎！欢迎！”

“袁书记，今天见到你很高兴！”

“坐吧！”

古大存坐下后，说：“袁书记，这半年多来我在八乡山忙于战事，信息闭塞呀！前天一接到你的信，我马上就赶来了。”

“想必有些事情，紫金的黄伟廷同志和你说过了。”

“对，说过了。”

袁仲贤不冷不热地说：“大存同志，关于你的工作问题，军委经过慎重考虑，决定改任你为军委参谋长。”

古大存打消了之前的顾虑，说：“我服从组织安排！”

袁仲贤走到古大存身边，说：“走吧，去看看你的办公室。”

古大存跟着袁仲贤来到村西边一间石头房子。这房子墙根长满苔藓，四周杂草丛生。一位背枪的红军小战士把门打开，然后站在门口。

袁仲贤指着门内，说：“大存同志，这就是军委参谋部，你就在这里办公，自己进去吧！”

古大存走了进去，忽闻一股呛人的霉气味，令他有点反胃，但他还是忍住了。房里黑乎乎的，借着从窗户透进来的微弱阳光，他环顾了一下，只见窗边摆着一张破书桌，书桌左边放着一块门板，门板上搁着一截木头。他心里禁不住想，这哪里是参谋部，分明是一个囚禁犯人的地方呀！他急忙转身退出时，房门“砰”的一声被关上了，上了一把大锁。黑暗顿时包围了他。他边拍房门边喊：“袁书记，袁仲贤同志，这是为什么呀？”

袁仲贤对古大存不停的痛心呼喊，根本不予理会。他走到红军小战士面前，拍着他的肩膀说：“小志，你要看好这个重要人物，无论谁来说情，你都不能让他们接触，明白吗？”

“明白！”

古大存走到窗户旁，望着窗外树上欢快的小鸟，心里感到从未有过的恐惧。他禁不住叹息道：“我连小鸟都不如，没有自由了！”

小志走到窗户边，抬头望着古大存痛苦的脸庞，问：“古军长，你还认识我吗？”

古大存摇头说：“不认识。”

“去年冬，你带领东江红军攻打洋头圩，我妈妈请求你批准我参加红军，叫钟一强主席收下我。”

“呵，我记起来了，你叫小志。”

“对，对！”小志高兴地说，“没想到，我在这里见到你。”

“我也没想到！”

“古军长，我想告诉你一个绝密事件。半年前，这间房子关了一个红军首长，名叫吴炳泰，是红十一军的政委。他只在这里过了一夜，第二天被当作AB团分子枪毙了。”

古大存吃了一惊，觉得多年共事的战友吴炳泰一直没有消息，原来是倒在自己人的枪口下，简直太悲哀了！

“古军长，他们会不会也把你当成AB团分子？”

“我也不知道！”

“你要当心呀！”

古大存在石头房子过了一夜，也思考了一夜。天亮后，他站在窗户旁，吹着山里凉爽的清风，听着龙眼树上小鸟的歌声，盼着换岗的小志早点到来。

一个小时后，小志来了。他踮起脚尖，从窗口递给古大存两只拳头大的红肉番薯，说：“古军长，这是早餐，你趁热吃。”

古大存边吃边问：“小志，你昨晚见到彭桂师长了吗？”

“今天早上，我才见到他。他要我转告你，命运掌握在自己手里。”

在古大存心中，彭桂是一位值得信赖的战友。昨天，他叫小志去见彭桂，就是对彭桂的信任。听了彭桂的回话，古大存觉得这是在提醒自己，也正合他此刻的思路。他对小志说：“小志，你再帮我一个忙好吗？”

“什么忙？”

“你把门打开，让我去见军委袁书记。”

小志为难地说：“可是，袁书记昨天交代了，不能让你出去，也不准你见任何人。古军长，你叫我怎么办？”

“我给你出一个主意。”

“什么主意？”

“你送我去袁书记办公室，见到袁书记你就对他说，古军长肠胃不好，要求出门拉屎，拉完不肯回屋，我只好把他押到这里来了。”

“好，我就按你说的办！”

袁仲贤在办公室起草逮捕古大存的文件，忽然响起了叩门的声音。他以为是警卫员把师政委黄强叫来了，连忙抬起头，说："进来！"

没想到，进来的是古大存和小志。

袁仲贤恼怒地说："小志，你怎么把大存同志放出来了？"

小志急忙把古大存教的话说了。

袁仲贤信以为真，无奈地说："好了，你出去，把门带上。"

古大存质问道："袁书记，你们为什么拘留我？"

"你犯了严重错误！"

"我错在哪？"

"你是东江执行'立三路线'的代表！"

古大存愤怒地说："袁书记，你太抬举我了，我只是一个小小的军长，怎么戴得起这顶桂冠呢？你还是送给合适的人戴吧！"

"大存同志，你别太放肆了！我明白告诉你，你的材料我都掌握了！"

"我说袁书记，也许你不知道，我手头也有你们滥杀无辜的证据！"

袁仲贤暴跳如雷地说："古大存，你竟然敢恐吓领导，这是罪上加罪！"

"我说的是事实！你想听听吗？"

"你说！"

"你们假借开会之名，把十一军吴炳泰政委骗到大南山，第二天以AB团分子的罪名将他杀害了。这事我要向中央反映，看你能躲得过去吗？"

"古大存，你这是血口喷人！我告诉你，吴炳泰写信给香港一个叫'一秋'的人，信中透露了我党我军一些机密，是典型的AB团分子。我看这事也与你有关，请你老实向组织交代！"

古大存微微一笑，说："袁书记，你说对了。吴炳泰政委写信给'一秋'这件事，我还是清楚的。你知道这个'一秋'是谁吗？"

"是谁？"

"他就是闽粤赣边省委书记李富春呀！"

"你胡说！"

“我没有胡说，你要是不相信，可以亲自去问李富春书记！”

袁仲贤似信非信，说：“这事我会了解清楚！如果我错了，会向组织检讨；但你的错误是铁定的事实，回去接受审判吧！”

古大存此时完全明白了，袁仲贤不是召他来开会，而是骗他来审判，想让他步吴炳泰的后尘。他没有马上走，泰然自若地说：“我是一位堂堂正正的共产党员，一向做事光明磊落！如果你是共产党员，便不该扣留我；如果你是反革命，立即把我杀掉，死而无悔！否则，我不走了！”

袁仲贤被眼前这位强硬的五华汉子怔住了，一时不知道怎么回答，呆坐着。

“我不怕死，但要死个明白！”

袁仲贤站起来，不得不说：“大存同志，即使你不是执行立三路线的代表，也是犯了立三路线的严重错误。你今后的工作，军委会作出决定。”

古大存回到石头房子，看到原来看守的小志不见了踪影，现在换成一位高个子。他禁不住问：“这位同志，原来那位小战士什么时候来换班？”

“你还想见他？”

“怎么啦？”

“他死了！”

这一晚，古大存又失眠了，直到第二天黎明，古大存才昏昏沉沉地睡下去。高个子战士走进来把他摇醒。他警惕地爬起来，担心地问：“什么事？”

“袁书记要见你。”

古大存忐忑地踏进袁仲贤办公室。袁仲贤却迎了上来，问：“大存同志，你昨晚睡得好吗？”

“你说呢？”

袁仲贤微笑着说：“我怎么知道？”

古大存问：“袁书记，你这么早叫我来什么事？”

“昨天晚上，军委开了一个会，决定对你留党察看三个月的处分，并派你去陆惠县当县委书记。这个结果你满意了吧？”

古大存接过袁仲贤递过来的介绍信，一言不发，头也不回地走了。

第二十四章

两次解围大南山　艰难找到党组织

古大存带着介绍信，直接去陆惠县委报到。在路上，警卫员曾桂问：“军长，你现在不带兵打仗了，会不会有失落感？”

“说实在话，失落感非常强烈；但我想得很清楚，只要能为党工作，心里就觉得平静了。”

“军长，我给你提一个建议，你愿意听吗？”

“你说。”

“妙娇嫂子牺牲这么久了，你的工作又稳定了下来，是时候再给我们找回一个嫂子了。”

古大存笑着说：“小曾，你怎么会有这个想法？”

“我们做警卫员的，很多生活小节方面都无法帮上首长的忙，只有最亲密的爱人才能为首长你排忧解难。”

“小曾，多谢你的关心。”

不久，在江西瑞金召开的第一次中华苏维埃共和国工农兵代表大会上，古大存被选为中华苏维埃共和国临时中央政府委员。古大存当时因事没参加这次会议，这件喜事他也是后来才知道的。他去陆惠县走马上任后，一心扑在恢复和发展基层党组织、建立地方武装这两件大事上，经过他的努力，很快扭转了陆惠县死气沉沉的局面。一天，他接到东江特委的通知，要他立即返回大南山军委接受新的任命。他已经两年多没去过东江特委了，心里感到有点陌生。他按着两年前的记忆回去，在那首先见到的是袁仲贤十分憔悴的样子，他禁不住问："袁书记，你的身体怎么啦？我差点认不出来了。"

袁仲贤叹息道："哎，我犯了错误，被省委撤职了！"

"军委书记换谁了？"

"朱炎同志。"

"特委书记还是徐国声同志吗？"

"也换了，是李茂崇同志。"

"军委在哪办公？"

袁仲贤指着一百米外的房子，说："前面就是，听说今天要召开军委扩大会议。"

古大存真诚地安慰了袁仲贤后，便走到军委办公大楼门口，被警卫人员拦住。警卫人员问："同志，你找谁？"

"我是古大存，想找军委书记朱炎同志。"

"你稍等，我进去通报一声。"

过了片刻，朱炎出来了。他高兴地握住古大存的手，说："大存同志，你来得正好！"

古大存跟着朱炎走进会场，被安排在朱炎旁边坐下。古大存分别向熟识的彭桂、卢笃茂、陈开芹、徐国声等同志点了一下头。

朱炎说："同志们，这位古大存同志，是刚当选的东江军委委员。他是十一军的老军长，战斗经验非常丰富。他的到来，一定能给我们提供破解大南山之围的意见。"

古大存吃惊地问："请问朱书记，斗争形势很严峻吗？"

"是的，国民党反动派张瑞贵和邓龙光部趁红军大抓AB团之后军心涣散、元气大伤之机，缩小对大南山根据地的包围圈，来势汹汹。"

"如此看来，形势确实严峻。那么请问，大家的意见如何？"

"大家的意见有两种：第一种，主张集中武装力量，御敌于大南山之外。

另一种，主张分兵力到外线打游击，减轻敌人对大南山的压力。大存同志，请你说一说自己的看法。”

“听了两种意见，我认为第二种可行。我们面临的情况严峻，只有分兵到外线去牵制敌人，才能打乱敌人的部署，从而达到保卫大南山的目的。”

特委书记李茂崇忧虑地说：“我们大南山的兵力本来就不多，如果再分一部分到外线去，那就更少了。万一敌人来了，我们还有能力保卫大南山吗？”

“李书记，分兵到外线去，看起来是兵力少了，但并没有削弱，反而增强了。你想想，有外线牵制敌人，敌人就有了后顾之忧，还敢倾巢出动进攻大南山吗？”

李茂崇肯定地说：“大存同志说的有道理，那我们就采纳他的意见。”说完，他和右边的朱炎交谈起来。

一会儿，朱炎站了起来，说：“现在我宣布，古大存担任东江红军第一路总指挥，率领一支红军小分队到梅县、丰顺一带活动。卢笃茂担任东江红军第二路总指挥，带领一支红军小分队去五华、紫金一带活动。”

古大存带领红军小分队迂回穿插，潜进丰顺县桐梓洋，派人与九龙嶂、柑子窝的留守红军和丰梅县委书记黎果带领的游击队取得了联系。他们首先做的一件事，就是到处张贴布告，散发传单，揭露敌人的罪恶，号召人民群众起来和国民党反动派作斗争。布告和传单上都署上：东江红军第一路总指挥古大存。

一天，古大存带领红军小分队，消灭了驻守汤坑国民党军一个排后，又火速赶到汤西端掉了一个反动民团。当他返回桐梓洋驻地时，看到女游击员曾史文在前面背着五支步枪，累得满头大汗，急忙跑上去，说：“这位女同志，你收获不小呀！”

曾史文冲古大存笑了一下，没有说话。

“我帮你背两支。”古大存关心地说。说完，他把手伸向曾史文背着的枪。

曾史文推开古大存的手，说："同志，我不累，不用你帮。"

"我来！"曾桂一步上前，从曾史文身上卸下了三支枪，背在自己身上。

曾史文看着曾桂走开了，说："同志，你是他的领导吧？"

"对，我是他的领导，但我和他也是平等的同志关系。"

曾史文故意问："那我和你平等吗？"

"我们都是同志，当然平等了。你叫什么名字？"

"我叫曾史文，你呢？"

"我叫古大存。"

"哦，原来你就是敌人悬赏三万块大洋缉拿的十一军军长！"

侦察员突然跑到古大存身边，说："报告总指挥，丰顺县长林彬午饭后要坐车去公路建设现场。"

这条从汤坑至县城丰良的公路，是敌人为了"围剿"九龙嶂革命根据地修筑的，现在还没有完工。上峰下了命令，要求林彬要去督促工程建设进度。林彬吃了午饭，在办公室剔牙时，县长助理走来说："林县长，警卫队已经集合好了。"

林彬将牙签一丢，说："不要那么多人去，我只带一个班的弟兄就够了。"

"万一路上碰见红军怎么办？"

"红军全逃到普宁大南山去了，这里只有小股游击队。他们躲还来不及，怎么会有胆量再惹老子。走，我们上车吧！"

当汽车到达一个山坳时，林彬看见坳口还没修通，只好下车徒步穿过山坳。突然，古大存一声令下："打！"

埋伏在山坳两侧的红军战士和黎果领导的游击队，同时向敌人射出仇恨的子弹，当场把林彬和他的随行人员打死了。

陈济棠听到古大存率领红军"一天三捷"的消息，以为东江红军离开大南山返回九龙嶂去了。他气急败坏地命令"围剿"大南山的两个师，火速开赴丰梅地区歼灭东江红军。

大南山之围已解。古大存看到牵制敌人的目的达到了，马上又带着队伍回到了大南山。朱炎接到了古大存，高兴地说：“大存同志，你立大功了！”

大南山赢得了暂时的平静。不久，东江特委书记换了李崇三，古大存被任命为东江特委保卫局局长。他一上任，便找来了中央、广东省委和特委有关反AB团的文件材料，以及红一团、红二团写给特委、军委的报告。

一位在东江特委工作的老干部对古大存说：“古局长，我们是多年认识的老同志了，心里有一个疑虑，今天想向你提出来，愿意听吗？”

“好哇，你说。”

“近年来，‘立三路线’对我们东江红军造成了很大损失，你也是受害者之一。现在，你手中有了权力，会不会使用打击报复的手段去处理积案？”

“我是一个堂堂正正的共产党员！党赋予我保卫局长这个权力，是希望我公正执法，把冤枉受屈的同志解救出来。如果我滥用职权进行打击报复，岂不是辜负了党对我的信任吗？我做人光明磊落，坦坦荡荡，心里刻着九个字：忠诚于党的伟大事业！”

“大存同志，我从你身上看到了我党拨乱反正的希望，心里有底了！”

古大存带着保卫局几位工作人员走了两天，来到了大安洞的黄沙村。这里是红一团囚犯管理所，拘押着两百多个AB团嫌疑人。他们翻阅了管理所的所有资料后，古大存叫来了一个囚犯，问：“李冲同志，我听管教说你已自杀两次了。”

“我还想自杀第三次呢！”

“你为什么要轻生？”

“我堂堂一个红军连长，只因说了几句气话，就被他们打成AB团分子。无论我怎么解释，他们都说我狡辩。没办法，我只有以死明志，到阎王那里去申冤了！”

“你说了什么气话？”

“有一天，我们连一个排长执行任务回来，便被等候在连部的保卫局执法人员五花大绑了。我连忙出面制止，问他们为什么绑我的英雄排长？他们说他是AB团分子，我说他是AB团分子，那我也是，你们把我一起抓去吧！没想到，他们真的把我带到这里来了。”

古大存觉得此事有点荒唐，心里感到不是滋味儿。他说：“李冲同志，事情总会搞清楚的，你那轻生的念头要打消啊！”

“说实在话，我当时参加红军，就是想将革命进行到底，可他们不给我机会怎么办？”

经过几天的甄别，两百多个嫌疑人几乎没有一个罪名能够成立。向特委书记汇报后，古大存对管理所所长说：“明天早上，你把所有人集合起来，我要向他们说说话。”

“为了防止意外发生，是不是把他们全部用绳子绑上？”

“不用！”

第二天早上，小鸟在山坡上歌唱，太阳也从东山上冒出来了。

古大存在管理所所长陪同下，出现在“囚犯”队伍面前。他绕着“囚犯”队伍转了一圈，然后对所长说：“所长同志，你把所有岗哨都撤了吧！”

所长吃惊地说：“古局长，这恐怕不妥吧？”

“没事，叫他们去伙房帮忙。”

“是！”

看到所有警卫战士放下枪，纷纷跑向伙房，“囚犯们”个个脸上都露出惊愕的表情。他们隐约感觉到，接下来有意料之外的事情要发生了。

果然！

古大存大声地说：“同志们，你们受罪了！今天，我是代表东江特委向你们赔罪的！”

这短短两句话，令“囚犯们”感到惊诧；但他们不敢交头接耳，只是把身体站直一些，精神更加集中一些。

“在过去一段时间里，我们东江特委的领导人错误地执行‘极左路线’，乱抓所谓的AB团分子，采用逼供的手段寻找反革命证据。你们惨遭鞭打、坐老虎凳等各种刑法，无论是肉体还是心灵都受到了严重的伤害。现在，党中央已下令纠正这个错误。今天，东江特委派我来为你们平反，带你们归队！”

那么温暖的话语，激动着每个人的心灵。有的蹲在地上独自流泪，有的抱在一起痛哭，有的仰天长叹。

李冲连长振臂高呼：“伟大的中国共产党万岁！”

大家跟着高呼：“伟大的中国共产党万岁！”

李冲连长又高呼：“将革命进行到底！”

大家跟着呼喊：“将革命进行到底！”

平静下来后，古大存说：“同志们，我已吩咐警卫战士去伙房帮忙，给大家准备一餐可口的早饭，吃完之后，我们就回大南山去！”

东江特委成立东江游击总队，由中央派来的周友初担任总队长，古大存为总队政委，下辖十六个游击小分队。根据特委书记的指示，古大存、卢笃茂、古宜权、李英等分别率领游击小分队奔赴九龙嶂、八乡山、陆普惠、揭阳、丰顺等山区，分散敌人对大南山的注意力。

一天，古大存得到情报，在八乡山荷树坪驻扎了国民党军一个连的兵力。敌人表面上是维持八乡山的治安，实质上是防止红军再次返回八乡山。古大存找来卢笃茂和李英商量，决定由他们率领的三支游击小分队联手，采用长途奔袭、出其不意的办法，歼灭这股敌人。他们到达荷树坪山寮下，已经是子夜时分。古大存带着警卫员曾桂来到了农会干部羊子的家门口，轻轻地叩了三下大门。里面没有反应，古大存又叩了三下。

“谁呀？”

古大存贴着大门说：“羊子，我是古大存。”

“你是古军长？”

“对，是我。”

羊子迅速打开大门，招呼古大存和曾桂进去。羊子惊喜地说：“古军长，老百姓早就盼望红军打回来了！”

“多谢乡亲们惦记！”

羊子斟了一碗开水给古大存，然后说：“古军长，你先坐一下，我给你们煮点吃的。”

古大存摆手说：“羊子，我没时间吃，你赶快给我介绍一下，敌人的作息情况。”

“你们今天是来消灭敌人的？”

“是。”

羊子走进房间拿出一张记得密密麻麻的纸条，递给古大存，说：“这里记录着八乡山敌人的活动轨迹。”

古大存仔细看了这张纸条，高兴地说：“羊子，你做得很好。有了你提供的信息，我们就有了胜利的保证。”

“古军长，我能为红军做点什么？”

“你什么都不要做，就在家里守着。”

古大存返回山寮下，与李英、卢笃茂紧急磋商破敌办法。半个小时后，古大存率一部分游击队封锁敌军营房正面，卢笃茂带一部分游击队埋伏在敌军营房后面的山坡上。李英领一个排的战士摸到敌军营房大门两侧。

叶排长和一班长分别扑向大门口站岗的两个哨兵，将匕首刺进敌人的心脏。李英看到叶排长他们得手了，马上向战士们挥手，说：“冲进去！”

此时，月亮从云层里钻出来，大地又洒满了银色的月光。

战士们分成六个战斗小组，分别冲进敌军睡觉的帐篷。不费一粒子弹，全俘敌军140多人，缴获长短枪90多支。此外，还有一大批军用物资和生活用品。

古大存对曾桂说：“小曾，你回去告诉羊子，叫他通知各村乡亲们，在天亮后到荷树坪领取粮食，领回被敌军抢去的东西。”

羊子听到红军歼灭了敌军，连忙跑到隔壁的一幢房子，亮着嗓门大声地对从事吹喇叭的罗师傅说：“罗叔，你把喇叭拿上，赶快跟我走！”

“一大早，谁家又摊上不吉利的事情了？”

“你想到哪里去了！”羊子生气地说，“刚才，红军把荷树坪的白军消灭了，我要你陪我到各村去，吹奏喜庆的《贺新年》，叫村民们天亮后到荷树坪领取粮食和白军抢去的东西。”

“原来是这等好事！”罗师傅高兴地说：“那我叫上儿子一起去，两支喇叭同时吹，让所有乡亲们都能听得见。”

“好哇！”

古大存告别了八乡山的乡亲们，然后与李英、卢笃茂分手，带着游击队到了九龙嶂井头凹大坪。远远看见安葬烈士的坟茔旁边有两个人挖土，他连忙叫战士们就地休息，对曾桂说：“小曾，你过去叫那两个老乡过来。”

当曾桂靠近坟茔的时候，看到两个老乡丢下锄头，拔腿就往山下跑去。他连忙大声喊道：“老乡，我们是红军，你们不要怕！”

两个老乡停下脚步，回过头来，其中一人问：“你们真是红军吗？”

“对，我们是红军，古大存军长刚到这里，想向你们了解一下情况，赶快回来吧！”

两个老乡见到身穿便服的古大存，一眼就认出来了，喜悦地喊了一声：“古军长！”

古大存叫两个老乡坐在自己身边，问：“你们刚才在干什么？”

老乡说：“我们俩在这里挖土坑，准备安葬红军医院的老中医张伯。”

“张伯死了？”

“他年老体弱，突感风寒便死了！”

古大存站起来，说：“老乡，那你们领我们下山去。”

在九里岃黄村长家门口的门坪里，摆放着一口棺材，里面躺着安详的老中医张伯。黄狗的母亲刘氏在儿媳妇杨柿花搀扶下，站在人群中间落泪。黄狗和二十多个红军战士、赤卫队员肃立在棺材旁边，曾史文在那煲水倒茶忙个不停。几天前，曾史文跟着丰顺县委书记胡坚到白叶坪村进行革命活动。没想到被叛徒邓彩平告密，当晚受到了敌人的包围。在突围中，胡坚牺牲了，她和几位突围出来的同志转移到了九龙嶂。

微风细雨，悲哀的送别乐曲催人泪下。

黄狗走进村长大门，说："阿叔，时间差不多了，我们送张伯上路吧！"

黄村长抽完最后一口烟，说："阿狗，你妈把为自己百年后准备的长生（棺材）送给张伯使用，我心里总觉得过意不去。"

"阿叔，这是我妈自愿的，走吧！"

当黄狗和村长穿着麻衫从屋里出来时，派去井头凹大坪挖土坑的村民回来了。其中一个村民跑到他俩面前，说："村长，古大存军长带着红军来了！"

"在哪？"

"一会儿就到。"

黄村长是亲眼看着老中医张伯病逝的。当时，他肚子痛，便去找老中医张伯。张伯艰难地从床上爬起来，配置了几包药粉。黄村长从张伯手中接过药粉时，张伯就倒下了。黄村长觉得张伯几年来为红军治病呕心沥血，为村民解除病痛废寝忘食，累倒在九龙嶂，要以最高礼仪来送别这位红军医生。在黄狗母子的支持下，黄村长把张伯的遗体移到自己家里如同亲人一样安放，今天要出殡了。他迈着沉重的步子走下台阶，大声地说："村民们，古大存军长带着红军回来了！"

在人们翘首以盼的时候，古大存和三十多个红军战士便来到了他们中间。

黄村长紧紧地握住古大存的手说："古军长，你辛苦了，你先进屋里喝杯茶，休息一下。"

"不，我要亲自参加送别红军医生张伯。"

“那我们就开始了？”

“好，开始吧！”

黄村长声泪俱下地说出了许多老中医张伯在九龙嶂忘我工作的动人故事，让在场的人都为之感动。接着他便请古军长讲话。

古大存怀着悲痛的心情，缓缓地来到黄村长身边，恭敬地向老中医鞠了三下躬，然后说：“乡亲们，同志们，今天大家在这里送别为革命鞠躬尽瘁的红军医生张伯，缅怀张伯无私奉献的高尚精神，也体现了红军与老百姓军民鱼水情的关系。中国革命暂时处于低潮时期，面临无数的艰难险阻。但在中国共产党的正确领导下，我们的革命事业一定会取得成功！请大家务必坚信。我们都要向老张伯学习，学习他为革命奋斗终生的精神。可亲可敬的张伯，红军感谢您，乡亲们感谢您，请你一路走好！”

东江特委书记李崇三，继续贯彻王明“御敌于国门之外”的反“围剿”策略，没想到仅过了几个月时间，守卫大南山的红军部队损失惨重，东江特委机关和医院等后勤人员已从一日三餐米饭减至两顿番薯粥，有些连队不得不到山上寻找野菜充饥。李崇三想不出什么好的解决办法，只好把东江军委书记朱炎和师长彭桂叫到办公室。一见面，他就迫不及待地说：“两位，大南山如此严峻的革命形势，你们说怎么办？”

朱炎说：“我们俩在赶来的路上，一直议论着这事，觉得大南山要解围，只有立即召回古大存同志，他足智多谋，好主意多。”

“你们就没有解围的办法吗？”

彭桂说：“我倒有一个办法，就是担心说出来了，你也未必采纳。”

“彭桂同志，你就别卖关子了，快说。”

“我认为要想解围，主力红军必须突围出去，寻找新的落脚点。这样就能牵走大部分围攻大南山的敌人，达到解围的目的。”

“红军都走了，谁来保卫大南山？不行，这个办法我不会采纳。”

朱炎说：“李书记，那你赶快写封信，派交通员送给古大存同志。”

“嗯，我看只有走这步棋了！”

古大存看了李崇三的来信，觉得情况非常严峻，不能延误时间，必须马上赶回大南山去。于是，他对警卫员曾桂说：“小曾，赶快把你史文姐叫来。”

曾史文和古大存正在热恋之中。此时，曾史文在小溪旁边帮古大存洗衣服。洗好后，她坐在石板上，两脚浸在水中，回想起和古大存交往的点点滴滴。当她想到将要成为古大存的新娘时，心房禁不住“砰砰”跳动。

“史文姐，首长叫你去。”

曾史文连忙端起洗好的衣服，匆匆地赶到古大存那里，进门就问：“大存，你这么急叫我什么事？”

“我要赶回大南山开会，不知哪天回来。”古大存关心地说，“史文，我走了之后，你要注意安全。”

“好，你也要注意安全，我等你回来！”

古大存奉命带着游击队赶回了大南山。在经过前线指挥部时，他想先向师长彭桂了解一下情况，便转身踏进了指挥部大门。见到了彭桂，古大存问：“彭桂同志，近来大南山情况如何？”

“形势相当严峻！”

“严峻到什么程度？”

“敌人足足有两个师，布防在大南山周围。他们采用步步为营的高压手段，不断蚕食大南山，造成大南山岌岌可危。”

“外线情况怎么样？”

“在派出去的十六支游击队中，除了几支继续和敌人战斗外，其他都没有消息。李英率领的西北游击队在丰顺向潮安转战途中，突遭敌人袭击，李英在掩护战友时他牺牲了。卢笃茂率领的东江游击队从丰顺转战揭阳时，与敌军潘彪部遭遇，卢笃茂不幸被俘牺牲了。”

古大存震惊地说：“几个月前，我和李英、卢笃茂还一起歼灭了八乡山荷树坪一个连的敌军，没想到那次见面竟成了永诀！”

“还有，古宜权率领红二团在普宁汤头村的反击战中，身陷敌人重围。最后，团部只剩下他和连长、勤务兵三人。他身受重伤，誓死不作俘虏，用最后一颗子弹射向自己胸膛，壮烈牺牲。另外，我还想告诉你一件事，你之前的老战友、中共连城县委书记李明光同志，率领县独立团和赤卫队在保卫连城的战斗中，为掩护同志突围时和敌人短兵相接，在肉搏战中壮烈牺牲。”

听到曾经一起出生入死、征战粤东北的战友古宜权和李明光不幸牺牲的消息，古大存再也无法控制自己的情绪，鼻子一酸，眼泪夺眶而出。他痛心地说：“宜权、明光，你们才二十多岁呀！正是风华正茂的年纪，怎么就抛下哥走了呢？”说完他手握大刀，猛砍在一石墩上，劈成两半，大声吼道：“可恶的国民党反动派，我们定当让你血债血偿！”

1933年10月，为纪念李明光牺牲一周年，经中共福建省委批准，连城县改名为明光县。

在东江军委办公室，军委书记朱炎临时召开军委会议。特委书记李崇三介绍了目前大南山面临的严峻形势，然后说：“大存同志，很多同志都说你是军事家，现在请你谈谈大南山解围的办法。”

古大存谦虚地说：“李书记，我不是军事家，不过是读了一些兵书而已。我现在想知道，在座的都有什么想法？”

“我们已经讨论过了，现在有两种方案：一种是红军主力突围出去，调走‘围剿’大南山的敌人；一种是把外围的武装调回大南山，坚决保卫大南山，与敌人血战到底！”

古大存摇头说：“这第二种方案不可取！我觉得第一种方案可行，但不够完善。”

“大存同志，那你说说自己的意见。”

“我认为，死守大南山没有意义了，不但会葬送红军的主力，而且会给东江特委带来不可估量的损失。”

李崇三生气地说：“大存同志，你这是危言耸听，动摇军心！”

古大存并不计较，说：“李书记，你听我把话说完好不好？”

"好，你继续说。"

"为了保存红军的有生力量，也为了保障东江特委机关的安全，只有撤出大南山，寻找新的落脚点，才是最明智的选择！"

朱炎说："我同意大存同志的意见！"

彭桂说："我也支持！"

周友初说："我觉得大存同志的意见是最好的解围办法！"

李崇三看到大家的看法一致，也就不好反对了。他无奈地说："那好吧，我们按照大存同志的意见办！"

古大存说："我还想补充一点，在主力红军突围之后，必然会牵走大部分敌军。这时候，大南山的压力减轻了，周友初总指挥便可以组织东江特委机关人员转移。"

李崇三肯定地说："对，大存同志这点补充意见，我是赞成的。"

周友初问："李书记，往哪里转移？"

李崇三思考了一下，说："八乡山和九龙嶂去不了，只有先转移到潮汕平原。朱炎同志，那你们军委做好突围计划吧！"

古大存带着二十多个突围出来的战士回到了丰顺县桐梓洋。这时，古大存后脑勺长了一个乒乓球大的毒瘤，几次痛得他直冒冷汗。

警卫员曾桂问："首长，是不是很难受？"

"是啊，比上次战场上受伤还要命！"

"我们还是回九龙嶂去，在那里有史文姐照顾，你的病也许会好得更快一些。"

"好吧，这次我听你的。"

曾史文看到古大存后脑勺的大毒瘤已经化脓了，禁不住流下了难受的眼泪。她心疼地说："大存，这种毒瘤不及时治疗会危及生命的，你怎么不当一回事呢？"

古大存乐观地说："敌人的子弹都不敢要我的命，这种毒瘤就更没有胆量了。你去请教一下黄狗妈妈刘氏，这种毒瘤使用什么样的草药才有治疗效果？”

曾史文按照黄狗母亲刘氏指点的方法，每天为古大存清洗毒瘤、敷草药。毒瘤时好时坏，发作时痛得很厉害，但古大存咬紧牙关忍耐着，从不叫苦。经过半年多的治疗，使毒瘤日见好转。这本来是好事，但古大存却高兴不起来，表现出一副心情沉重的样子。

曾史文疑惑地问：“大存，看你心情不好，有什么心事吗？”

“我们派去东江特委联系的同志回来报告，特委机关被敌人破坏，特委书记李崇三被捕叛变。他把原来留在大南山外围活动的十多支游击小分队骗下山去，均被国民党反动派一个个消灭了。”

此时，中央红军已离开江西中央苏区瑞金，进行史无前例的二万五千里长征了。

古大存与上级失去了联系，对于国际国内斗争形势和党的战略方针一无所知。他觉得自己就像一只断线的风筝，没有依靠。经过深思熟虑后，他把陈华、张观亮两位同志叫来，对他们说：“我打算把队伍拉到大埔县去，希望从那里去福建闽西找到党。但到大埔去应该怎么走？沿途的敌情、群情如何？到那里有无落脚点？你们俩必须给我搞清楚。”

“是！”

陈华、张观亮带回来的情况，令古大存很满意。第二天，古大存便告别了九龙嶂乡亲，带着十七位游击队员秘密地绕过丰顺县的隬隍、黄金，天黑下来时到达了黄金渡口。周边没有一条渡船，只有河对岸停了一条。

陈华说：“曾桂同志，你嗓子好，喊对面的渡船撑过来。”

当曾桂正要开口时，古大存立即制止道：“小曾，你不要喊。”

古大存的儿子古关贤问：“阿爸，为什么？”

古大存没有解释，而是对身边的曾史文说：“史文，你是女同志，由你来喊比较好。”

“我怎么喊？”

“你就说，喂！对面的撑船大哥，我是黄金圩做生意的老妹，家中有急事要过河，求你把渡船撑过来。”

曾史文亮开喉咙，喊道：“喂！对面的撑船大哥，我是黄金圩做生意的老妹，家中有急事要过河，求你把渡船撑过来。”

“这么晚了，我不过去了。”

“大哥，求你帮个忙，我付你双倍船钱。”

“好吧，你等着。”

船刚靠岸，古大存便带着大家上了船。撑船大哥看到这么多人背着枪，心里发怵，胆怯地问：“你们是什么人？”

古大存说：“我们是共产党领导的红军。”

“是不是几年前攻打黄金、榴隍的红军？”

“正是！”

撑船大哥高兴地说：“为了表达对红军的敬意，我今天免费送你们过河！”

古大存带着战士们辗转了一个多月，最后到达了大埔与饶平交界的桃源塘卜里村扎下了根。他一方面派人去闽西寻找上级党组织，一方面带领战士们秘密开展活动，恢复地方瘫痪了的党支部，并组建地方游击队，镇压土豪劣绅。没想到一年多来，在派出去寻找上级党组织的五位同志中，两位没有回来，而回来的三位同志也不曾带回好消息。这使古大存感到迷茫，每天寝食不安。

作为古大存的妻子，曾史文深为丈夫面临的困难担心，总想为他做一点力所能及的事情。一天早饭后，她装扮成农家妇女，跟着村里的姐妹们去桃源圩。到了桃源圩，她和姐妹们约好回去的时间，然后在圩镇上转来转去。忽然，她看见圩边一间废品收购店，便毫不犹豫地走了进去，看见墙角堆了一叠旧报纸。她感到喜出望外，连忙对店主说：“老板，你这些报纸能卖给我吗？”

店主边干活边说：“我刚收来的，你要就卖给你。”

“多少钱？”

店主是个贪财的人，再便宜的东西一到他手，碰到陌生的买家都会翻几倍卖出去。他说：“一块银圆。”

“太贵了。”

“嫌贵就不要买。”

曾史文看到有人来买废品了，连忙说：“老板，那我们成交。”

古大存看到曾史文带回这么多旧报纸，惊喜地问：“史文，你是从哪里搞到的？”

“废品店买的，花了一块银圆。”

“值，太值了！”古大存喜悦地说，“史文，隔几天你再去买，不要吝啬钱！”

“放心吧！黄坚成同志！”

古大存突然听到曾史文嘴里说出“黄坚成”三个字，竟然乐呵呵地笑了。为了不暴露身份，他曾两次改名。在八乡山时，他改称张炳；到大埔后，又改叫黄坚成。因为改了名，古大存错过一次与上级接头的机会。那是一年前，中共南方临时工作委员会听到大埔县有共产党的游击队活动，就估计是古大存领导的游击队，立即派饶彰风来桃源一带寻找，可惜没有人知道黄坚成就是古大存。

突然有一天，古大存从一张香港出版的报纸上看到了国共合作抗日和廖承志在香港活动的消息，非常高兴地对战友们说：“同志们，我们有希望了！”说完向大家说了报纸上的消息。

三天后，古大存装扮成农民的样子，带着儿子古关贤和另一位战士从高陂坐船到潮安，改坐火车到汕头，然后坐轮船去香港。几经周折，终于见到了八路军驻香港办事处主任廖承志和连贯。在他们引荐下，古大存来到武汉汉口法租界，找到了中共中央长江局负责人周恩来、博古和叶剑英，终于和党接上了关系！

生长在梅县的叶剑英，见到来自广东五华的老乡，心里很高兴。他握着古大存的手说：“老乡见老乡，两眼泪汪汪。大存同志，你辛苦了！”

古大存也高兴地说：“没想到我们是亲上加亲的老乡加战友。”

从此，古大存踏上了新的征程。九龙嶂革命根据地的烽火，还在熊熊燃烧！越烧越旺！正是：

巍峨雄伟九龙嶂，革命赞歌耳边响；
英雄喋血粤东北，红旗插遍大东江！